불량소녀

(A Very Naughty Girl)

불량소녀(A Very Naughty Girl)

발 행 | 2022년 05월 16일
저 자 | 미드 (L. T. Meade)
옮긴이 | 성지은
펴낸곳 | 주식회사 부크크
출판사등록 | 2014.07.15.(제2014-16호)
주 소 | 서울특별시 금천구 가산디지털1로 119 SK트윈타워 A동 305호
전 화 | 1670-8316
이메일 | info@bookk.co.kr

ISBN | 979-11-372-8273-5

불량소녀

미드 (L. T. MEADE) 지음
성지은 옮김

■ 목 차 ■

● 이 글을 옮기며...

세 명의 소녀가 있습니다.

옳고 그름을 배우지 못한 소녀
학대당하면서도 아버지를 떠나지 못하는 소녀
성의 공주로 대접받으며 정답처럼 길러진 소녀

내용을 따라가다 보면
어느 소녀가 불량하다는 것인지
그리고 소녀가 불량한 것인지 환경이 불량한 것인지
어느 순간 판단하기 어려워집니다.

소녀들은 언젠가 성장하지만
사회적 자아로 무장한 성인이 되고나서도
그 작은 소녀는 여전히 마음 속 깊은 곳에 머무르며
간헐적 위로를 필요로 합니다.

눈앞에 있는 소녀에게
그리고 마음속 소녀에게
이 이야기를 들려주고자 합니다.

제1화

실 비 아 와   오 드 리

들뜬 분위기 속에 오드리 윈포드는 교실 창문가에 서 있었다. 오드리는 16살이며 키가 컸고, 곱게 땋은 머리를 뒤로 길게 늘어뜨린 채 양손을 뒤로 모으고 기대 어린 표정으로 서 있었다.

사람들이 진입 도로를 따라 줄지어 들어오고 있었다. 택시를 타고 오는 사람도 있고, 자전거를 탄 사람, 걸어오는 사람도 있었다. 모두 현관 쪽으로 방향을 틀었고, 집으로 들어온 후 홀을 지나 맞은편으로 사라지면서 목소리가 커졌다 작아졌다 하는 것을 들었다.

"정말 징글징글해. 하필 에블린이 올 때 말이야. 얼마나 이상해보일까! 아버지가 이 끔찍한 전통을 포기하면 좋을 텐데. 정말 별로야." 오드리는 중얼거렸다.

바로 그때 6년 선배이자 발랄한 분위기의 가정교사 싱클레어가 방에 들어왔다.

"아니, 여기서 뭐하고 있어? 오늘 오후에 승마하러 가는 거 아니었어?" 싱클레어는 큰 소리로 말했다.

"어떻게 그래요? 어딜 가나 사람들과 마주칠 텐데."

오드리는 어깨를 으쓱하며 말했다.

"왜 마주치면 안 되는데? 부끄러워할 것 없어." 싱클레어는 말했다.

"정말 싫어요." 오드리가 말했다.

오드리는 방을 가로질러 가서는 활활 타고 있는 장작불 앞 깊은 짚 안락의자에 털썩 앉아서 잡지를 집어 들었다.

"다 끔찍해." 페이지를 넘기면서 오드리는 말을 이었다.

"나만 느끼는 게 아니라 선생님도 느끼잖아요."

"나라면, 이렇게나 사람들이 좋아하는 전통을 유지하는 오랜 가문 사람이라는 것이 자랑스러울 거야. 그것도 아주 많이."

싱클레어는 말했다.

"선생님이 그 가문 사람이라면, 그렇지 않을 걸요. 사람들이 다 우릴 비웃어요. 완전 끔찍한 일이죠. 마을 사람 전부와 마을에 머무르는 낯선 이들이 설날에 윈포드 성을 마음대로 쓰는 것이 뭐가 좋겠어요? 여하튼 짜증나는 일이에요. 선생님한테 이러는 건 죄송하지만 정말 마음에 안 들어요. 정말로요." 오드리가 말했다.

싱클레어도 의자에 앉았다.

"난 맘에 들어." 잠시 침묵 후 싱클레어가 말했다.

"왜요?" 오드리가 물었다.

"방금 너에게 오면서 꽤 많은 굶주린 사람들이 현관으로 지나가는 것을 보았어."

"여기서 말고, 다른데서 굶주리라고 해요. 선조들이 이 전통을 처음 시작했을 때는 좋았겠죠. 하지만 요즘 사람인, 그리고 어느 모로 보나 신식인 아버지가 설날에 오고 싶은 사람은 누구나 오도록 집을 개방하는 전통을 계속 이어간다는 것은 참을 수 없어요. 작년엔 이삼백 명이 성에서 식사하거나 차를 마셨는데, 이제 진입 도로가 생겼으니 훨씬 더 많이 오겠죠. 여기 오는 사람 중 절반이 발 닦을 생각을 하지 않으니 집이 더러워지는 데다, 도둑맞을 가능성도 있죠. 그 인파 가운데 투기꾼이 없다는 보장이 있나요? 내가 시골 사람이라면 자존심 상해서 안 올 것 같은데, 이 사람들은 조금도 그런 생각이 없네요." 오드리는 화가 나서 말했다.

"난 그렇게 생각하지 않아. 훌륭한 오랜 전통이 없어지지 않기를 바라." 싱클레어가 말했다.

"아마 에블린이 윈포드 성의 주인이 되면 이 전통은 사라지겠죠."

오드리가 낮은 어조로 말했다. 이 때, 오드리의 얼굴에서는 상냥함이 사라졌다.

미스 싱클레어는 혼란스러운 표정으로 오드리를 보았다.

"오드리, 널 정말 아낀단다." 잠시 후 싱클레어가 말했다.

"저도요. 선생님은 친구 같거든요. 물론 가장 좋은 것은 학교에 다니는 것이겠지만, 아버지가 허락하지 않으시니 차선책을 받아들여야겠죠. 그리고 선생님은 정말 좋은 차선이에요."

오드리는 약간 마지못한 듯 말했다.

"만일 내가 그런 사람이라면, 친구로서 그리고 너를 정말 진심으로 사랑하는 사람으로서 한 마디만 해도 될까?"

"당연히 듣기 좋은 이야기는 아니겠지만 해보세요."

오드리가 말했다.

"네가 이기적인 사람이 될까봐 걱정이 좀 되지 않니?"

싱클레어가 말했다.

"그런가요? 그럴 수도 있겠지만, 상관없어요."

"곰곰이 생각해보면 상관있을 거다. 오늘은 설날인 데다 화창한 오후이니, 너도 승마하러 올지 모르겠구나. 네가 왔으면 좋겠어."

"어쨌든 우리 집에 오는 사람들과 마주치는 것은 피하고 싶어요. 하지만 선생님이 원하신다면 함께 산책은 할게요." 오드리가 말했다.

"좋아, 윈포드 부인께 전할 말이 있어서 숙소에 들러야 하는데 관목 숲에서 나랑 만날래?" 싱클레어는 말했다.

"좋아요, 가서 준비할게요." 오드리는 대답하고 방을 떠났다.

오드리가 떠난 후, 싱클레어는 활활 타오르는 장작불을 바라보며 잠시 앉아 있었다.

싱클레어는 아주 예쁜 데다 고상한 분위기마저 풍겼다. 현대 교육의 모든 혜택을 받았고, 모든 친구가 싱클레어의 눈부신 미래를 확신하는 가운데 23살에 거튼(Girton, 영국 케임브리지 북서쪽에 위치한 마을 - 역자 주)을 떠났다. 이 여쁘고 의기양양한 아가씨에게 눈부신 미래를 향한 첫걸음은 충분히 청명해 보였다. 윈포드 부인은 시내에서 싱클레어를 만나보고는 한눈에 반해 오드리의 교육을 맡아달라고 부탁했다. 싱클레어는 넉넉한 봉급에 온갖 편의와 배려를 받았다. 오드리는 금세 싱클레어와 사랑에 빠졌고, 싱클레어는 오드리가 본 그 어떤 가정교사보다 발랄했다. 싱클레어는 지성미가 넘쳐흘렀고, 자신이 맡은 역할에 대한 책임감이 충만했고, 독보적이었으며, 자신만 생각하는 경우는 거의 없었다.

"가엾은 오드리! 어쨌든 오드리 앞에는 시련이 기다리고 있구나."

싱클레어는 생각했다.

"여기서 너무 행복하게 지내고 있으니, 당분간은 방해하는 것이 나타나지 말았으면 좋겠는데… 에블린이 어떤 사람인지는 아직 모르지만 오늘 저녁에 오겠지. 오드리와의 약속을 완전히 잊고 있었네. 기다리고 있겠다."

하지만 오드리가 기다리는 일은 없었다. 오드리는 서둘러 외투를 두르고 모피 모자를 쓰고는 밖으로 나갔다. 끊임없이 사람들이 왕래하는 그 불쾌한 진입 도로는 특별히 피해야 했으므로 어린나무 숲 쪽으로 갔고, 긴 관목 숲을 지나 숙소 문 방향으로 걸어갔다.

설날에 저택 문을 열어두는 것은 까마득한 옛날부터 전해져오는 윈포드 가의 전통이었다. 점잖은 사람이든 평범한 사람이든, 남자든 여자든, 소년이든 소녀든, 그 어떤 여행자도 진입 도로를 따라와 거대한 현관 종을 울리면, 환영받으며 배를 채우고 기운을 회복한 후, 응원을 받으며 다시 길을 나설 수 있었다. 대지주가 손님을 맞이하는 것이 원칙이었지만, 여의치 않을 경우 토지 관리인이 다과를 무한으로 제공하는 저택 뒤편의 거대한 홀로 손님들을 안내하였다. 단 한 명도 돌려보내지 않았다. 그날만큼은 문전박대당하는 이가 아무도 없었다. 손님맞이 시간은 일출부터 일몰까지였다. 해가 지면 환대는 끝났다. 그리고 저택 문이 닫히면 방문객들은 더는 들어올 수 없었다. 이 행사를 위해 대지주는 하인들을 추가로 고용하였는데, 유일한 조건은, 최대한 많은 음식을 대접할 것, 남자 방문객에게는 좋은 포도주나 맛있는 맥주를 실컷 마시도록 할 것, 모든 방문객이 활활 타는 장작불에 몸을 완전히 녹일 것, 하지만 아무도 음식을 가져가서는 안 된다는 것 정도였다. 너무나 다양한 인간 군상이 모여 있으니, 이런 조건은 꼭 필요했다. 하지만, 오드리는 그 모든 것에 반감만 생길 뿐이었다. 오드리에게 새해 첫날은 그저 괴로운 날이었으므로, 방문객에 대한 언급을 회피했고, 설날에는 평소보다 더 언짢고 화가 났다. 마을 사람들은 이 훌륭한 오랜 전통을 좋아했으므로 예전보다 많은 사람이 왔고, 설날이면 마을 주민, 상인, 인근 지역 지주가 함께 식사하러 모두 윈포드 성으로 왔다. 높은 신분을 지닌 이가 부랑자나 일꾼과 나란히 앉아있었으므로, 이날만큼은 대지주와 손님 사이에 계급 차가 없었다.

어린나무들이 만들어준 피신처로 몸을 숨기면서 오드리는 사람들 목소리를 들었다. 그리고 높은 계급의 손님들이 도착하거나 떠날 때는 덜컹대는 바퀴 소리도 들었다.

"징글징글해." 오드리는 20번쯤 중얼거렸다. 그러면서 그 불쾌한 소음으로부터 달아나려고 뛰기 시작했다.

오드리는 어린 사슴처럼 빠르고 우아하게 달릴 수 있었지만, 관목 숲을 절반도 지나지 못하고 완전히 멈춰 섰다. 또래의 소녀가 자신을 만나러 황급히 달려오고 있었다. 매우 예쁜 얼굴에, 검은 눈, 풍성한 검은 머리, 그윽하게 어두운 얼굴색을 가지고 있었다. 옷은 기상천외하게 다양한 색깔이었다. 옛날식 재킷 밖으로 짙은 노란색 스카프가 삐죽 나와 있는 데다, 진홍색 드레스 스커트에, 모자에도 진홍색 깃털 두 개가 달려 있었다. 오드리는 이 소녀가 신기하면서도 마음에 들지 않았다. 이 여자애는 누구지? 참으로 저속하고, 스스럼없고, 견디기 힘든 사람이구나!

"저기…" 소녀는 간절하게 다가오며 외쳤다.

"제가 길을 잃어서요, 근데 너무 중요한 일이에요! 윈포드 성 정문으로 가는 길 좀 알려주시겠어요?"

"관목 숲으로 오지 말았어야 했어요." 거만한 말투로 오드리가 말했다.

"오늘 윈포드 성에 오는 사람들은 진입 도로를 이용해야 해요. 하지만 이미 관목 숲으로 와버렸으니, 이 지름길을 따라가면 맞는 길이 나올 거예요. 그 다음엔 인파를 따라가기만 하면 현관문이 보일 거예요."

"아, 고마워요! 정말 너무 배고프네요! 해가 지기 전에는 꼭 도착하면 좋겠어요. 안녕히 가세요. 그리고 정말 고마워요! 제 이름은 실비아 리슨이에요. 성함이…?" 소녀가 말했다.

"오드리 윈포드요." 오드리는 어느 때보다 냉랭하게 대답했다.

"그 윈포드 성의 아가씨요?"

"오드리 윈포드라니까요."

"정말 신기하네요! 우리 둘은 셰익스피어의 옛 희곡 '뜻대로 하세요(As You Like It: 셰익스피어의 5대 희극 중 하나로, 등장인물 중 실비아와 오드리가 있음 – 역자 주)'의 등장인물처럼 서로 만날 운명이었던 거네요.

하지만 저는 더 지체할 수 없어요. 우리 모두를 초대하다니 아가씨 아버님은 정말 다정하세요. 그리고 서두르지 않으면 그 좋은 것을 놓치게 되겠죠."

실비아는 밝은 눈과 하얀 치아를 반짝이며 놀란 오드리를 향해 고개를 끄덕였고, 다음 순간 시야에서 사라졌다.

"신기한 여자애네!"

오드리는 소녀가 걸어가는 것을 눈으로 좇으며 생각했다.

"정말 당돌해! 나를 눈곱만큼도 존중하지 않았고, 나랑 자신이 똑같다고 생각하는 것 같았어. 저런 애들이 다 그렇지 뭐! 그러니 이름을 연달아 말했겠지. 모욕적이야. 실비아와 오드리라니! 숲에서 만났으니, '뜻대로 하세요'에 나오는 사람들 같다고 하다니. 얼굴은 정말 예뻤지만, 세상에! 제멋대로 입은 옷이며, 정신없이 춤을 춰대는 눈빛이며, 마음 내키는 대로 하는 태도며, 정말 별사람이 다 있네. 그렇지만… 그렇지만 천박하진 않았어. 그냥… 그냥 다른 사람들과 달랐을 뿐이야. 누굴까? 어디서 왔을까? 실비아 리슨. 이름도 꽤 예쁘고, 얼굴은 확실히 예뻤어. 하지만 윈포드의 하층민들이 있는 그 행사에 참여하러 오다니, 그것도 혼자서!"

제**2**화

에블린의 등장

오드리는 숙소 문 앞에서 싱클레어를 만난 후, 옆길을 따라 내려가서 윈포드 성에서 1.6킬로미터 정도 떨어져 있는 멋진 황야 지대를 향하고 있었다.

"무슨 생각 하니, 오드리?" 싱클레어가 말했다.

"혹시 마을이나 동네 사람 중에 리슨이라는 이름을 아나요?" 오드리가 말했다.

"아니, 전혀. 여기에 사는 사람 중에 그런 이름은 없는 것 같은데. 왜?"

"재밌는 일이 있었어요!" 오드리는 대답했다.

"길을 잘못 들었던 어떤 여자애와 관목 숲에서 마주쳤어요. 맛있는 음식을 먹으러 윈포드 성으로 간다더군요. 이름이 실비아 리슨이라고 했어요. 스타일이 정말 특이했지만 예쁜 얼굴이었고, 제멋대로였어요. 나랑 자기를 비교할 정도로 뻔뻔했고, 내 이름은 오드리고 자기 이름은 실비아니까 셰익스피어 희곡의 두 여주인공이라고 했어요. 뭔가 특별했어요. 걔가 좋다는 건 아니고, 싫은 쪽에 더 가깝죠. 하지만 누군지 궁금하긴 해요."

"모르겠다. 우리 동네에서 그런 이름은 들어본 적 없지만, 혹시 또 모르는 일이지." 싱클레어가 말했다.

"하지만 이 동네 사람들은 다 아시잖아요. 아마 외지 사람이겠네요. 그래도 좋아요." 오드리가 말했다.

"일주일 전에 듣기로는 수도원에 어떤 사람들이 왔다던데." 싱클레어가 말했다.

"수도원에요! 제가 알기로는 거기 누가 산 적이 없는데." 오드리가 큰 소리로 말했다.

"소문을 들었어." 싱클레어는 말을 계속했다.

"하지만 자세한 건 모르고 그냥 뜬소문일지도 몰라. 실비아라는 애가 거기 사람인지도 모르지."

"알고 싶어요." 오드리가 대답했다.

"확실히 관심이 가기는 해요. 비록… 아, 그 여자애 얘기는 그만해요. 제니 언니(오드리가 싱클레어를 살갑게 대할 때 부르는 세례명), 에블린이 어떤 사람인지 궁금하지 않아요?"

"궁금하지." 싱클레어가 대답했다.

"저는 에블린 생각 많이 해요!" 오드리가 말했다.

"외지 사람인 에블린이 상속녀이고, 여기서 쭉 살던 나는 아무것도 상속받지 못한다는 사실이 몹시 이상한 것 같기는 해요. 아, 물론 어머니 재산이 많으니 저도 돈은 많겠지만, 아버지 재산이 몽땅 에블린에게 간다는 게 너무 이상한 것 같아요. 이제 에블린이 여기 살기로 했고 저보다 중요한 사람인 것은 맞지만, 그게 괜찮은 건지는 잘 모르겠어요. 에블린이 제 신경을 건드릴 것 같은 느낌이 가끔 들어요. 예를 들어, 사람을 다루는데 아주 능수능란하다면요. 그럴 수도 있어. 그렇죠? 제니 언니?"

"하지만 왜 그럴 거라고 미리 넘겨짚는 거니? 만나기 전부터 편견을 갖는 것은 좋지 않아." 싱클레어가 대답했다.

"그 생각이 사라지지 않아요." 오드리가 말했다.

"제겐 친한 친구가 한 번도 없었잖아요. 제니 언니가 다른 모든 사람들을 대신해주고, 저 역시 언니를 진심으로 사랑하기는 하지만, 제 또래의 여자애가 여기 와서 산다니 좀 신나기는 해요."

"당연하지, 너에게 정말 잘 된 일이구나!"

"하지만…"

오드리가 말했다.

"에블린은 평범한 손님으로 오는 게 아니라, 앞으로 자신 소유가 될 집으로 오는 거잖아요. 에블린이 무슨 생각을 할지 궁금하기도 하고, 여기 분위기에 대해 어떻게 느낄지도 궁금해요. 정말 수수께끼 같아요. 신나기도 하고요. 하지만, 에블린이 오면 흥분한 모습은 보이지 않을 거예요. 제니 언니, 에블린의 모습을 상상해본 적 아직 없나요? 키가 클까요, 작을까요? 예쁠까요, 못생겼을까요? 아니면 어떨까요?"

"물론 나도 떠올려보긴 했지." 싱클레어가 대답했다.

"하지만 전혀 모르겠더라고. 저녁 식사 시간에 맞춰 도착할 테니 곧 알
게 되겠지."

"그래요." 오드리가 말했다.

"어머니가 마차로 마중 나가실 예정이고, 6시 30분 기차요. 7시 조금
전에는 성에 도착하겠네요. 어머니 말씀으로는 하녀와 프랑스 가정교사를
데려올 것 같대요. 어머니도 에블린이 어떤 사람인지는 잘 모르던데요.
여태까지 영국을 떠나서 살다니 정말 이상해요."

오드리는 싱클레어와 조금 더 이야기를 나누다가 곧 돌아서서 함께 집으
로 돌아갔다. 해는 이미 겼고, 대문은 닫혀있었다. 윈포드 사람들은 설날
이거나 웨딩 마차, 장례 마차가 떠날 때 외에는 이 문을 이용하지 않았
다. 비바람을 막아주는 현관이 있는 예쁜 옆문이 윈포드 성 사람들의 출
입구였다. 두 사람이 들어왔을 때, 오드리는 난로 위에서 활활 타오르는
장작불에 손을 녹이려고 잠시 서있었다. 싱클레어가 천천히 위층에 있는
자신의 방으로 올라간 후, 혼자 남았다는 것을 알게 된 오드리는 짧은 한
숨을 내쉬었다.

"궁금해. 정말 궁금해." 오드리는 나지막이 중얼거렸다.

누군가가 인기척을 내는 것을 보니 오드리의 말이 들린 것이 분명했고,
키가 크고 약간 구부정한 남자가 방금 와서 장작불빛이 온통 뒤덮는 곳에
서 있었다.

"아버지!" 오드리가 아버지인 에드워드의 팔짱을 끼며 말했다.

"잠드셨어요? 들어올 때 어떻게 아버지를 못 봤을까요?"

오드리가 물었다.

"큰 의자에서 깊이 잠들었단다. 좀 피곤했어. 손님을 300명이나 맞이했
잖니." 대지주 에드워드가 대답했다.

"그리고 이젠 다 갔죠. 얼마나 다행인지 몰라!" 오드리가 말했다.

"오드리, 사람들에게 식사를 대접하고, 몸도 녹이게 해주고, 기쁜 마음으
로 길을 떠나게 해주니, 사람들은 그 어느 때보다도 윈포드 성 대지주인

나를 사랑한단다. 이웃이자 모든 어머니의 아들이 설날에는 마음껏 먹고 마시는데 어째서 불만인 거니?"

"나는 그런 전통이 싫어요. 중세 시대에나 있을 법한 고루한 전통은 사라져야 해요." 오드리가 말했다.

"뭐라고! 그러면 사람들이 굶주리게 내버려두자는 얘기냐?"

"굶주릴 것 같은 사람들은…" 오드리는 말했다.

"돈을 주면 되요. 여기저기에 있는 지주들까지 이 성에 와서 먹는 것은 원치 않아요."

"하지만 지주들도, 가난한 사람들도, 나도 모두 이 전통을 좋아하잖니." 에드워드는 말하며 약간 찌푸렸고, 오드리는 한 번 더 한숨을 쉬었다.

"생각이 다른 것을 서로 인정해요, 우리." 오드리는 말했다.

"안타깝지만 그렇구나. 자, 우리 강아지, 너는 어떠니? 지금까지 눈에 띄지 않던데. 사촌 에블린이 와서 기분이 좋니?"

"아니요, 기분이 좋진 않지만 그래도 약간 신나긴 해요. 아버지도 약간은… 아주 조금은 신나지 않나요? 자신의 땅을 차지하러 태즈메이니아(오스트레일리아 남동쪽 섬 - 역자 주)에서부터 여기까지 그 먼 길을 온다니 너무 신기한 것 같아요. 저는 정말 에블린이 어떤 사람인지 궁금해요."

"내가 살아있는 동안에는 어떤 땅도 에블린 몫은 아니지만, 에블린이 윈포드 성을 상속하게 되는 것은 맞단다."

에드워드는 말했다.

"그러면 상속녀가 제가 아니라서 유감이시겠네요. 그렇죠?"

"그렇진 않아." 에드워드가 말했다.

"전혀." 잠시 후 생각에 잠긴 채 말했다. "그런 의무는 없는 것이 더 좋아. 너는 이런 대저택에는 전혀 어울리지 않을 거다. 에블린은 다를지도 모르지. 어쨌든 때가 되면 에블린이 맡아야 할 일이니까. 이제 시간을 보니 곧 도착하겠구나. 어머니가 마중 나갔는데, 여기서 맞이하겠니, 아니면 거실에서 맞이하겠니?

"저는 복도에 있을래요." 오드리가 약간 초조한 말투로 말했다.

"그러면 나는 이제 가야겠구나. 서신 한 뭉치가 그대로 있으니, 저녁 식사 전에 모두 읽어야겠다."

에드워드는 천천히 걸어서 자리를 떴고, 무거운 커튼을 밀어젖히고 사라졌다. 오드리는 여전히 불 옆에 서있었다. 곧 안절부절못하는 마음에 사로잡힌 오드리는 구불구불한 하얀 대리석 계단을 휙 올라가 긴 복도 쪽으로 사라졌다. 난로에서 장작불이 활활 타올랐고, 전기불이 가구 위를 부드럽게 비추고 있었다. 그리고 작은 탁자 위에는 꽃다발과 작은 담쟁이덩굴이 담긴 단지가 있었고, 책장에는 유쾌한 이야기책들이 가득했다. 크고 오래된 성경책부터 구식의 기도 책까지 무엇 하나 소홀함이 없었다.

"에블린이 좋아할지 궁금해." 오드리는 생각했다.

"이 집에서 가장 예쁜 방인데. 어머니는 에블린이 써야한다고 했어. 이 방을 마음에 들어 할까? 그리고 나는 에블린이 마음에 들까? 아, 여기 옷방이 있네. 그리고 여기 작은 내실도 있으니 원한다면 앉아서 혼자만의 시간을 가지며 우리와 떨어져 있을 수도 있겠구나. 어찌나 운이 좋은지! 정말 다 이상한 것 같아! 사랑스런 우리 집에 처음으로 감사한 마음이 들기 시작했어. 왜 내가 이 집을 에블린한테 넘겨줘야하지? 물론 시샘하는 것은 아니야. 그런 감정을 즐길 만큼 비열하지 않으니까. 그리고… 바퀴 소리다. 오고 있어! 곧 에블린을 만나겠네… 아, 정말 궁금해! 제니 언니가 함께 있다면 좋을 텐데. 좀 떨린다."

오드리는 서둘러 방을 나와 구불구불한 계단을 급히 내려갔고, 막 복도에 들어섰다. 하인이 무거운 커튼을 밀어젖히자, 예쁘고 위풍당당한 모습의 여자가 한 소녀를 대동하고 들어왔다.

소녀는 무릎덮개와 숄을 잔뜩 두른 채 질질 끌고 있었다. 머리 위 모자는 비뚤어져 있었고, 재킷은 어수선했다. 호화로운 터키 카펫 한가운데에 무릎덮개를 내팽개치고는 말했다. "아이고, 다행이다." 그리고 오드리를 똑바로 쳐다보았다.

오드리보다 훨씬 작았고, 마른 몸에, 다소 숱이 없는 금발 머리에, 보잘 것 없는 이목구비를 지닌 하얀 얼굴이었다.

"소개하지 않으셔도 되요, 프랜시스 숙모, 오드리겠죠. 나는 에블린이야. 내가 마음에 안 들지, 그렇지?" 에블린이 말했다.

"아닌데." 오드리가 말했다.

"음, 내가 너라면 싫었을 거야. 미움 받는 편이 더 재밌을 텐데. 자, 그래서 여기가 바로 그 곳이군요. 재밌겠네요, 그렇죠? 숙모, 제 하녀가 어디 있는지 아시나요? 지금 당장 하녀가 와야 해요. 재스퍼에게 이리 오라고 얘기해주세요."

에블린은 뒤에서 맴도는 남자 하인을 향해 돌아서며 말을 이었다.

"에블린의 하녀를 복도로 오라고 해라."

프랜시스 부인이 위압적인 어조로 말했다.

"그리고 차를 가져와. 데이비스. 서둘러라."

데이비스가 물러났고, 에블린은 손을 들어 추한 펠트 모자를 벗어서는 무릎덮개와 쿠션 더미 위에 던졌다.

"그대로 둬." 오드리가 다가오자 에블린이 말했다.

"그건 재스퍼 일이니까. 그건 그렇고, 프랜시스 숙모, 재스퍼를 제 방에서 재워도 되나요? 저는 지금껏 혼자 자본적도 없고, 혼자서는 못 자요. 재스퍼에게 제 침대와 비슷한 작은 침대를 주고 싶어요. 재스퍼 없이는 못 살아요. 제 옆에서 자게 해도 될까요, 숙모? 그리고 아! 이 집에 유령은 없겠지요? 좀 으스스하긴 하네요. 유령만 생각하면 너무 무서워요. 함께 살기에 제가 썩 기분 좋은 사람은 아니라는 것을 알아요. 모두에게 죄송해요. 특히 오드리 너에게 말이야. 너는 당당하면서도 거리감이 느껴지는 사람이구나! 하지만 두려워하지는 않을 거야. 이 성은 언젠가 내 것이 될 테니까. 어딨니? 재스퍼!"

에블린은 호기심 많은 요정처럼 홀을 가볍게 가로질러, 벨벳 커튼 옆에 서있던 어두운 피부의 여성에게 다가갔다.

"부끄러워하지 마, 재스퍼." 에블린이 말했다.

"두려울 것 전혀 없어. 정말 웅장하긴 하지. 나도 알지만 언젠가는 내 것이 될 테니, 네가 나를 떠날 일은 없을 거야… 절대. 프랜시스 숙모와 얘기 중이었는데, 네가 쓰도록 내 침대 옆에 작은 침대를 놓을 거야. 오늘 밤에 준비해둘 테니 걱정 마. 그리고 이제 무릎 덮개와 쿠션, 낡은 모자를 방에 갖다놔. 그렇게 쳐다보지 말고, 내가 하라는 대로 해."

재스퍼는 좀 샐쭉한 표정으로 에블린의 말에 따랐다. 에블린과는 반대되게 모든 행동이 우아하고 능숙했다. 에블린은 서서 재스퍼를 지켜보았다. 재스퍼가 천천히 대리석 계단을 올라갈 때, 에블린은 두 사람에게 웃으며 돌아섰다.

"그 눈빛은 뭐야!" 에블린은 오드리를 똑바로 쳐다보며 말했다.

"나를 야만인이나 야수로 보는 건가, 아니면 뭐지?"

"관심이지. 넌 확실히 평범하지는 않긴 해."

오드리가 낮은 목소리로 말했다.

"오거라." 프랜시스 부인이 말했다.

"지금 성격 분석할 시간 없단다. 오드리… 에블린을 방으로 데려다주고, 너도 가서 저녁 식사를 할 수 있도록 옷을 갈아입어라."

"안내해줄게. 에블린." 오드리가 말했다.

오드리는 복도를 가로질러 갔고, 에블린은 천천히 뒤를 따랐다. 에블린은 한두 번 멈춰서 쇠사슬을 갑옷을 두른 조각상을 살펴보기도 하고, 불빛이 간헐적으로 비추는 오래된 그림을 보기도 했다. 갑옷 입은 조각상에게는 "정말 못생겼어! 괴상한 고물이잖아!"라고 말했고, 그림을 보고는 얼굴을 찌푸렸다.

"난 네가 무섭지 않아, 늙은 허수아비야."라고 말하고는, 오드리 곁에서 계단을 뛰어올라갔다.

"이게 소위 말하는 영국의 웅장함이구나!" 에블린은 말했다.

"이 집이 생긴 지 몇 백 년은 되지 않았니?"

"일부는 그렇지." 오드리가 대답했다.

"이 부분인가?"

"아니, 복도랑 계단은 70년 전에 생겼어."

"내 방은 오래된 부분이야, 새로 지은 부분이야?"

"중간 정도 될 걸. 네 방은 정말 사랑스러우니, 마음에 들 거야."

"정말 마음에 들지는 모르겠네. 하지만 보여줘."

오드리의 걸음이 약간 빨라졌다. 알 수 없는 짜증이 나기 시작했고, 에블린의 어떤 면이 특정 상황에서는 오드리의 성미를 건드릴 수도 있겠다는 것을 감지했다. 파란 색과 은색으로 된 사랑스러운 방에 도착했고, 오드리는 에블린의 탄성을 기대하며 문을 휙 열었다. 하지만 에블린은 속을 드러내는 사람이 아니었고, 냉담하고 비판적 시선으로 방을 둘러보았다.

"세상에, 세상에!" 에블린이 말했다.

"세상에, 세상에! 이런 것을 영국식 침실이라고 생각하는구나!"

"이건 영국 침실일 뿐, 영국식 침실이라고 생각하는 것 따위는 없어." 오드리가 말했다.

"기분 상했구나, 그렇지, 오드리?" 에블린이 말했다.

"나를 여기 데려오느라 정말 고생이네. 물론 나도 알아. 재스퍼가 얘기해줬거든. 아니면 모르고 지나칠 일을 재스퍼가 늘 알려줘. 재스퍼 없으면 난 못 살아. 너에 대해 정말 자주 묘사해줬어. 그 얘기를 들으면 넌 소리 지를걸. 정말 네 흉내를 잘 내더라고. 전반적으로, 재스퍼가 상상한 것과 너무 비슷해. 오드리, 다음 식사… 네가 그걸 뭐라고 부르든… 그 후에 여기 와서 재스퍼가 네 흉내 내는 것을 좀 볼래? 재스퍼는 세상에서 흉내를 제일 잘 내. 하루나 이틀이면 프랜시스 숙모랑 이 집에 모든 사람들을 다 따라할 수 있을걸. 재스퍼가 따라하는 것을 보고 들으면 정말 끝내줘. 재스퍼의 시선으로 네 자신을 보고 싶지 않니?"

"고맙지만 됐어." 오드리가 대답했다.

"어떻게 '고맙지만 됐어' 이 한마디로 날 이렇게 웃길 수 있지! 네가 분명 그렇게 말할 거라고 재스퍼가 했었거든. 아이고! 너무 웃겨."

에블린은 손수건으로 눈을 닦으며 큰 소리로 오랫동안 웃었다.

"아이고! 아이고! 짜증난 표정 그만 지어, 오드리. 웃다가 죽겠어! 소리 지르게 될 것 같아."

"장거리를 왔으니 그러는 건 좋지 않을 거야." 오드리가 말했다.

"뜨거운 물도 있고, 옷방에 재스퍼도 있으니, 난 이제 갈게. 저게 드레싱 벨(만찬 등을 위해 야회복으로 갈아입는 등의 몸치장을 알리는 종 – 역자 주)이야. 30분 후에 저녁 식사 벨이 울릴 거야. 난 가서 옷 입어야겠다."

오드리는 거의 쾅 소리가 날 정도로 문을 닫고 방에서 뛰쳐나왔다.

"조금 더 있다가는 이성을 잃을 것 같아. 뭔가 지독한 말을 하게 될 것 같았어."

오드리는 생각했다. 심장이 빠르게 뛰어서 손으로 옆구리를 꾹 눌렀다. 그리고 소리쳤다.

"제니 언니가 없으면 에블린이 집에 있는 걸 견딜 수 없을 거야. 쟤가 윈포드 사람이라니, 그리고 윈포드 성이… 이 사랑스럽고 아름다운 성이… 언젠가 에블린의 것이 될 것을 생각하니. 아, 미칠 것 같아! 내가 항상 갈라하드 경이라고 부르던 사랑스런 갑옷 기사를 허수아비라 부르고, 우리 렘브란트 그림을 요상한 고물이라고 부르다니. 아, 에블린, 참기 힘든 아이구나!"

방으로 달아나니, 하녀 엘레노어가 준비를 돕기 위해 기다리고 있었다. 오드리는 하녀에게 좀처럼 마음을 털어놓지 않았고, 중요한 일, 호기심, 새로운 소식으로 가득한 소녀 엘레노어는 오드리 아가씨가 이런 기분일 때는 감히 자신의 감정을 드러내지 못했다.

"오늘 밤은 가장 예쁜 드레스로 입혀줘, 엘레노어."

오드리가 말했다.

"머리도 최고로 멋있게 꾸며줘. 하얀 드레스, 그게 제일 예쁘다고 했었지? 아니다, 하얀 드레스 말고, 장식과 주름이 있는 연한… 아주 연한… 장밋빛 실크 드레스를 입을래."

"그건 가장 화려한 드레스인데요, 아가씨."

"괜찮아. 화려하고 잘 차려입은 모습이고 싶어."

엘레노어는 화장실에 가서 준비를 도왔고, 오드리가 준비를 마치기 몇 분 전에 벨이 울렸다. 오드리는 긴 거울에 비친 자신의 모습을 잠시 바라보며 사랑스럽고 우아한 장면을 그려보았다. 이미 몸매가 아름답게 자라 있었고, 키가 크며 우아하고 품위가 있었다. 위풍당당한 어깨 위 머리 장식은 완벽했다. 하얀 어깨는 사랑스런 드레스의 살이 비치는 옅은 주름 아래서 빛나고 있었다. 둥근 팔은 석고 같이 뽀얀 색이었다. 작은 다이아몬드를 손가락에 끼우고는, 잠시 진주 목걸이를 열심히 쳐다보았지만, 결국 치장은 그만하기로 하고 아래층으로 가볍게 달려갔다.

큰 응접실에 은은한 불빛이 비추고 있었다. 에드워드는 장작불이 **활활**

타오르는 난로 옆에 서있었다. 프랜시스 부인은 이브닝드레스를 제대로 갖춰 입은 채 소설책을 휙휙 넘기고 있었다.

"조용한 저녁이 되겠군요!"

프랜시스 부인이 에드워드를 올려다보며 말했다.

"내일 손님이 많이 오면, 큰 파티를 열자고요. 그러면 오드리와 에블린도 즐거운 시간을 보내겠죠. 오드리, 왜 오늘 저녁에 그 드레스를 입은 거니?"

"그냥 입고 싶었어요, 어머니." 오드리가 가벼운 어조로 말했다.

오드리의 뺨은 평소보다 붉었고, 눈은 프랜시스 부인이 지금껏 본 중 가장 밝았다. 프랜시스 부인은 안목이 뛰어난 여자는 아니었다. 훌륭한 어머니이자, 좋은 안주인이었다. 보기에 훌륭했고, 윈포드 성의 위엄을 유지하는 귀부인이었지만, 외동딸을 이해하는 척 같은 것은 하지 않는 사람이었다. 여러모로 예민한 사람인 에드워드 역시 오드리의 진짜 모습은 잘 몰랐다. 에드워드는 약간 긴장한 채로 오드리를 보았다. 에블린이 이 집에 머무르며 예쁜 어린 딸에게 어떤 영향을 줄지에 대한 궁금증으로 마음에 동요가 일었다. 에블린을 본 것도 처음이었고, 아내인 프랜시스 부인에게 에블린이 어떤 아이인지 물어본 적도 없었다. 은화 문제에 심취하여 19세기에 대한 철저한 논문을 쓰고 있었으므로 집안일에 신경 쓸 겨를이 없었다. 바로 그 때 응접실 문이 휙 열렸고, 하인 데이비스는 마치 에블린이 낯선 사람인 것처럼 이렇게 말했다.

"에블린 윈포드 아가씨이십니다."

프랜시스 부인의 눈에, 작은 파티치고는 오드리가 약간 과한 옷을 입긴 했지만, 나이에 전혀 맞지 않는 드레스를 입은 에블린보다는 괜찮아보였다. 에블린은 많은 색자수가 흩뿌려진 밝은 파란색의 두꺼운 실크드레스를 입고 있었다. 작고 통통한 목은 드러나 있었고, 소매는 짧았다. 숱이 없는 밝은 머리는 머리 위에 정돈되어 있었고, 두 개의 다이아몬드 핀이 머리를 고정하고 있었다. 다이아몬드 목걸이는 목에 꽉 끼었고, 팔에는 팔찌를 하고 있었다. 분명 에블린은 몹시 만족하고 있었고, 프랜시스 부인과 에드워드를 차례로 자신감 있게 바라보았다. 에드워드는 에블린을 맞이하러 긴 보폭으로 몇 걸음 걸어갔다. 에블린의 묘하고 작은 얼굴을 보자, 관심이 가기 시작했다. 하나 밖에 없는 형의 외동딸이었다. 에드워드는 형을 세상 누구보다 사랑했으므로 조카를 진심으로 환영해주기로 했다. 그래서 에블린의 작은 손을 잡고 갑자기 몸을 구부려서 땅에서 3센티미터 정도 들어 올려 두 번 키스했다. 에드워드의 이런 환영 인사로 에블린은 약간 숨이 막혔다.

"아니, 아버지가 다시 살아나신 것 같네요. 만나서 반가워요, 삼촌." 에블린이 말했다.

에드워드는 손을 계속 잡은 채로 난로 쪽으로 걸어가서 오드리와 프랜시스 부인을 마주했다.

"오드리 소개는 받았겠구나, 그렇지, 에블린?" 에드워드가 말했다.

"소개받을 필요도 없었어요. 복도에서 보고, 오드리가 틀림없다고 생각했으니까요. 귀엽죠? 그렇죠? 이 집은 별로 마음에 안 들지만 삼촌은 좋아요. 삼촌은 너무 좋지만, 다른 것들은 별로에요. 제가 워낙 솔직한 스타일이니 이해해주세요. 태즈메이니아에서 그렇게 자랐어요. 오드리, 날 보며 인상 찌푸리지 마. 찡그리면 예쁘지 않으니까. 하지만… 아! 벨 울렸네요, 그렇죠?

"그렇단다." 프랜시스 부인이 말했다.

"저녁식사 시간이라는 거죠, 맞죠?"

"그렇단다, 에블린. 식당으로 안내해주마."

에드워드가 최대한 세련되고 고상하게 에블린을 향해 몸을 굽히며 말했다.

"너무 웃겨요, 삼촌!" 에블린이 말했다.

"하지만 그래도 삼촌이 좋아요. 옛날식이긴 해도 좋은 분이시니까요. 배고파 죽겠네. 배터지게 먹고 싶어요!"

제3화

자유분방한 에블린의 저택 생활

18년 전, 두 형제가 격한 말을 주고받으며 헤어졌다. 두 사람은 한 여인을 사랑했고, 끝내 동생의 승리로 끝났다. 동생보다 겨우 한 살 위였던 형은 패배를 인정할 수 없었다.

"성을 떠날 거야. 내가 없는 동안은 성을 차지해도 좋아."

형이 말했다.

동생 에드워드도 동의했다.

"어디로 떠날 건데?" 에드워드는 형 프랭크에게 말했다.

"세상 반대편… 아마 호주로 갈 것 같아. 언제 돌아올지는 모르겠어. 그건 크게 중요하지는 않아. 결혼은 절대 안 해. 이 땅은 네 것이 될 거야. 만일 프랜시스가 아들을 낳으면, 아들에게 물려줘."

"그런 말 하지 마." 에드워드가 말했다.

"몇 년 동안 형을 위해 이 성을 보살피고 있을 테니, 아픔을 극복하고 돌아와. 프랜시스가 형을 사랑했다면, 내가 빼앗았을까? 처음부터 프랜시스는 나를 선택했어."

"널 탓하지 않아, 에드워드." 프랭크가 말했다.

"나에게 해를 끼칠 의도가 없는 순수한 마음이었겠지만, 프랜시스를 너무 사랑해서 난 이 나라에 있을 수가 없어. 떠날게. 프랜시스는 몰랐으면 한다. 모든 책임을 너에게 떠넘기고 슬그머니 떠나는 이유를 프랜시스에겐 말하지 않겠다고 약속해줄 수 있지? 적어도 그건 약속해줘. 그럴 거지?"

에드워드는 그러겠다고 약속했고, 프랭크는 떠났다.

선대에 상속 제한을 없애기로 동의하긴 했지만, 이것을 실제로 이행할 의도는 없었다. 하지만 프랭크가 장남으로서 윈포드 성의 큰 영지를 상속받았고, 아버지가 세상을 떠난 이상 원하는 사람에게 영지를 물려줄 수 있는 위치에 있었다.

에드워드와의 마지막 대화에서 프랭크는 분명히 못을 박았다.

"잊지 마, 내가 바라는 대로 프랜시스가 아들을 낳으면 네 뒤를 이어 윈포드 성의 상속자가 되는 거야."

"하지만 아들을 못 낳으면?" 에드워드가 말했다.

"그런 경우라면 내 소관인 아니지. 내가 결혼할 가능성은 없어. 통상적 방식으로 네가 영지를 상속받게 될 것이고, 상속 제한이 사라진 상태이니 네가 주고 싶은 사람에게 물려주면 돼."

"현재로서는 누구든 형이 원하는 사람… 심지어 처음 본 사람에게도 영지와 성을 넘겨줄 수 있다는 것을 잊지 마." 에드워드가 살짝 웃으며 말했다.

프랭크는 이 말에 대답하지 않았다. 다음 날 형제는 작별 했고, 결국 평생 만나지 못했다. 에드워드는 프랜시스와 결혼했고, 윈포드 성에 들어가 살았다. 에드워드는 항해 중인 프랭크로부터 딱 한 번 소식을 들었고, 세상을 떠나기 몇 달 전에 쓴 편지를 받고 나서야 기별을 듣게 되었다. 편지는 모르는 사람의 손을 통해 전해졌고, 온갖 놀랍고 고통스러운 내용들로 가득했다. 프랭크는 급성 열병으로 갑자기 사망했지만, 죽기 전에 모든 일을 정리해두었다. 편지 내용은 다음과 같았다.

"사랑하는 에드워드, 내가 살아있다면 네가 이 편지를 받을 일이 없었겠지. 하지만 내가 죽으면 제때에 이 편지를 받게 될 거다. 우리가 작별하던 순간, 너에게 절대 결혼하지 않겠다고 했었지. 남자의 청혼이란 참… 태즈메이니아에 왔을 때 나는 목장을 운영했고 농부 여식의 남편이 되었다. 아내 이름은 이사벨이다. 어여쁜 여자이고, 딸을 하나 낳았다. 왜 이사벨과 결혼했는지 설명할 수 없지만, 솔직히 애정이 있어서는 아니었다. 하지만 이사벨은 나의 아내이고, 어린 딸의 엄마다. 에드워드, 마지막으로 네 소식을 들었을 때, 딸이 있다고 했었지. 만일 그 이후에 때가 되어 아들을 낳았다면 내 말이 의미 없겠지만, 아들이 없다면 영지를 내 딸에게 물려주기를 바란다. 여자가 크고 중요한 영지를 나만큼 잘 관리할 수 있을 것이라 생각지는 않지만, 내 생각에 나의 딸도 네 딸이 하는 것 만큼은 할 수 있을 것 같구나. 그러니, 사랑하는 동생 에드워드, 네 생전에는 나의 영지를 너에게 맡길 테니, 네가 죽고 없으면 아버지의 유언에 따라 나에게 상속되었던 땅을 내 딸에게 주어, 딸의 것이 될 수 있도록 해주어라. 내 딸을 받아주고, 프랜시스에게 잘 키워달라고 부탁해라. 우리 딸이 프랜시스가 있는 집에서 부여받을 수 있는 혜택은 모두 받았으면 좋겠구나. 우리 딸과 너희의 딸이 친구가 되기를 바란다. 에드워드, 너의 딸은 프랜시스 쪽 유산을 물려받을 테니 내 유언장을 받아도 억울하진 않을 것이다. 이사벨에게 이 편지의 내용을 자세히 알려줄 것이니, 내가 여기서 맹위를 떨치고 있는 열병에 걸린다면 이사벨이 알아서 조치를 취할 것이다. 호버트 타운에 있는 나의 변호사가 이 편지를 전달한 후, 유언장 내용이 이행되고 있는지도 확인할 것이다. 내 딸이 윈포드 성에 가서 너와 살게 될 때까지의 양육비 조항도 있다. 일이 발생할 때마다 네가 보살펴야한다. 한 가지 더 추가한다. 내 딸을 당장 너에게 보낼 수도 있으니, (내 죽음이 얼마 남지 않았다는 예감이 들어.) 호주인 어머니가 있다는 것을 알지 못할 것이다. 하지만, 이사벨이 아이를 사랑하여 작별하도록 설득하기 힘들다는 어려움이 있다. 이사벨에게 큰 변화가 없다면 이 불쌍한 여자를 받아줘서는 안 된다. 아이를 포기해달라고 내가 간청했지만, 포기할지 의문이다. 시간이 촉박하여 이만 마쳐야겠다. 내 유언장은 모든 면에서 합법적이며, 시행에 옮길 때 어려움이 없을 것이다."

프랭크가 죽은 지 한 달 후에 이 이상한 편지를 이사벨이 발견하였다. 그 편지는 봉인된 채로 영국에 있는 동생 에드워드에게 전달되었다. 이사벨은 그 편지를 간절히 읽고 싶었지만, 읽지 않았다. 호버트 타운에 있는 프랭크의 변호사에게 이 편지를 보냈고 머지않아 윈포드 성에 도착하여, 에드워드와 프랜시스 부인에게 엄청난 충격과 고통을 주었다.

에드워드는 즉시 태즈메이니아로 갔다. 형이 유일하게 남기고 간 아기와 형수 이사벨을 보았다. 거칠고 큰 목소리의 이사벨은 욕설에 가까운 말로 그를 맞이했다. 어쩔 수 있었겠는가? 이사벨은 아이와 헤어지기를 거부했고, 에드워드는 아내와 딸 걱정에 이사벨을 윈포드 성으로 오라고 설득할 수도 없었다.

"지체 높으신 친척 따위는 눈곱만큼도 관심 없어요. 난 프랭크를 사랑했고, 이 아이를 사랑해요. 내 자식이니 나를 받아들여야죠. 여기서 함께 지내는 동안 말이에요. 난 목장에서의 삶이 익숙하고, 내 딸도 익숙해질 겁니다. 지금도 돈은 많고, 어차피 언젠간 큰 재산도 물려받을 테니, 딸에게 돈을 아끼지는 않을 거예요. 하지만 내가 죽기 전까지 내 딸은 나와 함께 살아야 하니, 그 영국 저택으로 함께 가달라고 나에게 부탁하는 것 외에는 방법이 없겠네요. 부탁한다고 해도 갈 생각은 없지만 정중하게 부탁해 볼 수는 있겠죠." 이사벨은 말했다.

하지만 에드워드는 이사벨을 성으로 초청하지 않고 그냥 떠났다. 프랜시스 부인에게 이런 상황을 털어놓았다. 그러면서도 프랜시스를 사랑해서 떠났다는 것을 비밀로 해달라는 프랭크의 뜻을 지키려고 주의를 기울였다. 프랜시스 부인은 매우 공명정대하고 강직했다. 자신의 손에 자라야할 아기가 무례한 어머니의 이상한 아이로 자라야 한다는 것을 듣고는 15분간 괴로워했지만, 금방 마음을 추슬렀다.

"질투 같은 건 내 삶에 끼어들지 못해요."

프랜시스 여사는 이렇게 말했고, 태즈메이니아에 있는 이사벨에게 긴 편지를 써서 아기와 함께 윈포드 성에 와서 지내자고 초청하기까지 했다. 하지만, 성에 사는 선량한 사람들에게는 천만다행으로, 이 초청을 거절했다.

"영국의 웅장함은 제 취향이 아니에요." 이사벨은 말했다.

"저는 자연에서 자랐고 이 모습 그대로 머물고 싶어요. 아이는 잘 지내고 있으니, 성인이 되거나 제가 세상을 떠나면 보내드릴게요."

이 편지 이후 몇 년이 흘렀고 태즈메이니아 자연 속의 어린 에블린과 부유하고 우아한 에드워드 가족 사이에는 아무런 교류도 없었다. 프랜시스 부인은 신께서 아들을 보내주기를 간절히 소원했지만, 끝내 이루어지지 않았다. 오드리가 외동딸이었고, 진짜 상속녀는 태즈메이니아에 있으니, 선조들이 남긴 웅장한 윈포드 성과 오드리는 남동생이 있었을 경우보다도 더 거리가 멀어졌다는 사실도 거의 잊혀졌다. 하지만, 16살이 되자 갑자기 변화가 찾아왔다. 이사벨이 갑자기 세상을 떠난 것이다. 에블린이 성으로 오지 못할 이유는 이제 없었고, 호기심 많고 고집불통에 정식 교육을 받지 않고 자유분방하게 자라 열정적인 에블린이 설날 윈포드 성에 도착하게 된 것이다.

에블린의 천성은 단순하지 않았다. 사랑하는 사람은 많지 않았지만, 한 번 마음을 주면 끝까지 사랑했다. 변화가 있어도, 곁에 없다 해도, 어떤 상황에서도 에블린의 마음은 변하지 않았다. 목장에서 살던 어린 시절에는 엄마에게 달라붙어 떨어지지 않았다. 엄마 이사벨은 거칠고 열정적이면서도 고집이 셌다. 어린 에블린은 엄마가 무엇을 하든 동경했다. 빠른 걸음으로 농장에서 엄마를 따라 돌아다녔다. 그리고 걸음마를 떼기 시작하면서부터 말 타는 법을 배웠고, 목장에서 가장 야생적인 말들을 타고 엄마를 따라다녔다. 겁이 없는데다 고집불통이었고, 격정적인 열정에 쉽게 사로잡혔지만 엄마에게는 순한 양이었다. 이사벨은 부주의하고 이기적이지만 자신의 천성 그대로의 거친 방식으로 에블린을 아꼈다. 이사벨의 유일한 사랑 방식은 아이가 아침, 점심, 저녁으로 자신과 붙어있어야 한다는 것이었고, 그 어떤 교육이나 혜택을 위해서도 엄마와 잠시라도 떨어지면 안 된다는 것이었다. 두 사람은 매일 밤 서로의 품에서 잠을 잤고, 낮에도 늘 함께였다. 이사벨은 매우 강인한 여성이었고, 프랭크가 죽고 1~2년 후 아버지마저 세상을 떠나자, 모든 것을 정리하고 하인들의 작은 불복종도 용납지 않으며 목장을 직접 운영했다. 어린 에블린 역시 이사벨의 능수능란한 방식을 배웠다. 질책하고, 복종을 요구하며, 감히 대항하는 자의 얼굴 앞에다 작은 주먹을 흔들 수 있었다. 그리고 에블린이 그렇게 까불어댈 때 이사벨은 옆에 서서 웃곤 했다.

"이런!" 이사벨은 외치곤 했다.

"저 어린 것의 기백을 좀 보라고. 나를 꼭 닮았다니까. 영국 친척들도 이 녀석과 있으면 즐거울 거야! 하지만 내가 살아생전에는 절대 못 보내지."

에블린이 태어나면서부터 누렸어야할 혜택과 창창한 미래를 포기하겠다고 오래 전에 결심한 이사벨이었지만. 화려한 앞날에 대해 딸에게 이야기해주는 것을 좋아했다.

"내가 죽으면…" 이사벨은 말했다.

"큰 배를 타고 바다건너 영국으로 가게 될 거야. 아마 배에 타면 좀 힘들겠지만, 넌 괜찮을 거야, 우리 예쁜이."

"난 예쁘지 않아요, 어머니도 알잖아요. 정말 평범해요."

에블린이 대답했다.

"얘 말하는 것 좀 봐!" 이사벨은 꽥 소리 질렀다.

"연극 대사만큼 재밌는 말이구나. 겉모습은 아름답지 않을지 몰라도, 너의 기상은 아름답단다. 그래, 자랑스러운 영국 아버지가 금은보화와 아름다운 성을 너에게 물려주었으니, 친척들은 모두 네 앞에서 굴욕을 견뎌야겠지. 하지만 나는 너에게 강인한 정신을 물려주었으니, 절대 잊지 말거라."

"성에 대해, 그리고 아버지에 대해 이야기해주세요, 어머니."

겨울 저녁 활활 타오르는 불 옆에 두 사람이 앉아 있을 때, 이사벨 옆에 자리를 잡으며 에블린이 말했다.

이사벨도 아는 것은 별로 없었지만, 그나마 아는 것을 부풀려 이야기했다. 하지만, 에블린이 가장 중요한 인물이라는 것을 마음속에 생생하게 그리도록 해주었다. 자신의 권리를 주장하고, 친척들 위에 군림하며, 처음 보는 사촌에게 자신이 상속녀라는 것을 알려주고, 그 사촌은 아무것도 아니라는 것을 알려주는 식이었다. 에블린이 예의를 갖춰야 할 사람은 단 한 사람뿐이라고 조언했다.

"안 좋은 점은…" 이사벨은 말했다.

"에드워드 삼촌이 살아있는 동안 너의 재산은 한 푼도 없다는 건데, 오래 버틸 수도 있으니 최대한 그 분께 잘 보여라. 게다가, 네 아버지 같은 분이거든. 아버지는 아주 잘생기고 좋은 분이셨고, 난 그 분을 사랑했다. 그 분이 목장에 도착했던 날부터 호감을 가졌고, 나에게 청혼했을 때 엄청난 행운이 찾아왔다고 생각했단다. 하지만 네가 태어나자마자 돌아가셨지. 아버지가 살아계셨다면 나는 성의 안주인이 되었을 테지만, 그가 없으니 혼자는 가지 않을 거야. 그리고 내가 살아있는 동안은 너도 여기 있을 것이고."

"안 갈래요. 20개의 성을 주어도 어머니와 바꾸지 않을 거예요."

에블린이 열정적으로 말했다.

이사벨에게는 에블린도 용인하고 사랑하는 친구 한 명이 있었다. 프랑스계 여성으로, 이사벨이 많이 아플 때 목장에 머무른 적이 있었다. 이름은 아멜리아 재스퍼였지만, 목장에서는 재스퍼라는 호칭으로만 알려져 있었다. 어느 모로 보나 숙녀는 아니었고, 숙녀인 척하지도 않았다. 하지만, 주변 사람들을 마음대로 조종할 수 있는 묘한 매력을 가지고 있었고, 이사벨에게 많은 도움이 되고 에블린에게도 꼭 필요한 존재가 되었으므로 목장에 머무르게 되었다. 재스퍼는 별나고 교육받지 못한 이사벨에게 곧 큰 영향력을 행사하게 되었고, 마침내 자신이 불치병에 걸렸다는 것을 알았을 때 이사벨은 소중한 친구 재스퍼에게 에블린을 영국으로 데려가 달라고 간청했다.

"난 이렇게 할 거야." 재스퍼가 말했다.

"에블린을 영국으로 데려가서, 함께 지낼 거야." 이사벨은 웃음을 터뜨렸다.

"넌 그럴 만큼 똑똑하긴 하지." 이사벨이 말했다.

"하지만 죽은 내 남편이 얘기했던 고귀한 대저택에서는 웃음거리만 될 거야. 네가 숙녀는 아니잖아. 숙녀들 절반은 쓰러뜨릴 만큼 똑똑하고 기발하지만 말이야."

"그렇지 않을 방법을 알아." 재스퍼가 말했다.

"나도 영국 귀족이 어떤지는 들었어. 에블린의 하녀가 되는 거야. 하녀는 꼭 있어야 하잖아, 그렇지? 에블린을 거기에 데려가서, 하녀가 되어 함께 지낼 거야."

이사벨은 재스퍼의 아이디어를 훌륭하다고 추켜세웠고, 동서라 부르던 프랜시스 부인에게 군데군데 철자를 틀려가며 재스퍼가 하고 싶어 하는 말을 편지로 써주기까지 했다. 에블린이 원하는 한 재스퍼를 에블린 곁에 두게 해달라고 요청하며, 마지막에 이렇게 덧붙였다.

"훌륭한 프랜시스 부인이시여, 감히 말씀드리건대 에블린을 재스퍼에게서 떼어놓아 주소서."

이사벨이 세상을 떠났을 때 에블린은 끔찍한 슬픔에 사로잡혔다. 먹기를 거부했고, 이사벨의 시신을 떠나기를 거부했다. 장례식 날 히스테리 증세로 비명을 질렀고, 신경성 열로 쓰러졌다. 결국, 건강이 너무 악화되어 수개월동안 영국에 갈 수 없었다. 그리고 이사벨이 죽은 지 거의 일 년이 지나서야 윈포드 성에 도착하게 되었다.

제**4**화

"에드워드 삼촌은 건드리지 마세요."

"자, 재스퍼 이모, 마음에 드나요?"

윈포드 성에서의 첫날 밤 에블린은 재스퍼에게 열정적인 목소리로 물었다.

"너는 마음에 드니?"

재스퍼는 이렇게 응수했다.

"이모는 늘 그래요!"

멋대로 자란 에블린이 말했다.

"따지고 보면 당최 자기 생각이 없네요. 이모를 좋아하게 하려는 거죠… 좋아할 수밖에 없지만… 어떤 면에서는 너무 내 비위를 맞추느라 조심하는 것 같아요. 내 의견을 알 때까진 자신의 생각을 말하고 싶지 않겠죠. 뭐, 상관없어요. 내 생각을 털어놓을게요. 이 성도 여기 사람들도 모두 끔찍해요. 아! 어머니와 함께 지내던 목장으로 다시 돌아가면 좋을 텐데…"

재스퍼는 정교하게 수놓아진 값비싼 드레싱가운을 입은 채 불 옆에 무릎 꿇고 앉아있는 에블린을 경멸의 눈초리로 내려다보았다. 외모 중 유일하게 예쁜 에블린의 눈이 재스퍼의 얼굴에 완전히 고정되어 있었다.

"이 성은 너무 딱딱한 분위기에요." 에블린이 말했다.

"너무 너무 비현실적인데다 높고 웅장해요. 어머니가 윈포드 성에 대해 했던 얘기가 맞았어요. 난 이 성에서 에드워드 삼촌 말곤 아무도 신경 안 썼어요. 여기서 어떻게 살아야 할지 모르겠어. 오, 재스퍼 이모, 그 날 저녁 기억나요? 늙은 소 화이트풋이 아팠던 그날 밤 이모와 엄마, 저 셋이서 오랜 시간동안 간호하며 화이트풋의 마지막이 어떨지 생각했던 것 기억나죠! 멀드 사이다(영국에서 따뜻하게 마시는 사과주 – 역자 주), 생강빵, 도넛, 사과링도 기억나죠? 불 옆에서 사과링을 구웠던 것, 사과링이 탁탁

튀던 것, 따뜻한 사이다 맛도요, 그리고 어머니는 노래하고, 이모와 저는 손잡고 춤출 때 화이트풋이 크고 슬픈 눈으로 우리를 올려다봤던 것도 생각나나요? 화이트풋은 아침에 하늘나라로 갔지만, 그래도 즐거운 밤이었어요. 그런 시간은 이제 돌아오지 않겠죠. 오, 어머니가 죽어서 천국으로 가지 않았다면 좋았을 텐데! 정말 좋았을 거야!"

에블린은 가슴 위에 팔짱을 꼭 끼고 몸을 앞뒤로 흔들기 시작했다. 눈물이 흘렀지만 닦으려 하지 않았다.

"이제 그럼, 내가 말해보지." 재스퍼가 말했다.

"현실은, 너는 그냥 이 세상 최고 멍청이이라는 거야. 누가 그 투박하고 낡아빠진 목장을 이 사랑스럽고 멋진 성과 비교하겠니? 그리고 이 성은 네 거야, 에블린. 지금은 아니더라도 앞으로 네 것이 되겠지. 에드워드를 유심히 보니 그리 오래 살 것 같지 않았고, 에드워드가 죽으면 언제라도 네 차지가 되는 거야. 너와 나의 것이 되는 거지. 귀부인 프랜시스와 도도한 오드리 아가씨는 여기 없겠지. 살만한 가치가 있는 좋은 나날이 될 거란다, 아가."

"그래요." 에블린은 천천히 말했다.

"그 때 모든 걸 바꿀 거예요. 성을 목장처럼 만들래요. 친구들을 좀 데려와서 이 집에서 살게 할 거예요. 목장에서 1.6킬로미터도 안 되는 곳에서 달걀 농장을 하던 페트리 부부랑, 토마스 롱샴 씨, 피트, 딕, 톰, 마이클 이렇게요. 제가 성의 주인이 되면 모두 와서 목장에서처럼 지내자고 떠나기 전에 말해두었거든요. 어머니가 하늘에서 보시면 기뻐하실 거예요. 그런데, 이모, 왜 그렇게 오드리를 경멸하는 말투로 얘기하는 거예요? 정말 예쁜데요. 지금껏 본 여자 중 제일 예뻐요. 우아함이 저절로 풍겨요. 나도 오드리처럼 걷고, 말하고, 이야기할 있으면 좋을 텐데, 정말이에요, 이모."

"어디보자. 너 오드리가 좋아지고 있구나, 그렇지?"

재스퍼는 곰곰이 생각하는 말투로 이야기했다.

"난 쉽게 사랑에 빠지지 않아요. 아버지와 함께 하늘나라에 계시니 살아계시는 것이나 마찬가지인 어머니를 사랑하고, 재스퍼 이모랑 에드워드 삼촌을 사랑해요."

"세상에! 에드워드를 왜?"

"어쩔 수 없어요. 이미 삼촌을 사랑하고, 오래 볼수록 더 알아갈수록 점점 더 사랑하게 될 것 같아요. 아버지가 살아계셨다면 삼촌 같은 완벽한 신사셨겠죠. 오! 목장에서의 삶도 행복했고 어머니도 이 세상 누구와도 바꿀 수 없지만, 에드워드 삼촌이 제 손을 잡고 키스해주었을 때는 전율이 오싹했어요. 아버지 같았거든요. 아버지가 계셨다면 나도 여기 살면서 오드리만큼 우아하고 예뻤겠죠."

"절대 오드리처럼 될 수 없으니, 그런 생각은 할 필요도 없단다. 네 엄마처럼 땅딸막하고, 눈 빼고는 얼굴에 봐줄만한 곳이 없는데다, 눈도 크기만 했지 짙은 색도 아니고, 머리숱도 없고 얼굴도 창백하지. 다양한 인종이 섞여 있는 혼혈이니, 피부가 그렇게 희지도 않고 어둡지도 않은데다, 아주 작은 것도 아니고 큰 것도 아니지. 네 엄마 모습 그대로 몸집이 떡 벌어졌고, 살아있는 한 영원히 혼혈일거다. 봐라! 다 말하고 있지? 이제 네 눈치 안 볼 거다. 늦었으니, 이제 잠자리에 들어야겠다. 서두르지 않으면 푹 자고 싶어도 못잘 거다. 이제 움직여! 잠옷입고 침대로 가라."

"내가 먼저 기도할래요." 에블린이 말했다.

"그리고…" 잠시 멈추더니 하녀 행세를 하고 있는 재스퍼를 똑바로 바라보았다.

"다른 얘기를 좀 해야겠어요. 그런 투로 말하면 이모를 사랑하지 않을 거예요. 그렇게 말해선 안 돼요. 참지 않을 거예요."

"아 그러니?" 재스퍼는 태도를 완전히 바꾸며 말했다.

"내가 기분 상하게 했니? 그랬니? 내 사랑? 이리 오거라, 아가. 아이고, 떨고 있구나! 내가 한 말을 그대로 다 믿었니? 넌 눈에 넣어도 안 아픈 보석이고, 내 마음 속 가장 중요한 존재이자 많은 여러 가지 의미라는 것을 몰랐니? 네 엄마가 아무 이유 없이 나를 네 곁에 남겼겠으며, 너를 두고 내가 떠날 리가 있겠니. 사랑스럽고 예쁜 아가? 그리고 땅딸막하긴 해도, 너만큼 결단력 있고 뜨거운 기상을 가진 사람은 없지. 오, 혼란스럽고 불안해할 필요 없으니 이제 내 품으로 와서 슬픔을 털어내라. 사랑하는 재스퍼가 살아있는 한 혼란스럽거나 불안해할 필요는 전혀 없단다."

거의 심한 불을 뿜어대던 에블린의 눈빛이 이제 부드러워졌다. 저항하려는 듯 재스퍼를 바라보았다. 그러고는 몸을 떨면서 약간 비틀거리며 방을 가로질러 왔고, 재스퍼가 품속에 끌어안고 앞뒤로 흔든 다음 순간, 마치 아기처럼 머리가 재스퍼의 가슴에 놓여있었다.

"자 그럼, 이렇게 하는 게 좋겠다." 재스퍼가 말했다.

"목장으로 돌아간 것처럼 옷을 벗고, 작고 하얀 침대 속에서 포근하고 편안하게 있으면서 재밌는 걸 해보자."

"재밌는 것! 뭐요?"

에블린이 말했다.

"몰래 먹는 저녁이 얼마나 맛있는지 몰라? 여기 초콜릿, 작은 냄비, 크림 항아리, 소스 팬이 있으니, 진한 초콜릿 한 잔을 만들어 너에게도 주고 나도 먹을 거야. 그리고 여기 다양한 맛의 훌륭한 케이크 한 박스도 있네. 네가 초콜릿을 홀짝이며 마시는 동안 나는 오드리와 프랜시스 부인 흉내를 내볼게. 문이 잠겨있으니 아무도 우릴 못 봐. 최대한 편안하게, 마치 목장에 돌아간 것처럼 재밌게 놀자."

에블린은 이제 활짝 웃었고 기운이 되살아났다. 자제할 생각 같은 것은 전혀 하지 않았다. 재스퍼를 우리 사랑스러운 이모라고 부르며 여러 번 키스했다. 열정적으로 떠들고 여러 가지 지시를 하며 초콜릿 만들기를 주도했다. 마침내 진한 초콜릿 한 잔을 받았고, 홀짝이며 새하얀 베개에 몸을 웅크리고 아주 편안하게 앉아, 달콤한 케이크를 먹으며 재스퍼를 행복한 눈으로 바라보았다.

"그래서 오드리처럼 되고 싶다고?" 재스퍼가 말했다.

"너는 상대가 되지 않는다고 생각하는구나. 혹시 모르는 일이니 어디 한번 보자."

순식간에 재스퍼의 이목구비가 오드리와 우스꽝스럽게 닮아갔다. 오드리와 너무 흡사하게 성대모사를 해서 에블린은 신이 나 소리 질렀다. 가볍고 빠른 걸음으로 방을 가로질러 걸어가며 오드리의 말을 그대로 따라 했다. 순식간에 분위기를 바꿔서 이번에는 싱클레어를 따라했는데, 가정교사만의 다소 정확한 언어를 흉내 내며, 그날 저녁 잠시 보았던 싱클레어의 행동 그대로 어깨를 펴고 손을 가지런히 놓았다. 싱클레어도 오드리만큼 똑같았고, 에블린은 너무 흥분해서 초콜릿을 쏟을 뻔했다. 하지만 가장 재미있는 부분은 재스퍼가 갑자기, 작은 힌트도 없이, 프랜시스 부인이 되었을 때였다. 이제 방을 가로지르는 것이 아니라 항해하는 수준이었고, 말투는 위엄 있고 느렸으며, 경외심을 불러일으킬 듯한 태도에, 말투도 완전히 프랜시스 부인이었다. 신난 재스퍼는 이보다 더 재미있는 부분이 남아있다고 생각하며, 뻔뻔스럽게도 이번에는 에드워드를 따라했다. 하지만 눈 깜짝할 사이 섬광처럼, 에블린은 침대에서 일어났다. 초콜릿 컵을 내려놓고 재스퍼를 향해 돌진했다.

"다른 사람은 얼마든지 흉내 내도 좋지만, 삼촌은 안 돼요. 감히 생각조차 하지 마세요. 그래선 안돼요. 그러면 쫓아낼 거예요. 이모를 미워할 거라고요. 다른 사람 흉내는 사랑스럽고, 멋지고, 재밌어서 열중하게 되니 얼마든지 해도 되지만 삼촌은 안 돼요."

재스퍼는 놀라서 에블린을 바라보았다.

"벌써 그 정도로 에드워드를 사랑한다고? 뭐, 물론 네 마음이지만 말이다." 재스퍼가 말했다.

"기분나빠하지 마요, 이모." 에블린이 말했다.

"다른 사람 흉내는 괜찮고, 마음에 들기도 해요. 이모가 얼마나 흉내를 잘 내는지 오늘 밤 오드리에게 말해줬고, 오드리를 더 잘 알게 되면 표정을 더 잘 따라할 수 있을 거예요. 아, 너무 잘했어요! 하지만 삼촌은 건드리지 마세요."

제5화

형의 눈을 가진 아이

에블린은 다음 날 아침 식사 시간에 일어나지 못했다. 윈포드 성에서 아침 식사는 위엄 있는 행사였다. 가족이 모이도록 8시 45분에 큰 음악 종소리가 울리면, 심하게 아프지 않은 사람은 모두 작은 예배당으로 왔고, 아침마다 에드워드가 모여 있는 가족 앞에서 기도문을 낭독했다. 기도가 끝나면, 방문객과 가족이 함께 아늑한 거실로 이동하여 즐겁고 따뜻한 식사가 이어졌다. 게으른 사람을 못 견디는 프랜시스 부인은 아침식사에 불참하는 것을 싫어했다. 그리고 게으른 소녀를 공포에 가깝게 싫어했으므로, 오드리는 에블린이 아파서 불참했다고 이실직고하느니 자신이 그냥 최악의 독감에 걸리는 것이 편이 나을 지경이었다. 그러므로 에드워드와 프랜시스 부인은 에블린의 불참에 대해 심각한 표정으로 이야기하였다.

"에블린에게 한 마디 해야겠어요." 프랜시스 부인이 말했다.

"첫 아침식사에요. 이 성의 생활 방식을 이해 못 하고 있는데다, 이런 일이 다시 벌어져선 안 돼요."

"너무 엄하게 대하지 말아요, 부인." 에드워드가 말했다.

"당신 교육의 혜택을 한 번도 받아보지 못한 아이라는 것을 잊지 말아요."

"가엾어라!" 프랜시스 부인이 말했다. "그건 분명히 알겠네요."

프랜시스 부인은 살짝 고개를 치켜들었다. 자신보다 훌륭하게 아이를 교육할 수 있는 사람은 세상에 없다는 것을 알고 있었다. 이날 아침 유독 밝고 어여뻤던 오드리가 용기 내어 프랜시스 부인을 쳐다보았다.

"아마 옷 입고 준비는 했지만 우리가 식사 중인 것을 모를지도 몰라요." 오드리가 말했다. "방에 가서 한 번 볼까요?"

"아니다, 오드리. 오늘 아침엔 그러지 마라. 내가 곧 보러가마. 그나저나,

손님 맞을 준비는 됐니?"

"그런 것 같아요. 누가 오는지는 모르지만요."

"제르비스 가에서는 당연히 헨리에타, 줄리엣, 남자 형제들이 오고, 클라베링스 가에서는 메리와 소피가 온단다. 모두 어린 손님일 뿐이지만, 그 여섯 명에 너와 에블린까지 있으면, 정신없을 거다."

"전 괜찮아요." 오드리가 대답했다.

"재밌을 거예요. 최대한 도와줄 거죠, 제니 언니?"

"물론이지." 싱클레어가 대답했다.

"집에 계셔서 너무 다행이에요, 싱클레어 선생님."

프랜시스 부인이 젊고 예쁜 가정교사 싱클레어를 돌아보며 말했다.

"에블린과는 아직 얘기 안 해보셨죠?"

"어제 밤에 잠시 이야기 나눴습니다." 싱클레어가 대답했다.

"대단한 성격의 아이 같던데요."

"그런 아이는 처음 봐요."

몸을 부르르 떨면서 프랜시스 부인이 말했다.

"솔직히 말해서 에블린이 왔을 때 기쁘기까지는 바라지도 않았지만, 이렇게까지 무례할 것이라고는 상상도 못했어요."

"오, 진정해요, 프랜시스, 진정해!" 에드워드가 말했다.

"여보, 저는 원래 속마음을 잘 드러내지 않아요. 하지만 싱클레어 선생님의 교육이 에블린에게 꼭 필요하다는 것은 선생님도 아셔야하고, 에블린이 아주 무례하다는 것은 오드리도 알아야 해요. 그리고 에블린을 바꾸려면 우리 모두의 노력이 필요하다는 것도 알아야 하죠. 물론 그 첫 번째 단계는 재스퍼라는 끔찍한 여자를 떼어놓는 거예요."

"하지만, 에블린이 재스퍼를 너무 잘 따르니, 재스퍼와 떼어놓으면 에블린의 마음이 상할 거예요." 오드리가 말했다.

"그 문제는 나에게 맡겨라." 프랜시스 부인이 일어나면서 말했다.

"잔인하거나 불친절한 행동은 절대 하지 않을 거란다. 하지만, 버릇없게 놔두는 것이 진정한 친절은 아니라는 것을 너도 조만간 배워야할 거다."

프랜시스 부인은 말하면서 방을 나갔다. 그리고 오드리는 싱클레어를 돌아보며 몇 마디 했고, 둘은 천천히 온실 쪽으로 걸어갔다.

"에블린을 어떻게 생각해요?" 오드리가 물었다.

"아까 얘기한 것처럼, 정말 특이하고 자기 생각이 강한 아이지만, 그렇게 자라왔으니 당연하겠지. 프랜시스 부인께서는 이해하기 힘든 점이 많을 거다."

"바로 그거예요. 어머니는 그런 사람을 한 번도 본적이 없어요. 에블린을 이해하지 못할 테니 나쁜 일이 벌어질 것만 같아요."

"에블린은 프랜시스 부인의 뜻에 따르는 법을 배워야 해."

싱클레어가 말했다.

"너와 나는 인내심을 갖고, 에블린이 좀 무례하게 행동하더라도 본심은 아닐 거라 생각하며 참아줘야 할 거다. 그리고 최대한 행복하게 해주려고 노력해야 할 거야."

"잘 모르겠어요." 오드리가 말했다.

"에블린이 왜 그렇게 무례하고, 버릇없고, 기분 나쁘게 행동하는지 이해할 수 없어요. 완전히 에블린이 싫지는 않아요. 분명 재밌기는 해요. 하지만 자신의 위치를 파악하지 못하면 이 성에서 행복하지 못할 거예요."

"바로 그거야." 싱클레어가 말했다.

"자신이 실상 이 곳의 주인이니 하고 싶은 대로 해도 된다는 아주 현명하지 못한 말을 했어. 그러니 결과를 봐라. 하지만, 최악의 경우라도, 한 가지는 확실하단다."

"그게 뭔가요? 언니는 너무 현명하고 친절한 것 같아요!"

"다른 사람은 몰라도 에드워드 대지주님은 에블린을 다룰 수 있을 거다. 어제 밤 에블린의 눈이 계속 대지주님을 따라다닌 것이랑, 대지주님이 말할 때마다 에블린 목소리가 부드러워지고 다정한 말투로 대답하는 것 눈치 못 챘니?"

"몰랐어요." 오드리가 대답했다.

"세상에! 혼란스럽고 짜증나요. 왜 에블린 같이 별로인 애가 이 사랑스러운 곳을 갖게 되는지 모르겠어요. 에블린을 질투하는 것은 아니에요. 절대 그렇지는 않은데, 진가를 알아보지도 못하는 사람이 우리의 사랑스러운 공간을 갖게 되어 마음이 아파요."

"뭐, 에블린이 중년이 되어서야 윈포드 성을 가지도록 바래보자." 싱클레어가 말했다.

"자, 그러면 이제 네 어린 친구들 얘기를 해볼까?"

오드리는 싱클레어의 팔짱을 꼈고, 둘은 오랫동안 진지하게 이야기하며 온실을 서성거렸다.

한편, 패스트리, 격자무늬 파이, 초콜릿으로 건강에 좋지 않고 기름진 아침 식사를 한 에블린은 도도하게 천천히 일어났다. 재스퍼는 지극정성으로 에블린의 시중을 들었다. 난로에서는 불이 활활 타오르고 있었다. 그리고 에블린이 들어온 지난밤부터 방에 하인을 들이지 않아 방은 이미 지저분하고 황폐해졌다. 흰 재가 지저분한 난로 안에 높게 쌓여 있었고, 장작 뒤지개의 연마 강철에도 먼지가 쌓였으며, 청록색 벨벳으로 덮어 놓은 대리석 벽난로에도 먼지가 소복했지만, 에블린과 재스퍼는 조금도 개의치 않았다.

"그러면 이제, 우리 강아지, 어떤 드레스 입을래요?"

재스퍼가 말했다.

"최대한 빨리 나를 드러나게 해야겠어요." 에블린이 말했다.

"어머니가 그래야 한다고 했거든요. 그러니 눈에 띄게 멋진 옷을 입어야겠어요. 방금 진저리나는 오드리가 싱클레어와 함께 지나가는 것을 봤는데, 못생긴 검푸른 색 모직 옷을 입고 있었어요. 아니, 우유 짜는 여자나 그런 옷을 입는 거죠. 제 말 맞죠, 이모?"

"여기 진홍색 벨벳 드레스가 있단다." 재스퍼가 말했다.

"너 주려고 파리에서 샀지. 입으면 정말 예쁠 거다."

"아니, 이모, 어제 밤에는 제가 땅딸막하다고 했잖아요."

에블린이 말했다.

"풍성한 벨벳이 안색을 밝혀줄 거야." 재스퍼는 끈질기게 말했다.

"이걸 입어라. 좋은 인상을 줄 거야."

그래서 에블린은 빨간 색과 진홍색 사이의 독특한 색 드레스를 입기로 했다. 재스퍼는 빨간 실크 띠를 에블린의 허리에 둘렀고, 아주 연한 녹색부터 강렬한 장미색까지 다양한 빛깔의 구슬들을 여러 줄로 한층 더 장식하고 나자, 에블린은 내려가자고 말했다.

"어디부터 갈거니?" 재스퍼가 말했다.

"곧장 에드워드 삼촌을 찾으러 갈래요. 삼촌에게 할 말이 많아요. 그리고 어머니가 주신 쪽지도 있는데, 제 생각엔 이모에 대한 이야기 같아요. 그 쪽지를 숙모에게 드리라고 삼촌에게 줄 거예요. 숙모는 싫으니까 삼촌에게 먼저 갈래요."

이어서 에블린은 무거운 빨간 드레스를 입고, 검은 신발과 하얀 스타킹을 신고는 아래층으로 달려가서, 거만한 말투로 하인에게 에드워드가 어디 있는지 물은 후 곧장 에드워드의 개인 서재의 문을 열고 들여다보았다.

에드워드가 은신처라 부르는 서재에 있을 때는 프랜시스 부인조차 거의 방해하는 일이 없었다. 그러니 에드워드가 눈을 들어 에블린의 창백한 얼굴과 귀에 꽂힌 밝은 금색의 얇은 머리카락, 자신을 바라보는 옅은 갈색 눈을 보았을 때, 짜증이 솟구치지 않을 수 없었다.

"삼촌, 화 안 내실 거죠?" 에블린이 말했다. 쾌활하게 방으로 뛰어 들어가서, 에드워드에게 달려가 한 팔을 목에 감고 키스했다.

에드워드는 괴상한 모습의 에블린을 어리둥절하게 바라보았다. 대부분의 남자들과 같이, 드레스에 대해서는 자세히 알지 못했다. 그저 프랜시스 부인이 항상 완벽하게 입는다는 것과 오드리가 우아한 영혼 그 자체이며 싱클레어가 항상 예쁜 모습이라는 것 정도만 알고 있었다. 그러므로 무엇이 잘못되었는지는 모르겠지만, 에블린과 함께 있을 때는 늘 불편한 마음이 들고 프랜시스 부인이 에블린을 좋아할 리가 없다는 것은 확실히 느끼고 있었다.

"함께 사무를 처리해야 해서 삼촌에게 먼저 왔어요."

에블린이 말했다.

"사무를 처리한다고!" 에드워드는 에블린의 말을 따라했다.

"어려운 단어를 쓰는구나."

"어머니가 사무 처리에 대해 말씀하시는 것을 듣고 그 표현을 써봤어요." 에블린은 사려 깊은 말투로 이야기했다.

"자, 삼촌 그럼 우리 거래할까요? 사업을 기반으로 시작하는 것이 제일 좋겠죠?"

"넌 참 특이한 아이인 것 같구나." 에드워드가 말했다.

"아직 어려서 사업 관련 일은 모를 거다. 그런 일은 숙모와 나에게 맡겨라."

"하지만 제가 상속녀라는 것 잊지 마세요. 삼촌이 돌아가시면 이 방, 밖에 있는 큰 땅, 이 우울하고 오래된 집 모두 제 것이 될 거에요, 그렇죠?"

"그렇지." 에드워드는 에블린이 자신의 집을 우울하다고 말하자 움찔할 수밖에 없었다.

"하지만, 그런 얘기는 입 밖으로 내서는 안 되는 거란다. 적어도 영국에서는 말이다."

"엄마와 저는 그 얘기를 많이 했어요. 그러니까 저녁 내내 난롯가에 앉아 내 집을 찾으러 가는 순간에 대해 이야기하곤 했어요. 때가 되면 변화를 주겠다는 것뿐이에요. 이런 말은 괜찮겠죠, 그렇죠?"

"그 주제 자체를 언급해선 안 된다."

에드워드가 일어나서 에블린을 마주했다.

"영국에서 이런 얘긴 하지 않아. 이제 영국에 왔으니 너도 영국 소녀나 숙녀처럼 행동해야 해. 친가에서는 넌 숙녀이니, 숙모와 내가 너를 진정한 영국 숙녀로 교육할 수 있도록 해줘야해."

에블린의 갈색 눈이 분노의 불꽃으로 타올랐다.

"저는 어머니와 달라지고 싶지 않아요." 에블린은 말했다.

"어머니는 지구상에서 가장 멋진 여성이었고, 딱 어머니처럼 되고 싶어요. 누군가를 위해 우아한 숙녀 따위 되고 싶지 않아요."

"그래, 어머니를 사랑하는 마음은 존중한다."

"사랑하죠!" 에블린은 말했고, 얼굴에는 기묘하면서도 극도로 비극적인 표정이 스쳤다.

에블린은 1분 정도 말이 없었고, 에드워드는 호기심과 고통이 뒤섞인 얼굴로 지켜보았다. 에블린의 눈은 진정으로 사랑했던 형 프랭크를 닮아있었지만, 다른 모든 면에서는 다시 이사벨이었다.

"제 생각에는…" 침묵 끝에 에블린이 입을 열었다.

"제 앞에 놓인 미래에 대해서는 언급하지 않겠지만, 언젠가는 분명 돌아가실 테니, 적어도 필요한 것을 부탁드리는 것은 괜찮겠지요?"

"어떤 부탁?"

"필요한 것이죠. 쩐이요. 쩐."

에드워드는 다시 천천히 자리에 앉았다.

"저도 앉으라고 하실 수도 있겠네요. 방이랑 방에 있는 물건들을 보면…" 에블린은 갑자기 말을 끊었다.

"죄송해요. 삼촌의 정해진 임종 시간보다 1분이라도 빨리 돌아가시는 것은 진정 원치 않아요. 어머니가 말씀하셨던 것처럼 우리의 시간은 정해져 있고 좋든 싫든 때가 되면 떠나게 되죠. 그러니 삼촌도 언젠가는 하늘나라로 가실 것이고 제가… 아, 세상에! 제가 영국 숙녀가 되려고 노력했으면 좋겠다는 삼촌의 끔찍한 소망에 마음이 움직이고 있어요. 삼촌을 좋아하게 되었으니 삼촌과 함께 있을 때는 노력하겠지만, 다른 사람들을 위해서라면 그건 생각해볼게요. 하지만, 쩐은요? 아마 삼촌은 돈이라고 부르실 거고, 어쨌든 돈을 말하는 거죠. 언젠가 제가 원하는 대로 쓸 수 있는 제가 갖게 될 돈이 얼마나 될까요?"

"상당한 금액을 받게 될 거다. 하지만, 우선 그 돈으로 무엇을 하고 싶고 어떻게 소비할지 말해 보거라."

"하고 싶은 것이 정말 많아요." 에블린이 말하기 시작했다.

"재스퍼는 여기 오기까지 저에게 쓸 돈이 많았어요. 정말 잘 해내고 있죠. 정말로요. 파리에서 이 드레스와 같은 것들을 많이 샀어요. 이 드레스 어때요, 삼촌?"

"난 그런 것은 잘 모른단다."

"정말요? 저는 삼촌이 깜짝 놀라실 줄 알았는데요. 저 같은 여자애가 이런 취향으로 옷을 입을 줄 모르셨을 것 같아서요. 오드리에게 드레스에 대해 이야기 좀 해도 될까요? 제가 보기엔 잘못된 것 같아요."

"뭐가 잘못됐다는 거지?" 에드워드가 물었다.

"너무 촌스러우니 숙녀가 입을 옷이 못되죠. 숙녀라면 실크와 새틴, 양단, 풍성한 장식으로 된 예복을 입어야 해요. 어머니가 항상 그렇게 말씀하셨고, 뭘 좀 아는 분이셨죠. 하지만, 삼촌은 그런 것은 놓치셨을 테고, 영지 관리를 감독하느라 바쁘셨겠죠. 제 것이 될 그… 아이고! 또 이 주제를 꺼냈네요. 우선, 재스퍼를 위해 돈이 필요해요. 가난한 친척들이 좀 있어서 재스퍼와 저 둘이서 부양하고 있거든요."

"재스퍼와 너 둘이서, 하녀인 재스퍼의 친척들을 부양한다고!" 에드워드가 말했다.

"세상에, 너무 딱딱하게 말씀하시네요! 하지만 상관없어요. 왜냐하면 제 돈이니 제가 하고픈 대로 할 수 있으니까요."

"에블린, 잘 들어라." 에드워드가 말했다.

"넌 어린 여자 아이일 뿐이야. 그러니 어떤 면에서는 정신이 몸보다 더 성숙하더라도, 그냥 아이일 뿐이야."

"저는 보이는 것처럼 애는 아니에요. 한 달 전에 16살이 되었고, 이제 16살이니 그렇게 어리지는 않죠."

"우리의 의견이 다른 것은 인정해야겠다." 에드워드가 말했다.

"넌 어리고 현명하지 못해. 그리고 분명 태즈메이니아 목장에서 나오는 돈이 있긴 하지만, 성인이 될 때까지는 내가 관리한다."

"성인이 되면 저는 엄청 큰 부자가 되겠죠?"

"아니. 재산은 내가 관리할 거다. 적절한 정도는 허락하겠지만, 내가 살아있는 동안에는 해마다 들어오는 적은 목장 임대료만을 받게 될 거다. 언젠가 목장이 팔리면, 너에게 줄 적은 자본이 마련될 수도 있겠지. 하지만, 지금 당장 이 많을 것들을 얘기하기에는 넌 아직 너무 어리다. 그러니, 코앞에 있는 문제만으로도 충분해. 분기당 5파운드를 용돈으로 주마. 오드리에게 주는 용돈과 똑같이 주는 거다. 옷은 숙모가 사줄 것이고, 너는 여기 살면서 모든 면에서 내 딸처럼 대우받을 거다. 자, 이게 나의 협상 조건이다."

에블린의 얼굴이 하얗게 질렸다.

"분기당 5파운드! 아, 그 쥐꼬리만 한 용돈으로는 못 살아요!"

"아니지, 아주 충분한 용돈이니 요긴하게 사용할 것이다. 충분하든 쥐꼬리만 하든 그 이상은 안 줄 거야."

에블린은 에드워드를 똑바로 쳐다보았고, 에드워드도 에블린을 바라보았다.

"이리오렴." 에드워드가 말했다.

에블린의 심장은 분노로 불타올라 날뛰고 있었지만, 에드워드의 말투는 어쩐지 마음을 진정시키는 구석이 있었다. 천천히 다가가자, 에드워드가 팔로 에블린의 허리를 감쌌다.

"내가 세상에서 가장 사랑했던 사람의 눈과 정말… 정말 많이 닮았구나."

"아버지 말씀이시죠." 에블린이 말했다.

"너를 돌보고 사랑해주고 교육하도록, 그래서 결국 높은 자리에 어울리는 사람이 될 수 있도록 가르쳐달라고 너희 아버지가 나에게 부탁했지."

"아버지는 나를 어머니에게 부탁했으니, 그 부분은 잘못됐네요. 어머니께서 저를 교육시키셨어요. 그리고 아버지는 어머니에게 저를 맡기셨죠. 어머니는 정말 자주 그 얘기를 해주셨어요."

"사실이란다. 너희 어머니가 살아있는 동안에는 어머니가 보호자였겠지만, 지금은 내가 보호자란다."

"맞아요." 에블린은 말했고, 황홀한 기분을 느꼈다. 삼촌 에드워드의 품에 편안하게 안겨있었고, 독특한 에블린의 갈색 눈은 에드워드의 얼굴에 고정되어 있었다.

"너에게 아버지의 사랑과 관심을 주면서도, 대가는 바라지 않으마."

"네? 상관없어요. 제게 정말 아름다운 다이아몬드 두 개가 있어요. 그걸로 단추를 만드세요. 저는 정말로 삼촌을 사랑하니까요."

"다이아몬드는 필요 없고, 다른 것을 원한다. 사랑과 순종 같은 것 말이지. 네가 나를 좋아하고 프랜시스 숙모와 오드리를 좋아한다면, 우리 방식을 따라주길 바란다. 우리는 정중한 예절, 얌전한 옷차림, 교양 있는 화법을 갖추도록 교육 받았고, 너도 교육을 통해 고귀하고 고상한 생각을 하는 내면을 지녔으면 좋겠구나. 너희 아버지처럼 위엄 있는 사람이 되길 바라고, 내가 너를 대하듯 너도 나를 대했으면 좋겠구나."

"삼촌이 직접 교육해 주실 건가요?" 에블린이 물었다.

"가끔 와서 대화는 할 수 있겠지만, 직접 가르칠 수는 없단다. 적합한 가정교사가 가르쳐줄 거다."

"재스퍼가 많이 알아요. 오드리와 저를 모두 가르칠 수도 있을 거예요. 보수만 잘 주면 돼요. 친척들이 많이 가난해서 돈이 많이 필요하거든요."

"삼촌에게 맡겨라. 며칠 안에 네 교육, 가정교사, 재스퍼에 대한 모든 이야기를 하게 될 거다. 너의 위치를 알고 오드리와 친해지도록 해라. 그리고 일주일동안 우리 성에 어린 친구 몇 명이 와있을 거다. 재밌는 시기에 네가 온 거지. 이제 가서 오드리를 찾아 함께 재밌게 놀아라."

에드워드는 말하면서 일어났고, 에블린의 손을 잡고 문으로 데려갔다. 문을 활짝 열어주며 에블린이 나가는 것을 보고 나자, 손 키스를 보내고는 문을 다시 닫았다.

"불쌍한 것!" 에드워드는 혼잣말로 말했다.

"정말 묘한 아이지만, 형의 눈을 가졌구나."

제6화

굶주린 소녀, 실비아

이제 에드워드 덕분에 에블린은 확실히 부드러워졌고, 방을 떠나자마자 프랜시스 부인을 마주치는 불운만 없었더라면, 그 이후에 일어날 불상사는 피할 수 있었을 것이다. 하지만 가엾은 프랭크의 사랑을 매정히 거절하여 그의 딸인 에블린을 떠올려도 감상에 젖을 일이 없었던 프랜시스 부인은, 에블린을 그저 골칫거리이자 피곤한 식구로만 여겼으므로 부드럽게 대해줄 생각이 없었다.

"이리 오거라, 얘야." 프랜시스 부인이 말했다.

"불빛 쪽으로 오거라. 무슨 옷을 입은 거니?"

"예쁜 빨간색 벨벳 드레스인데요."

에블린이 고개를 휙 돌리며 대답했다.

"저 같은 상속녀에게 딱 맞는 드레스죠."

"정말, 참기 힘들구나. 얘기 좀 하자. 몇 가지 할 말이 있으니 내실로 가자꾸나."

"하지만, 괜찮으시다면…" 에블린이 말했다.

"저는 숙모님과는 할 얘기가 없고, 다른 사람과 해야 할 말이 많아요. 재스퍼에게는 제가 필요하니, 다시 가봐야겠어요."

"아, 그 얘기도 해야겠구나." 프랜시스 부인이 말했다.

"지금은 이리 오거라."

프랜시스 부인은 가고 싶어 하지 않는 에블린의 손을 잡아끌어서 자신의 방으로 데려갔다. 난로에서 밝은 불빛이 타오르고 있었다. 방은 아늑하고, 활기차고, 정돈되어 있었다. 프랜시스 부인은 치밀한 사람이었다. 서류 더미가 하얀 탁자 위에 잘 정돈되어 있었고, 답하지 않은 편지 한 뭉치가 한쪽에 놓여있었다. 레밍턴 타자기가 근처의 탁자에 있었고, 타자기 옆에는 날씬한 소녀가 서있었다.

"잠시 나가 있어요, 앤드루스 양."

프랜시스 부인은 비서 앤드루스를 돌아보며 말했다.

"15분 후에 다시 오세요."

앤드루스는 깍듯이 머리 숙여 인사하고는 바로 방을 나갔다.

"봤지, 에블린." 프랜시스 부인이 말했다.

"바쁜 시간을 쪼개어 너와 얘기하고 있는 거란다. 난 여러 자선단체의 재정을 관리하고 있어. 간단히 말해, 이 집 사람들은 모두 바쁜데다, 아침에는 보통 아무도 나를 방해하지 않지. 오후가 되면 손님을 맞이할 준비가 되고 그럴 마음도 생긴단다."

"하지만 저는 손님이 아니에요. 이 집은 제거니까요. 아니면 적어도 제 것이 될 집이죠." 에블린이 말했다.

"네가 손님이 아니란 것은 맞는 말이다. 내 남편의 조카이면서 앞으로 이 집 주인이 될 것이기도 하지. 하지만 한번만 더 그렇게 버릇없이 말한다면 너에게 벌을 줄 수밖에 없다. 제대로 교육받은 적이 없으니 고쳐야 할 부분이 아주 많은 것 같거든."

"그럴 수 있을 거라 생각하나요?"

에블린은 눈에서 빛을 튀기며 말했다.

"그럴 작정이다. 오늘 아침 몇 분 동안 너와 이야기할 것이고, 그러고 나면 내 말에 따라야 한다는 것을 분명히 이해해야 할 거다. 이 성에서의 삶이 불행하진 않을 거다. 오히려 행복할거야. 처음엔 이 집에서 이렇게 꼭 지켜야하는 규칙들이 다소 성가실 수 있겠지만, 금방 적응할거야. 넌 교육이 필요하니, 이 집에서 그 교육을 받을 것이다. 오늘 아침엔 이 문제는 그만 얘기하마. 오드리에게 가면 오드리와 싱클레어가 땅도 구경시켜 줄 것이고, 재밌는 시간을 보낼 수 있을 것이니, 두 사람과 잘 지내도록 해라. 오드리는 내 딸이라서 하는 얘기가 아니라 최상의 벗이라는 것을 너도 알게 될 거다. 가정교육을 잘 받았고, 모든 면에서 매력적이지. 가정교사인 싱클레어가 널 교육시켜 줄 것이고 그럴 시간은 앞으로 충분할 거다. 이제 여기를 나가면 곧장 네 방으로 가서 재스퍼라는 하녀에게 소박하고 적절한 영국식 드레스를 입혀달라고 해라."

"영국식 드레스요!" 에블린은 말했다.

"저는 긴 드레스를 입어요. 전 다 컸고, 어머니도 제가 어른들만큼 감각이 있다고 말씀하셨어요."

"네가 지금 입고 있는 옷은 다신 입어선 안 된다. 적절치 못한 옷이니 그 옷을 입은 모습을 보이는 것조차 안 되는 일이다. 알아들었니?"

"알겠어요." 에블린이 말했다.

"위층으로 올라가서 내가 말한 대로 옷을 갈아입고 밖으로 나가거라. 오드리는 지금 휴일이라 싱클레어와 함께 관목 숲에 있을 거다. 이제 가거라. 너에게 내줄 수 있는 시간은 여기까지다."

"이거 먼저 드리고요." 에블린이 말했다.

에블린은 주머니에 손을 넣어, 맞춤법도 엉망이고 시간이 지나 많이 더러워진, 이사벨이 죽기 전 프랜시스 부인에게 썼던 쪽지를 꺼냈다.

"돌아가신 어머니가 쓰신 거예요." 에블린은 말을 이었다.

"숙모 드리라고요. 어머니가 숙모에게 쓰신 편지죠. 어머니가 지금 숙모를 지켜보고 있다고 생각하고, 할 수만 있다면 다시 와서 사람들이 어떻게 저를 대하는지 볼 거라고 하셨어요. 전 갈게요. 쪽지 절대 잃어버리지 마세요. 돌아가신 어머니가 쓰신 거니까요."

에블린은 이사벨의 편지를 프랜시스 부인의 탁자 위 압지철(잉크로 글씨를 쓴 후, 번지거나 묻지 않도록 흡수하여 깨끗하게 만드는 종이 묶음 - 역자 주) 위에 놓았다. 이상하게도 나머지 편지들과 어울리지 않아 보였다. 에블린은 문을 쾅 닫고 나갔다.

"소름끼치는 아이야!" 프랜시스 부인은 생각했다.

"어떻게 저 아이를 견디지? 우리 불쌍한 오드리! 에드워드에게 에블린을 학교에 보내게 해달라고 해야겠어. 우리 오드리 친구로는 정말 어울리지 않아." 앤드루스가 다시 들어왔다.

"이 봉투들을 보내고, 내가 적어준 글에 따라 답장하도록 해라."

프랜시스 부인이 말하자, 앤드루스는 일하기 시작했다. 하지만 이사벨의 편지를 읽거나 답장하라고는 하지 않았다. 불 속에 떨어뜨려버리고 싶은 심정으로 편지를 집어 들었지만, 결국 펼쳐서 내용을 읽어보았다. 편지는 무례하고 퉁명스러웠지만, 편지글을 읽으며 프랜시스 부인의 고상한 검은 눈이 반짝였다. 마침내, 편지를 개인 책상에 넣고 잠근 후, 앉아서 조용히 아침 업무를 보았다.

한편 에블린은 화가 머리끝까지 나서 프랜시스 부인에게 반항하기로 결심한 채 방을 나섰다. 잠시 긴 복도에 우두커니 서서 오른쪽과 왼쪽을 침통하게 둘러보았다.

"정말 다 못생겼어!" 에블린은 혼잣말로 말했다.

"정말 싫어! 어머니, 왜 돌아가신 거예요? 난 왜 사랑하는 태즈메이니아 목장을 떠났던 걸까요?"

에블린은 몸을 돌려 하얀 대리석 계단을 천천히 올라갔다. 곧 호화로운 자신의 방에 도착했다. 하지만, 하녀가 와서 먼지를 닦고 방을 정리하고 있었다.

"재스퍼는 어딨어?" 에블린이 물었다.

"재스퍼는 밖에 나갔습니다, 아가씨."

"나간 지 얼마나 됐는지 알아?" 에블린은 매우 구미가 당기는 듯 물었다.

"30분쯤 됐습니다."

"그러면 나도 따라 나갈래."

에블린은 옷장으로 갔다. 재스퍼는 이미 에블린의 물건을 풀어 널찍한 옷장에 어지럽게 널어놓았다. 진홍색 깃털 장식이 달린 높은 벨벳 모자를 찾는데 오랜 시간이 걸렸다. 머리를 가능한 한 숱이 많아보이게 손질하고 몸을 꾸미는 동안 히죽히죽 웃으며, 유리 앞에서 이 모자를 썼다.

"가장 특별한 일요일에 쓰려고 산 모자이니 아껴두려 했지만, 숙모가 나를 마음대로 할 수 없다는 것을 보여주고 싶어."

에블린은 생각했다. 그러고 나서 진홍색 실크 스카프를 목과 어깨에 두르니, 반다이크(영국왕 Charles I의 수석 궁정 화가이자 초상화가 - 역자주) 시대의 어린 숙녀같이 보였다. 에블린은 다시 한 번 아래층으로 내려갔다.

오드리는 만나고 싶지 않았고, 싱클레어에게는 소름끼칠 만큼 무례하게 대할 작정이었다. 하지만 재스퍼는… 재스퍼는 어디에 있는 걸까?

에블린은 사방을 둘러보았다. 갑자기 땅 한쪽에 있는 호수 반대편에 사람이 보였다. 거리가 너무 멀어 정확히 보이지는 않았다. 키가 크고 예쁘고 위엄 있는 오드리는 적어도 아니었고, 싱클레어도 아니었으니, 재스퍼가 분명했다.

편안하게 뛰기엔 너무 긴 치마를 들어올리며, 에블린은 풀밭을 가로질러 달려갔다. 곧 호숫가에 도착하여 소리쳤다.

"재스퍼 이모! 아 이모! 이모, 말해줄게 있어요! 이건 절대 몰랐을…"

다음 순간 에블린은 실비아 리슨의 품으로 뛰어들었다. 실비아는 놀라서 외쳤다.

"누구야, 그리고 여기서 뭐해?"

에블린은 잠시 이 이상한 소녀를 쳐다보더니, 마음껏 웃기 시작했다.

"말해 봐, 빨리, 빨리! 윈포드 사람이야?"

실비아가 말했다.

"윈포드 사람이라니!" 실비아가 외쳤다.

"내가 윈포드 사람이면 얼마나 좋을까. 윈포드 사람 정말 맞아? 윈포드 성에 살아?"

"물론 윈포드 성에 살지!" 에블린이 외쳤다.

"아니, 윈포드 성은 내 것이지. 에드워드 삼촌이 돌아가시면 그럴 거라는 말이야. 난 어제 여기 왔고, 아! 난 비참하고 재스퍼가 필요해."

"재스퍼가 누군데?"

"내 하녀야. 너무 사랑스러운 사람이고 여기서 나를 건사하려고 하지 않는 유일한 사람이지. 아, 제발… 제발 네 이름을 알려줘! 만일 윈포드 성에 살지 않는다면, 그리고 이 성에 사는 어느 누구도 사랑하지 않는다고 진심으로 나에게 확신을 준다면, 널 사랑할거야. 넌 정말 예뻐! 이름이 뭐니?"

"실비아 리슨이야. 여기서 4.8km 떨어진 곳에서 살지만, 윈포드 성이 너무 좋아. 자주 오고 싶어."

"윈포드 성을 좋아하는구나! 윈포드 성에 대해 아무것도 몰라서 그래. 오드리도 좋아하니?"

"윈포드 성의 아가씨 오드리?"

"걔는 윈포드 성의 아가씨가 아니야. 내가 윈포드 성 아가씨지. 그런데 오드리를 만난 적이 있니?"

"한번 만났었는데, 무례하게 굴더라고."

"아! 그럴 줄 알았어. 오드리는 그 누구에게도 친절하지 않을걸. 이제부터, 너랑 나랑 친구할래? 윈포드 성은 내 거야⋯ 아니 삼촌이 돌아가시면 내 거지. 사람들에게 오라거나 가라고 명령할 수 있으니, 오라고 너에게 명령할게. 나랑 집에 가자. 함께 점심 먹자. 정말 그래도 돼. 파란색과 은색의 침실과 나만 사용할 수 있는 작은 거실이 딸린 아름다운 내 공간이 있어. 그리고 거기 가면 재스퍼가 우리 둘에게 먹을 것을 가져다 줄 거야. 너 정말 예쁜 거 알아? 집시처럼 말이야. 사랑스러워! 지금 나랑 같이 갈래? 가자! 당장 가자!"

실비아는 웃었다. 에블린을 똑바로 쳐다보더니 갑자기 이렇게 말했다.

"단도직입적인 질문 좀 해도 될까?"

"난 단도직입적으로 물어보는 거 좋아해." 에블린이 말했다.

"제대로 된 맛있고 푸짐한 점심을 줄 수 있어? 나 엄청 배고픈 데. 배고파 본 적은 있니?"

"아, 가끔." 실비아를 뚫어지게 바라보며 에블린이 대답했다.

"난 목장에 살았어. 너도 알다시피⋯ 아 모를 수도 있겠구나."

"목장이 뭔지 몰라."

"너무 웃기다! 모두가 알거라고 생각하다니. 난 영국인이 아니고 태즈메이니아인이야. 아버지는 영국인이셨지만 내가 어렸을 때 돌아가셨고, 세상에서 가장 다정하고 소중하고 멋진 어머니와 태즈메이니아 목장에서 살았어. 어머니는 돌아가셨고 난 여기 오게 되었는데, 이 성 전체가 언젠가는 오드리가 아니라 내 것이 될 거야. 맞아, 날씨가 좋을 때면 긴 여행을 했었고, 그 때 배가 고프긴 했었는데, 항상 먹을 수 있는 게 있었어. 굶주리고 먹을 것이 없는 사람들 이야기를 들어본 적은 있어. 너도 그러니?"

"맞아." 실비아가 고개를 끄덕이면 말했다.

"지금은 내 얘기만 할게. 좋아, 집에 데려다 줘. 그 분이 알면 화내시겠지만, 그래도 갈래."

"그 분이 누군데?"

"나에 대해 다 알게 되면 얘기해 줄게. 빨리 집으로 데려가 줘. 설날엔 누구나 갈 수 있으니 한 번 가본 적 있어. 네가 성을 물려받아도 그 멋진 전통을 이어갔으면 좋겠어. 그 때 정말 많이 먹었거든. 그 분을 위해 좀 싸가고 싶었지만, 싸가서는 안 된다는 규칙이 있었어. 두 그릇이나 먹었던 격자무늬 파이랑, 역시 두 그릇 먹었던 사슴고기 파이에 대해 나중에 그 분에게도 이야기했어."

"아, 정말 따분해!" 에블린이 끼어들었다.

"며칠 전에 먹은 점심을 아직도 기억해?"

"네가 내 입장이 안 되어 봐서 그래." 실비아가 말했다.

"일단 가자, 더 떠들다가는 누가 보고 집에 같이 못 가게 할 거야."

"내가 하고 싶은 대로 못하게 할 사람 있으면 나와 보라고 해!"

에블린이 대답했다. "가자, 실비아, 가자."

에블린은 실비아의 손을 잡고 함께 달리기 시작했고, 옆문을 통해 성으로 들어갔다. 에블린의 말대로, 주변에 사람이 있는지 확인하고는 바로 방으로 뛰어올라갔다. 방에는 재스퍼뿐 아니라 아무도 없었다. 침실을 가로질러 달려가니 아름다운 가구들이 있는 내실이 있었다. 난로에서는 불이 활활 타오르고 있었고, 창문은 조금 열려있어, 봄날처럼 포근하면서도 열린 여닫이창으로는 상쾌한 공기가 들어오고 있었다. 에블린은 달려가서 창문을 닫고 돌아서서 실비아를 바라보았다.

"저기 있잖아!"

에블린이 말했다. 실비아에게 가까이 다가와서 속삭였다.

"재스퍼가 여기로 우리 두 사람 점심을 가져오면 어때? 내가 명령하면 돼. 벨을 올리면 재스퍼가 올 거야. 어때?"

"응, 너무 좋아… 최고야." 실비아가 말했다.

"프랜시스 부인은 무서워. 그리고 오드리는 너무 불친절하고. 설날에 마주쳤을 때 정말 퉁명스러웠어."

"내가 있으면 퉁명스럽게 못할 거야." 에블린이 말했다.

"아! 재스퍼 오네." 재스퍼는 약간 흥분한 듯 나타났다.

"에블린!" 재스퍼는 말했고, 에블린에게 달려가 두 팔로 끌어안았다. 그리고 소리쳤다.

"우리 착한 아가, 오늘 어떻게 보냈어요? 여기는 우리 에블린에게 맞는 곳이 아닌 것 같아."

"그 얘기는 나중에 하지."

에블린이 평소와 다르게 위엄 있는 말투로 말했다.

"점심을 함께 하려고 친구를 데려왔어. 이름은 실비아 리슨이고 너무 배가 고픈 상태이니, 둘이 같이 이방에서 푸짐한 점심 식사를 할 거야. 몰래 음식을 좀 가져올 수 있지, 재스퍼?"

"프랜시스 부인이 화낼 텐데요." 재스퍼가 소리쳤다.

"하인들 방에서 듣기로는, 아가씨가 아침 식사를 먹으러 가지 않아서 엄청 화났다던데 점심까지 먹지 않으면 정말 난리날거에요."

"그러라지. 재밌겠네 뭐." 에블린이 말했다.

"난 여기서 내 친구 실비아와 점심을 먹을 거야. 내가 어떤 걸 좋아하는지 알 테니, 맛있고 비싸고 군침 도는 것으로 많이 챙겨와."

"돼지고기와 민스파이(영국에서 크리스마스 때 먹는 동그란 파이- 역자 주), 건포도 푸딩, 크림 같은 것이 있는지 볼게요. 그리고 초콜릿도 좋죠?"

"초콜릿 좋지! 가져올 수 있는 건 다 가져오되, 최대한 서둘러."

재스퍼는 나갔다가, 잠시 후 음식을 가득 담은 쟁반을 손에 들고 나타났다.

"하인과 집사가 말리는 걸 겨우 가져왔는데, 그 사람들이 프랜시스 부인에게 뭐라고 말할지 모르겠어요." 재스퍼가 대답했다.

"큰 일이… 분명 생기겠죠. 폭풍이 몰아칠 때 나를 잊진 않겠죠? 에블린 아가씨?"

"절대 잊지 않아." 에블린이 열정적으로 말했다.

"어머니가 하늘나라에 계신 지금, 너는 나에게 남겨진 가장 소중하고 사랑스러운 사람이니, 실비아도 널 사랑할거야. 실비아에게 네 얘기를 하고 있었어. 자, 실비아, 얼른 먹어."

제7화

저녁 식사까지 하게 된 실비아

점심 식사 때도 에블린은 오지 않았다. 프랜시스 부인이 주위를 둘러보니, 오드리가 앉아있었고, 싱클레어도 멀지 않은 곳에 있었으며, 에드워드는 상석에 앉아 있었다. 그리고 하인들이 여러 요리들을 차례로 덜어주고 있었지만 에블린은 여전히 모습을 드러내지 않았다.

"에블린은 어디 있는 걸까." 에드워드가 말했다.

"내 방에서 나갈 때 좀 까칠하고 언짢아 보였어. 가엾은 것! 프랜시스, 에블린이 너무 안됐어요."

"연민이 많으시네요."

에블린이 자신의 방을 나갈 때 보였던 그 모습을 불편하게 기억하는 프랜시스 여사가 말했다.

"더 이상 에블린에 대해서는 말씀하지 마세요. 방법은 한 가지 뿐이니, 곧 알게 되실 겁니다."

에드워드는 아내의 말이라면 어떤 것이든 받아들였으므로, 더는 아무 말도 하지 않았다. 오드리는 답답하고 불편했다. 그리고 약간 망설이다 말했다.

"어머니, 제가 에블린을 찾아볼게요. 아침 내내 기다렸거든요. 에블린은 아직 우리 집 규칙에 대해 잘 모르는 것이 당연하고요."

"안 된다." 프랜시스 부인이 말했다.

"자리를 뜨지 않는 게 좋겠구나, 싱클레어 선생님께서 좀 도와주세요. 방에 가서 에블린에게 점심 식사하라고 전해주시겠어요?"

싱클레어는 바로 올라갔다. 5분 후 다시 나타났을 때, 곤란한 표정을 짓고 있었다.

"오고 있어요?"

흥분을 억누르는 목소리로 오드리가 말했다.

"안 올 거야." 싱클레어가 말했다.

"나중에 설명 드릴게요, 여사님."

"아이고!" 에드워드가 말했다.

"어린 여자 아이의 행동에 설명이 다 필요하다니!"

"어린 여자 아이지만 에블린은 중요한 인물이잖아요, 그렇죠?" 오드리가 말했다.

"그렇지. 에블린에게 마음이 간단다."

에드워드는 하인들이 물러났는지 주변을 둘러보며 덧붙였다.

"사실 이 꼬마 아가씨를 많이 사랑할 준비가 된 것 같단다."

프랜시스 부인의 눈이 분노로 타올랐다. 그리고 천천히 말했다.

"그리 솔직히 말씀하시니, 저 또한 솔직히 말씀드릴게요. 이토록 가망 없는 아이는 처음 봐요. 학교에 몇 년 보내서 교육하는 것 밖에는 방법이 없겠어요."

"안되오." 에드워드가 말했다.

"그건 허락지 못하오. 우린 오드리를 학교에 보낸 적 없고, 에블린도 똑같이 교육시킬 것이오. 최대한의 재정적 지원은 해야 하겠지만, 여자 아이에게 학교 교육은 안 될 말이오."

프랜시스 부인은 입을 다물었다. 요령 있는 여자답게, 사람들이 있을 때는 어떤 경우에도 에드워드의 말에 반대하지 않았다. 하지만, 에블린을 감당할 수 없다면 윈포드 성에서 나가겠다고 마음속으로 다짐했다.

"그리고 한 가지 더."

에드워드가 말을 이었다.

"오늘은 에블린이 이 성에서 지내는 첫 날이오. 그러니 무슨 행동을 했건 벌은 주지 않았으면 좋겠소. 내일 아침까지는 완전히 자유롭게 지내도록 말이오."

"당신 뜻에 따를게요." 프랜시스 부인이 말했다.

"에블린을 찾아서, 에블린이 점심 식사에 나타나지 않은 이유를 싱클레어 선생님에게 물을 작정이었지만, 나중으로 미루지요. 오늘 오후에는 어차피 통화를 좀 해야 하니 그러는 게 좋겠어요. 정말이지 에블린 생각이 머릿속에서 떠나질 않아 손님들이 오셔도 기쁘지 않을 것 같네요. 오드리는 에블린이 잘 있는지 보고, 사교계로 나설 의향이 있다면 네가 맞아 주거라. 네 친구들은 저녁 식사 직전까지는 못 올 거다. 부디, 오늘 밤 에블린이 너무 눈에 띄는 복장을 입지 않도록 단속해라. 내가 할 수 있는 일은 이제 이게 다이니, 제때 손님을 맞으려면 얼른 가야겠다."

프랜시스 부인이 방을 나갔고, 오드리는 싱클레어 옆으로 갔다.

"뭐에요?" 오드리가 말했다.

"방금 들어올 때 표정이 묘하던데. 에블린 어디 있어요? 점심 식사에는 왜 안 온 거예요?"

"오늘 밤 너와 내가 에블린을 단속해야 할 텐데 뜻대로 잘 안될 테니, 하루의 자유를 주신 것은 참으로 다행스런 일이야. 무슨 일이 있었는지 알아? 방에 가서 내실 문을 두드렸지. 안에서 소리가 들리더라고. 재스퍼가 바로 문을 열었는데 에블린이 한 번도 본 적 없는 소녀랑 같이 식탁에 앉아서 희한한 점심 식사를 하고 있더라니까." 싱클레어가 말했다.

"아 언니, 너무 신나요! 낯선 소녀라니! 어젯밤 데려와서 숨겨놓았던 것은 아니겠죠?"

오드리가 소리쳤다.

"아니야, 그건 아니야." 싱클레어가 웃으며 말했다.

"그러진 못했을 거야. 낯선 얼굴이었지만, 이 동네 사람일거야. 예쁘장한 아이였지만, 프랜시스 부인께서 에블린의 벗으로 허락할 만한 사람은 아니었단다."

"어떻게 생겼던가요?" 오드리가 진지한 목소리로 물었다.

싱클레어는 계속해서 실비아의 모습을 묘사했다. 한참 설명하고 있을 때 오드리는 소리쳤다.

"세상에! 그 호기심 많은 아이, 실비아 리슨을 보신 게 틀림없어요. 설명을 들으니, 확실히 그 아이네요. 오늘은 뭐든지 용서가 되는 날이니 하고 싶은걸 해도 되겠죠. 에블린 방으로 바로 가서 직접 볼래요."

"그러렴. 상황을 종합해보니 그게 좋겠구나."

오드리는 위층으로 달려갔고, 곧 에블린의 방문을 두드렸다. 다음 순간, 추레하고 흐트러진 모습의 에블린과 예쁘장한 소녀 실비아가 함께 있었다.

실비아는 오드리를 보자 예의를 차리는 척 했다.

"셰익스피어 희곡에 나오시는 분!" 실비아는 말했다.

"오드리, 아덴의 숲은 괜찮나요? 터치스톤은 만났고요? (셰익스피어의 희곡 "뜻대로 하세요"에서 터치스톤은 아덴의 숲에서 만단 오드리와 결혼하려고 한다. - 역자 주)"

거리낌 없는 무례한 행동에 오드리는 얼굴이 붉어졌다.

"여기서 뭐하는 거지? 우리 어머니는 당신 어머니를 모르는데."

실비아는 큰 소리로 웃었다.

"이 분을 만났어요."

실비아는 에블린 쪽을 가리키며 말했다.

"저를 초대해서 점심 식사를 함께 해준 덕분에 이제 배고프지 않아요. 여기는 에블린의 방이죠?"

"당연히 내 방이지. 그리고 내가 좋아하는 사람들만 초대해."

에블린은 날카롭게 말했지만, 오드리는 이제 다시 품위 있고 온화해졌다.

오드리는 웃었다.

"우리 셋 다 정말 바보 같다."

오드리가 말했다.

"에블린, 그 바보 같은 말이 진심은 아니겠지! 아버지 방으로 가기로 한 순간 그 방은 나를 피할 수 없는 것처럼, 나도 어쨌든 너와 친구가 되기로 마음먹었어. 여긴 내 방이 아니니 널 질책하거나 잔소리할 생각은 없어. 하지만 의자를 내어줄 예의조차 없다고 해도 난 여기 앉아 실비아가 어째서 여기 있는지 다시 물어야겠어."

"에블린 부탁으로 왔어요."

실비아가 말했고, 갑자기 얼굴 표정이 달라졌다. 작은 새처럼 예쁘고 반짝이는 눈은 부드러워지고 녹아내리는 것 같더니 이내 눈물로 반짝였다.

오드리에게 다가가 발 앞에 무릎을 꿇었다.

"왜 여기 오면 안 되나요? 왜 저는 행복하면 안 되나요?"

실비아가 말했다.

"전 외로운 사람인데, 어째서 작은 행복마저 자격이 없다고 하시나요?"

놀라서 실비아를 보고는 오드리의 표정이 달라졌다. 잠시 실비아의 손을 만져주었고, 무릎을 꿇고 있는 이 초라한 소녀의 이글이글 타는 눈을 바라보았다.

"일어나." 오드리가 말했다.

"나에게 그렇게까지 할 필요 없어. 지금은 성에 있으니 자리에 앉아. 무례하게 굴 마음은 전혀 없어. 오히려 그 반대지. 실비아를 행복하게 해주고 싶어."

"정말요? 그러실 수 있으시잖아요." 실비아가 대답했다.

"실비아." 에블린이 끼어들었다.

"그게 무슨 말이야? 오드리에 대해 솔직하게 얘기했었잖아. 우리 둘 다 별로 오드리를 좋아하지 않았었는데, 지금은… 지금은…"

"아, 난 좋아." 실비아가 말했다.

"오드리 아가씨가 좋아. 지난번에도 좋았어. 아가씨에게 위압당했던 것은 사실이지만, 좋긴 했어. 그리고 지금은 더 좋아졌으니 아가씨가 저에게 친구가 되어주신다면 저도 그럴 작정이에요."

"그러면 나는 신경 안 쓴다는 거야?"

에블린이 일어나서 방을 가로질러 거들먹거리며 말했다.

하지만, 실비아는 다시 오드리를 보았는데, 오드리의 눈은 웃음기가 사라졌고 얼굴은 다시 차갑고 도도해졌다.

"에블린." 오드리가 말했다.

"너는 숙녀임을 잊지 말고, 나 말고 그 누구의 앞에서도 이런 식으로 이야기하지 않도록 해. 난 네 사촌이니, 우리 둘만 있을 땐 편하게 얘기해도 신경 안 써. 하지만 지금 중요한 것은 실비아가 뒤에서 나에 대해 어떤 말을 하던 난 상관없다는 거야. 여기는 자유 국가이고, 영국에 있는 어떤 사람도 나에 대해 자유롭게 얘기할 수 있지. 다시 말하면, 내가 없을 때 나에 대해 뭐라고 하든, 별로 두렵지 않다는 거야. 지금 나는 실비아의 질문에 답해야 해. 실비아는 불행하고, 나에게 의지하고 있으니까. 실비아, 내가 널 행복하게 하려면 무엇을 해주면 될까?"

실비아는 벽에 기대어 웅크리고 서 있었다. 예쁜 어깨는 귀까지 올라가 있었고, 흐트러진 머리는 일부가 이마를 덮고 있었다. 눈은 둥지 속 들새처럼 숱 많은 검은 머리 아래서 빛나고 있었고, 산호색 입술은 떨렸으며, 눈처럼 하얀 치아가 빛나고 있었다. 그리고 충동적으로 말했다.

"사랑스러운 오드리 아가씨, 한 가지를 해주시면 되요. 오늘은 제가 가난하고 굶주리고 너무나 외롭고 슬프다는 것을 잊게 해주세요. 오드리 아가씨와 에블린 아가씨의 사랑을 오늘 하루만 저에게 나눠주세요."

"하지만 밤에 사람들이 와, 실비아."

에블린이 말했다.

"재스퍼가 말하는 걸 들었어. 지체 높으신 양반들이 많이 온대."

실비아는 살짝 몸을 떨었다.

"영국에서는 그런 말은 쓰지 않아."

실비아는 말을 이어갔다.

"나도 좋은 집안에서 태어났어. 오드리 윈포드 앞에서 부끄러워할 필요 없는 시절도 있었지."

"넌 정말 희한해." 에블린이 말했다.

"내가 특별히 너랑 친구가 되고 싶은지 모르겠어."

"신경쓰지 마. 난 오드리를 사랑할 수 있을 것 같으니까."

실비아가 말했다.

"하지만 오드리 아가씨가 저를 성에 머물게 해줄 것인지가 문제에요. 아덴의 숲에서 만난 실비아에게 그렇게 해주실 거죠?"

"아이고, 정말 어려운 질문만 하는구나! 어떻게 대답해야 할까? 나 혼자서 감히 너를 어쩔 수는 없으니, 가서 물어봐야겠다."

오드리는 바로 방에서 달려 나갔다.

"내 삶에 정말 놀라운 변화가 일어났어!"

오드리는 날듯이 계단을 내려와 여러 방을 들여다보며 혼잣말을 했지만,

싱클레어는 찾을 수 없었다.

프랜시스 부인은 외출 중이었으므로 호소해 볼 수조차 없었다. 자신보다 나이가 많은 누군가의 허락 없이는 실비아를 머무르게 할 도리가 없었다. 실비아가 그날 저녁 성에 있던 많은 아이들 사이에서 다소 눈에 띄지 않았을 순 있지만, 프랜시스 부인은 낯선 얼굴을 재빨리 찾아내어 취조를 하곤 했고, 간단히 말해 오드리는 감히 이 상황을 책임질 엄두가 나지 않았다. 오드리는 실비아에게 요청을 들어줄 수 없다고 말할 준비를 하고, 다시 계단을 뛰어 올라가고 있던 바로 그 때, 에드워드와 부딪혔다.

"우리 딸! 왜 이리 서두르니!"

에드워드가 소리쳤다.

"아, 아버지, 맞아요." 오드리가 대답했다.

"흥분했네요. 집이 생기와 신비스러움으로 가득 찼어요."

"그러면 에블린이 여기 있는 게 좋은 거니?"

에드워드는 말했고, 얼굴이 밝아졌다.

"그렇기도 하고 아니기도 해요." 오드리가 진실하게 대답했다.

"하지만, 저 중대한 부탁이 있어요. 에블린이 하루는 뭘 하든 용서받을 거라고 하셨잖아요. 위층에 손님을 초대했는데 여기 있고 싶대요. 그래도 될까요, 아버지? 외롭고 예쁜 여자애고, 전반적으로 봤을 때 숙녀에요. 에블린과 제가 이 친구를 저녁 식사에 초대해서 함께 시간을 보내도 될까요? 그리고 책임져주실 수 있으세요?"

"그럼, 당연하지." 에드워드가 말했다.

"어머니께서 돌아오시면 말씀해주실래요?"

"그럼, 그래야지. 초대하고 싶은 사람은 누구든 초대하거라. 어떤 친구든 자유롭게 사귀어도 된다. 이제 좀 비켜주겠니, 우리 아가? 빨리 나가야하거든."

제**8**화
이브닝드레스

에블린의 내실에 들어가자 에블린과 실비아가 가까이 서서 진지하게 이야기하고 있었다. 재스퍼도 대화에 동참 중이었다. 오드리는 심장이 내려앉는 것 같았다.

"어떻게 하면 에블린을 재스퍼로부터 해방시킬 수 있을까? 그리고 실비아와 에블린은 왜 비밀 얘기를 하고 있는 것 같지? 어째서, 이제 겨우 오늘 만났을 뿐인데!"

오드리는 생각했다. 그래서 말투가 차가워졌다.

"아버지를 만났는데 네가 여기 있어도 좋다고 하셨어."

오드리는 무심한 목소리로 말했다.

"이제 행복해졌을 테니, 난 할 일이 많아서 이만 얼른 가볼게."

"안돼요, 감사 인사와 키스를 받기 전엔 못 가요."

실비아가 말했다.

오드리는 키스를 받고 싶지 않았지만, 노골적으로 싫다는 말을 할 수가 없었다. 실비아의 따뜻한 포옹에 거의 화답하지 않았고, 바로 방을 나갔다.

"쟤 정말 골치 아프지 않아?" 에블린은 말했다.

"처음엔 맘에 들었어. 좋았었지. 매너도 우아하고 눈도 예쁘지만, 지금은 싫어. 너의 반만큼도, 반의반만큼도 예쁘지 않아. 그리고 실비아 너는 내게 진짜, 진짜 진정한 친구가 되어 줄 거야. 어머니가 돌아가셔서 난 너무나 외롭거든!"

실비아는 불 옆에 서 있었다. 볼과 눈이 모두 밝게 빛났다.

"우리 어머니도 돌아가셨어. 어머니가 살아계셨을 땐 행복했지. 좋아, 원한다면 내가 진정한 친구가 되어줄게."

실비아가 말했다.

"너에게도 좋을 거야." 자신이 중요한 사람이라는 것을 금방 다시 떠올린 에블린은 말했다.

"앞으로 어떤 일이 벌어지든 내가 에드워드 삼촌의 상속녀이니, 내가 너를 좋아한다고 하면 별 일 없을 거야. 콧대 높은 오드리는 아무것도 아닌 거지."

"오드리가 상속녀로는 더 적합해보여."

실비아는 말했고, 에블린의 눈빛을 보고는 흥미로움 반 두려움 반으로 말을 멈췄다.

"감히!" 에블린이 소리쳤다.

"끔찍해… 너 정말 끔찍하구나! 너를 자주 봐야할지 의문이 든다. 말조심하도록 해. 무엇보다도, 앞으로 너를 조금이라도 더 보게 된다면 어째서 오드리가 상속녀로 더 적합한지 설명해야할 거야."

"아, 신경 쓰지 마."

실비아가 말했다. 그리고 말을 이었다.

"설명 못할 건 뭐지? 오드리는 키도 크고 우아하고 정말 사랑스러운데다, 나이는 어리지만 우아한 매너의 숙녀야. 어떤 사람이 봐도 오드리는 타고났다는 것을 알 수 있겠지만, 에블린은…"

실비아가 말하는 동안 에블린은 놀란 표정이었다.

"정말 그래?" 에블린이 대답했다.

"너에게 화를 내야하는 상황이지만, 그러지 않을래. 올해만 지나도 아무도 오드리와 나를 비교할 수 없을걸. 난 아주 우아하고, 아주 훌륭한 숙녀가 될 테니까. 맹세코, 그리고 분명히 말하는데, 꼭 그렇게 되고 말거야. 그리고 실비아 너도 나를 도와줘야해."

"아, 물론이지."

실비아가 말했다.

"돕게 되어 너무 기쁘고, 진심으로 환영이야."

에블린은 실비아를 올려다보았다. 재스퍼는 나가고 없었다. 짧은 겨울날이 저물어가고 있었으므로 방의 조명은 이제 난로 불빛뿐이었다.

"그런 초라한 드레스를 입고 굶주림에 몹시 시달려도 넌 숙녀인 것 같아." 에블린이 말했다.

"어떻게 알아?" 실비아가 물었다.

"첫째, 어떤 것도 두려워하지 않아. 둘째, 우아해. 그리고 네가 정말 별나긴 해도 목소리는 온화해. 넌 타고난 숙녀가 맞지?"

"맞아."

실비아는 짧게 대답했다. 에블린의 말에 더하지도 빼지도 않았고, 매우 조용히 생각에 잠겼다.

"어째서 그렇게 이상하게 사는 거야? 왜 다른 여자애들처럼 교육받지 않았지? 그리고 왜 집에 대해 아무 말도 하지 않는 거야?"

"할 말이 없으니까. 아버지와 나는 2개월 전부터 수도원에서 살게 되었어. 아버지는 사회에 관심이 없고, 내가 곁에 있길 바라셔."

"그리고 가난하지?"

"아니." 실비아가 말했다.

"아니라고! 그런데 왜 누더기 같은 옷을 입고 있는 거지? 점심도 허겁지겁 먹어치웠잖아!"

"더 이상 대답하지 않을래. 있는 그대로의 나를 좋아하지 않는다면, 지금 보내줘. 그러면 이 아름답고 안락한 윈포드 성과 멋진 식사, 에블린과 독특한 하녀 재스퍼를 뇌리에서 지우려고 노력해볼게. 있는 그대로의 나를 원치 않는다면, 어쩔 수 없는 일이지. 난 숙녀이고, 가난하지 않아. 이제 됐어?"

"궁금해죽겠네." 에블린이 말했다.

"어머니가 살아계셨다면, 넌 빠져나갈 수 없었을 거야. 하지만, 원한다니… 그리고 눈에 서슬 퍼렇게 날이 서있으니… 주제를 바꾸지. 오늘 남은 시간동안 무얼 할까? 나가서 어둠 속에 산책이나 할까?"

"그래, 그거 좋겠다." 실비아가 큰 소리로 말했따.

에블린은 재스퍼에게 고압적으로 외쳤다.

"내 털 망토와 골로쉬(비나 진흙으로부터 신발을 보호하기 위한 고무 덧신 - 역자 주)를 가져와. 머리에는 아무 것도 안 쓸 거야. 실비아 양과 같이 나갈 거다."

재스퍼는 안쪽에는 사랑스러운 다람쥐가 줄지어 있고 바깥쪽은 밝은 진홍색인 망토를 가져와 에블린의 어깨에 둘러주었다. 허리와 팔이 너무 짧은 허름한 검은 천 재킷을 입은 실비아가 동행했다. 둘은 아래층으로 달려가 밖으로 나갔다.

프랜시스 부인의 심기를 가장 불편하게 하는 일이 있다면, 가족 중 누군가가 땅거미가 내려앉은 후 돌아다니는 일이었다. 하지만 다행히도, 마침 프랜시스 부인은 윈포드 성에서 몇 킬로미터 떨어진 곳에 있었다. 에블린과 실비아는 이리저리 뛰어다녔고, 에블린은 곧 자제력을 잃고 시끄럽게 소리쳤다. 농장의 나무들 사이에서 숨바꼭질도 했다. 실비아도 에블린을 따라 소리쳤고, 손님맞이를 위해 때맞춰 집에 돌아온 에드워드는 여자 아이들의 낯선 소리에 놀라 멈춰 서서 귀를 기울였다. 날카로운 비명 소리, "여기 있지롱. 찾아 봐."하는 외침, 여자 아이가 신나서 외치는 소리가 잇따라 들렸다.

"오드리는 분명 아닐 텐데! 정말 이상한 소리가 나는군!"

에드워드는 혼잣말로 말했다.

에드워드는 집으로 들어갔다. 서재 창문에서 빨간 망토를 비추는 초롱불을 보았고, 일순간 에블린의 밝은 머리와 창백한 얼굴을 보았다. 하지만 에블린과 함께 있는 키가 크고 허름한 옷차림의… 오드리 정도 키의 소녀는 누굴까? 오드리일 리 없어! 에드워드는 의자에 풀썩 주저앉아 당혹스런 표정을 지었다.

"저 가련한 아이를 어쩌면 좋단 말이냐?"

에드워드는 혼잣말로 말했다.

"정말 어처구니없고 용납할 수 없는 행동이구나! 프랜시스에게는 말하지 말아야겠다. 딱 하루의 자유만 주기로 한 것은 정말 다행이다."

에블린과 실비아는 지쳐서 집에 돌아왔다.

재스퍼는 준비가 되어있었다. 에블린이 고를 수 있도록 여러 개의 드레스를 늘어놓았다.

"프랜시스 부인으로부터 메시지를 받았어요."

에블린과 실비아가 붉은 뺨과 신난 눈망울로 들어오자 재스퍼는 말했다.

"젊은 사람들 모두 오늘밤 가족과 저녁 식사를 해야 한대요. 원칙적으로 손님이 있을 경우 젊은 사람들은 교실에서 저녁을 먹지만, 오늘은 다 함께 먹는대요. 그 잘난척하는 하인 스콧이 메시지를 전달했어요. 그 인간이 너무 싫어요. 게다가 건방지게도 내가 이 자리에 어울리지 않는다고 말하더군요."

"그딴 소리는 다신 안하는 게 좋을 거야."

에블린이 소리쳤다.

"그렇지 않으면 나한테 혼날 테니까. 하인들 한 명 한 명 차례로 이야기를 나누면서 내가 언제든 이 성의 주인이 될 수 있다는 것을 공개적으로 밝히고 내 기분을 상하게 하기 전에 조심하는 게 좋을 거라고 말해야겠어."

"하지만, 그럴 수 있겠어? 그 말은…" 실비아가 외쳤다.

"에드워드 삼촌의 죽음을 의미한다는 것. 나도 알아."

에블린이 말했다.

"삼촌을 사랑해. 삼촌이 돌아가실 때 끔찍하게 슬플 거야. 하지만 내가 아무리 슬퍼해도, 때가 되면 돌아가실 수밖에 없고, 내가 이 성의 주인이 될 거야. 어머니가 돌아가셨을 때도 깊은 슬픔에 빠졌었지만 내 가슴이 아무리 미어진대도 어머님이 살아 돌아오시진 않지. 누구에게나 마찬가지야. 그런 종류의 주제를 회피하는 것은 극도로 어리석은 짓이니, 직면해야 해. 이제 내 편은 재스퍼 밖에 없으니, 내가 내 편이 되어야하고, 내가 주인이 될 것이라는 것을 하인들도 알아야해. 하인들에게 직접 얘기해도 좋아. 재스퍼, 허락할게."

"직접 얘기하진 못해요!" 재스퍼가 말했다.

"에블린 아가씨, 아가씨가 제 모든 것이라는 것은 아무리 말해도 끝이 없겠죠. 하지만, 자, 오늘밤 어떤 드레스를 입으실 건가요? 작은 진주가 수놓아진 하얀 새틴이 좋을 것 같네요. 치마 자락이 길어서 신부처럼 보일 거예요. 목선이 낮고, 팔꿈치 위로 소매가 없어 어깨가 드러나고, 등도 드러나요. 정말이지 우아한 예복이에요. 그리고 하얀 스테파노티스(덩굴

식물 - 역자 주) 화환도 있어요, 아가씨. 이 드레스를 입으면 정말 상속녀처럼 우아해 보일 거예요. 장담해요."

"완벽하게 아름답구나!" 에블린이 말했다.

"실비아, 이리와. 와서 한 번 봐. 작은 시폰 묶음들이 있고, 묶음마다 가운데에 스테파노티스가 있어! 그리고, 아, 레이스! 진짜 레이스 맞지, 재스퍼?"

"브뤼셀(벨기에 왕국의 수도 - 역자 주) 레이스이고, 최상의 품질이죠. 양이 아주 많지는 않지만 충분해요. 돈 좀 썼죠."

"딱 어울리는 귀여운 신발에, 레이스와 자수가 듬뿍 들어간 페티코드도 있네! 이 드레스를 입으면 오드리가 날 우러러볼 거야."

"그래서 이 드레스를 샀죠, 에블린 아가씨. 제일 좋은 걸 입으셔야지요."

"아, 우리 재스퍼! 어머니가 오늘밤 나를 봤다면 무슨 말씀이라도 하지 않으셨을까!"

"에블린 아가씨, 제 의무를 다하고 싶어요. 하지만 지금은 두 분 모두 이미 늦었으니 서두르세요."

"하지만, 아, 맞다!"

에블린이 처음으로 실비아를 쳐다보며 소리쳤다.

"실비아는 뭘 입지?"

"모르겠네요. 아가씨 드레스는 맞지 않을 텐데요. 키가 훨씬 크니까요."

"벌벌 떨면서 아래층에 내려가지는 않을 테야." 실비아가 말했다.

"오드리 아가씨가 초대하셨으니, 오드리 아가씨가 빌려주셔야지요. 재스퍼, 오드리 아가씨께 가서 제가 오늘 밤 입을 하얀 드레스가 있는지 여쭤주세요. 씻을 때 쓰는 모슬린(얇고 깔깔한 편직물 - 역자 주)도 좋아요. 스커트로 입을 만큼 길기만 하다면, 그리고 허리가 너무 짧지만 않으면 되요. 제가 가져가서 깨끗이 빨아드린다고요. 제발, 제발, 여쭤주세요, 재스퍼!"

"미안해요, 실비아 양." 재스퍼가 대답했다.

"제가 할 수 있는 일이라면 무엇이든 하겠지만, 잘 모르는 어린 숙녀에게 가서 그런 부탁을 하는 것은 제 능력 밖의 일이에요. 게다가, 오드리아가씨는 지금 바빠요. 멋진 젊은 숙녀와 키 큰 신사 손님들이 떼로 도착해서 폐가 터져나갈 것처럼 지껄이고 있어요. 모두 최대한 열심히 떠들며 복도에 있다고요. 전 그런 부탁 못해요. 정말로요."

"그러면 저는 위층에 남아 재미있는 것은 모두 놓치겠군요."

실비아가 말했다. 유쾌한 표정은 사라진 채 의자에 앉았다.

"적어도 먹을 것은 좀 가져다줄래요?"

실비아가 말했다.

"그럼요. 저와 함께 오붓하게 식사해요."

"고맙지만 사양할게요." 실비아가 도도하게 말했다.

"난 하녀와는 식사하지 않아요."

재스퍼의 얼굴이 보기 흉한 녹색으로 변했다. 에블린을 보았지만, 에블린은 그저 웃고만 있었다.

"넌 자리를 차지하고 싶어 하지, 재스퍼." 에블린이 말했다.

"약간 거만하잖아. 실비아가 꽤 맘에 들어. 나에게 가르쳐줄 게 몇 가지 있을 것 같아."

"저기요." 재스퍼가 소리쳤다.

"나이든 저에게 이리 잔인하고 못되게 구시려면, 아가씨의 미래가 기쁘길 바랍니다. 정말 그러길 바라요. 암요."

재스퍼는 이글대는 분노의 눈빛으로 넋이 나간 실비아를 바라보며 덧붙였다.

"당신과 함께 식사하고 싶지 않아요. 단 한 입도. 당신은 어떤 숙녀가 입기에도 부적합한 드레스를 입고 있군요."

실비아는 천천히 일어났다.

"오드리를 찾아볼래."

실비아가 말했다. 그리고 에블린이 막기 전에 방을 떠났다.

"쟤 독하고 심술 맞지 않니!"

실비아가 등을 돌리는 순간 재스퍼가 말했다.

"어울리는 것을 알면 어머니가 정말 화내실 부류의 인간이야! 나는 기꺼이 친절을 베풀며 저 아이를 위해 따분한 저녁을 보내려하는데, '난 하녀와는 식사하지 않아요'라고 소리치다니. 과연! 내가 쟤를 좋아할 수 있을까! 에블린, 이제 실비아와 어울리지 마"

"이런!"

에블린이 의자에 다시 누워 연달아 웃음을 터뜨리며 말했다.

"그렇게 바보 같이 굴다니, 정말 웃겨죽겠네. 실비아가 그렇게 말하는 것을 보는 게 재밌어요. 이모를 약 올리는 게 아니던데! 비위를 건드리려던 게 아니라고요! 아, 웃겨라… 웃겨!"

"그렇게 말하다니 정말 놀랍구나. 내가 꼭 너와 함께 있으라는 가엾은 어머니의 말씀도 벌써 잊었구나."

"잊진 않았지만, 좋든 싫든 난 실비아와 재밌게 지내고 싶으니 받아들여야할 거예요. 아, 다시 오네요! 자, 실비아? 와, 아름다운 드레스를 가져왔네!"

"빌릴 수 있는 최고의 드레스지." 실비아가 말했다.

"오드리 옷장에 가서 꺼냈어. 오드리는 방에 없었으니, 나가달라고 부탁할 필요도 없었어. 수십 벌의 옷이 못에 걸려있었고, 이걸 가져왔어. 봐, 인도 모슬린이고, 잘 빨아서 예쁘게 손질하면 돼. 이 옷에 어느 부분도 손대지 않고 딱 하루 저녁만 행복하게 보내면 되고, 드레스가 있어야 아래층에 내려갈 수 있어. 봐, 에블린, 괜찮을 것 같아?"

"조금 너덜너덜해 보여."

에블린이 예쁜 레이스와 시폰, 여러 개의 작은 주름이 있는 하얀 인도 모슬린을 바라보면서 약간의 호의를 가지고 말했다.

"하지만 없는 것 보단 낫지."

"이 하얀 허리띠로 빌렸어." 실비아가 말했다.

"그리고 신발과 스타킹도. 분명히 들키겠지. 다신 윈포드 성에 못 오게 되겠지만, 정말 즐거운 하루 저녁을 보내고 말거야."

"당신이 드레스 입는 것을 돕지 않을 거예요."

재스퍼가 말했다.

"하지만 내가 도울 것을 지시할 테니, 따라야할 거야."

거만한 에블린이 소리쳤다.

"먼저 내 옷을 입혀주고, 그 다음에 실비아가 저 낡은 천을 입고 말쑥해 보이도록 도와주는 동안 나는 거울 앞에서 앞뒤로 오가며 내가 신부이고 윈포드 성의 주인이라고 상상해보려고 노력할거야."

재스퍼는 결국 에블린의 뜻에 따랐고, 옷을 입혀주기 시작했다. 에블린은 머리손질에 매우 까다로웠고, 얼굴에 파우더도 조금 바르고 싶다고 했다. 마침내, 멋진 장식이 달린 새틴 예복을 입고 있었다. 다시 한 번 머리카락을 머리 위로 올렸고, 스테파노티스 화환으로 머리를 감싼 후, 거울 속 자신의 모습을 보며 말없이 황홀경에 빠져 서있었다.

이번에는 실비아가 파티 분위기에 맞게 옷을 입을 차례였고, 재스퍼가 실비아의 검고 윤기 나는 머리 뭉치를 끌어내려 빗어주기 시작할 때 처음엔 짜증나고 화도 났지만, 군데군데 황금색에 가까운 머리카락이 빛내주는 아름다운 황갈색 머리칼에 곧 매료되어 최상의 아름다움에 이르고 나서야 머리손질을 마칠 수 있었다.

모든 결점에도 불구하고, 재스퍼는 때로 쓸 만한 감각을 지니고 있었고, 곧 실비아를 전혀 다른 사람으로 만들어놓았다. 숱 많은 머리는 작고 고전적인 머리 위에 높이 올려져있었고, 하얀 모슬린 드레스는 날씬하고 싱싱한 몸매에 딱 맞았다. 그리고 에블린 옆에 서서 함께 아래층으로 내려갈 채비를 했을 때, 과하게 차려입은 어색한 진짜 상속녀 에블린보다, 빌린 옷을, 심지어 사실상 훔쳐온 옷을 입은 실비아가 50배나 더 상속녀처럼 보였다.

에블린과 실비아는 큰 중앙 홀에 도착하여 걸음을 멈췄다. 오드리가 장작불 근처에 서있었고, 밝고 아름답게 차려입은 아이들 여럿이 오드리 주변에 모여 있었다. 그 중 두 명의 소녀는 모슬린 드레스를 입고 있었고, 밝은 색의 숱 많은 머리가 허리춤 아래로 늘어져 있었다. 두 명의 소년은 유명한 이튼 재킷(영국 Eton에 있는 유명한 남자 중등학교인 이튼교식 재킷. 연미복과 비슷하지만 꼬리가 없음. - 역자 주)을 입고 있었고, 평범한 모습이었지만 지적인 얼굴에 우아한 자태를 지닌 소녀도 두 명 더 있었다. 에블린과 실비아가 오는 것을 보고 오드리는 깜짝 놀랐다. 잠시 실비아는 어색해보였다. 오드리의 눈이 약간 휘둥그레지더니, 천천히 앞으로 다가왔다.

"에블린."

오드리는 말했다.

"내 특별한 친구들을 소개할게. 이 쪽은 헨리에타 저비스, 그리고 이 쪽은 줄리엣. 여기는 아서, 여기는 로버트. 이 많은 이름을 다 바로 외울 수 있겠어? 아, 여기는 메리 클레버링과 소피아야. 이제, 얘들아."

오드리는 친구들을 돌아보고 웃으며 말을 이었다.

"너희 모두 에블린에 대해서는 들었지? 여기 있는 숙녀는 실비아 양이야."

"실비아 리슨이야."

실비아가 말했다. 볼이 선명한 붉은 색으로 물들었고, 몸을 곧게 펴고 있었으며, 검은 눈은 타오르고 있었다.

오드리는 천천히 어리둥절한 표정으로 실비아를 보았다. 실비아는 분명 아름다웠지만, 이 드레스는 어디서 났을까? 실비아는 오드리의 마음을 읽은 듯, 몸을 오드리 쪽으로 굽혔다.

"다음 주에 돌려줄게요. 아가씨가 방에 없더라고요. 저녁 식사를 위해 드레스가 필요했어요. 급하게 들어가서 가지고 나왔지요. 용서치 못하겠다면 위층에 올라가 다시 옷장에 넣어둘게요. 그리고 조용히 빠져나가 집으로 가면 아무도 눈치재치 못할 거예요. 낡은 누더기를 걸치고 내려올 순 없으니, 어차피 드레스를 빌려주려고 했었잖아요. 하지만 너그러움을 베푼 오드리 아가씨의 마음을 상하게 했다면 조용히 사라지면 되고, 아무도 날 찾지 않을 겁니다."

"그냥 있어."

오드리는 차갑게 말했다. 돌아서서 헨리에타와 대화를 나누기 시작했다.

헨리에타는 끊임없이 웃고 떠들었다. 유쾌한데다 매우 예뻤고, 16세에서 17세 사이의 나이치고는 키도 컸다. 하지만, 헨리에타와 여동생 줄리엣은 전형적인 여학생들이었고 솔직하고 신선한 매너로 실비아의 마음을 사로잡았다.

"나와 같은 부류의 사람들을 만나니 정말 좋구나!"

실비아는 생각했다.

"계속 이런 식으로 살아야 하다니 정말 끔찍해! 그리고 내가 숙녀가 행동하는 법을 전혀 모른다고 생각하는 것이 오드리 얼굴에 보여. 아, 끔찍해. 하지만, 당분간은 즐길래. 맹세컨대 그럴 거야. 아무리 서투르고 어리석어도 불쌍한 에블린은 오드리와 대적해서 이길 가능성이 별로 없어. 상속녀 자격이 50배라 해도, 오드리는 통치하기 위해 태어난 사람의 매너를 가졌어. 아, 내가 어떻게 오드리를 사랑할 수 있을까! 오드리가 어떻게 날 행복하게 만들 수 있을까!"

"스케이트 타?"

아서가 갑자기 물었다.

"응."

실비아는 퉁명스럽게 대답했다. 돌아서서 아서를 바라보았다. 아서도 실비아를 보았고, 눈이 웃고 있었다.

"무슨 생각을 하고 있는지 궁금하네. 넌 마치…"

아서가 말했다.

"마치 뭐?"

실비아가 말했다. 약간 뒤로 물러섰고, 아서도 뒤로 조금 물러섰다.

"마치 우리 모두에게 검을 겨누고 있는 것 같아. 하지만 그래도 네 모습이 마음에 들어. 여기 살아?"

"아니." 실비아가 말했다.

"여기서 멀지 않은 곳에 살아. 하루만 여기 와있는 거야."

"그럼 내일 보겠네. 얼음이 단단히 얼었으니, 에드워드 대지주님이 내일 연못에서 스케이트를 타도 좋다고 하셨어. 너도 왔으면 좋겠다. 난 스케이트 타는 걸 좋아해."

"나도 그래." 실비아가 말했다.

"그럼 올 거야?"

"아마 못 갈 거야."

아서는 잠시 침묵했다. 키 큰 실비아보다도 머리 반절 정도나 더 클 만큼 나이에 비해 키가 컸다.

"뭐 좀 물어봐도 될까? 저 진짜 웃긴 여자애는 누구야?"

"에블린 말하는 거야?"

"그게 저 여자애 이름인가보네. 성인용 하얀 새틴 드레스를 입고 있는 여자애 말이야."

"오드리의 사촌이야."

"뭐! 태즈메이니아 출신? 원포드 성 주인이 될…"

"맞아. 쉿! 에블린이 듣겠어." 실비아가 말했다.

실크가 바스락거리는 소리가 계단에서 들렸고, 실비아는 고개를 돌려 본 능적으로 아서 뒤에 숨었다. 그리고 프랜시스 부인이 우아하고 아름다운 다른 여러 숙녀들과 함께 젊은 무리와 합류했다. 엄청난 수다와 웃음이 이어졌다. 에블린은 활력이 넘쳤다. 조금도 부끄러워하지 않고, 프랜시스 부인에게 가서 자신 있게 말했다.

"이 드레스가 맘에 드셨으면 좋겠어요, 숙모. 재스퍼가 파리에서 저를 위해 골라줬어요. 정말 파리 느낌 나지 않나요? 멋있지 않나요?"

"쉿, 에블린!"

프랜시스 부인이 단호하게 속삭이며 말했다.

"방에 있을 때 빼고는 드레스 얘긴 하면 안 된다."

에블린은 입을 삐죽이며 입술을 깨물었다. 그리고 프랜시스 부인을 쳐다 보고 있던 실비아를 보았다. 프랜시스 부인도 고개를 들어 키 크고 아름다운 소녀를 동시에 보았다.

"저 여자애는 누구니? 모르는 친구로구나."

에블린을 돌아보며 프랜시스 부인이 말했다.

"실비아 리슨이에요."

"실비아 리슨! 여전히 모르겠는데. 누구라고?"

"제 친구에요." 에블린이 말했

"세상에, 어떻게 이 집에 친구가 있을 수 있니?"

"실비아는 제 친구에요, 숙모. 문 밖에서 돌아다니고 있는 걸 보고 집으로 데려왔어요. 그리고 오드리가 오늘까지 머물러달라고 청했더니 실비아는 행복해했어요. 정말 착해요."

에블린이 프랜시스 부인의 얼굴을 똑바로 올려다보며 말했다.

"설명은 충분한 것 같구나."

프랜시스 부인은 오드리에게 다가갔다.

"오드리, 나를 실비아 양에게 소개해다오."

소개가 이루어졌고, 프랜시스 부인은 손을 내밀었다.

"만나서 반가워요, 실비아 양." 프랜시스 부인이 말했다.

몇 분 후 모두 저녁 식사 테이블 주위에 모여 있었다. 아이들은 특별히 요청을 하여 모두 함께 앉았다. 실컷 웃고 떠들어댔고, 서로에게 할 말이 넘치는 것 같았다. 특별한 친구들에게 둘러싸인 오드리는 최고의 모습을 보였고, 재치가 넘쳤으며, 상류 사회 예법에 대한 훈련을 오래 전에 받은 모습이었다. 프랜시스 부인이 주는 경고의 눈길에 힘입어, 오드리는 간신히 실비아와 에블린을 갈라놓았다. 아서 옆에 실비아를 앉혔고, 아서는 계속 수다를 떨며 실비아에게서 정보를 얻어내려 했다. 에블린은 로버트와 소피 사이에 앉았다. 소피는 솔직하고 무뚝뚝했고, 에블린을 여러 번 웃겼다. 실비아도 이제 마음이 편해졌다. 아서를 매혹시키는데 성공했고, 아서는 실비아가 지금껏 만난 여자들 가운데 가장 사랑스럽다고 생각했다.

"난 네가 내일 스케이트를 타러왔으면 좋겠어."

저녁 식사가 끝나갈 무렵 숙녀들은 갈 때가 되었다는 신호가 있을 때쯤 아서가 말했다.

"네가 왔으면 좋겠어, 실비아. 왜 거절하는지 모르겠어. 영국에선 스케이트를 탈 수 있는 기회가 별로 없어서 탈 줄 아는 사람들은 딱 맞는 날씨일 때 얼음을 벗어날 생각을 말아야 해. 올 수 없니? 괜찮다면 내가 프랜시스 부인께 부탁드려볼까?"

"고맙지만 사양할게."

실비아는 말을 이었다.

"나도 너만큼 스케이트를 타고 싶고, 아마 네가 있는 연못에서는 아니겠지만 스케이트를 타긴 할 거야. 연못이 좁아지는 곳이면서 개울이 강으로 흘러가는 곳 너머에 긴 물길이 있어. 난 거기서 탈거야. 물 너비가 거의

1.6킬로미터쯤이야."

"그러면 거기서 만나."

아서가 말했다.

"로버트와 헨리에타를 데려갈게. 그리고 줄리엣은 윈포드 성에 오면 오드리의 곁에서 꿈쩍도 않지만, 내가 친구들을 모을 테니 그 좁은 물길에서 만나. 거기를 뭐라고 불러?"

"황색 위험."

실비아가 바로 이야기했다.

"정말 신기한 이름이다! 무슨 뜻이야?"

"나도 이 동네에 산지 얼마 안 되서 잘 몰라. 아, 프랜시스 부인께서 일어나시니 나도 가봐야 해. 내일 황색 위험에 오면 내가 거기 있을 거야."

실비아는 아서를 향해 고개를 끄덕였고, 나머지 숙녀와 소녀들을 따라 응접실로 갔다.

곧이어 온갖 종류의 놀이가 시작되었고, 아이들은 물론, 어른들도 즐거운 시간을 보냈다. 실비아만큼 똑똑하게 수수께끼를 추리하고 격렬한 확률 게임을 제안하는 사람은 없었다. 두 그룹으로 나누어도 될 만큼 충분히 사람이 많았고, 여러 게임 중에서도 '숫자 맞춰 짝짓기 게임'에서 웃음과 활기로 넘쳤다. 마침내, 모두 홀로 나가자 즉흥 댄스가 시작되었고, 실비아 또한 여느 때보다 좋은 모습을 보였다.

"저 우아하고 아름다운 소녀는 누구인가요?"

저비스 여사가 프랜시스 부인에게 물었다.

"저비스 여사님."

프랜시스 부인이 대답했다.

"전혀 모르겠어요. 이 동네 사람인 것 같은데 그 끔찍한 호주 원주민 에블린이 데려왔지 뭐에요. 분명 예쁘고 똑똑하긴 해요. 옷도 잘 입었고요. 저 드레스는 제가 작년에 파리에서 오드리에게 사준 드레스와 좀 비슷한 것 같네요. 모슬린 종류로 보나 진짜 레이스의 양으로 보나 가난한 사람이 가질 수 있는 것은 아니니, 집안이 부유한 모양이에요. 전반적으로, 저 아이가 좋지만, 에블린이 저 아이를 데려온 방식은 참기 힘들 정도에요."

"우리 아서가 저 아이에게 마음을 뺏겼어요."

저비스 여사가 웃으며 말했다.

"내일 함께 스케이트를 타자고 했다더군요."

"제가 알아보고, 좋은 집안사람이라면 어머니를 방문해보려고요. 어머니가 계시다면 말이에요. 오드리가 알고 지내게 된 여자 아이들에 대해 소상히 말하도록 하는 원칙이 있으니까요."

"부인 말씀이 맞습니다."

저비스 여사가 말했다.

"오드리를 얼마나 정성 들여 키우셨는지는 누구나 알 거에요."

"상냥한 아이지요."

프랜시스 부인이 말했다.

"그리고 제가 했던 고생을 모두 보상해주는 아이에요. 하지만 에드워드가 에블린을 학교에 보내지 않겠다고 선포했으니 에블린을 어떻게 해야 하는지가 문제에요."

숙녀들은 수다를 떨며 자리를 떴다. 음악은 계속 흥겹게 흘러나왔고, 어린 숙녀들의 발이 광택 나는 바닥 위에서 행복하게 미끄러졌다. 모든 것이 즐겁게 흘러갔고, 실비아는 낙원에 있는 것만 같았다. 따뜻한 곳에서 잘 먹고, 예쁨 받고 호화로움에 둘러싸인 실비아는 설날에 배부르게 식사하기 위해 오드리 옆을 지나치던 거칠고 반항적인 소녀와는 전혀 다른 사람처럼 보였다.

하지만 행복한 저녁이 끝날 때쯤, 실비아는 에블린에게 달려갔다.

"이제 나는 가야할 시간이야." 실비아가 말했다.

"프랜시스 부인께 작별 인사를 드리고 나서 옷을 갈아입으러 방으로 같이 가줄래?"

"아, 너 정말 성가신 아이구나!"

에블린이 말했다.

"난 아직 잘 생각이 없어."

"맞아, 하지만 너는 집에 있잖아. 난 우리 집으로 가야지."

"글쎄, 난 내가 왜 자고 싶은 시간보다 한 시간 전에 자야하는지 모르겠

어. 가고 싶으면 가고, 다음에 보자. 위층에 가면 재스퍼가 있을 테니, 네
가 원하는 걸 다 해줄 거야."

실비아는 더는 말하지 않았다. 잠시 동안 아무 말도 하지 않고 서 있다
가 멀리 있는 프랜시스 부인을 보고는 달려갔다.

"안녕히 주무세요. 그리고 정말 감사드려요."

실비아가 말했다.

"즐거운 시간을 보냈다니 다행이네요, 실비아 양."

프랜시스 부인이 말했다. 반짝이는 실비아의 눈을 똑바로 바라보았고,
갑자기 호기심이 일었다.

"어디에 사는지, 어머니가 누구신지 말해주면, 어머니를 한 번 찾아뵙고
싶네요."

실비아의 얼굴이 갑자기 하얗게 질렸다. 눈빛이 제멋대로 흔들렸고, 놀
란 기색이 역력했다.

"어머니는 안계십니다."

실비아는 천천히 말했다.

"방문하지 말아주세요, 부디 그러지 말아주세요."

"편한 대로 하세요."

프랜시스 부인은 경직된 말투로 말했다.

"그냥 생각만…"

"말씀드릴 수 없어요. 저에 대해 어떻게 생각하시든 어쩔 수 없겠죠. 아
마 다시는 뵙지 못할 것이라는 것 알아요. 그러니까, 이런 식으로는 다시
못 뵙겠죠." 실비아는 말했다.

"하지만 여전히 감사드려요."

실비아는 정중히 인사했지만, 프랜시스 부인이 손을 내밀려고 하는 것은
보지 못했다. 바로 다음 순간 위층으로 홀연히 사라졌다.

"오드리."

프랜시스 부인은 오드리를 돌아보며 말했다.

"저 여자애는 누구니?"

"말씀드리기 어려워요, 어머니. 이름은 실비아 리슨이에요. 이 근처 어딘

가 살고 있는 것 같아요."

"상당히 잘 자랐고, 정말 예쁘더구나."

프랜시스 부인은 말했다.

"자태에 마음이 이끌려 어머니를 찾아 뵈도 되는지 물었을 때 힘들어하는 것 같더라. 어머니는 돌아가셨다고 했고, 나도 찾아뵙지 않겠다고 했다."

"가엾어라!" 오드리가 말했다.

"아마 어머니 이야기를 해서 실비아 마음이 상했나보네요."

"그게 다라고 생각지 않는다. 실비아에 대해 하는 것이 있니?"

"이 동네에 사는 것 같다는 것 외엔 전혀 모르고, 찢어지게 가난하다는 것만 확실히 알아요."

"가난하면 그런 드레스를 입을 수가 없지! 못된 말을 하는 구나."

프랜시스 부인이 말했다.

오드리는 무슨 말을 하려는 듯이 입을 벌렸다가 다시 닫았다.

"그 드레스는 입었지만 가난한 것 같아요."

오드리가 낮은 목소리로 말했다.

"근데 실비아는 어디 있어요? 갔어요?"

"조금 전 작별 인사를 하고는 위층으로 달려갔다."

"하지만 에블린은 위층에 안 갔는데요. 실비아 혼자 보낸 거예요?"

"에블린이 그렇지." 프랜시스 부인이 말했다.

오드리는 홀을 가로질러 에블린 곁으로 갔다.

"실비아가 위층으로 간 것 알고 있니?"

오드리는 말했다. "혼자 보낸 거야?"

"맞아. 신경 쓰지 마." 에블린이 말했다.

"뭐라는 거야, 로버트? 그림 8을 자를 수…"

오드리는 역겨운 표정을 지으며 돌아섰다. 잠시 후 오드리는 친구 줄리엣에게 무언가를 말하고는 위층으로 직접 뛰어 올라갔다.

"에블린을 어쩌면 좋지?" 오드리는 생각했다.

자리에 있던 부인들 대부분이 오드리와 같은 생각을 했지만, 에블린은 자신이 가장 매혹적이라는 환상에 빠져있었다.

오드리는 에블린의 방으로 갔다. 실비아는 이미 너덜너덜하고 지저분한 드레스로 갈아입고 있었다. 전혀 다른 사람 같았다. 낡은 밀짚모자를 머리에 핀으로 고정시켰고, 얼굴의 생기는 사라졌으며, 눈도 이제 빛나지 않았다. 오드리를 바라보며 실비아는 의자에 가지런히 접어둔 모슬린 드레스를 가리켰다.

"집으로 가져가서 세탁 후에 돌려드릴게요."

"신경 안 써도 돼. 문제 생기는 것 싫어."

오드리가 대답했다.

"좋을 대로 하세요. 그리고 정말 고마워요. 살맛나는 환상적인 저녁을 보냈어요. 하루에도 수차례 떠올릴 거예요. 잘 자요, 아가씨."

"아니, 가지 마!"

오드리가 소리쳤다.

"가지 마! 거의 자정이 다 됐는데. 어떻게 집에 가려고?"

"알아서 잘 갈 수 있어요." 실비아가 말했다.

"혼자서는 못가."

"말도 안 돼! 제발 붙잡지 마세요."

오드리가 한마디 할 겨를도 없이 실비아는 급히 아래층으로 내려갔다. 옆문이 열려있었고, 실비아는 어둠 속으로 사라졌다. 오드리는 잠시 멍하니 서 있다가, 조용히 방으로 들어온 재스퍼를 보았다.

"당장 실비아를 따라가세요."

오드리가 말했다.

"아니, 그냥 있어요! 다른 하인을 보내요. 실비아를 찾아서 집에 데려다 줘야 해요. 어디 사는지는 모르지만, 이 밤중에 혼자 나가는 걸 허락할 순 없어요."

재스퍼가 아래층으로 뛰어갔고, 오드리는 에블린의 침실에서 기다렸다. 이미 새로운 주인의 흔적이 방 곳곳에 있었고, 가구 배열도 눈에 띄게 어수선해져 있었다. 질서의 정신 그 자체였던 방이 이제는 불안의 기운 그 자체가 된 것만 같았다. 재스퍼가 약간 숨을 헐떡이며 돌아왔다.

"실비아를 따라 남자 하인을 보냈지만, 어디에도 없었어요. 집에 잘 찾아갔을 거예요."

오드리는 1~2분 정도 침묵을 지키다가 실비아가 입었던 드레스를 들어 팔에 걸쳤다.

"방에 가져다 놓을까요, 아가씨?"

"아니, 괜찮아. 직접 가져갈게요."

오드리가 대답했다.

오드리는 통로를 천천히 걸어가서, 계단을 내려가 멀리 떨어진 자신의 방으로 들어갔다. 옷장을 열고 드레스를 걸었다.

"바라는 건 딱 한 가지야."

오드리가 생각했다.

"가엾은 실비아가 내 드레스를 입었다는 것을 어머니가 모르셨으면 정말 좋겠어. 가엾은 실비아! 과연 누굴까? 어떤 사람일까?"

한편 어둡고 고요한 밤에 실비아는 빠르게 걷고 있었다. 두려움도 없었고, 익숙한 길을 택하지도 않았다. 오히려, 관목 숲을 뚫고 지나간 후, 계단을 타고 들판으로 들어갔고, 그 건너편 끝에 있는 울타리를 비집고 들어갔다. 그래서 길을 잘못 들기도 하고 예상 밖의 꼬부랑길을 만나기도 하며, 기이하고 낡은 집의 대문에 도착했다. 거의 창문까지 자란 굵은 주목나무가 집을 둘러싸고 있었다. 둘레에는 벽이 있었고, 내부의 밀폐된 공간은 몹시 협소한 것이 분명했다. 겨울의 흘러가는 구름을 뚫고 이따금 찾아오는 한 줄기 빛 속에서, 주인 없는 화단이나 두터운 참나무 덤불이 보였지만, 전체적으로 음산하고, 방치되고, 극도로 불쾌했다. 용수철을 안으로 밀어 넣자 문은 바로 열렸고, 실비아는 들어갔다. 등 뒤로 부드럽게 조용히 대문을 닫은 후, 주의 깊게 주위를 둘러보며 집으로 다가가기 시작했다. 집은 대문에서 27미터도 떨어져있지 않았다. 실비아는 이제 처음으로 두려워하는 모습을 보였다. 갑자기 개집에 있는 큰 개가 으르렁대기 시작했다. 실비아는 이름을 불렀다.

"나야, 파일럿."

실비아가 말했다.

파일럿이 실비아를 향해 느릿느릿 다가왔고, 실비아는 파일럿의 목에 손을 얹고 허리를 굽혀 이마에 키스했다. 파일럿은 꼬리를 흔들며 실비아의 손에 차가운 코를 들이밀었다. 그러고 나서 실비아는 고개를 뒤로 젖힌 채 주위의 소리를 유심히 들으며 서 있다가, 파일럿의 목줄을 계속 잡은 채로 아주 부드럽게 집 주위를 걸어 다녔다. 그리고 쇠창살 몇 개가 있는 낮은 창문으로 갔다.

"잘 자, 파일럿."

그 때 실비아는 말했다.

"잘 자렴. 돌아가서 집을 지켜줘."

파일럿은 빠르고 조용하게 달려갔다. 파일럿이 꽤 멀리 갔을 때쯤 실비아는 손을 들어 창문 앞에 있던 막대 여섯 개 중 하나를 치웠다. 잠시 후 창문이 열리자 살금살금 안으로 들어갔다. 치웠던 막대를 제자리로 밀어 넣고 창문을 부드럽게 닫은 후, 두려움에 떨며 방을 가로질러 살금살금 위층으로 올라갔다. 갑자기 위에서 문이 열리고, 통로에 불빛이 쏟아지며 남자 목소리가 들려왔다.

"거기 누구야?"

실비아 쪽에서 순간적으로 고요함이 흘렀다. 남자는 더 큰 목소리로 누구냐고 물었다.

"저예요, 아버지. 자러가는 거예요. 별 일 없어요."

실비아가 대답했다.

"이 버릇없는 계집애!"

남자가 말했다.

"이제껏 어디 있었어? 저녁 먹을 때도, 야식 먹을 때도 널 찾았는데. 어디 있었던 게냐?"

그래도 문은 닫히지 않았다. 남자는 방 입구에 서 있었다. 자기 방으로 가려면 남자를 지나쳐야만 했다. 실비아는 완전히 겁에 질렸고, 온몸을 떨고 있었다. 실비아가 다가갔을 때, 남자는 촛불을 들어 실비아의 얼굴에 빛을 비추었다.

"어디 있었던 게냐?"

남자는 거칠게 말했다.

"밖에요, 아버지… 그냥 밖에요. 나쁜 짓한 것 없어요."

"뭐라고, 이 밤중에! 내가 하인을 쓸 여력이 없다는 것 알잖아. 그리고 나를 잘 알면서 몇 시간 동안이나 날 버려둔 게냐. 부끄럽지도 않던? 이렇게나 오래 밖에서 있던 네 저녁이 식탁에 그대로 차려져있다. 오트밀과 탈지우유… 공주님도 이만한 식사는 못할 만큼 훌륭한 식사지. 아침으로 먹어라. 이제 저녁은 없다. 그리고 넌 저녁을 먹고 잘 자격이 없어. 옷이 아주 엉망진창이구나!"

"눈도 왔고, 바깥은 추워요."

실비아가 대답했다.

"그리고 저 배 안 고파요. 안녕히 주무세요, 아버지."

"그런 식으로 나를 피할 셈이로구나! 애비를 가엾이 여길 줄도 모르는 차가운 계집 같으니. 어디 있었는지 털어놓기 전에는 한 발자국도 움직일 생각 마라."

"그러면 말씀드릴게요. 화내실 걸 알지만, 어쩔 수 없어요. 음식이나, 옷에 대한 갈망이 아닌, 즐거움, 환희, 삶, 살아있다는 행복감에 대한 갈망… 그런 거 있잖아요. 거기 갔지만, 부끄럽진 않아요."

"어딜 갔다는 게냐?" 남자가 물었다.

"윈포드 성이요. 거기서 저녁동안 있었어요. 이제, 얼마든지 화는 내셔도 되지만, 혼내지는 마세요. 아니, 아침까진 한 마디도 하지 마세요."

실비아는 갑자기 몸을 움직여 남자를 스쳐 지나갔다. 곧 방에 도착했다. 문을 열어 등 뒤로 닫고는 문을 잠갔다. 혼자가 되자 모자를 벗었고, 젖은 재킷도 미친 듯이 빠르게 벗어버리고는, 손을 움켜쥐고 머리 위로 높이 들었다.

"정말 참을 수가 없어! 내가 무슨 짓을 했다고 이렇게 비참한 꼴을 당해야 하지?" 실비아는 생각했다.

실비아는 침구 하나 없어 누울 마음이 내키지 않는 침대로 몸을 던지고는, 얼마간 격하게 흐느꼈다. 실비아의 몸에서 즐거움과 활기는 모두 사라졌고, 유쾌함도 사라졌다. 하지만 곧 흐느낌을 멈추고는, 옷을 벗고 잠자리에 들었다.

이런 추위는 느껴본 적 없을 정도로 추웠고, 몸에 걸친 옷이 빈약하여 어느 정도 온기가 생길 때까지 오랜 시간이 걸렸다. 하지만 이따금씩 괴로운 잠에 빠져들었다. 자면서 돌아가신 어머니의 꿈을 꾸었다.

곧 잠에서 깼고, 어둠 속에서 눈을 뜨자 꿈이 되살아났다. 어머니에게 작별 인사를 하러 갑자기 일어나야 했던 어느 날 밤을 기억했다. 어머니는 아버지에게 잠시 나가 있어달라고 부탁했다.

"아버지께 항상 잘해드릴 거지, 실비아?"

어머니는 그 때 말했다.

"비위도 맞춰드리고 참아라. 내 일을 너에게 넘겨주마. 난 너무 버거웠고, 신께서 날 데려가시지만 네가 그걸 대신 해야 한다. 짐을 짊어지고 잘해내겠다고 약속해야 행복하게 눈을 감을 수 있을 것 같구나. 그래 줄거지, 실비아?"

"어떻게 하면 좋을까요, 어머니?"

실비아는 물었다. 그 때 실비아는 14살이었다.

"이렇게 하면 된다."

어머니는 말했다.

"무슨 일이 있어도 아버지 곁에 있어라."

"진심이세요, 어머니? 여기서 떠날 수도 있고, 시골로 갈 수도 있고… 어떤 일이든 일어날 수 있는데요. 아버지 건강은 나빠지면 나빠졌지 더 좋아지진 않을 거예요. 전 교육도 못 받는 건가요? 행복할 수도 없는 거고요? 정말 그걸 원하세요?"

죽어가던 어머니는 격앙된 실비아를 엄숙하게 바라보았다.

"진심이다. 그리고 무슨 일이 있어도 아버지 곁에 있겠다고 나에게 약속해라."

어머니는 말했다.

"그러면 약속할게요, 어머니."

실비아는 말했다.

제9화

침대에서의 아침 식사

에블린의 자유의 날은 끝이 났다. 희한한 드레스에 대해 어떤 잔소리도 듣지 않았으며, 특별 손님을 침실에 데려다 주지 않았을 때도 아무런 이야기를 듣지 않았다. 뭐든 자신이 원하는 대로 할 수 있었다. 아주 늦은 시간에 방으로 올라갔고, 대체로 불만이 없었다. 그날 오후에 처음 본 아이들과 즐겁게 이야기도 나누었다. 프랜시스 부인은 에블린 쪽을 거의 쳐다보지도 않았지만, 에블린은 조금도 걱정하지 않았다. 프랜시스 부인과 에드워드 모두에게 하대하는 말투로 작별인사를 했을 뿐 아니라, 아무렇지 않게 오드리까지 찾았고, 즐겁게 노래를 부르며 혼자 방으로 올라갔다. 에블린의 목소리는 곱고 강한 콘트랄토(여성 가수 중 가장 낮은 음역 - 역자 주)였고, 자제할 생각 같은 것은 조금도 없었다. 에블린은 목장에서 유행했던 흔한 노래의 후렴구를 불렀다. 그것을 듣고 프랜시스 부인은 몸서리를 쳤다. 곧 에블린은 재스퍼가 기다리고 있는 자신의 방에 도착했다. 재스퍼는 에블린을 잘 알고 있었다. 에블린을 위해 특별히 애써야 한다는 생각은 조금도 하지 않았지만, 동시에 자신이 위로해주지 않는다면 매우 짜증나고 속상해할 것이라는 것도 알고 있었다. 따라서 불도 영롱하게 피워놓았고, 에블린이 가장 좋아하는 초콜릿과 비스킷으로 된 식사도 미리 준비해 놓았다.

"오 세상에!"

에블린이 말했다.

"피곤하지만 정말 좋은 시간이었어요. 이 성이 내 소유가 되면 항상 사람들로 북적이게 할 거예요. 이렇게 큰 집은 손님이 많이 오지 않으면 재미없거든요. 프랜시스 숙모도 오늘 밤은 꽤 착했어요."

"착하다고!" 재스퍼가 소리쳤다.

"맞아, 착했어요. 나를 전혀 신경 쓰지 않더라고요. 그건 상관없어요. 물론 질투는 하지요, 가엾게도! 하지만 별로 놀랍지는 않아요. 날 내버려 두기만 한다면 나도 숙모와 싸울 생각 없어요."

"넌 자만심 덩어리구나." 재스퍼가 말했다.

"그 도도하고 고결한 프랜시스 부인이 어떻게 너 같이 어린 애를 질투하겠니?"

"그래도 질투하는 것 같던데." 에블린이 대답했다.

"그런데, 이모 말투가 거슬리네요. 어째서 날 어린 애로 치부하며 존중하지 않는 느낌인거죠?"

"존중하기에는 널 너무 사랑한단다." 재스퍼가 대답했다.

"너무 사랑한다니요! 존중하지 않으면 사랑할 수도 없다고 생각하는데요."

"맞아, 하지만 존중 없는 사랑도 있단다."

재스퍼는 짧게 웃으면서 대답했다.

"만일 그런 사랑이 정말 존재하지 않는다면 내가 널 사랑한다는 건 말이 안 되지 않겠니?"

에블린의 얼굴이 붉어졌고 어리둥절한 표정이 얼굴에 스쳤다.

"초콜릿이 먹고 싶어. 만들어 줘요."

불 옆 의자에 주저앉으며 에블린이 말했다.

재스퍼는 아무런 말없이 초콜릿을 만들어 주었다. 자정은 한참 전에 지났고, 벽난로 위에 있는 작은 시계의 보석 장식 달린 침이 1시 20분을 가리키고 있었다.

"나 늦게 일어날 거예요."

에블린이 말했다.

"아침에 안 내려가면 숙모는 속으로 부글거리겠지만, 참는 수밖에 없을 거예요. 맛있는 아침을 갖다 줄 거죠? 일어나면 모든 게 편안히 잘 준비되어 있겠죠?"

"물론이지. 내가 할 수 있는 건 해줘야지. 그나저나, 에블린, 그 가엾은 실비아 양을 혼자 여기 올라왔다가 가게 두지는 말았어야지."

에블린은 입을 삐죽였다.

"혼내지 말아요. 이모 위치를 잊었네요. 이런 식으로 나온다면 이모가 없는 편이 더 낫겠어요."

"아, 별 뜻 없이 한 말이란다."

재스퍼는 놀라서 말했다.

"너무 친절하게 말하지는 않아도 네가 이해해줄 줄 알았지."

"난 실비아가 좋아요."

에블린이 말했다.

"얼굴도 예쁘고 얘기도 재밌게 해요. 실비아를 더 자주 만나고 싶네요. 이제 졸리니까, 침대로 데려다 주세요."

에블린은 무의식으로 빠져들어 단잠을 잤고, 다음 날 아침 늦게 일어나 재스퍼에게 아침 식사를 가져다달라고 했다. 재스퍼는 벨을 울렸다. 잠시 후 하인이 나타났다.

"지금 바로 에블린 양에게 아침 식사를 가져다주겠어요?"

재스퍼가 말했다.

단정한 외모의 가정부 소녀가 물러났다. 그리고 몇 분 후 다시 문을 두드렸다.

"괜찮으시다면, 일어나서 아침 식사를 하라고 프랜시스 부인께서 말씀을 전하셨습니다."

재스퍼는 살짝 히죽거리며 이 메시지를 전하러 침실로 갔다. 에블린은 분노가 폭발하여 얼굴이 잿빛으로 변했다.

"오만한 여자 같으니라고!" 에블린이 중얼거렸다.

"지금 당장 직접 내려가서, 아침거리를 가져와요. 가라니까… 내 말 안 들려요? 날 통제할 생각 따위는 버려야할 거야."

재스퍼는 마지못해 아래층으로 내려갔다. 약 10분 후 돌아와서는 프랜시스 부인의 강력한 명령이 있었고, 감히 부인의 말을 거스를 하인은 이 집에 없어 어떤 시도도 소용없다고 전했다.

"하지만 이모는 복종할 필요 없죠."

화가 난 에블린이 말했다.

"왜 직접 창고에 가서 먹을 것을 가져오지 않은 거죠?"

"요리사가 창고를 관리하는데다, 문이 잠겨 있었어."

"아이고! 너무 배고파." 에블린은 울기 시작했다.

"일어나는 게 낫지 않겠니?" 재스퍼가 말했다.

"하인들이 아래층에서 그러는데, 오늘 10시까지 거실에서 아침을 준대."

"내가 숙모에게 져줘야 한다는 말이에요?" 에블린은 말했다.

"안 돼요. 한 발짝도 움직이지 않을 거야. 계속 이딴 식이라면 한 끼도 안 먹을 테야. 아, 정말 잔인해! 정말! 배고파 죽겠어! 초콜릿 남은 거 없어요?"

"미안하지만 어젯밤에 마지막 남은 한 방울까지 다 먹었고, 비스킷 통도 텅텅 비었단다. 이 방엔 먹을 것이 없어. 아침을 먹고 싶다면 서둘러 옷을 입어야 해."

"꼼짝도 하지 않을 거야. 숙모가 마차 끄는 줄로 나를 끌어내지 않는 이상 소용없을 거예요." 에블린이 말했다.

재스퍼는 서서 결의에 가득 찬 에블린을 응시했다.

"정말 어리석구나." 재스퍼가 말했다.

"숙모 말을 들어야 해. 넌 그냥 어린 아이일 뿐이니 숙모와 싸울 방도가 없다는 것을 알게 될 거야."

에블린은 이제 손수건으로 얼굴을 가렸고, 더 괴롭게 흐느꼈다.

"이리오렴, 아가, 이리와!"

재스퍼는 다정하게 말했다.

"옷 입는 것을 도와주마."

하지만 에블린은 재스퍼를 격렬하게 밀어냈다.

"건드리지 마. 싫어!" 에블린이 말했다.

"어머니, 어머니, 왜 저를 두고 가셨나요? 아, 너무나 비참하다고요!"

"이제 정말 너에게 화가 나는구나. 정말 어리석어! 옷 입고 아래층으로 가서 맘껏 아침을 먹으란 말이다. 지나가면서 거실에서 네 가족들이 대화하는 걸 들었어. 아주 즐거운 식사 자리더구먼!"

"가족들은 날 예뻐해!" 에블린이 말했다.

"가서 상냥하게 굴어야 예뻐하겠지. 하지만, 에블린! 일어나지 않겠다면, 나라도 아침은 꼭 먹어야겠으니, 난 하인방으로 내려가마."

"아! 빵이라도… 마른 빵이라도… 먹을 것을 좀 가져다주면 안 될까요? 너무 배고프니까 오래된 음식이라도 상관없어요."

"글쎄, 몰래 가져올 수 있다면 시도는 해볼게. 하지만, 가능할진 모르겠구나." 재스퍼가 말했다.

재스퍼는 밥을 먹고 싶어 안달하며 방을 나갔다.

30분이 조금 더 지나 돌아와 보니, 에블린은 침대에 앉아 있었고 펑펑 울어서 눈은 빨개졌고 얼굴도 창백했다.

"어떻게… 뭐라도 좀 가져왔어요?"

애블린이 말했다.

"화장실에 가면 따뜻한 물은 있을 거다. 비스킷 한 쪽도 못 가져오게 하던데."

"말도 안 돼! 그럼 난 정말로 죽을 거예요. 제가 얼마나 허약한지 모르죠! 숙모가 날 죽일 거야! 아, 이건 너무 끔찍해!"

"이제 일어나는 게 좋겠어, 에블린. 넌 아주 퉁퉁하고 튼튼하니까 한 끼쯤 굶었다고 죽진 않을 테니, 그런 생각은 마라."

"내 생각은 내가 잘 알아요. 지금 이모가 진짜 별로라고 생각 중이죠!" 에블린이 말했다.

이 말을 하자마자, 낮지만 분명한 노크 소리가 들렸다. 재스퍼가 문을 열러 갔다. 놀라움과 승리감이 뒤섞여 에블린의 심장이 두근대기 시작했다. 누군가가 아침을 가지고 오는 것이 틀림없었다. 어쩌면… 하지만 아니었다. 프랜시스 부인조차 에블린의 불행을 비웃지는 못했으리라.

문을 두드린 사람은 프랜시스 부인이었고, 대담하게 방으로 걸어 들어갔다.

"나가 있어라, 재스퍼. 에블린과 할 말이 있다."

재스퍼는 상당히 화가 난 채로 물러났지만, 잠시 후 다시 돌아와 열쇠 구멍에 귀를 갖다 댔다. 하지만, 프랜시스 부인은 엿듣든 말든 별로 개의치 않았다.

"일어나라, 에블린." 프랜시스 부인이 말했다.

"당장 일어나서 옷 입어라."

"난… 난 일어나고 싶지 않아요."

에블린이 중얼거렸다.

"일어나라! 기다리고 있잖니."

프랜시스 부인이 의자에 앉았다. 천천히 어수선한 방을 둘러보더니, 더 불편한 얼굴이 되었다.

"일어나라, 에블린. 일어나, 어서."

"하지만 일어나고 싶지 않은 걸요."

"안타깝게도 네가 원하는 것은 중요치 않다. 일어날 때까지 여기 있으마. 서두를 필요는 없어. 필요하다면 점심시간까지 시간을 주겠지만, 일어날 때까지는 여기 있을 거다."

"점심시간이 지나서도 안 일어나면요?"

에블린이 떨리는 목소리로 말했다.

"그럼 굶게 될 거고, 일어날 때까지 아무 것도 못 먹을 거다. 이제, 얼른 장부 정리를 해야 하니, 얘기는 그만 하자꾸나."

프랜시스 부인은 작은 탁자를 끌어당겨 옆에 있는 가방에서 공책과 다이어리를 꺼낸 후, 자질구레한 경비들을 계산하는 귀찮은 업무에 몰두했다. 마치 에블린이 존재하지 않는 듯 쳐다보지도 않았다. 화가 난 에블린은 침대에서 폭압적인 숙모를 향해 인상을 써보였지만 프랜시스 부인은 보지 못했다. 문 밖에 있던 재스퍼는 열쇠 구멍에 귀를 누르고 있었지만 이제 흥미가 떨어졌다. 약간 걱정되는 마음에 자리를 떴고, 곧 에블린의 내실에서 바쁘게 시간을 보냈다. 30분 동안 대치 상태가 계속 되었고, 예상대로 에블린은 조심스러우면서도 불만가득한 채로 발 한 쪽을 침대 밖으로 내밀었다.

프랜시스 부인은 아무 것도 보지 못했다. 조용히 중얼거리고 있었고, 계산해야 할 장부 내용이 너무나 많았다.

에블린은 발을 다시 뒤로 당겼다.

"고약하고, 진절머리 나!" 에블린은 중얼거렸다.

"숙모는 날 이기지 못해. 그런데, 아, 너무 배고프다! 정말 날 이겨먹을 작정이네. 아, 어머니만 살아계셨다면!"

어머니 생각에 에블린은 큰 소리로 흐느끼기 시작했다. 돌 같은 심장을 가진 프랜시스 부인도 연민을 느낄 것이 틀림없었다! 하지만, 프랜시스 부인은 전혀 흔들리지 않았다. 침착하게 자신의 일을 계속했다.

마침내, 에블린은 일어났다. 스스로 하는 것이 익숙지 않아 형편없이 옷을 입었다. 프랜시스 부인은 조금도 신경 쓰지 않았다. 약 30분 후 어설픈 치장이 끝났고, 진홍빛 벨벳 드레스를 한 번 더 입었다.

"준비됐어요."

에블린은 이렇게 말하고 나서, 프랜시스 부인의 옆으로 다가왔다.

프랜시스 부인은 펜을 내려놓고 눈을 들어 에블린에 얼굴에 시선을 고정했다.

"드레스는 어디에 보관하니?" 프랜시스 부인이 말했다.

"모르겠어요. 재스퍼가 알겠죠."

"재스퍼는 옆방에 있니?"

"네."

"가서 데려와라."

에블린은 그 말에 따랐다. 머리가 어지럽고 다리가 휘청거려서 제대로 걸을 수 없는 기분이었다.

"재스퍼, 이리 와." 에블린은 떨리는 목소리로 말했다.

"불쌍한 것! 가엾은 아가!"

재스퍼는 고통스러워하는 에블린에게 지혜롭지 못한 어조로 중얼거렸다.

프랜시스 부인은 이제 일어섰다.

"이리 와, 재스퍼. 에블린의 옷을 어디에 보관하고 있지?"

"여깁니다, 부인."

"열어서 보여 주거라."

재스퍼는 그 말에 따랐다. 프랜시스 부인은 옷장으로 가서 다양한 색깔, 재질, 품위의 스커트들을 만져보았다. 예외 없이 모두 부적절한 옷뿐이었지만, 곧 그나마 가장 나아보이는 못생기고 칙칙한 거친 모직 스커트를 골라, 직접 들어 침대에 올려놓았다.

"이 드레스의 상체 부분 있나?" 재스퍼에게 물었다.

"네, 부인. 에블린 아가씨가 목장에서 입던 옷입니다. 이젠 많이 작아졌지요."

"에블린에게 입히고 나에게 보여주어라."

"저런 끔찍한 옷은 안 입을 거예요!" 에블린이 말했다.

"내가 고른 옷을 입거라."

에블린은 다시 프랜시스 부인의 말에 따랐고, 드레스를 입었다. 어울리지는 않지만, 적어도 얌전해보이기는 했다.

"오늘은 그 옷을 입을 거다." 프랜시스 부인이 말했다.

"오늘 오후에 내가 직접 시내에 데려가서 적당한 옷을 사 줄 거다. 재스퍼, 지금 옷장에 있는 옷들은 모두 트렁크에 깔끔하게 넣어둬라."

"알겠습니다, 부인."

"안 돼요, 안 돼, 숙모. 진심은 아니시겠죠." 에블린이 말했다.

"진심이란다, 얘야. 재스퍼, 가기 전에 할 말이 있다. 미안하지만, 어쩔 수 없는 일이야. 에블린의 어머니는 네가 에블린과 함께 있기를 원하셨지. 안타깝게도 내가 봤을 때 넌 에블린을 보필할 감이 못돼. 내가 직접 에블린을 보살펴줄만한 적당한 하녀를 데려올 것이니, 너는 오늘 오후에 떠나도 좋다. 대가는 후하게 쳐주마. 이렇게 되어 미안하고, 잔인하게 들리겠지만, 이런 상황에서 친절하다면 그것이 더 잔인한 것이지. 자, 에블린, 문제가 뭐지?"

"그냥 숙모가 싫어요! 아, 너무 싫어!"

에블린이 말했다.

"어머니가 살아계셔서 당신과 싸웠으면 좋겠어! 아, 끔찍한 사람이야! 당신이 정말 싫어!"

"정신이 돌아와 함부로 뱉은 말에 사과하고 싶어지면, 아래층으로 내려와라. 늦었지만 아침 식사를 할 수는 있을 거다."

제10화

재스퍼, 성을 떠나다

진정한 배고픔이란 어디까지 영향을 미칠 수 있을까? 프랜시스 부인은 마지막 말을 마치고는 모든 물건을 챙겨서 나갔고, 검은 눈에서 분노가 타오르며 가슴을 들썩이던 재스퍼는 에블린을 똑바로 바라보았다. 에블린은 이제 어떻게 할 것인가? 조금이라도 자신의 말에 반박하면 용납지 못하던, 아침을 먹으러 일어나는 것조차 거부하던, 철부지 에블린은 이제 재스퍼 없이 살게 된 것이다! 어머니의 가장 가까운 벗이었고, 곁에 있으면서 무슨 일이 있어도 숙모와 삼촌의 폭압으로부터 에블린을 지키며, 필요하다면 법이 부여한 힘으로 에블린을 위해 싸우겠다고 어머니에게 맹세했던 재스퍼를 떠나보내야 하는 것이다. 아, 얼마나 끔찍한 순간인가! 재스퍼가 떠나야 하다니. 이제 에블린은 어쩔 것인가?

처음에 에블린은 충동대로 모두 쏟아 부었다. 거친 성난 말들로 분노를 터뜨렸다. 하지만 이제, 에블린과 재스퍼 둘만 남았고, 재스퍼는 확신에 가까운 기대 속에 기다렸다. 에블린은 굴복하지 않을 테니, 두 사람은 함께 윈포드 성을 오늘 당장 떠나게 될 것이었다. 법이 갈라놓지 않는 한, 두 사람이 헤어지는 일은 없을 것이었다.

에블린은 여전히 말이 없었다.

"우리 사랑하는 에블린… 나의 보물!"

고통에 찬 재스퍼가 말했다.

"네, 이모. 정말 골치 아픈 일이네요."

"골치 아픈 일! 그게 다야?"

에블린은 눈을 비볐다.

"물론 굴복하려는 건 아니에요." 에블린이 말했다.

"단 일 분도 굴복하지 않을 거라고요. 하지만, 아침은 먹어야겠어요. 너무 배고파서 아무 것도 못하겠어. 내 사랑스러운 옷을 이모가 다 가져가는 게 좋겠어. 그리고 떠나더라도 절대 이모를 잊지 않을 거예요. 하지만, 일단 뭘 좀 먹고 나서 이야기해요."

에블린은 돌아서서 방을 나갔다. 의심의 여지없이 흉한 드레스를 입고 있었지만, 깔끔한 검은 구두와 스타킹을 신고 있었고 금발머리는 프랜시스 부인의 지시에 따라 뒤로 묶어, 전날보다 다소 단정해보였다. 에블린은 거실로 들어갔다. 남은 식사가 여전히 식탁에 놓여있었다. 에블린은 주변을 초조하게 둘러보았다. 하인이라도 나타나야만 했다! 에블린은 따뜻한 차와 커피, 훌륭하게 조리되어 군침 도는 신선한 요리가 필요했다, 걸어가서 벨을 눌렀고, 하인이 나타났다.

"당장 아침 식사를 가져와." 에블린이 말했다.

하인이 웃음을 감추려 안간힘을 쓰며 물러났다. 프랜시스 부인에게 감히 대항한 에블린의 행동은 그날 아침 하인방의 웃음거리였다. 하인은 식당으로 가서 에블린 '아가씨'가 정신을 차렸음을 알렸다.

"백지장처럼 하얗고 몹시 화가 나 있었지만, 기상은 꺾이지 않았더군. 세상에! 의지가 정말 보통이 아니야. 마치 이 집의 주인 마냥 '내 아침 가져와, 당장' 이렇게 말하더라고." 하인이 말했다.

"언젠가 주인이 되긴 하지." 요리사가 말했다.

"정말 마음에 안 들어. 그런 사람이 우리 아름다운 오드리 아가씨 대신 주인이 되다니. 거기, 존슨! 우리 마누라 말로는 에블린 아가씨가 아침을 간단히 먹겠다고 했다니 이걸 가져가, 어서."

토스트, 방금 내린 차, 갓 낳은 달걀 달랑 한 개를 쟁반에 올려 거실로 가져갔다.

에블린은 말없이 앉아 직접 차를 따랐고, 토스트 부스러기와 달걀을 모두 먹고 다시 기운을 차렸다. 막 식사를 끝냈을 때, 오드리가 아서와 함께 방으로 뛰어 들어왔다.

"에블린." 오드리가 소리쳤다.

"널 막 찾고 있었는데. 오늘 밤에 몸짓 연극을 할 건데, 같이 할래?"

"그래, 같이 하자." 아서가 말했다.

"그리고 실비아도 같이 하면 정말 좋을 텐데."

"실비아가 어디 사는지 알고 싶어."

오드리가 말했다.

"정말 신비스러운 아이야! 어머니는 좀 불안해하셔. 아서, 안타깝지만 오늘 밤은 데려올 수 없으니 실비아 없이 어떻게 해봐야 해. 하지만 넌 같이 할 거지, 에블린? 연기에 대해 아는 것 좀 있니?"

"연기는 해본 적 없지만, 연극을 본 적은 있어."

에블린이 말했다.

"잘 할 수 있어. 중요한 역할을 주면 최선을 다할게. 작은 역할은 나랑 어울리지 않으니 맡지 않을 거야."

오드리는 얼굴이 붉어지며 웃었다.

"자, 어쨌든, 가자. 널 위해 최선을 다 해볼게."

오드리가 말했다.

"아침 다 먹었어? 다들 교실에 있어. 거긴 처음일 거야. 준비되면 가자. 모두 기다리고 있어."

힘든 아침을 보낸 에블린은 이것이 기분전환이 될 것이라 생각했다. 재스퍼를 달래주러 위층에 가려고 했었지만, 어쩔 수 없는 상황이니 재스퍼가 좀 기다려주면 되었다. 오드리를 따라가자, 모든 아이들이 반겨주었고, 에블린을 측은하게 여기며 최대한 편하게 해주고 싶어 했다. 몸짓 연극 몇 가지에 대해 서로 의견을 나눴고, 에블린은 주어진 역할에 완전히 만족했다. 꽤 영리한데다 흉내를 잘 내는 능력도 있었다. 여러 가지 준비를 하다가 에블린은 갑자기 무언가가 생각나 비명을 질렀다.

"오, 이런!" 에블린이 말했다.

"오! 정말 안됐어!"

"무슨 일이야, 에블린?" 오드리가 말했다.

"숙모가… 말하면 안 될 것 같은데… 숙모가… 나… 있잖아! 이런 얘기하면 안 되는데. 숙모가…"

"아, 제발 얘기해!" 오드리가 말했다.

"우리 어머니가 뭘 어쩌셨는데?"

"숙모가 재스퍼를 성에서 내보낼 거래. 정말이야. 아, 참을 수 있을까? 정말 너무 한다고 생각하지 않아?"

"정말 안타깝다." 오드리가 말했다.

"재스퍼는 쓸모가 많을 거야."

에블린이 말을 이었다.

"연기를 정말 잘하니까 나를 많이 도와줄 수 있어. 내일까지만 이라도 여기 있으면 정말 좋겠는데. 숙모에게 부탁해주면 안될까? 정말 그래주면 좋겠어."

"그럴 수 없어, 에블린. 어머니는 간섭을 용납지 않으시거든. 연극 하나 때문에 계획을 바꿀 생각은 하지 않으실 거야."

오드리는 친구들을 둘러보며 말을 이었다.

"이제 다 정리하고, 여기에 늦어도 3시까지는 모여서 리허설을 해야 해. 밖에 나가고 싶은 사람? 오늘 아침은 정말 날씨가 좋다."

아이들은 모자와 망토를 집어 들고 바로 밖으로 나갔다. 에블린은 눈에 띄는 대로 아무 것이나 두르고 함께 나갔다.

"좀 더 얘기해야하는데."

에블린은 혼잣말로 말했다.

"어쩔 수 없으니, 여기 당분간 살면서 오드리에게 잘 해줘야겠어. 나를 위해서 말이야. 하지만 다음에 사람들이 여기 오면 몸짓 연극을 열어서, 모두 밖으로 나가도록 해야겠어. 재스퍼가 정말 신경 쓰이지만, 어쩌겠어! 참아야지, 불쌍한 재스퍼. 성을 물려받으면 다시 돌아오게 해주겠다고 하면 괜찮을 거야."

한편 아서는 실비아와의 약속을 기억하고 다른 친구들이 있는 곳에서 멀어졌다. 실비아를 보기 위해 서둘러 달려갔다. 아서는 실비아의 밝고 검은 눈과 활기찬 모습에 큰 호감을 느꼈다.

"만나기로 약속했어. 분명 약속을 지킬 거야."

아서는 혼잣말로 말했다.

곧 아서가 "안녕!"이라고 말하자 낡은 진홍색 망토를 입은 젊고 날씬한 사람이 돌아서서 아서에게 다가왔다.

"아, 너구나, 아서!" 실비아가 말했다.

"다들 잘 있어?"

"잘 있어." 아서가 대답했다.

"오늘 밤 몸짓 연극을 할 건데, 난 의사 역할이야. 좀 어려운 역할이지만, 잘 하고 싶어. 몸짓 연극은 처음 해보거든. 에블린은 아기 원숭이 환자 역할이야. 처신을 잘 해서 연극을 망치지 않았으면 좋겠어. 진짜 특이한 애야! 당연히 가장 비중 없는 역할이었지만, 걔한테는 말 안 해줬어. 너도 연극에 참여하면 좋겠다."

"난 몸짓 연극 자주 했었어."

실비아가 짧은 한숨을 쉬며 말했다.

"그래? 진짜 신기하다! 넌 안 해본 게 없는 것 같아."

"내 또래 여자애들이 하는 것의 대부분을 해본거지."

아서는 호기심 가득 찬 눈으로 실비아를 바라보았다. 신발 옆면에 거칠게 덧댄 천이 아서의 눈에 띌 수밖에 없었고, 그것을 보자 아서의 얼굴이 선명하게 붉어졌다. 다른 쪽 신발도 발가락 부분이 하얗게 닳아있었다. 높은 발등과 가늘고 갸름한 발가락에, 신발 속 작은 발도 그런대로 깨끗했지만, 신발은 허름했다. 실비아는 아서가 무슨 생각을 하고 있는지 잘 알고 있었다. 잠시 후 실비아는 말했다.

"내가 왜 가난해보이는지 궁금할 거야."

실비아가 말했다.

"때때로 겉모습에 현혹되기도 하지. 난 가난하지 않아. 재미로 소박한 옷을 입고 소박한 음식을 먹어. 그리고…"

"아닌 것 같은데!" 아서가 말했다.

"재미로 그러는 것 같지 않아. 너 지금 배고파 보여!"

가엾은 실비아는 마음속에서 신음하고 있었고, 너무나 배가 고팠다.

"나도 진짜 배고파."

아서는 말했고, 머릿속에 번뜩이는 생각이 떠올랐다.

"여기서 400미터만 가면 마을인데, 거기 과자점이 있거든. 가서 우리끼리만 놀면 좀 어때? 누가 신경이나 쓰겠어? 가자, 실비아."

"난 못가." 실비아가 대답했다.

"그럴 수 없어. 정말 너무 고마워, 아서. 만나서 반가워! 하지만, 난 바로 집에 가야해. 어제 하루 종일 밖에 있었더니, 해야 할 일이 아주 많아."

"같이 가면 안 돼? 일 하는 거 도와줄까?"

"고맙지만 안 돼. 네가 도와주는 건 정말 안 되는 일이야. 그렇게 말해 줘서 고맙지만 그럴 수도 없고, 이유도 말해줄 수 없어."

"너무 슬퍼 보인다! 오늘 밤 정말 몸짓 연극에 참여 못하니?"

"정말 못가."

실비아가 약간 숨을 헐떡이며 말했다.

"난 슬프지 않아. 나만큼 기쁜 사람은 없지. 이제 내가 웃어서 메아리를 울릴 테니 들어봐."

실비아와 아서는 왼쪽으로 길게 뻗은 좁은 돌길에 서 있었다. 좁은 틈 사이로 시냇물이 바로 흘렀다. 실비아는 살짝 자세를 바꾼 후, 손을 들어 "안녕!"이라고 분명한 소리로 외쳤다. 그 소리는 점점 희미해지면서 여러 지점에서 메아리쳤다.

"그리고 넌 지금 내가 즐겁지 않다고 말하고 있어!"

실비아가 외쳤다.

"들어봐."

실비아의 웃음소리가 메아리쳤다. 천 개의 요정이 웃는 듯, 이보다 더 음악적일 수 없었다. 실비아는 하얀 얼굴을 돌려서 아서를 똑바로 바라보았다.

"난 정말 즐거워!" 실비아가 말했다.

"그리고 기뻐! 그리고 감사해! 난 가난하지 않고 부유하지만, 소박한 것을 좋아할 뿐이야. 당분간 안녕, 아서."

"널 보러 다시 올게. 넌 정말 매력적이야!"

아서가 말했다.

"어머니도 널 아셨으면. 내 여동생 모스(이끼라는 뜻 - 역자 주)도 널 알았으면 좋았을 텐데."

"모스! 정말 재밌는 이름이다!" 실비아가 말했다.

"우린 항상 그렇게 불러. 이끼처럼 부드러우면서도 생기가 넘치고, 편안한 성격이지만 너무 스스럼없이 대하면 안 되거든. 모스는 연약해서 어머니가 보살펴줘야 해. 네가 걔를 봤으면 좋겠다. 모스는…"

"어떨 것 같은데?" 실비아가 말했다.

"널 이해할 거야. 힘든 상황을 조금이라도 덜어줄 거야."

"아! 그러지마, 아서… 그런… 그런 식으로 내 맘을 들여다보지 마." 실비아가 말했다.

눈물로 앞이 희미해졌다. 실비아는 눈물을 닦았고, 다시 즐겁게 웃었지만, 다음 순간 모퉁이를 돌자 다시 눈물이 앞을 가렸다.

제11화

계획은 바꿀 수 없단다

점심 식사 직후 프랜시스 부인은 에블린에게 오라고 손짓했다.

"위층에 가서 재스퍼에게 옷을 입혀달라고 해라."

프랜시스 부인이 말했다.

"몇 분 있으면 마차가 올 거야."

에블린은 따라가고 싶지 않았다. 오드리를 똑바로 바라보았다. 오드리는 분명 프랜시스 부인과 단둘이 오래 마차를 타야하는 끔찍한 고통에서 구원해 줄 것이었다! 오드리는 에블린의 간청하는 눈빛을 보았고, 한 걸음 앞으로 나아갔다.

"어머니, 오늘 오후에 에블린이 꼭 필요하세요?"

오드리가 물었다.

"그렇단다. 안 그러면 에블린에게 같이 가자고 하지도 않았겠지."

프랜시스 부인의 말이 너무 강렬했으므로 오드리는 말없이 서있었다.

"제발 말해줘… 제발!"

에블린이 간절하게 떨리는 목소리로 끼어들었다.

"어머니, 오늘 밤 몸짓 연극을 할 건데, 에블린이 좀 비중 있는 역할을 맡았고, 3시에 교실에서 리허설하기로 했어요."

"정말 중요한 역할이에요." 에블린이 다시 끼어들었다.

"미안하지만, 에블린은 나와 가야한다. 역할을 대신할 사람은 없니, 오드리?" 프랜시스 부인이 말했다.

"있어요. 소피가 하면 되요. 소피는 작은 역할을 맡았는데 연기도 잘하고, 소피 역할은 에블린도 쉽게 할 수 있을 거예요. 그래도 에블린이 실망할 텐데요."

"그건 안됐다만, 계획은 바꿀 수 없단다. 소피에게 에블린 역할을 주고,

에블린이 소피 역할을 맡으면 된다. 작은 역할이니 돌아왔을 때 지도해줄 충분한 시간이 있을 거다."

"그래, 그렇긴 할 거야, 에블린. 그래도 유감이야."

오드리는 말한 후, 돌아섰다.

에블린의 입술이 떨렸다. 움직이지 않고 서 있다가 천천히 돌아서서 프랜시스 부인의 얼굴에 분노의 말을 쏟아부으려했지만, 이런! 프랜시스 부인은 그곳에 없었다. 에블린이 생각에 잠겼을 때 이미 위층으로 올라가버렸던 것이다.

에블린은 아주 조용히 자기 방으로 올라갔다. 재스퍼가 에블린을 기다리고 있었고, 너무 울어서 눈이 튀어나올 것 같이 부어있었다.

"짐 싸는 중이었다." 재스퍼가 말했다.

"오늘 오후에 떠날 거야. 프랜시스 부인이 모든 준비를 해두었고, 마을에 있는 '그린맨'에서 3시 30분에 택시가 와서 날 태워갈 거야. 너와 내가 이렇게 헤어져야 한다니 정말 믿어지지 않는다."

"너무 울어서 몰골이 엉망이네요!"

에블린이 말했다.

"아, 정말 너무 미안하고, 이모 없이 어떻게 살아야 좋을까요?"

"많이 보고 싶을 거야." 재스퍼가 말했다.

"하지만, 네가 이 상황을 모두 받아들여서 놀랐다. 언성을 높여서 소란을 피워 이곳을 완전히 바꿔놓았다면 틀림없이 네 방식대로 할 수 있었겠지. 그렇지만 지금 상황에서는 슬픔이든 뭐든 입 밖에 내지 말고 원하는 대로 그냥 있어라. 가서 아이들과 즐겁게 지내며, 어머니가 돌아가시기 오래 전부터 너의 탄생을 보고, 상황을 조율해주고, 모든 일을 해 준 사람은 그저 잊어라."

"지금 어머니 얘기는 하지 마요."

에블린은 입술을 떨며 말했고, 달라진 목소리로 덧붙였다.

"어쩔 수 없어요, 이모. 여기 온 후로 계속 투쟁해왔고, 지금도 하고 싶어요. 아, 너무 간절하고, 필사적으로! 하지만 어쩐지 용기가 모두 사라져버렸어요. 너무 미안하지만, 어쩔 수 없어요⋯ 어쩔 수 없어."

재스퍼는 말이 없었다. 잠시 후 천천히 말했다.

"무슨 일이 있어도 너와 내가 함께 있도록 해달라고 어머니가 임종 직전에 프랜시스 부인에게 편지를 썼었다."

"알아요. 숙모는 정말 나빠, 나쁜 사람이야."

"내가 굴복할 거라고 생각하니?" 재스퍼가 말했다.

"그래야죠, 이모. 그 사람들이 원치 않으면 여기 있을 수 없어요. 임금은 잘 챙겼죠?"

"그럼, 내 사랑, 잘 챙겼지." 재스퍼가 말했다.

"프랜시스 부인은 내가 당연히 만족하고 쥐 죽은 듯이 조용히 입을 꾹 다물 것이라고 생각하겠지만, 순진하게도 잘못 생각하고 있어. 난 조용히 있지만은 않을 거다. 물론 떠나긴 해야 하겠지만, 멀리 가진 않을 거야. 머릿속에 계획이 있어. 아무 소용없을 지도 모르지만, 다행히도 계획대로 된다면 내 소식을 다시 듣게 될 거야. 필요한 순간이 오면 너를 보호할 수 있도록 멀리 가진 않을 거란다. 우리 어린 양 에블린, 얼굴이 너무 안쓰러운데 내가 뭘 도와줄까?"

"그저 비참해요." 에블린이 말했다.

"몇 시간 동안 울고만 있을 수도 있지만, 시간이 없어요. 그럼 마지막으로 옷을 입혀주세요. 아, 사랑하는 재스퍼 이모, 이모가 너무 좋아요!"

에블린의 냉철하고 단단한 성격이 무너지는 것 같은 순간이었고, 재스퍼의 목에 팔을 두르고 여러 번 열정적으로 키스했다. 재스퍼도 굶주린 듯 에블린에게 키스했다.

"정말 멀리 가지 않을 거죠?"

코트와 모자를 쓰고 출발할 준비가 되었을 때, 에블린이 말했다.

"계획은 세웠지만, 아직 실행 단계는 아니란다."

재스퍼가 말했다.

"내일쯤 내 소식을 듣게 될 거다. 지금은, 안녕. 가져다 준 트렁크에 네 물건을 모두 넣었고, 옷장엔 아무것도 없단다. 아, 우리 강아지, 우리 강아지, 안녕! 오늘 밤은 누가 너를 돌봐주고, 작고 하얀 침대에서 함께 잘까? 아, 내 사랑, 재스퍼 이모의 영혼은 무너졌어, 무너져버렸어!"

"에블린!"

그 때 방을 지나가던 프랜시스 부인이 에블린을 불렀다.

"마차가 문 앞에 있단다. 당장 오거라."

에블린은 아래층으로 뛰어 내려갔다. 현란하고, 어울리지 않는 모자에 재킷까지 입고 있었다. 재빨리 마차에 올라타고는, 기품 넘치는 프랜시스 부인 옆에 털썩 주저앉았다.

프랜시스 부인은 나름대로 상당히 판단력이 좋은 사람이었다. 필요하다고 생각할 때마다 질책을 하기는 했지만, 잔소리는 하지 않았다. 에블린이 올바른 예의범절 교육을 받아야 하고, 지체 없이 엄하게 교육 시켜야 한다는 것은 슬쩍만 보아도 알 수 있었지만, 잘못을 매순간 지적할 마음은 없었다. 따라서 옆자리에 앉아있는 작고 서투르며 우쭐대는 어린 에블린에게 칭찬이나 비난의 말은 일절 없이, 그저 시내 중심가에 있는 심슨스로 가자고 명령했을 뿐이었다. 윈포드 성의 이름을 딴 마을에서 성은 800미터 정도 떨어져있었고, 크고 권위 있는 이스틸리 대성당 마을과는 8킬로미터 떨어져 있었다. 가면서 프랜시스 부인은 작은 소녀를 대하는 말투로 담소를 했고, 에블린은 짧고 뷰루퉁하게 대답했다. 자신의 대화거리가 에블린에게 흥미롭지 않다는 것을 알고, 프랜시스 부인은 말없이 생각에 잠겼다. 얼마 지나지 않아 심슨스에 도착했고, 프랜시스 부인과 에블린은 마차에서 내려 들어갔다. 프랜시스 부인이 자신을 위해 주문한 물건의 양에 에블린은 너무나 당황했다. 재스퍼 말대로, 파리에 있을 때는 꽤 작아진 바지를 입었었고, 이사벨이 살아있을 때 에블린에게 드레스를 사주긴 했지만 그것도 한꺼번에 여러 벌은 아니었고 가끔씩 이었다. 이사벨은 화려한 옷차림을 하고 있었지만 결코 옷을 잘 입는 사람은 아니었다. 화려하고 기이한 색을 좋아했고, 깃털 조각, 허름한 레이스 조각, 구슬, 이런 장식으로 에블린을 꾸며주는 것을 좋아했다. 이사벨이 죽은 후, 에블린이 스스로 부자라 여겼을 때도 에블린과 재스퍼는 재료만 더 좋을 뿐 이사벨이 샀던 것과 같은 물건들을 구입했다. 그래서 얇은 실크는 두꺼운 실크로, 나일론과 면사를 섞은 새틴은 순면으로, 면벨벳은 벨벳으로, 저렴한 레이스는 고급 레이스로, 화려한 색상의 구슬은 골드체인과 진주 줄로 대체했다. 에블린과 재스퍼의 시선에서는 자신들의 몸단장 물건이 가장 아름다운 것 같았지만, 프랜시스 부인의 생각은 전혀 달랐다. 에블린을 위해 짙은 청색 서지(짜임이 튼튼한 모직물 - 역자 주)로 그에 걸맞은 재킷을 즉시 제작하라고 명령했고, 같은 날 저녁 짙은 회색의 기성복 드레스를 샀다. 드레스와 함께 쓸 깔끔한 검은색 모자와 작은 에블린을 덮어줄 두꺼운 검은색 모직 재킷도 구입했다. 이브닝드레스는 곱고 부드러운 흰색 실크와 모슬린으로 골랐고, 많은 양의 최고급 속옷과 연분홍색 및 연청색의 이브닝드레스 한두 개를 추가한 후, 다시 한 번 마차에 올라 에블린과 함께 집으로 갔다. 그날 저녁 에블린이 입을 수 있는 매우 평범한 하얀 모슬린 드레스 상자는 앞좌석에 있었다.

"성에 돌아가면 재스퍼는 이미 떠나고 없겠죠?"

에블린이 프랜시스 부인에게 말했다.

"물론이지." 프랜시스 부인이 말했다.

"3시 30분까지 나가라고 명령했는데, 지금은 5시가 넘었으니까."

"하녀를 구하려면 어떻게 해야 되나요?"

"내 하녀 리드가 오늘 밤 뿐 아니라 아침저녁으로 손님들이 떠날 때까지 시중을 들 것이고, 오드리의 하녀 루이사가 너를 보살펴줄 거다."

"하지만 저는 저만의 하녀를 원해요."

"그럴 수는 없다. 루이사가 필요한 도움을 줄 거야. 하녀에게 전적으로 의존해서는 안 되고, 스스로 할 수 있어야 한단다."

"어머니가 계시던 시절엔 모든 것을 스스로 했지만, 이제는 다르잖아요. 지금은 엄청 부자니까요."

에블린이 이 말을 하자 프랜시스 부인은 침묵했다.

"아닌가요, 숙모?" 에블린은 약간 소심하게 말했다.

"그런 재산이 어디서 나온다는 건지 모르겠구나. 지금은 너에게 쓰는 돈은 모두 에드워드 삼촌이 주시는 거란다."

"하지만 제가 상속녀잖아요!"

"미래의 상속녀이지. 아직은 작고 별 볼일 없는 무지한 어린애일 뿐이야. 친척의 친절에 의지해 교육과 보살핌을 받고 인격을 형성해야하지. 솔직히 말해서, 넌 너의 위치를 전혀 모르고 있어. 너의 위치를 깨닫는다면 나도 희망을 품어보겠지만, 그 전에는 가망이 없다고 생각한다."

에블린은 마차 안에서 절망적으로 뒤로 기대어 흐느끼기 시작했다. 그리고 잠시 후 말했다.

"재스퍼를 데리고 있게 해주세요." 프랜시스 부인은 말이 없었다.

"왜 재스퍼와 함께 있지 못하게 하는 거예요?"

"너에게 좋을 것 같지 않아서다."

"어머니가 그렇게 해달라고 부탁하셨잖아요."

"사정이 이렇다보니 네 어머니의 요청을 들어드리지 못해 마음이 아프지만, 에드워드 삼촌과 상의 후에 재스퍼를 내보내기로 뜻을 모았단다."

"오늘 밤 누가 제 방에서 자나요?"

"누가 필요할 정도로 어리진 않은 것 같은데."

"전 한 번도 혼자 잔 적이 없어요. 정말 무서워요. 크고 오래된 그 집에서 귀신이 나올 것만 같다고요."

"아, 정말 바보 같구나! 좋아, 하루나 이틀 밤 정도는 배려 차원에서 리드와 자게 해주겠지만, 침실에서 저녁 먹고 잡담하는 것은 절대 안 된다. 리드가 알아서 잘 하겠지만 말이야. 이제 행복을 찾고 만족하겠다고 마음 먹어라. 간단히 말해서, 신의 섭리에 따라 살도록 해라. 타인을 먼저 생각하고 자신을 위하는 일은 마지막 순서로 한다면 행복해질 수 있을 거야. 오드리나 싱클레어 선생님과 상의한다면 지혜를 얻을 수 있을 거다. 좋든 싫든 내 말을 듣지 않으면, 아주 힘들어질 거다. 아! 다 왔구나. 아이들이 있는 교실로 가고 싶겠구나. 아마 차를 마시고 있을 거다. 당분간은 더 얘기할 것 없으니, 얼른 가보도록 해라."

에블린이 교실에 도착했을 때, 아이들은 분주하고 활기에 차서 교실 여기저기 앉아 있었다. 열정적으로 연극에 대해 토론하던 중, 에블린이 들어오자 환영해주었다.

"에블린, 원하던 역할을 맡지 못하게 돼서 정말 안됐지만, 이번 주 중에 다른 연극을 준비하기로 했으니, 그 때 좋은 역할을 맡으면 될 거야. 오늘 밤 배역이 바뀐 것은 이해해줄 수 있지?"

오드리가 말했다.

에블린은 다소 뚱하게 대답했다. 오드리는 신경 쓰지 않기로 했다. 에블린 옆에 앉아 소피에게 따뜻한 차를 가져다달라고 했고, 곧 에블린의 기분이 좋아지도록 구슬렸다. 에블린이 맡게 된 작은 역할을 읽어 주었고, 어떤 단어는 암기해야 했다. 에블린은 연기에 대해 아는 것이 거의 없거나 전혀 없는 정도였지만, 오드리는 극복할 수 있다는 침착한 확신으로 에블린을 대했다. 오드리의 본보기에 자극 받은 아이들은 에블린에게 잘 해주기로 했고 최대치의 능력을 이끌어내었다. 그리고 교실을 떠날 때 에블린은 마땅히 그래야한다고 생각하는 것만큼 행복하고 중요한 사람이 된 기분을 느꼈다.

"쟤 정말 별로야!"

에블린이 문을 닫고 나가자마자 소피가 말했다.

"그런 말 하지 마."

예쁜 얼굴에 근심어린 표정을 지으며, 오드리가 말했다.

"우리는 괜찮아." 줄리엣이 말했다.

"에블린은 오드리 네 몫이잖아. 네가 얼마나 좋은 친구인지 아는데, 이제 매일, 그리고 하루 종일 저런 여자애랑 어울려야하다니… 정말 속상해."

"익숙해지겠지." 오드리가 말했다.

"그리고 내가 가엾어 하고, 정말 안됐다고 생각한다는 것을 잊지 마. 친절히 대해주면 에블린도 달라질 거야."

"글쎄."

헨리에타가 자리에서 일어나 천천히 방을 가로지르며 말했다.

"널 생각해서 하루나 이틀 정도는 예의 바르게 대하겠지만, 그렇게 계속 어처구니없는 태도라면 오래가기는 힘들 거야. 이런 곳을 걔가 갖게 된다는 것을 생각만하면!"

헨리에타는 마지막 말을 숨죽여 말했고 오드리는 듣지 못했다. 곧 프랜시스 부인이 불러서 오드리는 달려갔다. 다른 아이들은 서로를 바라보았다.

"음, 아서, 무슨 생각을 그렇게 골똘히 해?"

헨리에타가 잘생긴 아서의 얼굴을 보며 말했다.

"실비아 생각 중이었어." 아서가 대답했다.

"에블린 대신 실비아가 여기 있으면 좋을 텐데. 너도 걔가 좋지 않아? 정말 예쁘고 재밌는 아이 같지?"

"걔랑은 거의 말 못 해봤어." 헨리에타가 대답했다.

"오빠랑 실비아가 같이 있는걸 보긴 했지."

"신비로워서 좋아. 다른 이유도 있지만."

아서는 대답했다. 그 때 갑자기 말을 이었다.

"네가 실비아랑 친구가 되었으면 좋겠어. 너무 슬퍼보여서 너랑 줄리엣 둘 다 실비아에게 잘 해줬으면 해."

"걔만큼 밝은 애는 못 봤는데." 줄리엣이 대답했다.

"하지만 오빠만큼은 모르겠지. 오빠는 항상 사람들의 비밀을 잘 추측해 내니까."

"난 그 점에서 모스를 닮았어." 라고 아서가 대답했다.

"모스 같은 아이는 없었지." 줄리엣이 말했다.

"이제 옷 입어야겠다. 몸짓 연극이 잘 됐으면 좋겠어. 프랜시스 부인 덕에 에블린이 좋은 역할로 모든 걸 망칠 위험이 사라졌으니 얼마나 다행이야!"

한편 에블린은 방으로 올라갔다. 방은 깔끔했고 다시 한 번 완벽하게 정리되어 있었다. 재스퍼가 머무르던 짧은 시간은 지나갔고 아무런 흔적도 남기지 않았다. 정성 들여 쓸어 담은 난로 위에 불이 밝게 타오르고, 전등이 방을 대낮처럼 환하게 비추고 있었다. 깔끔하고 진지해 보이는 여자가 난로 옆에 서 있다가 에블린이 나타나자 앞으로 걸어 나왔다.

"저는 리드입니다." 리드가 말했다.

"프랜시스 부인만의 특별한 하녀이지만, 오늘 저녁만큼은 아가씨의 치장을 봐달라고 부탁하셨고, 이것이 프랜시스 부인께서 아가씨가 입기를 바라시는 드레스라고 알고 있습니다."

에블린은 입을 삐죽이며, 모자를 벗어던지고 리드를 올려다보았다. 입술은 떨렸고, 갈색 눈동자에는 처음으로 걱정스럽고, 애처로운 빛으로 가득 찼다.

"재스퍼는 어디 있지?" 에블린이 퉁명스럽게 물었다.

"떠났습니다, 아가씨."

"당신도 싫고, 내게 옷을 입혀주는 것도 싫어. 가 버려."

에블린이 말했다.

"에블린 아가씨, 죄송하지만 프랜시스 부인께서 저에게 아가씨의 옷장을 맡으라고 명하셨습니다. 부인께는 조금 있다 오라고 하셨으니, 아가씨 머리를 손질하고 옷을 입혀드리도록 해주세요."

"그럴 일은 없을 거야. 재스퍼가 떠났으니 이제 혼자 옷을 입어야겠어."

"그러면 좋지요, 아가씨. 젊은 숙녀는 여러 가지를 할 수 있어야 해요. 더 많이 알수록, 더 잘 산다는 것이 제 생각입니다."

에블린은 리드를 올려다보았다. 리드는 친절한 얼굴, 잔잔한 파란 눈, 굳건하고 거침없는 입을 가지고 있었다. 머리 양쪽에는 띠를 아주 깔끔하게 두르고 있었다. 드레스는 완벽하게 깨끗했다. 어울리지 않는 것은 하나도 없었고, 요컨대 질서 그 자체 같았다.

"내가 누군지 알아?" 에블린이 말했다.

"당연히 알지요, 에블린 아가씨."

"말해봐." 리드의 잔잔한 입가에 희미한 미소가 스쳤다.

"태즈메이니아에서 온 어린 숙녀로, 대지주님의 조카이시며, 오드리 아가씨 함께 교육받으러 오셨지요. 오드리 아가씨에게 축복을!"

"그게 다라고!" 에블린이 말했다.

"그럼 내가 더 얘기해주지. 언젠가 그 오드리 아가씨와 이 성은 아무 상관도 없는 날이 올 거고, 내가 모든 것의 주인이 될 거야. 언제든 삼촌이 돌아가시면, 내가 여기 주인이 되는 거야."

"에블린 아가씨, 그런 말씀 마세요! 대지주님은 신의 뜻에 따라 오래오래 사실 겁니다." 에블린은 다시 앉았다.

"숙모는 이 세상에서 가장 잔인한 사람 중에 한 명인 것 같아."

에블린은 말을 이었다.

"이제 내 생각을 알았을 테니, 숙모에게 일러바쳐도 좋아, 이 비열한 인간아. 가서 당장 얘기해. 오늘 마차로 외출했을 때 얼굴에 대고 그렇게 말하고 싶었지만, 숙모가 우위를 점했어. 하지만 계속 그럴 순 없을 거야. 네 도움 같은 건 바라지도 않고, 숙모만큼이나 당신을 증오해!"

리드는 마치 에블린의 말을 하나도 못 들은 것처럼 보였다. 방을 가로질러 가서는 곧 뜨거운 물을 가지고 돌아와 대야에 조금 부었다.

"자, 아가씨. 세수를 하시면, 머리를 만져드리겠습니다."

리드의 말투는 에블린을 조용하게 만들었다.

"내 말 못 들었어?" 잠시 후 에블린이 말했다.

"아니요, 하지만 못 들었다고 말하는 편이 더 진실한지도 모릅니다. 젊은 숙녀께서 짓궂은 말씀을 하면 귀를 닫는 버릇이 있어, 들리지도 않고 들을 생각도 없어 김빠지기만 하실 테니 제게 계속 말 걸어봤자 아무 소용이 없답니다. 지금 오셔서 착하게 옷을 입으시면, 놀랄 일을 알려드리겠지만, 치장이 모두 끝나기 전에는 말씀드릴 수 없어요."

"놀랄 일이라고!" 몹시 궁금해진 에블린이 말했다.

"도대체 뭘까?"

"옷을 입으시면 말씀드릴게요. 그리고 프랜시스 부인께서 저를 기다리시니 서둘러 주세요."

에블린의 오만함이 굴복하는 순간이 있다면, 그것은 지나친 호기심이 발동하는 순간이었다. 그러므로 에블린은 마지못해 일어나 리드의 술수에 넘어갔다. 세수를 하고나서, 리드는 얇은 아마포 같은 에블린의 머리를 빗질했다.

"머리를 높게 올리지 않을 거야?" 에블린이 물었다.

"네, 그건 아가씨 또래 숙녀가 머리하는 방식이 아니에요."

"태즈메이니아에서 어머니와 함께 있을 때 항상 그렇게 했어!"

"태즈메이니아는 영국이 아니지요. 머리를 그렇게 하면 프랜시스 부인의 마음에 들지 않으실 겁니다."

"다른 머리는 싫어."

"마음대로 하세요, 아가씨. 옷은 제가 입혀드리고, 머리는 아가씨가 직접 하셔도 되지만, 놀랄 일이 무엇인지는 알려드리지 않을 거예요."

"맘대로 해." 에블린이 말했다.

그리하여 머리카락이 너무 가늘어서 티는 별로 안 났지만, 그 자체로 매우 예뻤고, 어려보이는 스타일의 머리가 되었다. 그리고 곧 허리가 높고 소매가 긴 하얀 모슬린 드레스를 입고, 흰색 실크 스타킹과 그에 어울리는 작은 실크 구두를 신었고, 허리에 흰 띠까지 두르고 나서 에블린은 거울 속 자신을 의아하게 바라보았다.

리드는 잠시 서서 에블린의 얼굴을 바라보았다.

"나 예쁘지 않아?"

에블린이 돌아서서 리드를 똑바로 바라보며 말했다.

"제일 좋은 것은 외모를 생각하지 않는 것이고, 외모에 대해 언급하는 것은 큰 죄악이지요."

리드는 다소 엄격하게 대답했다.

에블린의 눈이 반짝였다.

"아주 착하고 예쁜 어린 소녀가 된 것 같아." 에블린이 말했다.

"어젯밤엔 매력적인 성인 숙녀였어. 머지않아 난 매력적인 어른이 될 거고, 숙모가 좋든 싫든 오드리보다 훨씬 더 예뻐질 거야. 자, 이제, 착하게 굴었으니, 얘기해 봐."

"여기 재스퍼의 편지에요." 리드가 대답했다.

"재스퍼가 아가씨께 드리라고 했어요. 자, 아가씨, 단정한 모습을 유지하세요. 너무 멋지고 점잖아 보이세요. 벨이 울리고 나서 아래층으로 내려가셔도 되고, 원하시면 더 일찍 내려가셔도 됩니다. 저는 이제 프랜시스 부인을 모시러 가겠습니다."

혼자 있게 되자, 에블린은 재스퍼가 남긴 편지를 뜯었다. 아래와 같은 내용의 짧은 편지였다.

내 사랑, 소중한 에블린에게
— 가장 친한 벗 재스퍼는 떠나지만, 아, 심장이 까맣게 타들어가는구나!
오늘 저녁 네게 초콜릿을 만들어 줄 수도 없고, 옆에 있는 작고 하얀 침대에 눕지 못한다고 생각하니 마음이 너무 아프구나. 그래, 아프고, 아파. 우리를 갈라놓으려 한 프랜시스에게 축복은 없을 거야. 하지만 내 사랑, 에블린, 조바심 내지 마. 멀리 떨어져 있어도 난 멀리 있는 게 아니야. 그리고 나를 원할 때 여전히 그곳에 있을 거야. 머릿속에 계획이 있는데, 제대로 준비되면 알려줄게. 지금은 곁에 없지만, 매 순간 밤이 올 때까지 내 생각을 한다면, 나도 그럴게, 사랑하는 에블린. 그리고 잊지 마. 그 사람들이 너에게 무슨 짓을 하든, 대지주님을 빼고 모두 너에게 굴복할 때가 올 거야." ―사랑하는 재스퍼가

"재스퍼."

착하고 평범한 어린 소녀처럼 보이는 자신을 보았을 때, 그리고 오드리 수준의 명랑한 친구들에게 둘러싸여 교실에 앉아 있었을 때 느꼈던 약간의 기쁨과 만족감은, 재스퍼의 부적절한 편지를 읽으면서 완전히 사라졌다. 눈물이 흘러내렸고, 두 손을 꽉 쥐었다. 방 여기저기에서 열정적으로 춤을 추었다. 리드가 치장해준 하얀 리본을 머리에서 떼어내고, 전에 입었던 하얀 새틴 드레스를 입고 싶었다. 그리고 프랜시스 부인을 거역하기 위해서라면 이 세상의 어떤 일이든 하고 싶었지만, 아차! 대체할 옷과 장식품이 없으니, 열망이 무슨 소용이 있겠는가? 그 소중하고 매력적인 옷은 모두 에블린의 여행용 트렁크에 담겨 침실에서 내보내졌다. 에블린은 자신이 복종할 수밖에 없음을 깨달았다.

"좋아, 원하는 대로 해주지. 하지만 그런 척만 하는 거야."

에블린은 생각했다.

"오, 숙모는 절대 날 바꾸지 못해! 어머니, 숙모는 절대 날 바꾸지 못해요. 나는 언제나, 언제나, 언제나, 버릇없이 굴 거예요. 왜냐하면 숙모는 너무 잔인하고, 싫고, 재스퍼와 나를 떼어놓았으니까요. 어머니의 벗을요… 사랑하는 어머니… 어머니의 벗을 말이죠!"

제12화
굶주림

재스퍼는 윈포드 성을 떠나 마을에 있는 '그린맨'으로 갔다. 그곳에서 집주인 심슨 부인에게 하룻밤 묵을 작은 침실을 내줄 수 있는지 물었다. 심슨 부인은 재스퍼를 기꺼이 도와주었다. 재스퍼는 침실에 들어가 자신의 짐이 방에 있음을 확인하고는 마을을 돌아다녔다. 마을은 규모도 작고 중요한 지위를 차지하지도 않았으며, 마을 전체가 윈포드 성의 고귀한 사람들을 위해 헌신하고 있었다.

사실 마을 자체가 성을 위해 존재했으므로, 마을 사람들이 큰 집이라 부르는 윈포드 성을 떠나서는 존재감이 거의 없거나 아예 없었다. 윈포드 마을은 대지주 에드워드와 윈포드 가로부터 후원을 받았고, 모든 집은 에드워드의 소유였다. 마을 사람들은 에드워드를 봉건 영주처럼 여겼다. 에드워드는 모두에게 친절했고, 슬픔에 공감했으며, 소작인 한 사람 한 사람에게 기쁜 순간이 찾아오면 함께 기뻐할 준비가 되어 있었다. 프랜시스 부인은 여러 자선단체를 잘 다룰 줄 아는 훌륭한 연금술사이면서 위대한 가문 출신이었다.

프랜시스 부인은 윈포드 마을 전체에서 가난한 여성이 저지르는 작은 죄악과 잘못, 투쟁과 좌절, 유혹과 승리의 순간을 모두 알고 있었고, 이 여성들 또한 프랜시스 부인이 모르는 것이 없다는 것을 완전히 인지하고 있었다. 프랜시스 부인은 사랑과 두려움을, 에드워드는 사랑과 존경을 받았다. 오드리는 어린 공주처럼 늘 열광적인 사랑을 받았다. 그러므로 희미한 빛이 온 몸에 내리쬘 무렵 마을을 천천히 걸어가면서, 재스퍼는 자신이 마을 사람들의 관심 대상이라는 것을 깨닫게 되었다. 마을 사람들이 재스퍼에게 관심이 있는 것은 의심의 여지가 없는 사실이었으므로 집 밖에서 재스퍼를 엿보았고 (심지어 거상이면서 교회 성가대에서 일요일에

테너 솔로를 맡았던 식료품점 주인조차도, 다른 사람들과 함께 문간 주변을 훔쳐보고 있었다) 자신이 찬양할 만한 외모가 아님에도 마을 사람들이 자신을 계속 지켜본다는 것을 재스퍼는 인지하고 있었다. 윈포드 가에 관한 비밀은 비밀이 아니었으므로, 재스퍼가 진짜 상속녀와 함께 지구 반대편에서 건너왔다는 것 또한 마을 사람들은 이미 알고 있었다.

"촌스럽고 불쾌한 여자애야." 마을 사람 중 한 사람이 말했다.

"하지만 대지주님께서 돌아가시면… 대지주님께 축복을! 그 여자애가 대신 통치할 테니, 귀엽고, 사랑스럽고, 아름다운 오드리 아가씨는 오갈 데가 없어져."

이 당치않은 소식을 서로에게 계속 반복하여 말했고, 호주에서 온 여자애를 절대 아끼지도 않고 환영도 하지 않을 것이라고 맹세했다.

재스퍼는 천천히 걸어가면서 자신을 둘러싼 적대감을 의식했다.

"안 되겠구나." 재스퍼는 혼잣말을 했다.

"내가 '그린맨'에서 살기로 한 이상 누구도 나를 쫓아내진 못하겠지만, 계속 버틸 수 있는 분위기는 아니군. 하지만, 우리 에블린에게서 멀어지면 절대 안 되는데. 나에겐 돈이 있어. 현명한 이사벨이 그랬었지. '재스퍼, 돈이 필요한 순간이 올지도 몰라. 그 돈은 에블린의 돈이지만, 에블린을 위해 최선이라고 생각하면 써야 해.'"

"많은 돈은 아니지." 재스퍼는 생각했다.

"하지만 커다란 검은 트렁크 여기저기에 넣어든 금화 60파운드가 있으니, 에블린을 돌보는데 쓸 거야. '그린맨'에서 머무르는 대가로 심슨 부인에게 넉넉히 쥐어주겠지만, 마음먹었던 만큼 많이 주지는 말아야겠어."

그래서 재스퍼는 곧 마을을 떠나 어두운 바위 사이의 언강(the river Earn)이 흐르는 방향으로 걷기 시작했고, 평화로운 언덕 사이 좁은 개울에서 물이 보이지 않을 때까지 걸었다. 그 방향에는 두꺼운 주목나무 울타리가 있고 폐쇄된 것으로 보이는 수도원이 있었다.

계속 걷고 있긴 했지만, 수도원이 있는 동네에 대해서는 아는 것이 없었고, 예쁘고 키 큰 소녀가 그곳에 살고 있다는 것도 꿈에도 생각지 못했다.

한편 실비아는 해질녘에 집 밖으로 산책을 나갔다. 가능하다면 실내에서는 한 시간도 보내지 않으려했다. 잠은 실내에서 자야 했고, 간신히 얻은 음식도 그토록 싫어하는 지붕 아래에서 먹어야 했지만, 비가 오나 눈이 오나, 폭풍이 오든 잔잔한 날씨든, 남는 시간은 모두 여기저기 돌아다니며 보냈다. 신선한 공기를 듬뿍 마신 덕분에 건강하고 더 아름다워졌다. 실비아는 평소처럼 밖에 있었고, 커다란 마스티프(대형견 이름 중 하나 - 역자 주) 파일럿이 함께였다. 파일럿은 총명했고, 실비아에게 해를 끼치려는 사람이 있다면 곧바로 달려들 것이었으므로, 파일럿과 함께라면 어디를 돌아다녀도 전혀 두렵지 않았다.

실비아는 천천히 걸으면서 골똘히 생각하였다.

"24시간 전에는 정말 즐거운 시간을 보냈지! 저녁은 얼마나 맛있어보이던지! 오드리의 예쁜 드레스를 입은 것도 너무 좋았어! 홀에서 춤을 추고 아서와 이야기한 것도 너무 즐거웠고! 신기한 이름을 가진 아서의 여동생 모스가 어떤 사람인지 궁금하더라. 모스 얘기를 할 때 아서의 얼굴이 얼마나 아름답던지!"

"그 아이도 틀림없이 사랑스러울 거야." 실비아는 생각했다.

"그리고 너무 편안할거야! 이끼 낀 둑만큼 시원하고 편안하고 평화로운 것은 없어. 그 아이가 사람들을 위로하니까 모스라고 불리는 것 같아."

실비아는 조금 서둘렀다. 곧 곁에 아무도 없는지 확인하려고 서서 주위를 둘러보았다. 그러고 나서 일부러 벨트를 졸라맸다.

"이러면 고통이 덜 느껴져." 실비아는 생각했다.

"오, 결코 배고플 일이 없는 사람들은 얼마나 기쁘고 행복할까! 가끔은 너무 견디기 힘들어서 배를 채울 수만 있다면 뭔가를 훔치는 짓까지도 할 수 있을 것 같아. 어젯밤에 얼마나 많이 먹었는지, 그리고 내 접시 근처에 놓인 그 커다란 빵도 얼마나 주머니에 넣고 싶던지! 하지만 그럴 엄두가 나지 않았어. 그 푸짐한 식사로 오늘 하루의 배고픔이 줄어들 거라고 생각했는데, 전보다 더 심해진 것 같아. 오늘 밤 아버지와 솔직한 대화를 해야겠어. 아무리 모래알갱이 같은 음식이라도 충분히 먹어야 되겠다고 솔직히 말해야겠어. 아, 배부르게 먹고 싶어서 고통스러울 지경이야!"

가엾은 실비아는 가만히 서 있었다. 누군가 다가오는 소리가 들렸다. 이제 발소리는 가까이에서 나고 있었다. 파일럿는 귀를 쫑긋 세우고 주의를 기울였다. 잠시 후 재스퍼가 나타났다.

재스퍼는 실비아를 보자 멈춰서 허리를 약간 굽혀 인사하고는 반쯤 익숙한 어조로 말했다.

"오늘 저녁은 기분이 어떠신가요, 실비아 양?"

다가올 때는 보지 못했다가 재스퍼가 보이기 시작하자 실비아는 재빨리 돌아섰다.

"재스퍼? 여기서 뭐해요?"

실비아가 말했다.

"바람 좀 쐬려고요. 문제 있나요?"

"물론 없지요." 실비아가 대답했다.

충분히 빛이 있었다면, 실비아가 밝은 표정을 짓고 있다는 것을 재스퍼도 알았을 것이다. 실비아는 으르렁대는 파일럿의 머리에 손을 얹고 말했다.

"조용히 해. 친구잖아."

파일럿은 그 말을 이해한 것이 분명했다. 털이 복슬복슬한 꼬리를 흔들며 재스퍼가 있는 쪽을 바라보았다. 재스퍼는 대담하게 와서 실비아 옆에 있던 파일럿의 머리를 만졌다. 꼬리가 좀 더 신나게 흔들렸다.

"파일럿이 당신을 좋아하네요."

실비아가 기쁜 어조로 말했다.

"왜인지는 모르겠지만, 어쨌든 기쁘네요."

"아주 용맹스러워 보이는구나." 재스퍼가 말했다.

"아, 좋은 개구나. 좋은 개야! 귀하기도 하지! 나를 친구로 생각하는 구나? 착해라!"

"하지만 이런 개를 풀어놓으면 실비아 양을 방문하러 온 손님들이 불쾌할 겁니다. 예를 들어, 나는…"

"에블린의 메시지를 전달하러 온 거라면, 아무 문제없이 방문할 수 있어요." 실비아는 말했다.

"낯선 사람은 그렇지 못해요. 그래서 아버지가 파일럿을 데리고 있는 거예요. 사람을 공격하지 않도록 훈련시켰지만, 누구도 접근하지 못하도록 훈련시키기도 했어요. 정말 잘해내고 있어요. 바로 앞에 서서 큰 송곳니를 보여주고 으르렁대지요. 파일럿을 지나칠 수 있는 사람은 없겠지만, 당신은 안전할 거예요."

재스퍼는 조용히 서 있었다.

"유용하겠네요."

재스퍼가 말했다.

"에블린의 메시지를 전하러 온 것 아닌가요?"

실비아가 애처로운 목소리로 말했다.

"아니에요. 하지만 아가씨, 제게 무슨 일이 있었는지 아세요?"

"모르지요."

실비아가 대답했다.

"저 쫓겨났어요. 프랜시스 부인이 쫓아냈지요. 에블린 어머니가 친구이자 보모이자 보호자로 저를 항상 에블린 아가씨 곁에 있게 해달라고 태즈메이니아에서 프랜시스 부인에게 쓴 편지를 가지고 있었던 저를 말이죠. 맞아요, 임종을 눈앞에 둔 에블린 어머니가 쓴 편지를 받은 것이 얼마 되지 않았는데도, 마치 먼지를 털어내듯 저를 버렸지요. 냉정하지 않나요? 잔인하지 않나요?"

"냉정하고 잔인해!" 실비아가 외쳤다.

"그보다 더해요. 끔찍한 죄악이에요. 그걸 참았어요?"

"예쁜 아가씨치고는 센스가 없으시네요. 어떻게 해볼 수 있었다면 쫓겨났겠어요?"

"에블린은 뭐래요?"

실비아가 몹시 흥분하며 물었다.

"에블린 아가씨가 뭐라고 하셨냐고요? 아무 말도 못했어요. 망연자실했지만, 받아들였어요. 하지만 아침에 일어나면 실감이 나겠지요. 초콜릿도, 에블린 아가씨 옆에 있는 작은 하얀 침대에서 잘 사람도 없으니까요."

"아, 에블린은 이제 초콜릿을 어떻게 마신담!"

가엾은 실비아가 그리움을 담은 한숨을 쉬며 말했다.

"저는 초콜릿을 정말 잘 만들어요."

재스퍼가 말했다.

"많은 시골 벽지에서 살아왔어요. 마드리드에서 초콜릿 만드는 법을 배웠고, 나보다 잘 만드는 사람은 아무도 없지요. 아가씨를 위해 한 잔 만들어주고 싶네요."

"나도 마시고 싶어요,"

실비아가 말했다.

"이런 빛 아래서 아가씨를 보자니, 내 초콜릿 한 잔이 아가씨에게 도움이 될 것 같네요."

재스퍼는 말을 이었다.

"우유로 만든 초콜릿과 풍부한 빵과 버터는 누구도 멸시할 수 없는 음식이지요. '그린 맨'으로 돌아가서 저와 함께 저녁 식사나 할까요? 저는 에블린 아가씨의 하녀일 뿐이지만 함께 간다고 설마 부끄럽진 않으시겠지요?"

"나도 그러고 싶어요."

실비아가 말했다. 마음속에서는 배고픔으로 인한 열망이 들끓었다.

"하지만 그럴 수 없어요. 지금 집에 가야 해요."

"집이 가깝나요?"

"네, 저 벽 바로 반대편이에요. 하지만 사람들에게 얘기하진 마세요. 아버지가 사람들이 아는 걸 싫어하거든요. 좀 조용하게 사는 것을 좋아하세요."

"그리고 큰 집이기도 하지요. 잘 알아들었어요."

재스퍼는 나무 사이를 응시하며 말을 이었다.

바로 그때 초승달이 얼굴을 내밀었고, 왼쪽으로 구름층이 쓸려 내려가며, 허름한 집의 네모난 윤곽을 재스퍼는 뚜렷이 볼 수 있었다. 굶주린 실비아의 몹시 하얀 얼굴과 눈에 어린 굶주린 표정도 보았다. 재스퍼는 일반적 기준에서 교육 수준이 높지는 않았지만, 머리 쓰는 법을 터득했고, 머리가 좋기도 했다. 지금, 실비아를 바라보면서, 한 가지 생각이 머리를 스쳤다.

"무슨 이유에서인지 굶주린 게 분명해."

재스퍼는 혼잣말로 말했다.

"자, 이보다 더 내 목적에 부합하는 것은 없겠구나."

재스퍼는 실비아에게 가까이 다가가 팔에 손을 얹었다.

"아가씨에게 정말 마음이 끌려요."

재스퍼가 말했다.

"그런가요?" 실비아가 대답했다.

"네, 아가씨, 그리고 너무 외로워요. 우리 에블린 아가씨와 멀리 떨어지진 않을 거예요."

"그 마을에서 살 건가요?" 실비아가 물었다.

"지금은 마을에 방을 잡았어요, 하지만 집주인을 신경 쓰는 것도 아니고, 그곳에 머무르려는 것도 아니에요. 말하자면, 프랜시스 부인에게 굴복하고 싶지 않아요. 프랜시스 부인이 저를 극도로 증오하고, 마을은 윈포드 성의 소유인 셈이라서, 내가 없는 것이 좋겠다고 마을에 전갈을 내리면 저는 떠나야 할 겁니다. 이해하시죠?"

"그럼요, 당연하죠."

"이 주변 집들은 다 그래요."

재스퍼가 말을 이었다.

"모두 윈포드 성 손아귀에 있죠. 그러니 우리 사랑하는 에블린 아가씨 가까이 머무는 방법은 한 가지 밖에 없어요."

"어떤 방법이요?"

실비아가 물었다.

"아가씨 집에 제가 머무를 공간을 마련주시면 되요."

실비아는 뒤로 물러났고, 얼굴에 공포가 엄습했다.

"아! 그럴 순 없어요."

실비아가 말했다.

"얼마나 힘든 부탁을 하는지 모를 거예요. 수도원에 누가 온 적은 없어요. 불가능한 일이에요."

"일주일에 1파운드를 낼게요."

재스퍼는 비장의 카드를 던지며 말을 이었다.

"정기적으로 미리 드리면, 20실링이라는 돈이 고스란히 아가씨의 예쁜 손에 들어올 거예요. 그리고 저렇게 큰 집이니 아무도 모르게 저를 들일 수 있을 겁니다. 아버님에 대해 들었는데, 그 분은 절대 모르실 겁니다. 아무도 쓰지 않는 방이 수도원에 없을까요, 거기서 제가 자면 안 될까요? 그리고 20실링의 돈도 생기고요. 아가씨께 초콜릿과 빵과 버터도 드리고, 다른 것들도 드시게 해드릴게요. 태즈메이니아 목장에서도 맨입으로 머무른 적 없었어요. 저를 수도원에 숨겨주시고 우리 아가씨께 일어난 모든 일을 알려주시면 비용을 지불할게요, 아가씨, 이 세상 어떤 사람도 이보다 현명한 행동을 하진 못할 거예요."

"오, 그러지 말아요!" 실비아가 말했다.

"안 돼!" 손으로 얼굴을 가리고 온몸을 떨었다.

"나를 유혹하지 마요! 가버려, 가버리라고! 그럴 순 없어요. 아버지를 속이고 상처를 주다니, 아니, 감히 그럴 순 없어! 그럴 수 없다고! 위험한 짓이에요. 아버지는 거의… 거의 제정신이 아니실 때가 있어요. 아버지를 너무 자극해서는 안돼요. 오, 내가 무슨 말을 하는 거야?"

"별 말 안하셨어요. 좀 버거워 보이시네요. 이유를 말해줄까요?"

"아니, 더 이상 말하지 말아요. 가요! 가라고요! 가버리라고!"

"할 말은 하고 갈게요."

재스퍼가 말했다.

"아가씨는 지금 떨고 있고, 춥고, 두려워하고 있어요. 평범한 상황이라면 떨지 않았을 아가씨가 말이죠. 아름다운… 네, 아름다운 아가씨가요! 하지만 그 가엾은 몸에 음식과 온기가 부족해 몸이 떨린다는 걸 전 알아요. 가엾어라!"

"가!"

실비아는 이 말 밖에 할 수가 없었다.

"지금은 가지만, 내일 밤에 다시 오면 대답하셔도 되요."

재스퍼는 잠시 있다가 대답했다.

"프랜시스 부인이 오늘 밤 안으로 쫓아내진 않을 테니, 내일 다시 와서 대답을 듣지요."

재스퍼는 돌아서서 실비아를 남겨두고 곧장 마을로 돌아갔다.

재스퍼가 가고 실비아는 잠시 가만히 서 있었다. 그리고 나서 매우 천천히 돌아서서 수도원으로 다시 들어갔다. 잠시 후 형편없는 가구가 있는 허름한 집 안에 있었다. 칠흑같이 어두운 복도로 들어갔다. 바닥에는 카펫이 깔려 있지 않았고, 맞지 않는 여닫이창 사이로 바람 소리가 들렸다. 실비아는 더듬거리며 성냥 상자를 찾았다. 성냥 하나에 불을 피워 선반 위 놋쇠 촛대에 있는 양초에 불을 붙였다. 그리고 나서 어설프게 융단 없는 계단을 올라갔다. 자기 방으로 가서 상자를 열고, 빠르고 은밀하게 주위를 둘러보았다. 상자 안에는 빵 껍질과 말린 무화과 몇 개가 들어 있었다. 실비아는 흔들리는 손가락으로 빵 껍질을 세어 보았다. 다섯 개였다. 빵 껍질은 크지 않았고, 말라있었다.

"오늘 밤 하나를 먹을 거야." 실비아가 혼잣말로 말했다.

"그래, 무화과 두 개를 먹는 거야. 지금은 아무것도 안 먹을 거야. 재스퍼가 날 유혹하지 않았으면 좋았을 텐데. 20실링에, 선불이라니… 아버지는 절대 모르실 거야! 방이 많긴 해! 맞아, 재스퍼가 쓸 만한 방을 알고 있으니, 편안히 지내도록 해줄 수 있어. 그리고 아버지는 절대 거기 안 가셔. 부엌 너머 멀리 있는 방이니까. 아주 편안하게 해줄 수 있어. 재스퍼가 불을 피우면 거기서 초콜릿을 마실 수도 있어. 절대로, 절대로 냄새나는 요리를 먹어서는 안 되고, 튀기는 것도 안 되니까 그냥 평범한 것을 먹어야 해. 아! 더는 생각해선 안 돼. 어머니께서 언젠가 '실비아, 속였다는 것을 아버지가 아시게 되면, 모든 것이 끝장날 거야'라고 하셨어. 끔찍한 기만행위를 하는 유혹에 빠지지 않겠어. 난 못해. 안 할 거야! 아버지가 나에게 먹을 것을 충분히 주기만 한다면, 재스퍼의 유혹에 넘어가지 않을 텐데. 하지만 이렇게 끔찍하게 배고픈 것은 참기 힘든 일이야."

실비아는 한숨을 쉬고 정신을 가다듬은 후, 창문으로 걸어가서 촉촉한 달을 올려다보았다.

"어머니, 보고 계신가요, 제가 안타까우시다면 좀 도와주실래요?"

실비아는 속삭였다.

그러고 나서 손을 씻고 예쁘고 곱슬곱슬한 검은 머리를 빗은 후 아래층으로 뛰어 내려갔다. 반쯤 내려와서는 경쾌한 노래를 부르기 시작했고, 난로 위에 타다 남은 희미한 불 위에 웅크리고 있는 남자가 있는 방으로 뛰어 들어가서는 긍정적이고 즐거운 목소리로 노래했다.

"지금까지 어디에 있었니?"

남자는 의아해하는 말투로 말했다.

"아버지를 위해 새로운 노래를 배우고 있었죠. 이제 오세요. 저녁준비 다 됐어요."

"저녁이라고!"

남자가 말했다. 일어나 돌아서서 실비아를 보았다.

매우 마른 사람이었고, 한때는 실비아처럼 까만 머리카락을 가지고 있었을 것이다. 눈은 실비아의 눈처럼 푹 꺼져 있었고, 반쯤 타버린 석탄처럼 빛났다. 뺨은 움푹 들어가 있었고, 돌아서서 실비아를 마주보며 애처로운 웃음을 지어보였다.

"계산을 해보고 있었다."

남자가 말했다.

"필요 이상으로 많은 돈을 쓰고 있다는 확신이 드는구나. 가능한 만큼은 좀 더 지출을 줄일 예정이다. 하지만 이리 오거라, 아가, 이리와. 정말 통통하고 건강해 보이는구나, 그리고 목소리도 얼마나 기운찬지! 실비아, 넌 밝은 아이야. 그리고 내 삶의 기쁨이지. 네가 아니었다면 난 버티지 못했을 거다. 슬쩍 집어오는 것과 술수에도 정말 능하지! 하지만, 너에게 너무 많은 사치품을 주었지? 버릇없게 만들었지? 뭐가 다 됐다고 했었지?"

"저녁 식사요, 아버지."

"저녁 식사라고!" 리슨이 말했다.

"아니, 식사한지 얼마 안 된 것 같은데."

"6시간 전에 먹었어요."

"실비아, 너에게서 마음에 들지 않는 한 가지가 있다면, 식사와 식사 사이의 시간을 재는 습관이야. 그건 탐욕과 천박한 본성의 흔적인 것이 분명하다. 아, 딸아, 언제쯤 단순한 육체적 욕망을 넘어 고결하게 살 거니? 저녁이라고 했니? 난 한 입도 못 먹겠지만 네가 원한다면, 함께 가마. 이리 와, 앞장서거라, 앞장서."

실비아는 촛불을 들고 불을 붙였다. 그리고 나서 리슨 앞에서 계속 걸어갔다. 두 사람은 길고 어두운 통로를 가로 질러 갔고, 실비아는 곧 영국 어디에서나 볼 수 있는 우울하고 황량한 방의 문을 활짝 열었다.

벽지는 거의 알아볼 수 없었고, 시간이 오래 흘러 닳아 있었다. 바닥에는 카펫이 없었으며, 방 한쪽 끝에는 송판으로 만든 탁자가 있었고, 탁자 위에 작고 하얀 천이 놓여 있었다. 탁자 위 나무 접시에는 빵 한 조각이 있었다. 물 항아리와 구운 감자 몇 개도 있었다. 실비아는 밖에 나가기 전에 이 감자들을 오븐에 넣었는데, 그렇지 않았다면 이 빈약한 식단에 따뜻한 음식은 전혀 없었을 것이다. 난로에는 불이 전혀 없었고, 창문에 블라인드가 있었지만 커튼은 없었다. 그날 밤은 매섭게 추웠고, 굶주렸을 뿐 아니라 옷도 제대로 입지 않은 채 방에 들어간 실비아는 덜덜 떨었다.

"정말 궁궐 같은 방이구나!"

리슨은 말했다.

"이 집에 온 것이 정말 잘못한 일이라는 생각이 자주 든다. 이웃들이 분명 나를 재력가라고 생각할거야. 그런 인상을 주는 건 아주 잘못된 거고, 난 실비아 네가 말이든 행동으로든 절대 그러지 않을 것이라 믿는다. 넌 숙녀이니, 무엇을 입든 숙녀로 보일 테지만, 단순히 옷과 음식을 넘어서는 소박한 아름다움을 가졌으면 좋겠구나. 아! 감자라니… 게다가 뜨겁구나! 실비아, 꼭 이럴 필요가 있었니?"

"아버지, 딱 두 개 뿐이에요. 하나는 아버지 것이고 하나는 제 것이에요."

"이런, 이런! 세상이 지속되는 한 아이들은 진수성찬을 먹어야지,"

리슨이 말했다.

"아가, 앉아서 먹어라. 나는 서서 보기만 할 거다."

"아버지, 아무것도 안 드시려고요?"

실비아가 말했다. 검은 눈에는 의아한 표정이 가득했다. 리슨이 먹기를 간절히 바랐지만, 감자 두 개와 마른 빵 덩어리를 먹으면 얼마나 힘이 나고 위로가 되고 만족스러울지 생각하지 않을 수 없었다.

리슨은 대답하기 전에 잠시 멈추었다.

"감자를 한 개 이상 먹는다는 건 불가능하고, 남은 감자를 버리는 건 죄악이지. 내가 먹어버리는 것이 낫겠다."

리슨은 의자에 털썩 주저앉았다.

"배고파서 먹는 건 아니야."

가장 큰 감자를 가져다가 접시에 올리면서 덧붙였다.

"그래도 낭비하는 것보다는 낫지. 감자 껍질의 용도를 발견한 사람이 아무도 없다는 것이 참으로 안타깝구나. 보통 껍질은 버리니까 말이야! 지금 하고 있는 어려운 계산을 마치면, 그 문제에 신경을 쓸 거다. 버려지는 감자 껍질로 인해 매년 영양가 있는 음식의 많은 양이 낭비되고 있다는 것은 틀림없구나. 아! 그리고 이 빵을 언제 집에 가져왔지?"

"정확히 일주일 전에 구했어요."

실비아가 말했다.

"평범한 빵이에요."

"너무 신선하구나. 앞으로 새 빵을 먹어서는 안 된다."

"일주일 됐다고요, 아버지."

"그렇게 말꼬리 잡지 마라. 새 빵은 먹는 게 아니라는 말이다. 오늘에서야 빵이 살짝, 아주 살짝 곰팡이가 피면 새 빵보다 훨씬 더 금방 식욕을 충족해준다는 책을 우연히 발견했어. 빵 한 덩이가 두 덩이까지나 늘어날 수 있다는 것을 직접 보게 될 거다. 내 말 듣고 있니, 실비아?"

"네, 아버지, 듣고 있어요. 하지만 아직 감자가 뜨거울 때 먹어도 될까요?"

"어찌 젊은이들은 불필요한 사치를 갈망하는가!"

리슨은 말했지만, 자신의 감자를 반으로 쪼갰고, 실비아도 감자를 쪼갤 기회를 잡았다.

아아! 감자 조각을 모조리 먹고 껍질조차 거의 남지 않았을 때, 그 어느 때 보다 더 허기짐을 느꼈다. 실비아는 빵을 집으려고 손을 뻗었다. 리슨은 눈을 들어 실비아를 힐끗 쳐다보았다.

"몸이 안 좋을 거다." 리슨이 말했다.

"곧 토할 것 같은 느낌으로 힘들어질 거야. 가져가거라. 먹고 싶으면 먹어. 너의 타고난 식욕을 방해하지는 않겠다."

리슨이 불만스런 시선으로 얼굴을 계속 응시했지만, 실비아는 빵을 먹었다. 오래되어 퀴퀴하고 맛없어 보이는 덩이까지 한 번 더 먹었다. 맛있었다. 모든 빵 조각을 싹쓸이했지만 여전히 허기져서 거의 이성을 잃을 것 같은 기분이었다. 하지만 말하기로 결심한 것이 있으니, 용기를 내려고 빵을 먹고 있었다.

식사가 끝났다. 리슨은 감자를 다 먹었고, 실비아도 빵을 거의 다 먹었다.

"내일 아침 식사는 적게 먹을 거다."

리슨이 애절한 어조로 말했다.

"하지만 너는 저녁을 많이 먹었으니, 아침도 많이 먹을 필요는 거의 없겠지."

실비아는 대답이 없었다. 리슨의 손을 잡고 복도를 지나 함께 걸어서 돌아갔다. 거실 불은 꺼졌고, 실비아는 리슨의 외투를 가져왔다.

"입으세요."

실비아가 말했다.

"아버지와 가까이 앉아 이야기하고 싶어요."

리슨은 미소를 지으며 순순히 외투로 몸을 감쌌다. 외투 안감에는 모피가 있었고, 지나간 날들과 행복했던 날의 유물이었다. 실비아는 큰 모피 외투 깃을 세워 리슨의 귀를 덮었다. 그러고 나서 가까이 다가가 리슨의 무릎 위에 앉았다.

"안아줘요. 추워요" 실비아가 말했다.

"차갑구나, 우리 딸!"

리슨이 말했다.

"아, 정말 차가워! 정말 이상하구나! 너무 많이 먹어서 그런 게 분명해."

"아니에요, 아버지."

"왜 '아니에요, 아버지'라고 하지? 실비아, 정말 특이한 말투로구나! 네 어머니가 돌아가신 이후로 넌 내게 유일한 위안이었지. 내가 살아야했던 고통스런 삶을 마음과 영혼으로 함께 견뎌왔다. 내가 옳은 일을 하고 있다는 것을 안다. 나에게 맡겨진 것을 함부로 낭비하지 않고, 오히려 어려운 날을 대비해 아껴두고 있다. 우린 긴축 생활을 하기로 했지. 일주일에 식비가 얼마나 드느냐?"

"아주 조금 밖에 안 들어요, 아버지, 너무 조금이지요."

"그게 무슨 말이냐?"

"아버지, 용서하세요. 하지만 말해야겠어요."

"뭐가 문제냐?"

리슨은 실비아를 밀어냈다. 친절에 가득 차 있던 두 눈이 날카로워지며 살짝 좁아졌다.

"실비아, 결과는 너도 알 테니, 나를 자극하지 마라."

"어머니가 돌아가신 후, 저는 아버지를 자극한 적이 없어요. 항상 아버지께서 원하시는 대로 하려고 노력했어요."

실비아가 대답했다.

"대체로 넌 착한 딸이었고, 유일한 잘못은 탐욕이었지. 지난 밤, 내 마음을 몹시 상하게 했던 것은 사실이지만, 다시는 그렇게 하지 않겠다고 약속했기에 용서했던 거다."

"아버지," 실비아는 떨리는 어조로 말했다.

"지금 꼭 말해야겠어요. 화내시면 안돼요, 아버지. 우리가 집안일에 너무 많은 돈을 쓴다고 말씀하시지만, 아니에요. 너무 적게 쓰고 있어요."

"실비아!"

"네, 전 두려워하지 않을 거예요."

실비아가 말을 이었다.

"오늘 밤 제가 빵을 거의 다 먹어서 아버지가 기분 나쁘셨다는 것 알아요. 빵을 다 먹은 이유는 배고팠기 때문이에요. 네, 배고팠어요. 그리고 빵이 얼마나 오래됐든 형편없든 상관없이 전 충분히 먹어야 해요. 아버지는 먹을 것을 충분히 주시지 않아요. 네, 그래요. 고통을 참을 수가 없다고요. 신경통도 견디기 힘들어요. 이 집의 추위도요. 온기와, 음식과, 추위를 막아줄 옷이 필요해요. 그냥 육체적인 것들, 그게 다예요. 즐거움이나 또래 친구, 그런 것은 어떤 것도 바라지 않으니, 비참하고 굶주리게 살라고 강요만 하지 마시라고 부탁드리는 거예요."

실비아는 잠시 멈추었고, 결국 용기는 오래가지 못했다. 리슨의 표정이 실비아의 말문을 막았다. 리슨은 굳은 표정을 하고 있었다. 상당히 생기발랄했던 얼굴은 거의 모든 표정을 잃었다. 눈동자는 바늘 끝만큼 좁아져 있었다. 시선은 마치 영혼을 꿰뚫어보려는 것처럼 실비아의 얼굴에 그대로 박혀있었다. 애원은 이제 두려움으로 바뀌었다.

"신경 쓰지 마세요."

실비아가 말했다.

"그냥 조금 반항해본 것뿐이니 신경 쓰지 마세요. 그렇게 보지 마세요. 아니에요, 아니에요! 아, 참을게요, 참는다고요! 그런 눈으로 보지 마세요!"

"네 방으로 가라, 당장. 방으로 가."

리슨이 대답했다.

실비아는 원기 왕성한 소녀였지만 누가 때린 것처럼 살금살금 방을 빠져나갔다.

제13화

수도원에 들어온 재스퍼

다음날 저녁, 재스퍼는 자신이 말했던 시간에 수도원으로 갔다. 자신만만한 걸음걸이였고, 실비아가 기다리고 있을 것이라는 것에 조금의 의심도 없었다. 예상은 틀리지 않았다. 망토를 걸친 소녀가 울타리 옆에 서 있었다. 소녀 옆에는 마스티프인 파일럿이 서 있었다. 아주 잘 먹은 것은 아니었지만, 실비아보다는 그래도 파일럿의 상태가 나았다. 리슨 생각에, 도둑, 달갑지 않은 방문객, 인류 전체에 대항해서라도 수도원을 보호할 수 있을 만큼 파일럿은 강해야 했다. 하지만 그런 파일럿이라도 속임수가 안 통하는 것은 아니었으니, 파일럿과 재스퍼를 친구로 만들어야겠다고 실비아는 생각했다. 재스퍼가 길을 따라 올라오자 실비아는 한 두 걸음 앞으로 나아갔다.

"자." 재스퍼가 명랑한 어조로 말했다.

"아가씨 집에서 지내도 되나요? 환영해주는 건가요?"

"우리 집에서 지내요." 실비아가 말했다.

"결심했어요. 온종일 재스퍼 방을 준비했죠. 아버지가 아시면 무슨 일이 일어날지 감히 생각할 수도 없어요. 하지만 준비해놓고 기다리고 있었어요."

"그러실 줄 알았어요. 나머지 물건은 내일 가져올게요. 이제 방에 들어가도 될까요?"

"네. 지금 바로 오세요. 파일럿, 이 분은 친구야. 잠깐만요, 파일럿은 분명 재스퍼를 공격하지 않을 거예요. 파일럿, 오른발을 줘."

파일럿은 걱정스럽게 재스퍼를 보았다가 실비아를 바라보았고, 조심스레 움직이며 거들먹대는 표정으로 오른발을 뻗었다. 재스퍼는 발을 잡았다.

"지금 바로 미간에 키스해 줘요." 실비아가 말했다.

"세상에! 평생 개에게 키스해본 적은 한 번도 없어요."

"앞으로 안전하게 지내고 싶다면 하세요. 수도원에서 갇혀 지내고 싶진 않으시겠죠!”

“맙소사!” 재스퍼가 말했다.

“제가 하고 싶은 것은, 그리고 하려는 것은, 프랜시스 부인이 건드릴 수 없는 곳에서 대놓고 활보하는 것입니다. 이 마을 어떤 집에서도 저를 쫓아낼 수 있겠지만 수도원에서는 쫓아낼 수 없죠. 제가 아가씨와 함께 있다는 것을 프랜시스 부인에게 비밀로 하고 싶지 않아요.”

“그건 나중에 얘기해요. 얼른 집으로 들어오세요.” 실비아가 말했다.

두 사람이 돌아섰고, 파일럿이 동행했다. 육중한 철문을 통과하여 부드럽게 길을 걸어 올라갔다.

“정말 폐쇄적이고 음침한 곳이네!” 재스퍼가 말했다.

“제발… 제발 그렇게 크게 말하지 마세요. 아버지께서 저희 말을 엿들으실 지도 몰라요.”

“그럼 조용히 할게요.” 재스퍼가 말했다.

“여기 잔디를 밟으세요.”

재스퍼는 실비아가 하라는 대로 정확히 따랐고, 두 사람은 곧 부엌에 도착했는데, 재스퍼는 이렇게 텅 빈 부엌은 본 적이 없었다.

“세상에!” 재스퍼가 소리쳤다.

“여기서 밥을 해 먹는 거예요?”

“이 정도면 충분해요.” 실비아가 낮은 톤으로 말했다.

“저는 어느 방에서 지내면 되나요?”

“이 방이에요. 사람이 가득 찼던 행복한 시절에는 하인방이었을 거예요. 보세요, 불이 잘 타오를 수 있는 멋진 벽난로가 있어요. 블라인드를 내리고, 우리 집에 있는 유일한 두꺼운 커튼도 창문에 쳐 놓았어요. 덧문도 있어요. 그러니 아버지가 밖에 계셔도 이 창문에서 나오는 빛은 못 보실 거예요. 하지만 유감스럽게도 불은 밤에만 피울 수 있어요. 낮에 연기가 피어오르는 것을 보시면 화내실 거예요.”

“안타깝네요! 하지만 그 제안을 받아들여야죠.” 재스퍼는 말했다.

“텅 비어보이긴 하지만 괜찮네요. 깨끗하긴 하겠죠?”

“저는 이보다 더 깨끗하게 치울 순 없어요.”

실비아가 우울한 한숨을 쉬며 말했다.

"아가씨가 했어요? 하인은 없나요?"

"네, 없어요."

"그럼 나에게 딱 맞는 자리네요."

천성은 나쁘지 않아 실비아에게 큰 호감을 느꼈던 재스퍼가 말했다.

"제발." 실비아가 간곡히 말했다.

"이보다 조금이라도 더 좋아 보여서는 안 돼요. 그러면 아버지가 아시게 될 거예요. 그러면…"

"아시라고 해요!" 재스퍼가 말했다.

"제가 아가씨라면, 아버지가 아시도록 둘 거예요. 하지만! 제가 신세지는 사람이고 집주인이 우선이죠. 저녁 식사를 가져왔는데 나눠먹어도 괜찮으시겠죠. 이 바구니 안에 있어요. 밤에 필요한 것도 있고, 저녁 식사도 들어 있어요. 일주일에 20실링을 지불하고, 석탄도 살 건데, 적어도 밤에는 불을 활활 지필 거예요."

재스퍼는 커다란 구식 나무통으로 가서 큰 석탄 덩어리를 가져다가 불을 지폈다. 기분 좋게 불길이 치솟았고, 열기가 방을 가득 채웠다. 실비아는 살금살금 다가가서 온기를 느끼려고 얇고 하얀 손을 뻗었다.

"너무 좋다!"

"가엾은 아가씨! 저녁은 저와 함께 드실 수 있나요?"

"아버지께 가야 해요. 하지만, 저녁 식사로 빵 이외에는 어떤 것도 금지하셨어요."

"뭐라고요!"

"아버지는 빵을 거부하시지만 저는 먹어도 된다고 하셨어요. 오, 빵이 충분했다면 그럴 수 있었을 텐데!"

"가엾어라, 가엾어라! 저를 태즈메이니아에서부터 먼 곳으로 보내신 것은 아가씨를 편안하게 해드리고, 몸 속 생명을 조금이나마 살리게 해주라는 신의 뜻이었네요."

"그럴 수 없어!" 실비아는 평정심을 잃고 의자에 주저앉아 울음을 터뜨렸다.

"무엇을요, 가엾은 아가씨?"

"당신에게서 모든 걸 받는 것 말이에요. 난… 난 숙녀에요. 사실 우린 부자에요. 맞아요, 꽤 부유하죠. 단지 아버지 집착 때문에 돈을 안 쓰시는 거예요. 쓰지 않고 비축해두세요. 어머니가 살아계실 때부터 그러시더니 점점 더 심각해졌어요. 집안 내력이라는데, 아버지도, 아버지의 아버지도 그러셨대요. 젊을 때 사치스러워서, 아버지만큼은 구두쇠 같은 집착을 절대 이어받지 않을 것이라고 사람들이 생각했어요. 하지만 중년이 되시면서 집착은 시작됐고, 어머니가 살아계셨다면 아버지의 지금 모습이 정말 낯설 거예요."

"고통 받고 있군요!"

"맞아요, 가끔은 너무나 배가 고파요."

"하지만, 일주일에 20실링이 있으면 배고프지 않을 거예요."

"아이고, 잘 모르겠네요. 하지만 달라진 것을 아버지가 눈치 채시면 안 되니 조심해야 해요."

"우리는 여기서 식사하면 돼요." 재스퍼가 말했다.

"하지만 낮에는 불을 못 피워요." 실비아가 말했다.

"제가 알아서 할 테니, 걱정 마세요. 알코올램프 같은 건 없나요? 저는 요리에 재능을 타고 났어요. 자, 가세요, 아가씨. 아버지와 함께 빵을 먹고, 인사하신 후, 슬그머니 다시 오세요."

실비아는 신나서 달려갔다가, 한 시간 후쯤 돌아왔다. 그 동안 재스퍼는 방을 바꿔보려고 노력했다. 불의 온기가 구석구석을 가득 채우고 창문의 두꺼운 커튼마저 명랑해 보일 정도였으며, 굳게 닫힌 무거운 문이 찬 공기를 차단해주었다. 작은 식탁 위에는 하얀 천을 펼쳐 놓았는데, 그 위에는 김이 모락모락 나는 큰 초콜릿 항아리, 바삭바삭한 하얀 빵 한 덩이, 그리고 버터 약간이 있었다. 그리고 작은 혀 요리와 앙증맞은 잼 항아리가 있었다.

"좀 낫죠?" 재스퍼가 말했다.

"자, 이제 식사하시고, 제가 가장 아끼는 뜨거운 물 자루를 방금 침대에 놓았으니 따뜻하게 주무세요."

"재스퍼는요?" 실비아가 말했다.

"아가씨 옆에 눕든지 난로 옆 의자에 앉아 있을 게요. 몸도 녹여주고 토닥토닥해줄게요, 용감한 작은 아가씨!"

제14화

계획을 변경하다

재스퍼가 떠난 지 꼬박 한 달이 지났고, 에블린은 재스퍼가 없는 것에 어느 정도 익숙해졌다. 그 동안 에블린에게도 많은 변화가 있었다. 이제 기괴한 옷은 입지 않았고, 또래의 다른 어린 소녀들처럼 머리를 했다. 어른이라는 생각도 이젠 하지 않았고, 자신이 상속녀이고 모든 재산이 자기 소유라는 사실만은 여전히 마음 속 깊이 소중히 간직하고 있었지만, 두려워서 그렇든 좋은 품성에 대한 깨달음이었든 윈포드 성에 처음 왔을 때만큼 그 얘기를 많이 하지는 않았다. 손님들은 모두 떠났고, 교실에서의 교육은 에블린과 오드리 모두에게 큰 영향을 끼쳤다. 싱클레어는 질서의 화신이었고, 식사는 교실에 분 단위로 제공되어야 하며, 학습은 규칙성과 체계성을 추구해야한다고 주장했다. 학습 시간도, 놀이 시간도 아주 길었다. 에드워드와 프랜시스 부인과 함께 있을 때도 있었고, 싱클레어와의 교제만을 즐기기도 했다. 여러 분야의 전문가가 있었고, 에블린과 오드리가 타는 말도 있었다. 언제나 탈 수 있는 조랑말 마차가 있었고, 할 일이 너무 많아 시간이 날개 돋친 듯 지나갔다. 처음 윈포드 성에 도착했을 때보다 에블린은 50배나 더 좋아지고 행복해 보였고, 심지어 프랜시스 부인조차 에블린이 기대했던 것보다 더 잘해내고 있다는 것을 인정할 수밖에 없었다. 비교적 행복했던 이 상태가 얼마나 지속되었는지는 모르지만, 바로 그때 일어난 사건으로 인해 갑작스럽게 끝이 났다. 그 사건은 바로 친절한 싱클레어와의 작별이었다. 어머니가 갑작스레 돌아가셨고, 아버지는 싱클레어가 집에 있기를 원했다. 떠날 의사를 통보한 이후로, 관례적인 기간 동안조차 머물 수 없었다. 그 상황에서 프랜시스 부인은 싱클레어에게 머물러달라는 강요는 하지 못했고, 에블린과 오드리를 이제 어떻게 교육할지에 대해서 끊임없이 논의했다. 프랜시스 부인은 천상 교육전

문가였고, 청소년 교육에 깊은 애정을 가지고 있었다. 이 중차대한 문제에 대해 자신만의 이론을 가지고 있었지만, 싱클레어가 떠나자 한동안은 어떻게 해야 할지 곤혹스러워했다. 물론 유일한 방법은 다른 가정교사를 구하는 것이었지만, 에블린을 학교에 보내는 것이 좋겠다는 쪽으로 잠시 마음이 흔들렸다.

"나는 정말로 에블린이 학교에 가야 한다고 생각해요."

프랜시스 부인은 에드워드에게 말했다.

"아직까지도 자신의 위치를 반도 몰라요. 태도가 좋아지긴 했지만, 학교의 철저한 규율이 에블린에게 도움이 될 거에요."

"오드리는 학교에 보낸 적이 없잖소."

에드워드가 대답했다.

"그렇기는 하지만, 오드리는 다르죠."

"오드리가 하지 않았던 일을 에블린에게 시키는 것이 마음이 안 좋소."

"하지만 오드리는 에블린의 비교대상일 수 없어요!"

"비교하려는 것이 아니요. 둘은 완전히 다르지. 오드리는 나의 자랑이자 사랑 그 자체 이고, 에블린은 여전히…"

"본성 자체가 야만적이죠." 프랜시스 부인이 말을 끊었다.

"그렇긴 하지만 길들고 있고, 분명 나름의 장점도 가지고 있다고 생각하오. 예를 들자면, 아주 다정한 성격 말이오."

프랜시스 부인은 약간 화가 난 것 같았다.

"에블린의 장점 얘기는 지겹네요. 제가 직접 느끼게 되면, 제일 먼저 알려드리지요. 하지만 에드워드, 지금 고민해야 할 것은 당장 해야 할 일이에요. 이제 학기 중반이 다 되어 가요. 에블린과 오드리를 그냥 놀게 두면 큰일 나요. 마을 바로 외곽에 있는 큰 집에 헨더슨 자매가 운영하는 아주 우수한 학교가 있어요. 주변을 좀 둘러보고 싱클레어 양을 대신할 적당한 가정교사를 찾을 때까지 두 아이 모두 그 학교에 다니는 게 어떨까요?"

"둘 다 가는 거라면 문제될 것 없겠지요." 에드워드는 말했다.

"원한다면 그렇게 해요, 내 사랑."

프랜시스 부인은 안도의 한숨을 내쉬었다. 헨더슨 자매에게 호감이 있어, 학교를 열 수 있도록 도와주었었다. 바로 그날 오후 프랜시스 부인은 마차를 불러 쳅스토 하우스로 갔다. 헨더슨 자매가 기다리다가 응접실에서 프랜시스를 맞이했다.

"제가 무슨 일로 왔는지 아시나요?" 프랜시스 부인이 말했다.

"자, 중요한 것은… 가능한가입니다."

"한 가지는 확실해요."

언니 마리아 헨더슨이 말했다.

"우리 학교의 모든 수단을 동원하여 교육시킬 것 입니다."

"가엾은 싱클레어 양. 싱클레어가 떠나야 하다니 너무 슬퍼요!"

프랜시스 부인이 말했다.

"싱클레어 같은 가정교사는 구하지 못할 거예요. 오드리와 에블린 같은 아이들을 가르칠 가정교사를 찾는 것은 쉬운 일이 아니에요."

"오드리라면, 분명 어려울 것이 없지요."

동생 루시 헨더슨이 말했다.

"맞아요, 루시 선생님."

프랜시스 부인은 돌아서서 결연한 표정으로 말했다.

"저는 항상 오드리에게 규칙 준수와 도덕적 원칙, 그리고 미래에 높은 지위를 차지할 소녀에게 어울리는 높은 음성을 훈련시키려고 노력했습니다."

"하지만 에블린은 정말 문제예요."

마리아가 말했다.

"맞아요."

프랜시스 부인이 한숨을 쉬며 대답했다.

"처음 왔을 때는 야만인과 다름없었지만, 이제 많이 좋아졌어요. 에블린이 여전히 마음에 안 들고, 마음에 드는 척할 생각도 없지만, 그 불쌍한 아이에게 해 줄 수 있는 것은 모두 해주고 싶어요, 나의 편견이 어떤 식으로라도 에블린의 교육에 영향을 줄까봐 걱정됩니다만, 아주 엄하게 다룰 필요가 있기는 해요."

"그럴 겁니다."

마리아는 말했고, 뚜렷한 기쁨의 표정이 얼굴에 스쳤다.

"예전에도 다루기 힘든 아이가 있었지요. 자신 있게 말씀드리지만, 언제나 길들이는데 성공했지요. 에블린도 그럴 겁니다."

"단호한 규율이 꼭 필요해요." 프랜시스 부인이 대답했다.

"싱클레어 양에게도 그렇게 말했었고, 싱클레어 양도 제 말에 동의했어요. 교육법이 무엇이었고, 어떻게 해냈는지도 정확히 알 수는 없지만, 에블린은 행복해 보였고, 분명 배움이 일어났고, 한마디로 확실히 좋아졌어요. 선생님의 지도 덕에 계속 나아질 것이라고 믿습니다."

프랜시스 부인은 교육 시간에 관해 이야기를 조금 더 나눈 후 떠났다. 오드리와 에블린은 쳅스토 하우스에서 다음날 아침부터 통학 하며 교육을 받기로 했다.

에블린은 학교에 가게 되었다는 소식을 들었을 때 기뻐했다. 싱클레어를 떠나보낼 때는 울면서 두 팔로 싱클레어의 목을 감쌌다. 반대로 오드리는 말을 거의 하지 않았고, 얼굴은 평소보다 약간 창백해 보였으며, 눈빛이 약간 어두워 보였다. 싱클레어의 손을 잡고 쥐어짰고, 싱클레어는 앞으로 몸을 숙이며 오드리의 볼에 입을 맞추며 속삭였다. 하지만 눈물을 보인 것은 에블린이었다. 싱클레어가 마차를 타고 떠나자, 오드리와 에블린은 서로를 쳐다보았다.

"나는 네가 그렇게 피도 눈물도 없는지 몰랐어."

에블린은 말했다. 말하면서 손수건을 꺼내 눈을 닦았다.

"오, 이런! 싱클레어 선생님이 없어서 너무 마음이 아파. 난 정이 너무 많아."

"학교 갈 준비를 하는 것이 좋겠어." 오드리는 말했다.

"내일 아침에 가야 해, 잊지 마."

"맞아." 에블린은 눈이 밝아지면서 대답했다.

"싱클레어 선생님과 헤어지게 되어 정말 유감이지만 학교에 다니게 되어 기뻐. 어머니는 항상 내가 학교에 가기를 바라셨지. 나 정도의 재능은 학교생활이 아니면 제대로 된 배출구를 찾을 수 없다고 말씀하셨어. 쳅스토 하우스에는 어떤 여자애들이 있을까?"

"난 아무것도 몰라." 오드리가 말했다.

"학교 가는 것이 별로야, 오드리?"

"응. 좀 그래. 난 학교에 가본 적이 없어."

"수줍고 어색하는 모습이 너무 재밌겠다! 그럴 거야?"

"안 그럴 것 같아. 안 그러길 바라."

"그래도 그러면 재미있을 거야." 에블린이 말했다.

"하지만 일단, 나는 달리러 갈래. 달리지를 못해서 다리가 뻣뻣해. 태즈메이니아 목장에서는 엄청 뛰었거든! 몇 번이고 멈추지 않고 1.6킬로미터를 달렸어. 일단 안녕. 오늘은 내가 좋아하는 것을 할 수 있을 것 같네."

에블린은 밖으로 달려갔다. 회전식 문 반대편의 만 이천 평으로 알려진 큰 들판으로 향하는 관목 숲에서 전속력으로 달려가다가, 에드워드와 아주 세게 부딪혔다. 에드워드는 멈춰 서서 에블린의 손을 잡고 다정하게 바라보았다.

"삼촌, 저 내일 학교에 가는 거 아세요?"

에블린이 말했다.

"그럼, 들었지. 거기서 잘 지냈으면 한다."

에블린은 아무 대답도 하지 않았다. 눈이 반짝였다. 잠시 후 천천히 말했다.

"전 기뻐요. 어머니는 제가 학교에 가길 바라셨거든요."

"어머니에 대한 기억을 매우 소중히 여기구나, 그렇지?"

"맞아요."

이 말을 하며, 에블린의 크고 특이하게 생긴 눈에 눈물이 맺혔다.

"살아계실 때만큼이나 사랑해요. 그보다 더요. 슬플 때마다 곁에 계신 것 같아요."

"어머니를 기쁘게 하려면 어떤 일이라도 할 거지?"

"네." 에블린이 대답했다.

"너에게 할 말이 있단다. 여기 왔을 때 정말 고생이 많았지만, 어느 정도는 잘 해냈다고 생각한다. 우리 방식이 너와는 맞지 않았고, 모든 것이 이상했을 거다. 처음에는 반항도 했고, 행복해하지 않았지."

"비참했어요. 비참했어!"

"하지만 전체적으로 잘 해왔으니, 어머니께서 살아 돌아오신다면, 기뻐하실 거다. 이 얘기를 꼭 해줘야겠구나."

"하지만, 삼촌, 어머니께서 어째서 기뻐하시겠어요? 어머니는 종종 저에게 굴복하지 말라고 말씀하시곤 하셨어요. 제 것을 지켜야 한다고요."

"생전에는 그렇게 말씀하셨더라도, 어머니께서도 하나님 앞에서 새로운 교훈을 많이 얻었으니, 이제는 네가 잘 했다고 생각하실 거고 나를 기쁘게 해주려는 노력도 칭찬해주실 거란다."

"왜 삼촌을 기쁘게 해야 하는데요?"

"난 네 아버지 동생이기도 하고, 이 세상 누구보다 형을 사랑했기 때문이지."

"프랜시스 숙모보다 더요?"

에블린이 눈에 환희의 빛을 띠며 말했다.

"다른 거란다. 방식이 다른 사랑이지. 형을 정말 사랑했고, 너의 행복을 위해 최선을 다할 거란다."

"사랑해요." 에블린 말했다.

"기뻐요. 삼촌이 제 삼촌이라는 게 기뻐요."

에블린은 에드워드의 손을 들어 자신의 입술에 갖다 대고는 곧 시야에서 사라졌다.

"정말 독특하고 변덕스러운 아이야!"

에드워드는 혼자 생각했다.

"에블린을 잘 교육시킬 수만 있다면! 내가 에블린을 어떻게 대하는지 형이 지켜보고 있는 느낌이 자주 들어. 프랜시스가 에블린을 싫어하는 것이 좀 너무한 듯해도, 결국은 모든 것이 잘 될 것이라 믿어."

한편 에블린은 만 이천 평에 달하는 들판을 달리는 것에 질려서 갑자기 대담한 생각을 했다. 사랑하는 재스퍼가 사실 그리 멀리 떨어져있지는 않다는 것을 오래전부터 알고 있었다. 두 사람은 이미 여러 번 만났다. 이렇게 만나는 것이 결코 에블린에게 이득이 되지는 않았지만, 삶의 즐거움이 되었고, 지금 재스퍼를 만나 자신의 교육에 일어날 변화에 대해 말하고 싶은 유혹이 너무 컸다. 따라서 에블린은 큰 길을 둘러, 들판과 마찻길로 우회하며, 곧 수도원에 가까이 다가갔다. 아직 수도원에 발을 들여놓은 적은 없었다. 보통 메시지를 보내면, 재스퍼가 밖에서 기다렸다. 하지만 지금은 서두르지 않으면 점심시간에 늦을 것만 같았다. 하필 오늘 같은 날 프랜시스 부인을 심각하게 실망시키고 싶지 않았다. 그래서 대담하게 올라가 문을 밀어서 열고 들어갔다. 그러자 파일럿과 바로 마주쳤다. 파일럿은 길을 걸어 내려오며 한두 번 작게 으르렁대더니 이내 귀에 들릴 정도로 크게 으르렁거리면서 강한 하얀 치아를 드러냈다. 어떤 결점을 가졌든, 에블린은 겁쟁이는 아니었다. 성난 개가 앞을 가로막아도 에블린은 단념하지 않았다. 하지만 정작 두려운 것은 다른 데 있었다. 수도원에 있다는 것을 리슨이 몰라야 계속 수도원에 머무를 수 있는 불안정한 거취에 대해 재스퍼가 말한 적이 있었다. 그래서 리슨에게 도움을 청할수는 없었다. 자신이 지나갈 수 있도록 파일럿을 유도할 방법은 없을까? 대담하게 파일럿에게 다가갔다. 파일럿은 더 격렬하게 으르렁거렸고, 곧 달려들 것 같은 태도를 취했다. 에블린은 파일럿이 자신을 덮치지 않길 바랐고, 파일럿이 자신보다 훨씬 강하다는 것을 알고 있었다.

"착하지, 그래, 착하지, 착해." 에블린이 말했다.

그러나 파일럿은 참을 수 없을 정도로 화가 나서 야만적으로 짖기 시작했다.

감히 자신에게 반항하는 이 작은 소녀는 누구일까? 사람들이 건물에 다가오지 못하도록 오늘처럼 서서 겁만 주는 것이 파일럿의 임무였다. 하지만 에블린은 가려고 하지 않았다. 그래서 정말로 화가 났고, 결정적으로 위험한 상황이 연출되었다.

리슨은 서재에서 모든 시간을 잡아먹는 난해한 일을 하느라 분주했다. 파일럿이 짖는 소리에 짜증나서 원인을 확인하러 창가로 갔다. 땅딸막하고 통통한 어린 소녀가 길에 서 있었고 파일럿이 이를 가로막고 있었다. 리슨은 창문을 열고 소리쳤다.

"가거라, 얘야, 저리 가. 여긴 아무도 들어올 수 없어. 문을 단단히 닫고 나가라."

"하지만, 갈 수 없어요. 실비아를 만나고 싶어요."

에블린이 말했다.

"안 된다. 가라."

"아니, 못가요."

에블린이 말했다. 대담하게 용기를 내었다.

"볼일이 있어 여기에 왔고 실비아를 만나야 합니다. 무서운 개가 저에게 덤벼들게 놔두진 않으시겠죠. 실비아가 올 때까지 여기서 그대로 꼼짝도 하지 않을 거예요."

고분고분하지 않은 말에 놀라 리슨은 밖으로 나가서 에블린을 보려고 길을 따라 내려왔다.

"넌 누구냐?"

대담한 밝은 눈이 자신의 얼굴을 응시하자 리슨이 말했다.

"저는 윈포드 성의 상속녀 에블린 윈포드입니다."

리슨의 눈이 즐거움으로 반짝였다.

"그리고 실비아를 만나고 싶고요, 윈포드의 상속녀 아가씨?"

"네, 실비아와 얘기하고 싶어요."

"실비아는 지금 없습니다. 이 시간에는 집에 없어요. 실비아는 밖에 있는 것을 좋아하고, 그런 취향이 다행이라는 생각이 드네요. 문 앞까지 배웅해 드릴까요?"

"감사해요."

에블린은 대답했고, 상당히 의기소침해졌다.

리슨은 예의바르게 에블린을 높은 철문까지 배웅했다. 문을 열어주고, 에블린이 지나갈 때 고개 숙여 인사한 다음, 면전에서 문을 닫고 안에서 큰 빗장을 걸었다.

"우리 착한 파일럿, 훌륭하고 용감하고 기특해!"

에블린은 리슨이 말하는 것을 들었고 화가 나서 작고 하얀 이를 갈았다.

잠시 후, 너무나 기쁘게도 재스퍼가 자신을 만나러 길을 걸어 올라오는 것을 보았다. 순식간에 둘은 서로의 품에 안겼다. 에블린은 재스퍼를 쓰다듬으며 검은 뺨에 키스를 반복했다.

"오, 이모."

에블린이 말했다,

"너무 놀랐어요! 이모를 보러 왔는데, 끔찍한 개를 만났고, 무섭게 생긴 노인이 나와서 당장 가라고 했어요. 그리고 나를 공격하려고 한 개를 쓰다듬었어요. 물론 두렵지는 않았어요. 어머니의 딸이니 쉽게 두려워할 리 없죠. 그래도 기분 좋은 일은 아니었어요. 왜 이렇게 끔찍한 곳에 사나요?"

"내가 왜 거기에 사냐고?"

재스퍼는 대답했다.

"자, 날 봐. 내 얼굴을 똑바로 봐. 내가 그 집에 사는 건 신의 뜻이란다. 왜냐면… 왜냐면… 아, 그 이유를 말하느라 시간을 낭비할 필요는 없지. 너와 가까운 거리에 있으니 그 곳에 사는 것이기도 하고, 또 다른 이유도 있다. 그리고 네가 말한 그 무서운 노인이 내가 그 곳에 있다는 것을 단 한순간이라도 알게 된다면, 가엾은 실비아의 삶은 끝장날 테니 해를 끼치는 일은 없었으면 좋겠구나."

"이모는 실비아한테 너무 마음이 약해요."

에블린이 질투 어린 어조로 말했다.

"실비아는 아주 훌륭하고 용감한 아이란다."

재스퍼가 대답했다.

"걔에 대해서 그렇게 말하지 마요. 짜증 나."

"이런 질투 많은 아가씨."

재스퍼는 에블린에게 놀란 표정을 지어 보였다.

"하지만 우리 예쁜 에블린만큼 내 마음 속 깊이 들어올 순 없으니, 질투할 필요 없단다. 이제 말해 봐요. 리슨 씨에게 나에 대해 얘기한 것은 아니겠죠?"

"안했어요." 에블린이 말했다.

"실비아를 만나러 왔다고만 했어요. 나 잘했죠, 이모? 영리하고 똑똑했죠?"

"너답게 잘 했구나, 우리 강아지." 재스퍼가 말했다.

"언제나 제일 똑똑했지, 언제나, 언제나." 에블린은 칭찬을 듣고 기뻤다.

"그런데 여긴 어떻게 온 거야? 네가 나온 것을 프랜시스 부인도 알고 있어?"

"아니, 몰라요." 에블린은 웃으며 대답했다.

"알게 된다면 정말 유감일거예요. 이모가 보고 싶어서 여기 혼자 왔어요. 소식이 있어요."

"정말, 무슨 소식?"

"맞춰볼래요?"

"어떻게 맞추겠니? 용기를 내어 너 혼자 자는 것인지도 모르겠구나. 그 지긋지긋한 하녀 리드를 견딜 수 없었던 거야. 걔를 곁에 두느니, 혼자 있고 싶은 거지."

"리드는 3주 넘게 내 방에서 안 잤어요. 이젠 전혀 불안하지 않아요. 누군가가 나와 가까이 자길 바라는 게 얼마나 어리석은 일인지 싱클레어 선생님이 말해줬어요." 에블린이 자랑스럽게 말했다.

"그래도 이 이모는 다시 같이 자길 바라지?"

"맞아요, 이모는 달라요."

"그럼, 뭐가 달라졌을까?"

"가엾은 싱클레어 선생님이 떠나시게 되었어요."

"아, 그건 별로 안타깝지 않다." 재스퍼가 말했다.

"싱클레어에게 좀 질투가 나기 시작했거든. 네가 싱클레어랑 아주 잘 지내는 것 같았어."

"잘 지냈어요. 싱클레어 선생님을 사랑했고, 수업도 재밌었어요. 하지만, 어떻게 생각해요? 선생님이 떠나셔서 매우 아쉽지만, 다른 기쁜 일이 있어요. 오드리와 저는 마을 바로 밖에 있는 학교에 매일 통학할 거고, 학교 이름은 쳅스토 하우스에요. 내일 아침에 갈 거예요. 어머니는 항상 내가 학교에 가길 원하셨으니, 어머니도 기뻐하시겠죠. 저는 기뻐요. 이모도 그렇죠?"

"글쎄." 재스퍼가 진지한 목소리로 말했다.

"글쎄라니요? 왜 그렇게 이상하게 말해요?"

"너에게 달렸지. 학교에 대해서 들은 얘기가 많아. 좋은 점도 있고 안 좋은 점도 있지. 어떤 학교는 자유를 많이 주기도 하고, 어떤 학교는 다정하게 대해주고 사소한 일에도 법석을 떠는가 하면, 또 어떤 학교는 훈육을 하기도 한단다. 훈육을 받는 건 마음에 들지 않을 거야. 내가 너라면…"

"네, 너라면 뭐요?"

"학교가 마음에 들면 다닐 거고, 그렇지 않으면 안 다닐 거야. 내 기는 꺾이지 않을 거야. 학교는 종종 기를 죽이려 들지. 내가 너라면 그건 참지 않을 거다."

"절대 날 기죽이지 못해요." 에블린은 경계하는 투로 말했다.

"왜 그렇게 우울한 얘기를 해요? 이모한테 말하지 말걸 그랬어. 학교 갈 생각에 너무 행복했는데, 날 비참하게 만들었어요. 아니, 학교에서 내 기를 죽이려고 하는 것은 조금도 두렵지 않아."

"그럼 괜찮단다. 네가 상속녀라는 것을 잊지 말거라."

"학교에도 내가 상속녀라는 것을 알릴까요, 그러지 말까?"

"내가 너라면 말할 거야." 현명하지 못한 재스퍼가 말했다.

"내가 너라면 애들에게 말할 거다."

"아, 네. 그럴게요. 쳅스토 하우스에 착한 애들이 있을지 궁금해요."

"걔들이 네 힘을 느낄 수 있도록 하고 어느 누구에게도 굴복하지 마라." 재스퍼가 말했다.

"그리고 이제, 널 정말로 집에 보내야겠다. 조금 바래다줄게. 우리 에블린, 너무 건강해 보이고, 혈색도 좋구나. 잘 지내고 있다니 기쁘고, 싱클레어가 나를 넘어서는 것은 원치 않으니 그 사람이 떠난 것도 기쁘다. 내가 학교에 대해 한 말 잊지 마라."

"그럴게요, 이모. 꼭 기억할게요."

"네가 그곳에서 잘 지내면 프랜시스 부인이 기뻐할 거야."

재스퍼가 말을 이었다.

"프랜시스 이모의 비위를 맞추고 싶지 않아요."

"당연히 그래야지. 정말 끔찍한 일이지! 날 내쫓은 것을 절대 용서하지 않을 거다. 자, 그럼 얼른 집으로 가거라. 우리가 얘기하는 것을 프랜시스 부인이 보면 안 되니까. 잘 가라, 아가, 잘 가."

제15화

학교

첩스토 하우스 학생들은 오드리와 에블린의 등장에 매우 흥분했다. 착한 아이들이었고, 역시 좋은 집안의 숙녀들이었지만, 언덕 위에 있는 윈포드 성, 성곽 양식 지붕과 탑, 성 주위를 두르고 있는 못, 크고 넓은 정원과 공원, 그리고 모든 주변 환경의 영향 없이 첩스토 하우스에서만 오래 지 낸 것은 아니었다. 집에서 친구들과 이야기할 때도, 학교에서도 궁금해 하는 곳이 바로 윈포드 성이었다. 첩스토 하우스 소녀들은 오드리가 예쁜 아랍 조랑말을 타고 지나갈 때 종종 부러운 눈으로 바라보곤 했었다. 오 드리에 대해 서로 이야기하고, 외모를 비평하고, 행동을 칭찬했다. 오드리 는 소녀들에게 공주 같은 존재였다. 그리고 그 장면에는 또 하나의 작은 공주가 나타났는데, 스타일도 촌스럽고, 예의도 없고, 인간적 매력도 없는 이상한 소녀였다. 사람들이 숨죽여 말하기를, 곧 오드리는 윈포드 성에서 사라지고 그 요상하게 생긴 소녀가 모든 것의 군주가 될 것이라고 했다. 오드리 윈포드와 사촌 에블린이 첩스토 하우스에 학생으로 오고 있다고 루시가 말했을 때, 학생들의 흥분은 극에 달했다.

"오드리와 에블린이 여기로 오고 있어요." 루시가 말했다.

"첩스토 하우스의 모든 학생은 자신이 대우받고 싶은 것처럼 그 친구들 을 대해주세요."

"어떻게요, 루시 선생님?"

학교에서 가장 키가 크고 영향력 있는 소녀인 브렌다 폭스가 말했다.

"여러분은 그 두 친구들 숙녀로 대해야 하지만, 동시에 모든 면에서 완 전히 동등한 존재입니다."

루시가 말했다.

"어떤 면에서는 마땅한 지위를 찾으러 학교에 오는 것이니 친절히 대해

주어야 하겠지만, 여러분과 동등하게 지낼 겁니다. 자, 브렌다, 아이들과 함께 '푸른 방'으로 가서 '신사 포레'를 위한 준비를 해라."

브렌다와 소녀들은 떠났고, 그날 내내 틈만 나면 오드리와 에블린에 대해 이야기를 나누었다.

다음날 아침 오드리와 에블린이 도착했다. 바퀴가 두 개 달린 예쁜 마차를 타고 있었고, 오드리가 직접 뚱뚱한 조랑말을 몰고 왔다. 프랜시스 부인이 이른 저녁과 차를 모두 학교에서 먹도록 해놓았으므로, 저녁 6시에 두 사람을 데려올 것을 명령받은 마부가 다시 마차를 성으로 몰고 갔다.

학교로 들어가자, 오드리조차 잠시나마 살짝 긴장했다. 마리아는 두 사람을 자신의 개인 거실로 데려가서 몇 가지 질문을 한 다음, 큰 교실로 이어지는 긴 통로를 따라 내려갔다. 40명 정도의 소녀가 모두 모여 있었다. 마리아는 몇 마디 간단한 말로 신입생들을 소개했다. 그리고 기도를 마치자마자 루시에게 가서 오드리와 에블린의 학습 성취 수준을 알아본 후, 적절한 수업에 넣어달라고 부탁했다.

오드리와 에블린은 기도시간 동안 나란히 앉아있었고, 곧바로 루시의 개인 거실로 갔다. 매우 엄격한 테스트 후, 오드리는 엘리트 반 소녀들과 함께 수업을 듣게 되었고, 에블린은 4단계 반으로 가게 되었다. 급우들은 웃는 눈과 환한 표정으로 에블린을 맞이했다. 하지만 에블린은 좀 짜증이 났고, 영어 선생님인 톰슨이 과제를 시켰을 때는 더 화가 났다. 일반적인 교육수준에서 에블린은 심각하게 뒤쳐져 있었다. 하지만 싱클레어는 재치가 대단해서 에블린이 최고의 능력을 발휘할 수 있는 수업을 하면서도, 자신이 정말 무지하다는 것을 절대 느끼게 하지 않았다. 하지만 학교에서는 이 모든 상황이 뒤바뀌었다. 침착하고 위엄 있는 오드리는 학교에서 높은 지위를 차지했고, 에블린은 자신이 느끼기에 아무 존재도 아닌 것 같았다. 부루퉁한 표정으로 에블린의 표정은 어두워졌다. 에블린은 재스퍼의 말을 떠올렸고, 아무도 자신의 기를 꺾지 못하게 하겠다고 결심했다.

"에드워드 1세의 통치 기간에 대해 읽으면, 오전 수업이 끝난 후 그 내용에 대해 선생님이 질문할 거예요,"

톰슨이 밝은 어조로 말했다.

"레크리에이션이 끝나면 내일을 위한 예습을 할게요. 자, 이제 책을 집중해서 읽으세요. 내일 수업 시간에 더 높은 단계로 올라갈 수 있을 거예요."

톰슨은 말하면서 에블린에게 "영국의 역사"를 건넸다. 역사 공부는 따분했고, 에블린이 보기에 에드워드 1세의 통치 기간은 읽을 가치가 없었다. 책을 힐끗 쳐다보더니 펴진 상태로 책상 위에서 책을 거꾸로 돌리고, 팔꿈치로 책상에 기대어 차분히 주위를 둘러보았다.

"에블린 양, 책을 들고 읽으세요." 톰슨이 말했다.

에블린은 조용히 웃었다.

"저는 그 통치 기간에 대해 다 알고 있으니, 이제 읽을 필요가 없어요." 에블린이 말했다.

다른 소녀들은 미소 지었다. 톰슨은 신경 쓰지 않는 것이 최선이라고 생각했다. 학습은 계속 진행되었고, 마침내 쉬는 시간이 되자, 톰슨은 에블린을 불렀다.

"이제 질문을 해야겠네요."

톰슨이 말했다.

"에드워드 1세의 통치 기간을 안다고 했지요. 아는 것을 말해보세요. 내 앞에 서서 손을 등 뒤로 하세요. 그렇게."

"손은 그대로 둘 거예요." 에블린이 말했다.

"하라는 대로 해요. 똑바로 서. 자, 그럼!"

톰슨 양이 OX문제를 내기 시작했다. 에블린의 무지가 바로 적나라하게 드러났다. 그 시기에 대해 아는 것이 아무것도 없었고, 에블린의 역사 지식은 사실상 전무했다.

"에드워드 1세의 통치 관련 문제들에 X라고 잘못 답한 것에 유감이네요."

톰슨이 말했다.

"이 학교는 매우 엄격하고 까다롭습니다. 오늘 일에 대해 더는 언급하지 않을 거예요. 하지만 쉬는 시간에 여기 남아 역사책을 읽으세요."

"뭐라고요!"

얼굴이 하얗게 질리면서 에블린이 소리쳤다.

"쉬는 시간에 놀지 못하나요?"

"쉬는 시간은 20분밖에 안 되니, 오늘 아침엔 놀이터에서 놀지 못할 거예요. 내일 수업을 잘 마치고 다른 학생들과 함께 놀 수 있는 시간을 가지길 바라요."

"내가 누군지 알아요?"

에블린은 시작했다.

"네. 완전히 알고 있죠. 어린 에블린이죠. 이제 착하게 굴고, 과제에 집중하세요."

톰슨은 방을 나갔다. 에블린은 혼자 남았다. 맹렬한 분노에 사로잡혀 벌떡 일어섰다.

"단 한순간이라도 내가 복종할 거라고 생각하는 걸까?"

에블린은 생각했다.

"아, 재스퍼가 여기 있었으면! 이모! 이모가 맞았어요. 내 기를 꺾으려 들고 있지만 뜻대로 안될 거예요."

에블린은 톰슨이 근처 탁자 위에 놓아둔 책에 이끌렸다. 평범한 수업 교재가 아니라 러스킨(영국의 평론가이자 사회사상가 - 역자 주)의 "참깨와 백합"이라는 아름다운 책이었다. 에블린은 책을 펴서 제목이 있는 페이지의 글을 읽었다.

"사랑하는 아그네스에게, 오빠 월터가 애정을 담아. 1896년 크리스마스."

화가 난 에블린은 재빨리 제목 페이지와 앞 쪽 두세 장을 작은 조각이 될 때까지 갈기갈기 찢은 후, 긴 방 한쪽 끝에서 타고 있던 불길로 다가가 흩어진 조각들을 불길 속으로 던졌다. 그러자마자 알 수 없는 실망감에 사로잡혔다. 서둘러 책을 덮고, 두려운 마음에 영국 역사를 살펴보기 시작했다. 톰슨은 휴식이 끝나기 직전에 돌아와 에블린의 책을 집어 들고 한두 가지 질문을 하고는 허락하듯 고개를 끄덕였다.

"나아졌구나." 톰슨이 말했다.

"예상대로 잘 해냈다. 자, 그럼, 이리 오거라. 이건 내일 영어 수업이란다."

에블린은 꽤 온순하게 방을 가로질러 걸어갔다. 톰슨은 일반 영어 과목에서 수업 내용으로 몇 가지를 정했다.

"이제 프랑스어 선생님께 가거라. 네 프랑스어 수준을 파악해서 내일 수업을 알려주려고 기다리고 계신다."

남은 수업 시간은 빠르게 지나갔다. 에블린은 수치스럽게도 많은 양의 과제를 해야 했지만, 마음속에 흐릿한 두려움이 감돌았고, 러스킨의 책에서 몇 장을 찢어버린 것을 후회했다. 오전 수업이 끝난 직후 학생들은 잠깐 산책을 나갔고, 저녁 식사가 있을 것이라는 안내가 있었다. 저녁 식사 후에는 잠깐의 자유 시간이 있었다. 에블린과 오드리, 학생들은 모두 운동장을 걷고 있었다. 브렌다 폭스는 즉시 오드리에게 가서 머리에 모양을 낸 가장 멋진 여자애들 몇 명을 소개했고, 천천히 왔다 갔다 하며 걷기 시작했다. 에블린은 잠시 동안 쓸쓸히 서 있다가 함께 시끄럽게 놀고 있는 소녀들의 가운데로 돌진했다.

"잠깐!" 에블린이 말했다.

"모두 나를 봐."

아이들은 노는 것을 멈추고 의아해 하며 에블린을 바라보았다.

"나는 에블린 윈포드야. 나랑 친구할 사람? 나는 내가 정말 좋아하는 사람하고만 친구할 거야. 너희 중 누구도 두렵지 않아. 학교가 마음에 드는지 알아보려고 왔으니, 만일 마음에 들지 않으면 안 다닐 거야. 너희 모두 내가 어떤 사람인지 아는 게 좋을 거야. 무식한 어린애들과 함께 나를 4단계 반에 배치한 것은 너무 비열하고 끔찍한 일이었어. 하지만 한 일주일 정도는 그 반에 있어야겠지."

"5단계 반에 들어갈 실력이 못되었기 때문에 넌 4단계 반에 들어간 거야." 소피 제너가 말했다.

"건방지네." 에블린은 말했다.

"대답할 가치도 없어. 자, 나랑 친구할 사람? 재밌는 얘기도 많이 알고 있고, 용돈도 많고, 초콜릿 크림과 진저에일에 온갖 좋은 것들을 갖다 줄 수도 있어."

이 마지막 발언은 결정적으로 인기를 보장하려고 한 계산된 발언이었다. 두세 명의 소녀가 에블린에게 달려들었고, 에블린은 곧 운동장을 오르락내리락하면서 자신의 불만을 토로하며, 자신이 미래에 갖게 될 높은 지위에 대해 말해주었다.

"너희들 모두 오드리에게 매우 깊은 인상을 받았겠지만, 걔는 정말 아무 것도 아니야."

에블린은 소리쳤다.

"윈포드 성은 내 것이 될 테니, 내가 주인이 되면 나와 아는 사이라고 말하고 싶지 않아? 내가 학교에 오래 있게 될지는 모르겠지만, 내 맘에 들게 행동하는 게 좋을 거야."

몇몇 소녀들은 매우 강한 인상을 받았고, 그 중 몇 명은 에블린에게 영원한 충성을 맹세했다. 한두 명이 에블린의 비위를 맞추기 시작했고, 대체로 에블린은 놀이 시간을 꽤 즐겁게 보냈다고 생각했다. 교실로 돌아왔을 때, 작은 탁자 위에 톰슨이 두었던 러스킨의 "참깨와 백합"이 이제 그 자리에 없는 것을 보고 안심했다.

"아마 몇 년 동안은 열어보지 않을 거야."

에블린은 생각했다.

"이제 걱정할 필요 없어. 그리고 톰슨 선생님이 그 책을 좋아했다면 아주 잘 찢은 거야. 끔찍한 책이야!"

수업은 계속되었고, 학교에서의 첫 날은 끝이 났다. 마차가 둘을 데리러 왔고, 몇몇 학생이 감탄하며 바라볼 때 마차를 타고 떠났다.

"음, 에블린, 학교는 어땠어?"

두 사람이 단둘이 있을 때 오드리가 말했다.

"난 별로 마음에 안 드는 것 같아." 에블린이 대답했다.

"끔찍하게 수준 낮은 반에 들어갔잖아. 톰슨한테 화가 나."

"톰슨 선생님! 그 착하고 똑똑한 언니?"

"별로 언니 같지 않던데! 늙었어."

에블린이 말했다.

"그렇게 생각해? 젊고, 예쁘고, 아주 착하기까지 한 것 같던데."

"오드리, 넌 너무 길들여서 뭐든 다 좋은 거야. 네가 누군가를 나쁘게 생각하는 일은 절대 없을 것 같아."

"물론 그러려고 노력하지."

오드리가 대답했다.

"사람을 나쁘게 보는 게 좋은 성격이라고 생각하니?"

"어머니는 항상 사람을 싫어하지 않으면 물러터진 사람이 될 거라고 하셨어." 에블린이 대답했다.

"그럼 정말 사람을 싫어해?"

"정말 싫은 사람도 있지. 성에도 한 명 있어. 하지만 있잖아! 그 사람 얘기는 더 안 할 거야. 근데 학교에도 있어. 바로 그 무시무시한 톰슨이야. 뻔뻔스럽게도 날 에블린이라고 부르더라."

"학생이니까 당연히 그렇게 부르지."

"글쎄, 내가 볼 땐 끔찍하게 뻔뻔한 것 같아. 그 여자가 싫어, 그리고 오드리, 정말 재밌는 거 알려줄까! 나 복수 했어, 진짜로."

"에블린! 장난치지 마, 부탁할게."

"더 말해줄 수는 없지만, 복수한 것 같아. 아, 고소해, 정말 고소해!"

에블린은 집으로 가는 동안 몇 번을 웃었고, 의기양양하게 성에 도착했다. 그날 저녁 두 사람은 프랜시스 부인, 에드워드와 함께 식사를 했고, 에드워드는 프랜시스 부인과 단 둘이 남게 되었을 때 에블린의 학교 수업 이야기에 대한 관심을 표현했다.

"에드워드 1세의 따분하고도 따분한 삶에 대해 읽을 수 있었던 유일한 이유는 에드워드가 삼촌의 이름이고 제가 삼촌을 너무 사랑하기 때문이에요."라는 에블린의 말 때문이었다.

"대체로 에블린이 학교생활을 잘하고 있는 것 같소. 오늘밤 아주 기운차 보였소."

에드워드는 나중에 프랜시스 부인에게 말했다.

"당신은 에블린 밖에 모르는군요! 오드리는요?"

프랜시스 부인이 말했다.

"당신이 오드리를 가르쳤고 천성이 상냥하니, 걱정할 필요가 없잖소." 에드워드가 말했다.

"칭찬은 감사해요." 프랜시스 부인이 대답했다.

"확실히 오드리 교육에는 제가 공을 많이 들였죠. 하지만 마리아 양이 제멋대로인 에블린의 버릇도 고쳐줄 것이라 믿어요. 꼭 그래야만 해요."

다음날 아침, 오드리와 에블린은 다시 학교에 갔다. 그리고, 에블린은 "참깨와 백합" 책에 저질렀던 일을 완전히 잊어버린 채, 마음에 드는 친구들에게 나눠주려고 몰래 챙긴 맛있는 과자 꾸러미를 들고 여전히 의기양양한 상태였다.

수업이 시작되었고, 소녀들은 각자 다른 교실로 흩어졌다. 에블린은 수업에 따라가기 힘들어했고, 마침내 쉬는 시간이 왔다. 모두 하교 준비를 하고 있었을 때 톰슨이 잠시만 기다려 달라고 부탁했다.

"너무 고통스러운 일이 일어났어요. 누구든지 간에 바로 솔직히 털어놓을 거라 믿어요." 톰슨이 말했다.

에블린은 얼굴색 하나 변하지 않았다. 묘하고 무감각한 느낌이 맴돌았고, 고집스러움에 사로잡혔다.

"절대 말하지 않을 거야. 당연히 선생님은 그 책 얘기를 하는 거겠지."

그랬다. 톰슨은 그 책 이야기를 하고 있었다. 아름답게 제본한 러스킨의 책을 손에 들고 제목 페이지가 있던 곳을 펼치더니 눈물을 글썽이며 소녀들을 바라보았다.

"누군가가 이 책 첫머리에서 4장을 찢었어요." 톰슨이 말했다.

"어제 실수로 책을 여기에 두고 갔어요. 오후 수업을 위한 준비를 계속하려고 오늘 아침에 가지러왔다가 이 끔찍한 짓을 알게 되었어요. 누구든 적어도 잘못을 고백할 양심은 있을 것이라 믿어요."

모든 학생들은 침묵했고, 극심한 실망의 표정을 보였다.

"이 책이 내 책이라면 큰 상관없을 겁니다." 톰슨이 말했다.

"하지만, 마리아 선생님의 것인데다, 마리아 선생님이 가장 아끼는 오빠가 이 책을 주고 나서 2달 후 사망했어요. 강의를 위해 이 책을 사용하는 것도 힘들게 허락받았고요. 친필로 새긴 글이 유실됐고, 이를 대체할 수 있는 것은 아무것도 없겠죠. 죄지은 사람에게 유일한 기회란 잘못을 바로 고백하는 것 밖에는 없어요. 하지만, 아! 그렇게 잔인한 사람이 누가 있을까요?"

눈물을 흘리는 소녀들이 많았지만, 여전히 아무 말도 없었다. 톰슨은 여러 학생이 "아, 너무해!"라고 말하는 소리를 들었다.

톰슨은 잠시 기다리더니 이렇게 말했다.

"여러분 한 명 한 명에게 물어볼 수밖에 없군요. 본인이 자백하기를 바랐지만, 이제 어쩔 수 없이 누가 이런 짓을 했는지 물어야겠습니다."

그리고 나서 한 명씩 질문을 하기 시작했다. 4단계 반에는 모두 12명이 있었고, 자신의 차례가 오자 모두 잘못을 부인했다. 확실히 나쁜 짓을 하지 않았고, 책을 찢은 적도 없다고 대답했다. 에블린은 마지막 차례였다. 그리고 조용히 대답했다.

"제가 그러지 않았어요. 그 책을 보지도 못했고, 책에 새겨진 글을 찢지도 않았어요."

아무도 그 말을 의심할 이유가 없었고, 몹시 슬퍼 보이는 톰슨은 잠시 멈추었다가 이렇게 말했다.

"한 명씩 물었지만 모두 잘못을 부인했어요. 이제 학교에 있는 모든 사람들에게 물어야겠군요. 제가 할 수 있는 것은 모두 다 해본 후, 이 끔찍한 상황을 마리아 선생님에게 전하겠지만, 최소한 나쁜 짓을 한 사람이 잘못을 뉘우치고 있다는 말은 전해주고 싶어요."

여전히 침묵이 흘렀고, 톰슨은 교실을 떠났다. 그 순간, 흥분한 목소리들이 웅성거리기 시작했고, 이어지는 휴식 시간 동안 4단계 반에서는 가엾은 마리아 선생님 이야기 외에 아무 것도 언급되지 않았다.

"가엾어라!" 소피 제너가 말했다.

"오빠를 정말 많이 사랑했어! 이름은 월터였고, 정말 잘생겼었지. 학교가 처음 세워졌을 때 한 번 왔었어. 그때 우리 로즈 언니가 여기 있었는데, 월터 오빠가 정말 친절하고, 학생들을 위해 휴일도 요청했다고 했었어. 그리고 마리아 선생님과 루시 선생님은 월터 오빠를 정말 사랑했어. 아, 누가 그렇게 잔인한 짓을 했을까?"

"이렇게 하찮은 일로 야단법석을 떨다니." 에블린은 말했다.

"그래봤자 책일 뿐이야."

"이해를 못하는 거야?" 소피가 놀란 눈으로 에블린을 바라보며 말했다.

"그건 보통 책이 아니고, 사랑했던 오빠가 줬던 책이라고. 이젠 죽었고, 다시는 어떤 책도 줄 수가 없잖아. 그것은 마지막 선물이었어."

"막대 사탕이나 좀 먹고, 기분 좋은 생각을 하려고 해봐."

에블린이 말했지만 소피는 짜증스럽게 돌아섰다.

"에블린 쟤 좀 별로인 것 같아."

소피는 특별한 친구 체리 윈에게 말했다.

"말하는 게 얼마나 어이없던지! 체리, 에블린이 그 책과 연관이 있을까?"

"물론 아니지. 감히 그런 거짓말을 하지는 않았을 거야. 불쌍한 마리아 선생님! 정말 안타까워!" 체리가 대답했다.

제16화
실비아의 마차 드라이브

"실비아, 아주 기쁜 소식이 있다."

리슨이 말했다.

리슨은 춥고 적막한 거실에 서 있었다. 난로에서는 불이 약하게 타고 있었다. 실비아는 몸을 약간 떨며 허리를 굽히고, 타오르는 불 위에 석탄을 좀 더 올려놓으려고 집게 한 쌍을 집어 들었다.

"안 된다, 애야, 그러지 마." 리슨이 말했다.

"항상 응석받이가 필요한 사람보다 더 불쾌한 존재는 없단다. 이맘때치고는 꽤 더운 밤이야. 실비아, 지난주에는 저축을 좀 더 했다. 늘 그렇듯이 생활비로 10실링을 주었지. 넌 8실링만을 썼어. 우리는 정말 싸움닭처럼 열심히 살았고, 무엇보다도 좋은 것은, 그 덕에 네가 더 좋아 보인다는 것이다."

실비아는 말이 없었다.

"나도 알고 있단다."

리슨은 훨씬 더 만족스러운 미소를 지으며 말했다.

"네가 예전보다 적게 먹는다는 것을 말이다. 어젯밤 저녁 식사 때 네가 정말로 절제하는 것을 보고 기뻤다."

"아버지." 실비아가 갑자기 말했다.

"점점 적게 먹는데, 어떻게 이 정도의 체력을 유지할 수 있나요? 아버지는 머리가 좋은 분이신데, 살기 위해서는 음식과 온기가 필요하다는 것을 모르시나요?"

"그것은 전적으로 어떤 습관에 익숙해지느냐에 달려 있지."

리슨은 대답했다.

"습관은 우리를 삶과 연결시켜주는 사슬이고, 그 습관은 우리가 직접 만들어 가는 거다. 좋은 습관으로 좋은 삶을 영위할 수 있지. 해로운 습관으로 삶을 망치고. 그러한 습관의 사슬은 너무 두껍고 녹슬고 무거운데다, 발전가능성도 없애버린다. 사랑하는 우리 딸, 이제는 네가 탐욕과 불필요한 사치품을 향한 욕망의 희생양이 아니라니 기쁘구나."

"아버지, 저녁준비가 되었어요. 와서 드세요."

"항상 음식을 씹어대는구나. 정말 슬프다." 리슨이 말했다.

"뜨거울 때 와서 드셔야 해요."

실비아가 대답했다.

리슨은 실비아를 따라갔다. 그날 아침 덥다고 말하긴 했지만, 그 모든 말과는 반대로 극심한 추위로 인해 배가 약간 고팠다. 그래서 자리에 앉아 작은 조각들을 올려놓은 접시의 덮개를 벗겼다.

"아아, 얼마나 유혹적인지!"

리슨이 말했다.

"나눠먹자꾸나, 얘야. 널 굶기고 싶지는 않으니, 내가 뼈를 가져가마."

리슨은 음식을 자르기 위해 칼을 들었다. 그러자 실비아는 얼굴이 하얗게 질렸다.

"아뇨, 됐어요." 실비아가 말했다.

"그건 제가 원하지 않아요. 다 드세요. 그리고 보세요."

실비아는 자부심을 가지고 접시 앞에 놓인 요리 덮개를 들어 올리며 말을 이었다.

"그동안 요리 연습 좀 했는데, 가진 재료로 최선을 다한 것을 비난하지는 않으시겠죠. 이 감자튀김 정말 맛있어 보이죠? 좀 드셔보실래요, 아버지?"

"그걸 튀기려고 무언가를 사용했겠구나."

리슨이 얼굴을 찡그리며 말했다.

"음, 음…"

배고픔을 못 견디게 만드는 맛있는 냄새에 누그러진 리슨은 덧붙였다.

"좋아. 몇 개만 먹지."

실비아는 리슨의 접시에 감자튀김을 놓았다. 자신도 감자 몇 개를 조금씩 먹었고, 리슨은 만족스러운 듯 조용히 식사했다.

"정말 맛있구나."

리슨이 말했다.

"저녁 잘 먹었다. 내가 언제 이렇게 호화로운 식사를 했는지 모르겠구나. 오늘밤 저녁은 안 먹어도 되겠다."

"하지만 저는 먹을 거예요."

실비아가 단호하게 말했다.

"평소와 같이 9시에 저녁 식사를 할 것이니, 아버지도 꼭 오세요."

"그럼, 아주 간단하게 먹자. 난 24시간은 거뜬하다. 식사는 맛있게 했니?"

"네, 감사해요."

"감자튀김이 많았는데 모두 먹었구나."

"네, 아버지."

"난 이제 다시 내 거실로 가마. 몇 시간 동안 집중할 거야. 넌 무엇을 할 거니, 실비아?"

"전 곧 나가서 산책하려고요."

"그렇게 눈이 깊이 쌓인 곳을 헤매고 돌아다니면 좀 위험하지 않겠니?"

"아, 전 그게 좋아요, 아버지. 그걸 즐겨요. 도저히 집에 있을 수가 없어요."

"좋아, 우리 딸. 넌 착한 아이야. 하지만 실비아, 이제 튀김은 하지 않는 게 좋겠다. 연료를 너무 많이 소모하니까 말이야. 그 감자 조각을 작은 냄비에 삶아도 정말로 영양가가 높았을 거다. 그리고 그걸 끓인 국, 그러니까 국물이 생겼을 것이고, 쌀을 넣으면 훌륭한 수프가 되었겠지. 최근에 사치 없는 삶을 위한 조리법을 좀 모으고 있다. 조리법이 완성되면 후세에 물려줄 거야. 출판도 할 거다. 책이 잘 팔려서 약간의 수익이 생기는 상상도 한다. 어떠냐, 실비아?"

실비아는 대답이 없었다.

"얘야." 리슨이 갑자기 말했다.

"네가 석탄을 좀 많이 쓴다는 것을 뒤늦게 알았다. 그것이 너의 유일한 사치이니, 그것에 대해서 많은 말은 않겠다."

"이해가 안 돼요. 무슨 말씀이세요?"

"연기가 난다. 연기가 나면 안 되는 시간에 부엌 굴뚝에서 연기가 나."

리슨이 심각한 목소리로 말했다.

"하지만 지금 널 붙잡아 두진 않겠다. 바쁜 오후가 될 것 같구나. 간단히 점심을 먹고 나니 기분이 아주 좋구나."

리슨은 실비아의 매끈한 뺨에 입을 맞추고는 거실로 들어가 문을 닫았다.

"지금쯤이면 불이 완전히 꺼졌을 거야."

실비아는 혼잣말을 했다.

"가엾은, 불쌍한 아버지! 아이고! 아이고! 재스퍼가 여기 있는 것을 들키면 난 끝장이야. 재스퍼가 있으면 삶이 얼마나 달라지는지 알아버렸으니, 이젠 재스퍼 없이 살 수는 없을 거야."

실비아는 잠시 귀를 기울이다가 아버지가 여전히 큰 거실에 있는 것을 알아차리고는 (잠들었을 것 같지는 않았으므로) 왼쪽으로 돌아 부엌 쪽으로 재빨리 갔다. 부엌에 들어가서 문을 잠갔다. 레인지에는 깨끗하고 거의 연기가 나지 않는 불이 피워져 있었고, 근처에 하얀 천으로 덮인 식탁이 있었으며, 식사 준비가 되어 있었다.

"아버지께서 식사를 즐기셨나요? 얼마나 주시던가요?"

"전혀 주지 않으셨어요. 제가 배고프지 않은 척 했어요. 아버지가 드시는 것을 보니 정말 기뻤어요!"

"감자튀김은요?"

"정말 맛있게 드셨어요. 맞춰드리려고 저도 몇 개 먹었고요. 아버지는 금욕적인 삶이 저와 맞는다고 말씀하세요. 제가 매우 건강해 보이고, 추운 날씨에도 활활 타는 불과 많은 음식이 필요한 사람은 없다고도 하세요. 단순히 그리고 전적으로 습관의 문제라고요."

"아! 리슨 씨 얘기는 그만 얘기해요." 재스퍼가 말했다.

"나를 우울하게 하는 사람이에요. 밤에 자주 리슨 씨 꿈을 꿔요. 실비아 아가씨는 리슨 씨에게 너무 잘해줘요. 자 여기, 우리 저녁 식사가 있으니,

가엾이 얼어붙은 어린 양. 이제 마음껏 드세요."

실비아는 앉아서 재스퍼가 차려준 맛좋고 영양가 있는 음식을 맛있게 먹었다. 그럴수록 밝고 맑고 어두운 눈동자는 어느 때보다 환해졌고, 앳된 뺨은 사랑스런 다마스크 장미 빛깔로 가득해졌다. 실비아는 머리카락을 이마에서 쓸어 올리고는, 생각에 잠겨 불 속을 들여다보았다.

"기분이 좀 나아졌네요?"

재스퍼가 물었다.

"좋아졌어요!" 실비아가 말했다.

"살아있다는 느낌이 들어요. 이게 얼마나 갈까요?"

"왜 얼마 안갈 거라고 생각하죠? 돈이 있으니. 당분간은 충분하죠."

"하지만 나에게 돈을 지불하고 있잖아요."

"그런 생각 마세요. 실비아 아가씨가 저를 재워주고 먹여주죠. 일주일에 20실링씩 드리니, 그것으로 아가씨와 저를 모두 먹여 살리고 있어요."

"아, 그 20실링!"

실비아가 소리쳤다.

"정말 부자가 된 것 같아요! 그걸 받은 첫 주에, 절대, 절대 매주 받는 20실링을 포기할 수 없다는 것을 느꼈어요. 아버지가 곁에 계실 땐 너무 떨리긴 했어요. 주머니 속 돈을 볼까 봐 두려웠어요. 돈을 그토록 사랑하는 아버지가 못 보실 리가 없는 듯했지만, 눈치 채지 못하셨고, 이제 저도 익숙해졌어요. 아 재스퍼, 당신이 저를 살렸어요!"

"좋은 목적을 위해 사는 것은 좋은 일이지요."

재스퍼는 조심스러운 어조로 말했다. 실비아를 바라보며, 조바심의 한숨이 입술로 흘러나왔다.

"먹이고 따뜻하게 해주는 것 이상을 아가씨께 해주려는 것 아시나요?"

재스퍼가 불쑥 말했다.

"하지만 뭘 더 할 수 있겠어요?"

"입혀드릴 것 말이죠, 옷 말이에요."

"안돼요, 재스퍼, 그건 안 돼요."

"하지만 꼭 입으셔야 하고, 반드시 그럴 거예요."

재스퍼는 말했다.

"모든 짐을 몰래 가지고 들어왔어도 리슨 씨는 조금도 눈치 채지 못하셨어요. 다행히도! 파일럿도 있고, 리슨 씨가 직접 몰래 돌아다니며 감시하지만… 이 모든 것들에도 불구하고… 이 아멜리아 재스퍼는 그에 맞먹는 능력을 지녔지요. 그렇죠, 이 집에 제 짐이 있고, 트렁크 하나에는 에블린 아가씨의 옷이지만 이제 입으면 안 되는 옷이 있어요. 그 옷들을 고치고, 늘리고, 조정해서, 아가씨 몸에 맞게 만들려는 거예요."

"마음이 흔들리네요."

실비아가 말했다.

"하지만 감히 그럴 순 없어요. 평범하지 않은 옷을 입고 나타나면 뭔가 이상하다는 것을 눈치 채실 거예요. 그러면 아버지는 공포에 사로잡힐 것이고 제 삶은 살 가치가 없는 삶이 되겠죠. 어머니가 살아계실 때 가끔 제게 좋은 옷을 입히려고 하셨는데, 그 끔찍한 장면과 어머니의 눈물을 지금도 기억해요. 어머니께서 작은 진홍색 벨벳 드레스를 주신 적이 있었고, 저는 식당으로 아버지에게 달려갔었지요. 그때 전 꽤 작았고, 드레스가 잘 어울려서 어머니는, 아, 정말 자랑스러워하셨어요! 하지만 30분 후에 저는 눈물에 흠뻑 젖은 채 제 방에 있었고, 아버지는 즉시 잠자리에 들라고 하셨는데, 옷의 등 부분이 아버지 손에 찢겨나가 있었죠."

"미쳤군요."

재스퍼가 말했다.

"리슨 씨 얘긴 그만해요. 나랑 있을 땐 옷을 잘 입어도 돼요. 내 말은 즐겁게 살고, 꾸물대다 기회를 놓치지는 말자는 거예요. 언젠가 에블린을 몰래 불러서 우리랑 이 부엌에서 재밌게 노는 게 어때요?"

"하지만 아버지가 분명… 분명 눈치 채실 거예요."

"아니요, 그건 제가 해결할 수 있어요. 부엌은 집의 다른 곳과 멀리 떨어져 있고, 이 새로운 종류의 석탄 덕에 거의 연기가 나지 않아요. 어두운 밤에는, 연기가 나더라도 리슨 씨가 볼 수 없고, 낮에는 이 특별한 석탄을 태우지요. 우린 안전해요, 두려워하지 않아도 돼요."

실비아는 재스퍼와 조금 더 이야기를 나누고는 외출 준비를 위해 자신의 방으로 달려갔다. 맞았다. 확실히 기분이 훨씬 좋아졌다. 공기는 몸에 스미는 듯 상쾌했고, 이제 배도 고프지 않았다. 옆구리를 갉아먹는 듯한 고통이 완전히 사라졌고. 몸에 온기가 있으니 움직이고 싶어 안달이 났다. 잠시 후, 파일럿과 함께, 실비아는 눈 덮인 길을 따라 달리고 있었다. 아름다운 볼의 혈색은 지나가는 사람의 시선을 끌지 않을 수 없었다.

"정말 예쁘다! 정말 예쁜 여자애야!"

여러 사람이 말했고, 마침 실비아가 모퉁이를 돌 때, 파일럿이 앞에서 달리고 있었고, 동네를 방문하려고 마차를 타고 있던 프랜시스 부인과 마주쳤다.

프랜시스 부인은 어여쁜 얼굴을 보면 그냥 지나치지 못했는데, 그 순간 나타난 검은 눈과 빛나는 뺨만큼 사랑스러운 환영은 본 적이 없는 것 같았다. 마부에게 마차를 세우도록 했고, 몸을 앞으로 숙여 실비아를 다정하게 맞이했다.

"안녕하세요, 리슨 양?"

프랜시스 부인이 말했다.

"리슨 양을 초대했었는데 한 번도 나를 보러 오지 않았군요. 어머님은 한 번 뵙고 싶었지만 강하게 거절했었지요. 그나저나 어머님은 잘 지내시나요?"

"어머니는 돌아가셨어요."

실비아가 낮은 어조로 대답했다. 뺨의 혈색이 서서히 옅어졌지만, 울진 않았다. 프랜시스 부인을 똑바로 올려다보았다.

프랜시스 부인이 친절하게 말했다.

"가엾어라, 어머니가 보고 싶겠네요. 몇 살이에요?"

"16살이요."

실비아가 대답했다.

"나랑 같이 마차 타지 않을래요?"

"그래도 될까요?"

실비아가 거의 믿을 수 없다는 듯한 목소리로 말했다.

"그럼요. 난 아가씨와 같이 있고 싶은 걸요. 존슨, 내려가서 리슨 양을 위해 마차 문을 열어주세요. 그런데, 오, 세상에, 그 개는 어쩌지?"

"파일럿은 제가 이야기하면 집에 갈 거예요." 실비아가 말했다.

"이리 와, 파일럿."

파일럿이 천천히 올라갔다.

"집에 가렴." 실비아가 말했다.

"가서, 네가 아는 방법대로 문을 두드려라. 그러면 아버지가 들여보내 주실 거야. 빨리 가라, 우리 파일럿. 지금 가."

파일럿은 다 알아듣는 듯한 영리한 표정으로, 한쪽 귀를 약간 위로 젖히고, 꼬리를 살짝 흔들었고, 프랜시스 부인을 힐끗 쳐다보고는 전반적으로 부인이 마음에 들었는지 방향을 돌려 수도원으로 향했다.

"정말 놀랍도록 영리하구나, 어떻게 훈련시켰지요!"

프랜시스 부인이 말했다.

"맞아요, 거의 사람이나 다름없어요." 실비아가 대답했다.

"정말 좋네요!"

마차가 부드럽게 굴러 나가기 시작하자 실비아가 말을 이었다. 편안한 쿠션에 기대었다.

"하지만 그 얇은 외투를 입고 있으면 금방 추워질 거예요,"

프랜시스 부인이 말했다.

"따뜻한 모피 망토로 감싸줄게요. 그렇게 하게 해주세요. 저와 함께 마차에 있을 때 감기에 걸리면 절대 안 되니까요."

실비아는 따뜻하고 편안한 털의 감촉을 이겨내지 못했고, 앳된 얼굴의 미소는 그 어느 때보다 밝아졌다.

"그리고 이제 아가씨에 대한 모든 것을 말해주세요."

프랜시스 부인이 말했다.

"낯설고 외로운 삶을 사는 아가씨에 대해 알고 싶고 싶어요."

"프랜시스 부인." 실비아가 말했다.

"그래요, 아가씨, 말해보세요."

"예의에 어긋나는 말이지만 해야겠네요. 부인의 어떤 질문에도 대답할 수 없고, 저에 대해서는 어떤 얘기도 해드릴 수 없답니다."

"그래요?"

"많은 면에서 부인께 털어놓고 싶긴 하니까 무례하게 굴려는 의도는 아니에요. 하지만 그러면 명예롭지 못할 거예요. 이해해주실래요?"

"명예가 어떤 의미인지야 분명히 이해하고 있지만, 아가씨 같이 어린 사람이 불필요한 비밀을 유지하려고 현명하게 행동하고 있다는 것은 이해하기 어렵군요."

프랜시스 부인이 말했다.

"침묵을 지키느니 저에 대한 모든 것을 말씀드리고 싶지만, 그럴 수가 없답니다."

실비아는 간단히 말했다.

프랜시스 부인은 의아한 눈으로 실비아를 바라보았다.

"어느 모로 보나 이 아이는 숙녀야."

프랜시스 부인은 혼잣말로 말했다.

"이렇게 형편없는 옷을 입을 정도로 가난한 사람은 본 적이 없고, 이 아이는 옷이 없어서 따뜻하게 입지 못하는 거야. 마지막으로 봤을 땐 고통스러울 정도로 말랐었는데, 이제 볼에 혈색이 돌고, 가엾은 어린 뼈에도 살이 좀 붙었으니, 아마 함께 사는 누군가가 더 잘 돌보고 있나보구나. 이 아이가 궁금하니, 아닌 척하지는 않겠지만, 더 캐물을 수는 없겠지."

프랜시스 부인은 그렇게 마음먹고는 그보다 더 상냥할 수 없을 만큼 실비아를 대했다. 많은 문제에 대해 수다를 떨었고, 실비아는 꼭 집에 있는 것처럼 느꼈다.

"어린 아이가 왜 사회가 돌아가는 방식을 알고 있을까?"

프랜시스 부인은 생각했다.

"성질 고약한 에블린이 이 가난하고 방치된 아이의 반만큼만 세련되고 착하기를 바랄 뿐이야."

얼마 지나지 않아 마차 드라이브는 끝이 났다. 실비아는 며칠 동안 이렇게 즐거운 시간을 보낸 적이 없었다.

"실비아, 잘 들어요. 나는 매우 평범한 사람이에요."

프랜시스 부인이 말했다.

"내가 어떤 말을 하면 그 말을 꼭 지키고, 어떤 것을 생각하면 보통 그 것을 말로 옮기지요. 실비아가 난 마음에 드네요. 아가씨에 대해 알고 싶고, 아가씨가 누구인지, 이곳에서 무엇을 하고 있는지 궁금한 것은 말할 나위도 없고요. 하지만 말하고 싶어 하지 않는 것을 캐묻고 싶진 않아요. 실비아의 비밀은 실비아 것이고, 내 문제는 아니죠. 하지만 아가씨와 친구가 되고 싶어요. 가끔 성에 와줄 수 있나요? 실비아가 와준다면 손님으로 환영해줄 거예요."

"어떻게 가야 할지 모르겠어요."

실비아가 대답했다. 뺨이 붉어진 채로 아래를 내려다보았고, 얼굴이 하얘졌다.

"저는 제대로 된 드레스가 없어요. 아, 가난한 건 아니지만…"

프랜시스 부인은 어리둥절해 보였다. 필요하면 드레스를 주겠다고 말하고 싶었지만, 실비아의 얼굴에는 그것을 금하는 무언가가 있었다.

"그럼, 드레스를 구할 수 있다면 올래요?"

프랜시스 부인이 말했다.

"어디 보자, 오늘은 목요일이네요. 오드리와 에블린이 토요일엔 온종일 쉴 예정이에요. 토요일에 같이 있을래요? 이제 거절은 받아들이지 않겠으니, 허락해주세요."

실비아의 마음은 기쁨으로 가득 찼다.

"잘하는 걸까, 잘못하는 걸까?"

실비아는 혼잣말을 했다.

"하지만 어쩔 수 없지. 나도 재미있게 살아야지. 난 오드리가 너무 좋아! 그리고 에블린도 좋아. 물론 오드리처럼은 아니지만, 둘 다 좋아."

"올 거지요?" 프랜시스 부인이 말했다.

"실비아를 보게 되면 정말 기쁠 거예요. 그나저나, 집이 어디…"

"수도원이에요."

실비아가 황급히 말했다.

"제발, 그 어떤 메시지도 보내지 마세요! 그러시면 저는 부인께 갈 수 없어요. 네, 두 번은 못 가겠지만, 갈게요. 토요일에는 갈 거예요. 거절할 수 없는 기쁨이네요."

"좋아요. 그럼 기다릴게요."

프랜시스 부인은 실비아에게 고개를 끄덕이며 마부에게 집으로 가자고 말했고, 다음 순간 코너를 돌면서 마차는 사라졌다.

"정말 재미있어!" 실비아가 혼잣말로 말했다.

"파일럿이 여기 있었으면 좋겠어. 눈 위에서 경주 하고 싶어. 아, 알고 보면 세상은 정말 아름다워! 이제, 성에 입고 갈만한 괜찮은 드레스만 있다면 좋을 텐데!"

실비아는 집으로 달려갔다. 리슨은 계단에 서 있었다. 얼굴은 움츠러들고, 파랗고, 차가워 보였고, 조각난 음식과 감자튀김의 영양분은 분명 사라지고 없었다.

"아니, 아버지, 차를 드시고 싶으시군요!"

실비아가 말했다.

"더 일찍 와서 드리지 못해 정말 죄송해요!"

"차, 차!" 리슨이 짜증스럽게 말했다.

"항상 같은 소리…음식, 오직 음식뿐이니 세상은 점점 가망이 없어지고 있어. 말했잖니, 오늘은 다시 먹고 싶지 않다고. 사실 점심 을 너무 많이 먹어서 소화불량에 시달리고 있어. 정말이야. 뜨거운 물만큼 소화불량에 좋은 것은 없으니, 오후에는 조금씩 마시고 있다. 그런데 어디 갔었니? 왜 파일럿을 집으로 보낸 거야? 문 앞에서 파일럿이 너무 시끄럽게 하기 에 무슨 일인지 나와 봤다."

"파일럿과 함께 있고 싶지 않아서 보냈어요."

실비아는 낮게 대답했다.

"왜?"

실비아는 잠시 침묵하더니 리슨의 얼굴을 올려다보았다.

"각자 가기로 했어요."

실비아가 말했다.

"너무 깊이 물어보지 마세요. 잘못 한 것 없어요. 조금도요. 저는 항상 아버지에게 충실하고, 어머니와의 추억에도 충실해요. 아버지도 제게 모든 것을 말하지 않으시니, 제가 아버지께 모든 것을 말하기를 바라시면 안 돼요."

"어리석구나!"

리슨이 대답했다.

"하지만 실비아, 널 믿는다. 그리고, 이걸 알아둬. 넌 내 인생의 큰… 가장 큰 위로란다. 오늘 저녁은 다소 쌀쌀하니, 난 들어가마."

실비아는 아버지보다 먼저 거실로 달려가 불로 뛰어가서는 나무 조각 몇 개와 석탄 통에 남아 있던 석탄 조각을 던져 넣고 찢어진 신문지를 찔러 넣은 후 성냥을 켜자, 리슨이 방 안으로 기운 없이 걸어 들어오기 전에 환한 불이 탁탁 소리를 내며 굴뚝을 타오르고 있었다.

"정말 사치스럽구나…"

말을 시작했지만, 벽난로에 무릎을 꿇고 있는 실비아의 예쁜 얼굴을 보자 말문이 막혔다.

"엄마를 정말 닮았어. 그리고 결혼할 때 세상에서 가장 아름다웠지, 가엾은 실비아! 실비아가 더 행복해질 운명인지 궁금하구나!"

리슨은 생각했다.

리슨은 난로 옆에 앉았다. 실비아는 옆에 무릎을 꿇은 채 리슨의 차가운 손을 잡고 부드럽게 문질렀다. 실비아는 가슴이 벅차올랐고, 눈에는 눈물이 고였다.

제17화

눈 속에서 쓰러지다

다음날 아침, 리슨과 실비아의 빈약한 아침 식사가 끝나자 실비아는 재스퍼를 찾아 달려갔다. 실비아는 전날 저녁 내내 아버지와 함께 있었고, 잠자리에 들기 전에는 평소처럼 초콜릿을 마시고 빵을 먹으러 가긴 했지만, 재스퍼와 말은 거의 하지 않았다. 하지만 밤에 생각을 좀 해본 후 단호하게 행동으로 옮겨야 했기에, 오늘 아침에는 말해야 했다. 재스퍼는 부엌에 서 있었다. 무연탄으로 불을 지폈고, 불은 더디지만 꾸준히 타고 있었다. 작고 통통한 닭이 탁자 위에 있었고, 작은 베이컨 조각도 코앞에 있었다. 크고 파슬파슬해 보이는 감자와 녹색 채소도 쌓여 있었다.

"오늘 저녁이에요."

재스퍼가 짧게 말했다.

"아, 재스퍼!" 실비아가 대답했다.

"아, 아버지께서 그 닭고기를 좀 드실 수만 있다면! 그거 알아요? 아버진 전혀 건강하지 않으신 것 같은데, 어젯밤엔 너무 춥고 약해 보였어요. 재스퍼가 오기 전의 내 모습처럼, 아버지도 배를 매우 곯고 계신데 나이가 있으니 더 힘들어하세요. 아버지를 살리려면 내가 뭘 해야 할까요?"

재스퍼는 실비아를 똑바로 바라보았다.

"뭘 해야 하냐고요!"

재스퍼가 말했다.

"바보가 어리석음을 어떻게 고칠 수 있을까요? 그것이 제가 하고 싶은 질문이에요. 삶에서 꼭 필요한 것을 스스로 거부한다면, 아가씨가 어떻게 그걸 아버지께 드릴 수 있을까요?"

"그게…" 실비아가 말했다.

"아버지가 계실 땐 거의 먹지 않으려고 최선을 다하는데, 특히 아침 식사 때는 눈치 못 채시더라고요. 오늘 아침엔 계란과 토스트를 맛있게 드셨고, 평소와 다른 사치스러움에 대해서도 아무 말 하지 않으셨어요."

"내 머릿속에 계획이 있어요." 재스퍼가 말했다.

"잘 안될 수도 있지만요. 낡은 닭장의 관목 숲에서 리슨 씨가 기르던 불쌍한 닭 몇 마리 알죠?"

"알죠." 실비아가 대답했다.

"알을 낳기도 하나요?"

"아니요."

"그럴 줄 알았어요. 그러니까, 리슨 씨 같이 신중하고 세심하신 분이 먹기만 하고 일도 하지 않는 그 놈들을 어째서 계속 키우시는지 모르겠네요."

"아, 그 닭들 많이 안 먹어요." 실비아가 대답했다.

"아버지가 감자 껍질이 낭비되고 있다고 계속 말씀하셔서 제가 닭들을 데려왔어요. 집시한테서 샀지요. 걔네들이 그렇게 나이가 많은 줄은 몰랐어요."

"그 닭들을 없애야 해요." 재스퍼가 말했다.

"계속 기르면 돈이 심하게 낭비될 것이라고 말씀드리고, 관목 숲에 있는 늙은 닭이 사라질 때까지 리슨 씨에게 저녁 식사로 닭을 드리면 되요. 10마리에요. 수중에 들어오는 것은 별로 없겠지만, 그 닭들을 내다팔 거예요. 그 닭을 먹고 있다고 생각하겠지만, 리슨 씨는 오늘 우리가 저녁에 먹을 것과 같이 부드럽고 작은 닭을 드시게 되겠죠."

"정말 재밌겠네요!"

뺨에 핏기가 돌고 눈이 반짝이며 실비아가 말했다.

"아버지를 속이는 것이 잘못은 아니겠죠?"

"잘못이라니요! 착하기도 하셔라!"

재스퍼가 대답했다.

"그럼 이제, 아가씨, 무슨 일이 또 있나요? 표정이…"

"어떤데요?" 실비아가 대답했다.

"마치 뭔가 할 말이 있는 것처럼 보여요."

"저는… 저는…" 실비아가 대답했다.

"아 재스퍼, 좀 도와주세요!"

"물론이지요."

"재스퍼가 했던 친절한 제안을 받아들이기로 결심했어요. 어떻게든 돈은 드리겠지만, 에블린의 드레스 중 하나만 제가 입을 수 있게 만들어 주시면 좋겠어요!"

"아!" 재스퍼가 대답했다.

"저는 너무 기쁘네요. 한 벌만으로는 안 되죠, 우리 예쁜 아가씨. 그런데 왜 그러시죠?"

"난 위대하고, 대담하고, 위험한 일을 할 거예요."

실비아가 대답했다.

"아버지가 아시면 힘들어지겠지만, 아마 모르실 거예요. 어쨌든, 저는 유혹에 강하지 못해요. 프랜시스 부인을 만났어요."

"언제 보였어요? 늘 그렇듯 거만하던가요?"

재스퍼가 물었다.

"아주 친절하셨고, 거만하지 않았어요. 같이 마차를 타자고 하셨어요."

"함께 마차를 타셨군요!"

"그랬지요. 그랬으니 이제 저를 존중하며 대해주셔야 해요."

재스퍼는 양손으로 허리를 짚고 큰 웃음을 터뜨렸다.

"아마도 실비아 아가씨가 부인만큼 훌륭하고 귀족적으로 보였나보군요." 재스퍼가 잠시 멈춘 후 말했다.

"저는 호화로운 마차를 타고, 사랑스러운 털 망토를 두르고 있었지요." 실비아가 대답했다.

"프랜시스 부인은 매우 친절하셨고, 토요일을 성에서 보내자고 하셨어요."

"토요일! 아니, 내일 아침이네요."

"네, 저도 알아요."

"간다고요?"

"네, 갈 거예요."

"내일 에블린도 보나요?'

"네."

재스퍼의 검은 눈이 수상스럽게 밝아졌고, 잠시 눈물로 시야가 흐려지는 것을 숨기려 손을 들어 눈을 훔친 후, 활기찬 어조로 말했다.

"어여쁜 우리 아가씨, 초라해지지 않으려면 할 일이 많아요. 곧 제대로 된 저녁을 차릴 거예요, 그리고…"

"그러면 아버지 저녁은 뭐예요?"

"수프 약간이요. 아가씨가 음식 조각을 넣고 삶았다고 말씀드리면 되요. 정말 맛이 좋고, 통보리와 쌀과 감자를 듬뿍 넣을 거예요. 돈이 거의 안 들었다고 생각할 테니, 매우 기뻐하겠지요. 하지만, 실한 고깃덩어리가 들어있지요."

"고마워요, 재스퍼. 정말 위로가 되요."

"글쎄요." 재스퍼가 대답했다.

"저는 항상 용감하고 젊고 고생하는 사람에게는 최선을 다하고 싶어요. 아가씨는 어떤 면에선 너무 어리석지만, 저에게 잘 해주셨으니 저도 아가씨께 잘 하려는 것입니다. 이제 저녁 준비가 잘 되었으니, 가서 드레스를 찾아보죠."

하루가 빠르게 지나갔고, 실비아에게는 강렬한 즐거움으로 가득 찬 시간이었다. 에블린의 많은 의상 중에서 가장 눈에 띄지 않는 것을 고를 정도의 취향은 가지고 있었다. 짙은 갈색 옷이었는데, 같은 색상의 벨벳으로 장식되어 있었고, 치마 부분을 늘려서 상체 부분을 풀 수 있었고, 실비아가 입으면 아주 잘 어울릴 것 같았다. 한쪽에 타조 깃털로 만든 작은 방울이 있는 갈색 벨벳 모자가 세트였고, 고정용 진주 버클이 달려 있었다. 토시와 모피도 충분히 있어 선택할 수 있었다. 실비아는 일생에 단 한 번 화려하게 차려입을 예정이었다. 재스퍼는 최선을 다했고, 밤이 올 무렵에는 예쁜 드레스가 모두 준비되어 있었다.

실비아가 리슨의 방을 찾았을 때는 꽤 늦은 저녁이었다. 아주 평범하지만 동시에 영양가 있는 저녁 식사를 내었다. 실비아는 평소처럼 재스퍼와 함께 저녁 식사를 했다. 밝은 눈과 빛나는 뺨으로 리슨의 방으로 달려갔다. 방이 비어 있는 것을 보고는 놀라고 괴로워했고, 리슨이 침실로 갔는지 궁금했다. 재빨리 위층으로 올라가 문을 두드렸지만, 아무 반응이 없었다. 그녀는 문을 살며시 열고 안으로 들어갔다. 형편없는 가구가 있는 큰 방 안은 춥고 얼음장 같이 황량했다. 실비아는 몸을 약간 떨었고, 다시 아래층으로 달려 내려갔다. 창밖을 내다보니, 함박눈이 펑펑 내리고 있었다.

"아, 밤에 눈이 너무 많이 내리지 않았으면 좋겠어!"

실비아는 생각했다.

"하지만 아무리 눈이 깊게 쌓여도, 윈포드 성으로 가는 길은 찾을 테니 상관없어."

리슨이 자신을 그리워하여 안절부절못하고 불안해할까 걱정했지만, 그래도 기쁨을 만끽하기로 결심했다. 하지만, 지금 어디 계신 걸까? 큰 난로의 불을 힐끗 쳐다보았고, 석탄을 좀 더 올리고 난로를 정리하기 위해 나섰고, 창문 블라인드를 내린 후 리슨의 안락의자를 난로 옆에 끌어당겨 앉아서 기다렸다. 30분 넘게 기다리는 동안 불의 온기로 인해 잠이 왔다. 자신이 고개를 끄덕이며 졸고 있다는 것을 깨달았다. 갑자기 잠이 깨서 일어나 앉았다. 묘한 불안감이 엄습했고, 가서 아버지를 찾아야만 했다. 어디 있는 걸까? 얼마나 재스퍼에게 도움을 청하고 싶었는지! 하지만 그럴 수 없다는 것을 알고 있었다. 복도의 못에 걸려있던 올이 다 드러난 망토를 어깨에 두르고, 방수용 덧신에 발을 넣은 후, 한 겨울의 어둠 속으로 나아갔다. 9미터 정도도 못 가 리슨을 발견했는데, 눈 위에 길게 누워 있었고 미동도 하지 않았다. 죽었을까봐 공포에 떨며, 실비아는 리슨 위로 몸을 구부렸다.

"아버지! 아버지!"

실비아가 외쳤다.

대답이 없었다. 얼굴에 입술을 대보았는데, 얼음장같이 차가웠다. 아, 돌아가신 건가? 아, 무서워! 아, 두려워! 익숙해진 신중함은 모두 날아가 버렸다. 바로 구조요청을 해야 했다. 부엌으로 돌진했다. 재스퍼는 난로 옆에 서 있었다.

"얼른 와요, 재스퍼!" 실비아가 말했다.

"브랜디를 가지고 얼른 와요."

"무슨 일인가요?"

"와보면 알아요. 브랜디 가져와요, 브랜디."

위급한 상황에서의 재스퍼는 존경할 만했다. 실비아를 따라 눈 속으로 나갔고, 함께 리슨을 집으로 끌고 돌아왔다.

"자." 재스퍼가 말했다.

"브랜디를 드리고, 리슨 씨의 뒤에 서 있을게요. 정신이 돌아오면 방에서 슬그머니 나갈 거예요. 오, 가엾어라! 얼음장 같네요. 그 담요를 좀 데워줄래요? 두 팔로 안아줘야 해요. 아, 행운을 빌어요! 불 위에 석탄을 쌓아올려요. 석탄 값이 무슨 상관이람? 거기! 그 큰 석탄 통을 아가씨는 못 들 테니, 제가 하죠."

재스퍼가 난로에 석탄을 쌓으니, 불이 탁탁 소리를 내며 활활 타올랐다. 리슨은 죽은 사람처럼 누워 있었다.

"죽었어. 죽은 거야!" 실비아가 헐떡이며 말했다.

"아니에요, 죽은 건 절대 아니고, 추운 날씨에 미끄러져 넘어졌는데 너무 추워서 정신을 잃은 것뿐이에요. 곧 괜찮아질 테니, 이 브랜디를 입술 사이로 흘려 넣으세요."

힘겹게 브랜디를 입 속에 흘려 넣었고, 일이 분 후 리슨은 눈을 떴다. 통통하고 몸집이 크고 단호해 보이는 낯선 여자가 자신에게 몸을 굽히고 있는 것을 잠시 본 것 같았다. 하지만, 다음 순간 의식이 더 돌아오자, 두려움에 하얗게 질린 실비아의 작은 얼굴과 사랑과 불안감으로 커진 눈이 가까이 보였다. 실비아의 작고 귀여운 얼굴을 보고 리슨은 미소 지었고, 가느다란 손을 내밀자 실비아가 그 손을 움켜쥐었다. 누군가 가려는 듯 바스락거리는 소리가 났고, 실비아와 리슨 둘만 남았다. 잠시 후 실비아는 눈을 들어, 뒤에 서있던 재스퍼가 자신에게 비밀스러운 신호를 보내는 것을 보고 일어났다. 재스퍼는 매우 진한 수프를 들고 있었다. 실비아는 감사한 마음으로 받아 리슨에게 가져다주었다.

"정말 나쁜 짓하신 거 아세요?"

실비아는 최대한 즐거운 목소리로 말했다.

"따뜻한 방에 계셔야 할 때 눈 속으로 나가서 넘어져서 기절하고 뭐 그런 거요. 어쨌든, 제때 아버지를 찾았으니 이제 이것을 드세요."

"안 마실 거다. 그렇게 비싼 것 말고 따뜻한 물이면 충분하다."

리슨 씨는 말했고, 이 중요한 순간에도 자신의 삶의 비극에 충실했다.

"이것 아니면 안돼요." 실비아가 강하고 단호하게 말했다.

리슨은 너무 약해져서 실비아를 이길 수 없었다. 한 스푼 가득 먹여주었고, 리슨은 다시 앉을 수 있을 정도로 회복되었다.

"야, 불이 저게 뭐냐!" 리슨은 말했다.

"네, 우리에게 마지막 6펜스, 아니면 마지막 1센트가 남아있다면, 오늘 밤 활활 타오르는 불이 되겠네요. 그리고 그 불이 아버지를 보살펴주고 어루만져주고 위로해줄 거예요. 아, 아버지, 아버지, 저를 너무 놀라게 하셨어요!"

실비아는 말을 하면서 침착함이 무너져 내렸고, 눈물이 쏟아지며 긴장이 풀렸다. 아버지의 손에 얼굴을 대고 억누르며 흐느꼈다.

"나를 정말 사랑한다고 말하려는 건 아니겠지?"

리슨은 말했고, 눈에는 낯선 눈물이 맺혔다. 리슨은 석탄에 대해서는 더 언급하지 않았고, 실비아는 음식을 더 먹으며 좋은 시간을 보내자고 주장했다.

"내일 아버지를 혼자 남겨둬도 괜찮을까?"

실비아는 혼잣말을 했다.

"이번 일로 허약해지셨을 지도 모르지만, 큰 기쁨을 포기할 순 없어. 사랑스러운 드레스도 준비됐다고! 아, 가야겠어. 내일 아침이면 괜찮아지실 거야."

다행히도, 리슨은 불 근처의 소파에서 자자고 제안했다.

"너무 무모하게 불을 피워놓았으니 몇 시간이고 불이 타오르겠구나. 이걸 낭비하는 것은 정말 안타까운 일이니, 이 소파에서 자면서 온기를 누리며 잘 마무리하는 게 좋겠구나."

"불이 활활 타오르는 방과 따뜻한 병으로 잘 데워진 침대만큼 좋은 것은 없겠지요, 아버지."

"곧 작업실로 가야 한다." 리슨이 대답했다.

"아니다, 아니야. 네가 사치를 부려 놓았으니, 여기 불 옆에 있어야겠다. 그리고 너도 저녁을 먹었으면 잠자리에 드는 게 좋겠구나."

실비아는 저녁을 먹지 않았지만, 리슨은 자신의 일에만 너무 빠져 그 사실을 알아차리지 못했다. 곧 실비아는 떠났고, 리슨은 소파에 누워서 불을 들여다보며 눈을 끔벅거리다가 때때로 조금씩 졸았다. 잠시 후 리슨이 잠들자 몰래 살피러 온 실비아는 만족스러운 표정을 지으며 밖으로 나갔다.

"아버지는 다시 괜찮아지셨고, 달콤하게 잠에 빠지셨어요."

"자, 또 무슨 걱정인가요?"

"내일 아버지를 혼자 두면 안 될 것 같아요."

"하지만 제가 여기 있잖아요. 몰래 리슨 씨가 편하게 식사하실 수 있도록 해드릴게요. 어렸을 때 그보다 힘든 일쯤 안 해봤을 것 같나요? 자, 잠자리에 들어 푹 주무시고나면, 아침에 아가씨가 행복한 하루를 보내실 수 있도록 뚝심 있게 확실한 계획을 세워 둘게요."

실비아는 너무나 피곤했다. 위층으로 올라가, 베개에 머리를 눕히자마자 깊은 잠에 빠졌다.

한편 리슨은 두 세 시간 동안 계속 잤고, 깨어났을 때는 한밤중이 지나 있었다. 노인들이 그러하듯 잠에서 깨서는 주위를 둘러보았다. 불은 다 타고 붉은 덩어리가 되었고, 방은 따뜻한 햇볕을 받아 쾌적하고 편안해 보였다. 리슨은 호화롭게 몸을 휘저으며 재스퍼가 가지고 왔던 담요를 몸에 꼭 감았다. 그러나 시간이 흐른 후, 부드럽고 보송보송하고 따뜻한 담요의 감촉에 관심이 쏠렸다. 손가락으로 담요를 느껴보기 시작했다. 그러고 나서 일어나 앉아 담요를 바라보았다. 눈에 수상한 눈빛이 어렸다.

"무슨 일이지?" 리슨은 혼잣말로 말했다.

"실비아가 내가 모르는 돈을 쓰고 있나? 아니, 이건 새 담요잖아! 이 집에 있는 모든 물건의 목록이 있는데 확실히 새 담요는 재고 목록에 없어!

곧 알게 되겠지."

 일어나 양초를 켜고 벽 책장으로 가서 문을 열고 "수도원 가구 목록"이라고 적힌 책을 꺼냈다. 리넨 제품 부분을 펼쳐서 몇 개 적혀있지 않은 담요 목록에 대한 설명을 읽었다. 담요는 귀중한 필수품이지만 분명 부족했고, 수도원의 담요들은 이미 오랜 기간 동안의 사용과 세탁으로 얇게 닳아 있었다. 하지만 방금 그 담요는 새것이어서 감촉이 아주 달콤하긴 했지만, 어떤 가치를 지닌 사람이어야 그런 사치품이 필요한 것인지 가늠도 되지 않았다. 리슨은 불안한 표정으로 책을 옆으로 밀어버렸다.

 "실비아가 돈을 쓰고 있는 것이 틀림없어." 리슨은 혼잣말을 했다.

 "최근에 내가 눈여겨보았지. 더 건강해보이기도 하고, 결정적으로 사치스러운 식사를 차려주고 있어. 빵이 생각보다 오래되지도 않았고, 고기도 너무 많이 썼어. 이 수프는…"

 몇 시간 전에 국물을 비운 빈 컵을 들고, 아직도 바닥에 남아 있는 한두 방울을 바라보았다.

 "젤리 맛이 확실해." 리슨이 혼잣말로 말했다.

 "젤리 맛이야! 그리고 오늘 저녁 산책할 때 연기가 또 났어. 부엌에서 나던 그 연기 말이야. 연료를 펑펑 쓰는데다, 꺼림칙한 담요에, 지나친 음식… 딱 그거군."

 리슨은 다시 소파에 주저앉아 불을 바라보았다.

 "아!" 리슨은 불길을 바라보며 말했다.

 "당장 꺼져버려라. 한동안은 방에 온기가 남아 있을 테니, 온기가 사라질 때까지 다시 불을 지필 일은 절대 없을 것이다. 실비아는 엄마를 닮았어. 사랑하는 아내보다 더 좋은 여자는 없었지만, 미친 듯이, 수치스러울 정도로 사치를 했지. 이게 계속되면 난 어쩌지? 실비아 같은 예쁜 여자는 너무 생각이 없는 경우가 많지. 잠시라도 멀리 보내고 싶어. 걔가 엄마 취향을 닮아간다면 정말 끔찍할 거야. 내 예쁜 딸에게 잔인하게 대할 순 없지만, 이런 담요를 사고 젤리 수프를 먹는다면 무서운 골칫거리가 될 거야! 어떻게 한담? 지난 한 주 동안 마땅히 저축해야 할 만큼의 돈을 모으지 못했는데. 아! 집이 무덤처럼 조용하구나. 마지막 캔버스 가방에 있는 돈이나 세야겠다."

비밀스럽고 묘한 빛이 리슨의 눈에 띄었다. 발끝으로 살살 방을 가로질러 가서는 자물쇠에 열쇠를 꽂았다. 그러면서 아까의 기억을 곰곰이 생각해보았다.

"의식을 잃었을 때 실비아와 둘만 있었던 건가?"

리슨은 혼잣말로 말했다.

"아니면 누가 또 있었던가? 정말 모르겠어. 못생기고 덩치 큰 여자가 내 위로 몸을 굽히는 걸 본 게 꿈이었을까? 사람이 피곤해서 쓰러지면 그런 꿈을 꾸지. 구두쇠에 대한 이야기에서 읽은 적이 있어. 구두쇠! 나는 그런 사람이 아니고, 단지 돈을 너무 많이 쓰지 않는 신중한 사람, 즉 절약하려고 노력하는 신중한 사람이지. 낯선 사람이 집에 들어온 것은 분명 꿈이었을 거야. 실비아가 엄마를 닮았을지도 모르지만, 그 정도로 형편없지는 않아. 좋아, 기회를 봐서 캔버스 가방에 있는 돈을 세어보겠어. 오늘은 보물을 묻기에 체력이 너무 달리지만, 내일 아침엔 더 강해지겠어. 너무 많이 먹은 것 같아 짜증나는 구나. 사실, 많이 먹은 게 분명해. 추워서 심한 소화불량으로 비틀거리다가 넘어진 거야. 가엾은 실비아! 실비아가 무일푼으로 남겨지진 않을 거라는 게 유일한 위안이지."

조심스럽게 촛불 하나를 끈 후, 다른 하나의 촛불을 탁자 위에 놓았다. 그리고 책장에 가서 문을 열었다. 손을 깊이 밀어 넣어 안쪽에서 거친 캔버스로 만든 작은 가방을 꺼냈다. 가방은 굵은 끈으로 묶여 있었다. 주위를 힐끗 돌아보더니 이상한 표정을 짓고는 끈을 풀어 내용물을 탁자 위로 쏟아 부었다. 천천히 쏟아내면서 환희의 표정을 지었다. 앞에 있는 탁자에는 금화, 은화, 동화로 된 돈더미가 놓여 있었다. 세 종류의 동전을 각각 다른 무더기로 나누었다. 오른손에는 금화를 하나씩 포개어 놓았고, 가운데에는 더 많은 양의 은화를 올려놓았다. 그리고 왼손에는 파딩(구 페니의 ¼에 해당하던 영국의 옛 화폐 - 역자 주)까지 포함된 동화가 있었다. 고개를 숙여 입술을 금에 갔다대었다.

"아름다워! 축복이야! 사랑스러워!" 리슨은 중얼거렸다.

"아내가 음식, 옷, 사치품에 탕진해버렸을지도 모를 돈을 모두 모았지.

신뢰할 수 있고, 손으로 느낄 수도 있는 소중한 것이 바로 여기에 있는 거야. 그리고 훨씬 더 크고 보물로 가득 찬 가방 여러 개는 닭장 아래 깊숙이 묻어두었지. 아무도 내 물건들을 어디에 두는지 눈치 채지 못할 거야. 가장 안전하지. 집에는 많은 보물을 두진 않지만, 그 보물이 있다는 건 아무도 모를 거야."

리슨은 금화를 세어본 후, 은화를, 마지막으로는 동화를 세어보았다. 종이 한 장에 각각의 개수를 적어 캔버스 가방에 넣고 나서는 동전을 다시 넣고 가방을 끈으로 묶은 후, 책장 속에 숨겨두었다.

"내일 밤까지는 묻어야 해." 리슨은 혼잣말로 말했다.

"조금 더 저축하지 못해 아쉽지만 조금만 더 절약한다면 다음 달에는 성공할 수 있을 거야. 음, 아주 신중해야 하고, 실비아에게도 이 문제에 대해 분명히 말해야겠어."

제18화

빨간 집시 망토

다음 날 아침 리슨은 아주 좋아진 것 같았고, 행복한 마음으로 빈약한 아침을 먹은 실비아는 이제 아버지를 혼자 남겨두는 것이 걱정되지 않았다. 재스퍼는 모든 일이 잘 될 것이며, 집안에 있는 비밀을 조금도 누설하지 않고 리슨의 위안을 돌보겠노라고 실비아에게 거듭 다짐했다. 이제 남은 난관은 실비아가 말쑥하게 차려 입고도 리슨이 눈치 채지 못하게 슬그머니 빠져나가는 것이었다. 1시도되기 전 너무 이른 시간에 윈포드 성에 도착하고 싶지는 않았지만, 훨씬 전에 수도원 밖으로 나가 평소처럼 돌아다닐 생각이었다. 아무리 밖을 돌아다녀도 활기 넘치는 실비아는 지치지 않았다. 순수하게 행복한 마음으로, 온전한 하루, 여자아이들과의 사교, 기분 좋은 따뜻함, 위안, 호화로움을 고대했다. 심지어 리슨이 욕심을 부려, 먹음직스럽게 차려진 음식을 탐하기를 기쁜 마음으로 고대하기까지 했다. 그렇다, 실비아는 모든 것을 즐기려고 했다. 이 행복의 잔을 한 방울도 남김없이 바닥까지 비우려고 했다. 재스퍼도 이 기쁨을 함께하는 것 같았다. 재스퍼는 에블린에게 많은 메시지를 전해달라고 부탁했고, 다음날 에블린과의 만남을 마련해주기를 약속해달라고 했다. 만날 장소와 에블린에게 전할 말도 분명히 해두었다.

"무슨 일이 있어도, 에블린 아가씨를 꼭 만나야 해요."

재스퍼는 말했다.

"그럴만한 이유가 많다고 전해주시고, 너무나 보고 싶다고도 전해주세요. 너무 그립고, 그립다고요."

"재스퍼는 에블린을 아주 사랑하니까요."

실비아가 눈에 부드러운 빛을 띠며 말했다.

"그래요, 그거에요. 에블린 아가씨를 사랑해요."

"그리고 틀림없이 에블린도 재스퍼를 매우 사랑할 거예요."

실비아가 말했다.

재스퍼는 빠른 한숨을 내쉬었다.

"에블린 아가씨는 궁지에 몰린 절체절명의 상황에서도 사랑을 주는 사람은 아니에요."

재스퍼는 천천히 말했다.

"우리는 모두 전능하신 분의 뜻에 따라 만들어졌으니, 아가씨를 비난하면 안 돼요. 그리고 아가씨는 내게 눈에 넣어도 아프지 않을 존재이지만, 난 아가씨에게 그런 존재가 아니에요. 앞에 놓인 고귀한 미래로 인해 아가씨 생각이 좀 바뀌었더군요. 어떤 면에서는 안 어울리죠. 실비아 아가씨나, 오드리 아가씨에게는 어울리겠지만, 에블린 아가씨에겐 안 어울려요. 너무 과해요. 그보다는 좀 낮은 위치에 있어야 잘 해낼 거예요."

"글쎄요, 에블린이 재스퍼를 만나서, 그리고 재스퍼 소식을 듣고 기뻐할 거라 믿어요." 실비아가 말했다.

"재스퍼가 얼마나 소중한 사람인지 꼭 말할게요. 하지만, 오, 이 멋진 드레스를 자기 옷으로 만들었다는 걸 에블린이 눈치 챌 것 같나요?"

"아가씨 옷에 관심 끌지 말도록 주의를 주는 이 쪽지를 전달해주세요. 그러면 이제 옷을 입으시면 집 뒤편으로 배웅해 드릴게요."

"잠깐 먼저 아버지를 만나러 갈게요."

실비아가 말했다.

실비아는 달려가 평소처럼 바쁘게 편지를 쓰고 있는 아버지를 보고 허리를 굽혀 키스했다.

"방해하지 말거라."

리슨이 툴툴대는 목소리로 말했다.

"정말 바쁘구나. 오늘 아침 온 우편에 기쁜 소식이 담겨있었다. 얼마 전 정말 두려운 마음에 떨면서 작은 투자를 했었는데 기대 이상의 성과를 가져다주었더구나. 그러니까 돈을 조금 더 투자… 그래! 나에겐 돈이 아주 조금 밖에 없지… 그 조금의 돈을 처음에 투자했던 대단한 사업(금광)에 투자하려는 것이다. 그리고 투자설명서에 나와 있는 모든 것이 사실이라면 나는 부자가 될 거야. 아직은, 실비아. 그렇게 생각하지 마라. 하지만 언젠가는 그럴 거다."

"아, 아버지! 만일…"

"그때는 조금 더 돈을 쓸지도 모르지만… 조금 더 말이다. 하지만 금을 낭비하는 것은 옳지 않아. 금은 아름답고 소중한 것이란다. 매우 아름답고, 귀중하며, 얻기 어렵지."

"네, 금을 많이 갖기를 원하시고, 많은 돈을 그…"

"투자. 아주 조짐이 좋은 투자지. 지금은 일을 해야 하니 날 좀 내버려 둬라." 리슨이 말했다.

"저는 멀리 나갈 거예요. 밝고 햇빛이 쨍쨍한 날이니까요. 일단 다녀올 게요."

리슨은 듣지 못한 채, 쓰고 있는 편지 위로 다시 몸을 숙였다. 실비아는 재스퍼에게 달려갔다.

"아버지가 아주 좋아 보이세요."

실비아는 말했다.

"오늘 아침 우편에 담겼던 소식에 관심을 쏟고 계세요. 아버지 모르게 떠날 수 있을 듯해요. 음식을 드시는지 꼭 확인해주세요."

"안심하세요, 그럴게요."

"여기 사는 걸 절대 들키지 않을 거죠?"

"세상에! 또 그러시네요, 안 들키지요."

"그럼, 옷을 입고 치장을 할게요. 정말 위엄 있고 중요한 사람 같이 느껴질 것 같아!"

실비아는 갈색 드레스를 입고 예쁜 갈색 벨벳 모자를 썼고, 작은 흑담비 깃과 목도리를 두르고 재스퍼에게 키스했다. 그리고 도착하자마자 모든 메시지를 꼭 전하겠다고 말했다. 재스퍼는 뒷문으로 실비아를 배웅했다. 이 문은 재스퍼가 오기 전에는 굳게 닫혀 있었지만, 재스퍼가 머무는 동안 재스퍼와 실비아가 그 녹슨 문을 용케 열었다. 리슨은 문이 오랫동안 열려있다는 사실을 알지 못했다. 뒷문으로 실비아가 나갔고, 재스퍼는 천천히 집으로 돌아가 늘 그렇듯 명상을 했다. 어떤 명상이든 재스퍼를 자극하여 움직이고 싶게 만들었다. 침실과 부엌에서 바쁘게 일했고, 트렁크를 열고 돈이 든 작은 가방을 꺼냈다. 여전히 돈이 많았지만, 계속 그렇지는 못할 것이었다. 실비아가 모르는 사이, 재스퍼는 종종 일주일에 1파운드 이상을 이 집에 썼다. 따뜻한 이불을 구비하고, 거의 연기가 나지 않는 무연탄을 구입하여 석탄 저장고에 채웠다. 이래저래 재산은 20파운드나 줄었고, 남은 것은 겨우 40파운드밖에 되지 않았다. 이 돈을 쓰고 나면 이제 한 푼도 남지 않을 것이었다.

"두렵진 않아."

재스퍼는 생각했다.

"하지만 에블린이 돈을 더 줘야 해. 그래야 해. 실비아가 끔찍한 곤경에 처해 있다는 것을 알게 된 이상, 실비아를 떠날 수도 없고, 에블린에게서 멀리 떨어질 수도 없어. 에블린은 내가 에블린을 사랑하는 만큼은 날 사랑하지 않지만, 에블린이 부르면 들릴 만한 곳에 있지 않으면, 난 고통스러울 거야. 계획이 성공할지 모르겠네. 시도는 한번 해봐야겠어."

재스퍼는 자신의 할 일을 마친 후, 잠시 앉아서 앞을 똑바로 바라보고 있었다. 시간은 계속 흘러갔다. 침실에 보관하고 있던 작은 마차 시계가 11시를 쳤고, 그 후 12시를 쳤다.

"리슨이 뭔가 먹어야할 시간이야." 재스퍼는 생각했다.

"자, 내가 해낼 수 있을까? 그래, 해낼 수 있을 거야."

재스퍼는 신비로운 것을 담은 냄비를 밖으로 가져갔다. 낡고 허름한 냄비였다. 냄비를 관목 숲에 숨겨두고 나서, 방으로 돌아가 옷을 갈아입었다. 치장에 시간을 좀 들이고 나서 다시 나타났을 때, 늙은 재스퍼는 어디에도 없었다.

피부가 어둡고 조금 예쁜 여자가 빛바랜 빨간 집시 망토를 입고 거울 앞에 서 있었다. 재스퍼는 뒷길로 빠져나와 녹슨 문을 밀어젖히고는, 반가움에 꼬리를 흔드는 파일럿에게 친근하게 말을 건네며 천천히 길을 걸어 내려갔다. 한두 사람을 만나, 제대로 된 집시 스타일로 접근했다.

"예쁜 아가씨, 당신의 운세를 말씀드릴까요? 손에 은화로 줄을 그어서 곧 만나게 될 멋진 신사에 대해 알려드릴까요? 알려드릴게요. 아가씨⋯

알려드릴게요."

그리고 진짜 집시가 아닐 거란 의심은 하지 않은 채 아가씨가 킥킥대며 도망가자, 재스퍼는 자신의 계획이 성공했음을 알았다. 마을 소년을 꼬드겨 점을 보게 한 후, 보물을 발견하게 될 것이고 호화로운 지위로 한 번에 격상시켜줄 상류층의 아내가 생길 것이라고 말해주었더니 소년의 입이 귀에 걸렸다. 그리고 곧 수도원 문을 시끄럽게 두드렸다. 리슨은 청각이 예민했고, 항상 문이 보이는 곳에 앉아 있었다. 낯선 사람이 건물에 들어오지 못하게 하려는 것이었고, 그 목적을 위해 파일럿을 훈련시켰었다. 그러므로 재스퍼가 문을 두드려도 주의를 기울이지 않았다. 실비아에게 항상 필요한 음식을 가지러 마을에 가도록 했으므로, 방문 판매원은 건물에 들어오지 못했다. 리슨은 투자에 관한 우편에 푹 빠져 있었고, 회계 서류와 다양한 안내서를 검토하느라 바빴다. 그리고 재물을 세는 매력적인 취미에 몰두하고 있었다. 하지만, 아! 정말 가난해! 오, 정말 가난에 찌들었구나! 이런 생각에 한숨을 쉬며 투덜거렸다. 재스퍼는 다시 한 번 문을 세게 두드렸고, 자신의 부름에 관심이 없자 문을 밀어서 열었다. 파일럿은 즉시 자신이 하던 대로 보초를 섰다. 재스퍼 앞에 서서 잠깐 짖어 댔지만, 재스퍼가 의문의 신호를 보내자 꼬리를 살포시 흔들며 다가가 머리를 쓰다듬는 것을 허락했다. 다음 순간, 집시와 파일럿이 문까지 나란히 걸어가자, 리슨의 속이 부글부글 끓었다. 리슨은 벌떡 일어나 곧 계단에 서 있었다.

"여인이여, 가세요. 당장 가요. 건물에 들어오면 안 됩니다. 안 가면 개에게 덤벼들라고 할 테요."

리슨이 말했다.

"잠깐만요." 재스퍼가 다급하게 이야기했다.

"판매하실 닭이 있는지 알아보러 왔습니다. 어린 닭 같은 것 말고, 나이든 암탉이나 수탉을 좀 사고 싶어요. 그리고 가격도 잘 쳐드릴 게요."

이 놀라운 말을 듣고 리슨은 생각에 잠겼다. 오랫동안 닭 때문에 신경이 쓰였고, 그 닭들은 확실히 늙기도 했다. 종종 닭을 버리고 싶었는데, 너무 질겨서 먹을 수도 없었고, 이제는 알도 낳지 않았다.

"지금 당장 닭을 데리고 가겠다고 약속한다면 좋은 가격에 팔아도 괜찮겠군." 리슨은 말했다.

"가격을 잘 쳐줄 거요? 실비아가 어디 있는지 궁금하군. 닭의 값어치를 나보다 잘 알 텐데. 거기 움직이지 말고 그대로 서 있으시오. 그렇지 않으면 파일럿이 목으로 달려들 것이요. 실비아를 부르러 가야겠군."

리슨은 집으로 들어가 실비아를 크게 불렀다. 당연히 대답이 없었다.

"실비아가 나간 걸 깜빡했군."

리슨이 중얼거렸다.

"과한 운동에, 밖에서 그렇게 시간을 많이 보내니 불필요한 식욕이 유발되는 거지. 저 끔찍한 집시가 가버렸으면 좋겠어! 파일럿이 그 여자에게 달려들지 않다니 정말 놀랍군! 하지만 집시가 인간과 동물에게 큰 힘을 행사한다는 소문이 있지. 뭐, 가격만 잘 쳐준다면, 닭들을 치워버리는 것이 나을지도 모르겠다. 정말 신경 쓰이는데다, 그 닭들 때문에 언젠가 누가 내 보물을 발견할지도 몰라. 세상에, 정말 끔찍해! 그 생각을 하니 미치겠구나."

그러므로 리슨은 나와서 꽤 공손한 어조로 말했다.

"나와 함께 닭장에 가면 닭들을 보여주겠소만, 늙은 닭이라 허탕만 칠수도 있다는 말을 미리 해야겠소. 그리고 내가 닭의 나이를 속일 사람은 아니라는 것도 말해야겠소. 과학적 관점에서 흥미로운 희귀한 품종이요."

"과학적으로 흥미로운 닭에 대해선 잘 모르지만, 끓여먹을 늙은 암탉 몇마리를 사고 싶습니다."

재스퍼가 대답했다.

"뭐라고? 늙은 닭을 삶는 방법이 있나?"

리슨은 큰 소리로 물었다.

"아닙니다! 그리고 뭐 금방 다 먹어버리기도 하지요. 하지만, 닭들을 볼수 있도록 해 주시면, 다른 사람들보다 훨씬 더 많은 돈을 지불하겠습니다."

"후하게 쳐주지 않으면 닭을 내놓지 않겠소. 만약 소문이 사실이라면, 당신네 집시들은 모두 돈이 엄청 많을 거 아니요."

리슨은 집시인 척하는 재스퍼와 파일럿을 데리고 닭장으로 걸어갔다. 십여 마리의 닭이 제멋대로 날뛰고 있었다. 배고프고 가엾은 미물들이었다. 그날 아침에 모이를 조금밖에 먹지 못했기 때문이다. 재스퍼는 흥정하는 척하면서, 리슨을 계속 날카롭게 감시했다.

"집시 죽을 위해 제가 필요한 것은 이 닭입니다."

가장 상태가 나빠 보이는 닭을 잡고 재스퍼가 말했다.

"자, 9펜스를 지불할게요."

"9펜스!"

리슨이 거의 비명 지르며 소리쳤다.

"내가 그런 값진 암탉을 9펜스에 팔 거라고 생각해? 그리고 이 닭을 졸여서 부드럽게 할 수 있다고 당신이 말했지."

"졸이면 부드러워지지요." 재스퍼가 말했다.

"아니, 맛있게 만들 수 있지요. 육수, 국물, 고기가 다 들어있고요. 이 늙은 암탉에는 4인분의 저녁, 4인분의 밤참, 그리고 4인분의 수프가 있는 것이지요!"

"그런 소중한 닭을 9펜스만 지불하고 가져간다고! 이렇게 하지, 그 조리법을 나에게 알려주시오. 6펜스를 주겠소. 나는 늙은 암탉을 부드럽게 만드는 방법을 모르니 말이요."

"제게 15분 정도만 주시면, 늙은 닭을 먹고 있다는 것을 모를 정도로 만들어 드릴게요."

"그런데 어떻게 조리하는 거요?"

"관목 숲에 불을 피워 저만의 조리법으로 만들 거랍니다."

"정말 집은 근처에도 안 갈 거요?"

"네."

"하지만 지금 살아 있는 닭을 어떻게 15분 안에 먹을 수 있다는 거요?"

"저희 할머니만의 조리법이고, 직접 그 맛을 보셔야만 알려드릴 겁니다. 이제 가시고 나면 요리를 준비해 드리지요."

리슨은 정말 흥미를 느꼈다.

"정말 분별 있는 여자로구나!" 리슨은 혼잣말로 말했다.

"3펜스에 그 조리법을 산다면, 알뜰 조리법에 관한 내 책에서 중요한 부분을 차지할 것이고, 책도 잘 팔리겠지. 늙은 암탉으로 4인분의 저녁, 4인분의 점심, 4인분의 수프를 만드는 방법이라니. 가장 시선을 끄는 조리법이지, 가장 흥미롭고말고!"

재스퍼가 아주 부드러운 닭으로 이미 만들어두었던 스튜를 데우는 동안 리슨은 이리저리 왔다 갔다 했다. 가엾은 늙은 암탉은 꼬꼬댁거리거나 소리를 낼 수 없도록 묶어 집시 바구니 바닥에 넣었고, 곧 재스퍼가 깨진 양푼에 스튜를 들고 나타났다.

"여기서, 제 앞에서 그것을 다 드시고 나서 이보다 더 부드러운 닭이 있다면 말씀해주세요."

이렇게 리슨은 훌륭한 식사를 했다. 가장 뼈만 남은 앙상한 닭을 골랐으므로 리슨은 매우 만족했다. 항상 어느 정도의 필요한 주방 용품만을 보관해두고, 저녁도 먹는, 최고 중의 최고라고 장담하는 자신의 거실에서 접시와 나이프와 포크를 가져왔고, 집 밖에서 집시와 흥정을 마치고 싶었다.

"고맙소." 리슨이 말했다.

"훌륭하군. 그래서 정말 몇 분 만에 늙은 암탉으로 스튜를 만든 거요? 조리법을 알려준다면 3펜스를 주겠소."

"3펜스에는 팔 수 없습니다. 6펜스에도, 1실링에도 팔 수 없어요. 하지만 남은 닭들은 사고 싶네요."

"한 마리 당 얼마에 살 거요?"

"한꺼번에 다 살 것인데, 마리 당 6펜스 드릴게요."

재스퍼가 대답했다.

리슨은 비명을 질렀다.

"너무하는군." 리슨이 말했다.

"겨우 그런 푼돈에 이렇게 맛있고 영양가 있는 음식이 될 닭을 팔 것이라고 생각하는 거요? 내 딸은 아주 똑똑하게 요리하니, 남은 닭으로 요리하는 법을 가르쳐야겠소. 조리법을 알려주지 않을 거라면, 그냥 떠나시오."

재스퍼는 몹시 화가 난 척했다.

"점을 보셔야만 떠날 겁니다. 할 말은 이것뿐입니다."

"난 집시 점쟁이를 믿지 않소. 당장 나가지 않으면 경찰에 신고할 거요." 리슨이 말했다.

"자신의 땅을 떠나지 않으면서 어떻게 신고를 한다는 거지요? 좀 두려워 하는 것이 있는 것 같군요. 집에 너무 붙어있는 사람은 종종 이유가 있지 요."

리슨은 이 말을 듣고 매우 놀랐다. 건물에 보물을 보관하고 있다는 것을 누군가 눈치챌까봐 항상 두려움에 떨었기 때문이었다.

"이 보시오." 리슨이 목소리를 높이며 말했다.

"당신 눈앞에 있는 사람은 영국 전체를 통틀어 가장 가난한 사람이고, 아주 힘들게 심신을 유지하고 있소. 집을 잘 보시오, 잘 보란 말이오. 내가 가난에 찌든 사람이 아니라면 늙은 닭을 부드럽게 만드는 방법 따위에 신경 쓸 거라고 생각하오?"

"손금을 보여주면 말씀드리지요." 재스퍼가 말했다.

리슨은 이제 미신을 믿었다. 자신은 절대로 그럴 리가 없다고 생각했지만, 이젠 그렇게 되었다. 검은 눈동자를 두리번대며, 집시는 리슨을 똑바로 바라보았다. 전에 이 얼굴을 본 적이 있다는 어렴풋하면서도 두려운 생각이 들었다. 언제인지 알 수 없었다. 그러던 중 의식을 잃었다가 의식이 돌아오고 있던 전날 밤 잠시 자신의 위에서 몸을 숙였던 바로 그 얼굴이라는 생각이 들었다. 오, 그때 집시가 여기 있었을 리 없어! 환영 같은 걸 보았던 것일까? 깜짝 놀라며 경악했다. 집시는 그를 계속 지켜보았고, 자신을 샅샅이 읽고 있는 것 같았다.

"꿈에서 당신을 봤어요." 재스퍼가 말했다.

"그리고 제게 손을 보여주시면. 좋은 것과 나쁜 것 모두 말해드리지요"

"이런, 이런!"

리슨이 말했다.

"여기 6펜스가 있소. 어디 한 번 횡설수설 떠들어보시오."

재스퍼는 동전을 두 번 보았다.

"적은 돈이군요." 재스퍼는 말했다.

"하지만 부유한 사람들은 항상 적게 내는 법이지요."

"난 부자가 아니요, 정말이요."

"부자들은 돈 내는 것을 가장 어려워하지요. 하지만 받겠습니다."

"당신이 간다면 1실링 주지. 하지만 아주 가난한 사람이 내기는 어려운 돈이요."

"6펜스면 됩니다."

재스퍼가 웃으며 말했다.

"주세요. 이제 손바닥을 보여주십시오."

재스퍼는 리슨의 주름진 손바닥을 자세히 들여다보는 척하고는 말했다.

"여기서 많은 재산이 보이는군요. 네, 선이 교차하는 이 부분이 바로 금입니다. 가난도 보입니다. 아주 큰 손실과 판단도 보이는 군요."

"가버려!" 화가 난 리슨이 소리쳤다.

"한 마디도 더 하지 마시오."

리슨은 완전 공포에 질려 집으로 돌진했고, 복도 문을 쾅 닫았다.

"저 양반이 겁먹을 줄 알았지."

재스퍼는 혼잣말로 말했다.

"오늘 밤 실비아가 집에 돌아오는 늦은 시간까지 음식을 입에도 대지 않는대도, 죽지는 않겠군. 아, 가엾은 늙은 암탉! 당장 바구니에서 꺼내주지 않으면 질식하고 말거야."

재스퍼는 천천히 길을 걸어 내려가 정문으로 나갔다가, 뒷문으로 걸어가서 집안으로 다시 들어가서는 늙은 암탉을 울타리 옆에 서 있는 소년에게 건네주었다.

"저기." 재스퍼가 말했다.

"너에게 주는 선물이야. 바로 받아가거라."

"제가 왜 그걸 받아요? 아니, 그건 구두쇠 리슨 아저씨 거잖아요."

"가져 가, 가라고!"

재스퍼가 말했다.

"6펜스에 팔든, 1실링에 팔든, 뭘 어떻게 하든 그냥 가져가기만 해."

암탉을 겨드랑이에 끼고, 소년은 웃으며 달아났다.

제19화

"도대체 왜 그런 거야?"

한편 실비아는 정말 즐거웠다. 의기양양하게 성을 향해 출발했다. 아침 시간 내내 걸어 다녔지만 피곤하지 않고, 12시가 넘어 천천히 생각에 잠긴 채 길을 걸어 올라가는 실비아보다 행복하고 예쁜 소녀는 없는 것 같았다. 재스퍼가 온 이후부터 즐겨 먹었던 맛있는 음식 덕분에 실비아의 볼은 통통했고 눈은 밝았으며, 다소 창백했던 안색은 크림색을 띠었고 정말 건강해졌다. 드레스도 놀라운 효과를 주었다. 실비아는 무명 드레스를 입어도, 우유 짜는 하녀나 시골 처녀처럼 입어도 예쁠 뿐 아니라, 더 고귀한 자리도 채울 수 있는 이루 말할 수 없는 우아함을 가지고 있었다. 그리고 이제, 풍부한 모피와 어두운 갈색 옷을 입은 실비아는 어떤 사회에서 활동하기에도 부족함이 없어 보였다. 실비아는 에블린의 편지를 손에 들고 있었다. 혹시 실비아의 몸에 맞춰 수선한 에블린의 옷을 보고 에블린이 무슨 말을 할까 걱정이었다.

"음, 에블린이 물어본다고 해도, 별로 신경 안 쓸래."

실비아는 생각했다.

"결국 진실이 최선인 거야. 내가 왜 속여야 하지? 저번에 여기서 오드리 드레스를 입었을 때는 거짓말을 했지. 그때는 지금과 같은 용기가 없었어. 어쩐지 오늘은 기분이 좋고 두려운 게 없어."

현관에 도착하기 바로 전, 실비아는 오드리와 에블린을 마주쳤다.

"에블린, 여기. 쪽지가 있어." 실비아가 외쳤다.

에블린은 재빨리 가져갔다. 재스퍼가 수도원에 산다는 걸 오드리에게 알리고 싶지 않았다. 에블린은 돌아서서 쪽지를 읽었고, 오드리는 실비아에게 집중했다. 오드리는 실비아를 예전부터 좋아했었고, 이젠 그 어느 때보다 더 좋았다. 오드리는 예의가 바르므로 실비아의 나아진 드레스에 시선을 주지는 않았지만, 왠지 실비아에게 행복한 환경이 찾아온 것 같아 기쁨을 느꼈다.

"와줘서 너무 기뻐!" 오드리는 말했다.

"에블린이랑 내가 하루를 어떻게 보낼지 계획을 세웠어. 좋은 시간을 보내고 싶어. 우리가 이제 학교에 다닌다는 것을 알고 있니? 이상하지 않아? 싱클레어 선생님이 떠나셨어. 선생님이 몹시 그립지만, 학교생활이 좋아질 것 같아. 그렇지, 에블린?"

에블린은 재스퍼의 편지를 읽은 후 주머니에 쑤셔 넣었다.

"난 학교가 싫어!" 에블린이 단호하게 말했다.

"오, 에블린! 왜?" 오드리가 물었다.

"학교에서 친구도 많이 사귀는 것 같던데."

"어디를 가든 내 주변엔 늘 친구가 있을 거야."

에블린이 경솔한 어조로 대답했다.

"그건 물론 내 지위 덕분이지. 하지만 좋은 시절에 곁에 있는 친구들에게 마음을 줘야할지는 모르겠어. 어머니께선 그런 친구들과 함께 있을 때는 조심해야 한다고 말씀하시곤 했거든. 내가 걔네들에게 뭔가를 해주길 기대한다고 말이야. 난 뭔가를 해주길 바라는 사람이 싫어. 난 그런 사람이 아니라는 것을 친구인지 모르겠는 걔네들에게 곧 알릴 거야."

"이제 좀 걷자." 오드리가 말했다.

"좀 있으면 점심시간이 될 테니, 점심 먹고 승마하러 가자. 말 탈 줄 알아, 실비아?"

"한 때는 탔었지." 실비아가 기뻐하며 대답했다.

"다시 잘 타게 해줄게. 그리고 얌전하면서 활기찬 멋진 말도 있어."

"나는 어떤 말이든 두렵지 않아." 실비아가 대답했다.

"너무 타고 싶어."

"점심을 먹은 후 승마하고 나서, 교실 불 옆에서 편안하게 이야기를 나누다가, 저녁을 먹을 거야. 그리고 나서, 춤을 추는 것은 어떨까? 그래서 친구 몇 명에게 밤에 성에 와달라고 부탁했어."

"집에 너무 늦게 들어가면 안 돼." 실비아가 말했다.

"그리고 저녁에 입을 드레스도 가져오지 않았어."

"아, 그건 해결하면 되지. 너랑 내 키가 같아서 정말 다행이야! 이제 관목 숲을 한 바퀴 돌아볼까?" 오드리가 말했다.

"관목 숲을 보면 항상 우리가 처음 만난 날이 생각나."

실비아가 말했다.

"응. 그날은 너한테 화가 많이 났었어. 새해 첫날 성을 모두에게 개방하는 오랜 전통이 항상 싫었거든." 오드리가 웃으며 말했다.

"하지만 난 너무 좋아. 그 덕에 너희들도 알게 됐고."

실비아가 말했다.

"잊지 마, 오드리." 그때 에블린이 말했다.

"실비아는 내 친구야. 처음 성으로 데려온 건 나였어. 실비아, 그걸 잊은 건 아니겠지?"

"잊지 않았지." 실비아가 웃으며 말했다.

"그리고 난 두 사람 모두 정말 좋아. 그럼 이제 학교에 대해 얘기해줘."

"글쎄." 오드리가 말했다.

"더 재밌는 얘기가 있어… 불편한 얘기일 수도 있어. 아마도 너는 몰라야 하는 얘기일지도 몰라."

"제발, 제발 말해줘. 듣고 싶어 죽겠어."

그리고 오드리는 "참깨와 백합" 책에 가해진 미스터리한 참사에 대해 이야기 해주었다.

"마리아 선생님이 아시고는, 어제 아침에 전교생과 대화하셨어."

오드리가 말했다.

"만약 찾을 수 있다면, 그 행동을 한 사람을 매우 엄하게 처벌할 것이고, 그 사람이 자백하지 않는다면, 학교 전체가 어느 정도 차단될 것 같아."

"하지만 학생이 그랬다는 걸 어떻게 알지?" 실비아가 대답했다.

"하인들도 있잖아. 그 사람들도 심문했어?"

"하긴 했지만, 우리가 학교에 온 첫 날 저녁에 책이 훼손된 상태로 발견됐으니 하인들은 의심받지 않을 수 있었어. 그 시간 동안 그 책은 4단계 반 교실에 있었어."

"맞아." 에블린이 경솔한 말투로 말했다.

"알다시피, 난 4단계 반이라서 너무 기분 나빠. 그 반에 있으면 안 되겠어. 오드리와 함께 6단계 반에 있어야 해. 하지만 저! 기분 나쁜 교사들이 보는 눈이 없다니까."

"그런데 왜 네 수준보다 높은 반에 가고 싶은 거야?"

실비아가 대답했다. 그리고 열정적으로 덧붙였다.

"오, 두 사람의 행운을 부러워하면 안 돼! 공부하러 학교 다니는 것을 좋아하면 안 되는 거야?"

"그런데, 실비아." 오드리가 갑자기 말했다.

"넌 어디서 공부했어?"

"아, 난 뭐 주로 독학했어. 하지만 어떤 질문도 하지 말아줘. 내 삶에 대해서는 생각하고 싶지 않은데다, 너희와 함께 있어서 너무 행복할 뿐인걸." 실비아가 말했다.

오드리는 바로 다른 이야기를 했지만, 본능적으로 학교에서 일어났던 기이한 사건으로 이야기는 곧 슬금슬금 되돌아갔다.

"점심 식사 때는 이 얘기를 하지 말아줘. 어머니나 아버지께는 이 사실을 알리지 않았거든. 이 치욕스러운 일이 알려지지 않고 그냥 범인이 자백하길 바라." 오드리가 말했다.

"그럴 가능성이 아주 높지!"

에블린이 말하며, 기대고 있던 실비아의 팔을 쿡 찔렀다.

세 사람은 곧 집에 들어갔다. 점심식사가 이어졌다. 프랜시스 부인은 실비아에게 극도로 친절했고, 사실 아주 예뻐했다. 예쁘고 어울리는 옷을 보며 속으로 실비아에게 무언가 해주고 싶었다.

"실비아가 좋아."

프랜시스 부인은 혼잣말로 말했다.

"우리 오드리 말고도 나와 이렇게 잘 맞는 여자 아이는 처음 봐. 에블린이 아니라 실비아가 상속녀였으면 좋겠구나!"

자신을 통제하는 방법을 습득했으므로 에블린은 꽤 예의 바르게 행동했다. 이제 겉으로는 프랜시스 부인에게 순종적이었고, 에드워드에게는 진심으로 다정하게 대했다. 에드워드는 항상 에블린에게 친절했을 뿐 아니라, 소녀들을 예뻐했고 실비아와 대화하려고 노력했다. 실비아의 아버지에 대해 이야기했다. 한때 리슨이라는 이름을 가진 기품 있는 사람을 알고 있었다고 말했고, 혹시 실비아의 아버지와 같은 사람인지 물었다. 실비아는 고통스럽게 얼굴을 붉혔고, 이 대화로 인해 힘들어하는 기색이 역력했다.

"물론 같은 사람일 리가 없겠지." 에드워드가 말했다.

"내 친구 로버트 리슨은 자신의 직업에서 최고의 자리에 오를 수 있는 사람이었지. 최고의 명성을 가진 변호사였단다. 얼마 전 대중의 관심을 끌었던 사건에서 리슨이 했던 훌륭한 변론을 난 결코 잊지 못할 거다. 의뢰인 편에 서서 승소했고, 영광에 빛나는 사람이 되었지."

실비아의 눈이 반짝이다가 씻지 않은 눈물로 흐려졌다. 눈을 내리깔고 접시 위를 바라보았다. 프랜시스 부인은 혼자 부드럽게 고개를 끄덕였다.

"그 사람이 맞아. 틀림없이 같은 사람이야."

프랜시스 부인이 혼잣말을 했다.

"최고로 기품 있는 사람이지. 정말 슬프구나! 에드워드가 뜻밖에 단서를 줬으니, 조사해 봐야겠다."

세 사람은 점심식사를 마치고 말을 타러 갔고, 즐거운 하루는 빠르게 지나갔다. 실비아는 시간을 헤아렸다. 시계를 볼 때마다 실비아의 얼굴은 조금 더 슬퍼졌다. 소중한 시간이 30분, 그리고 또 30분 흘러가고 있었다. 언제 또 이렇게 성대한 대접을 받게 될까? 마침내 저녁 식사를 하러 위층으로 올라갈 시간이 되었다.

"이제 내 방으로 와, 실비아."

에블린이 말했다.

"그럼, 꼭 그래야지. 사실 내가 너의 첫 번째 친구였으니까."

실비아는 기꺼이 응했다. 곧 파란색과 은색의 아주 예쁜 에블린의 방에 있었다. 어쩌나 편안하고, 호화롭고, 달콤하고, 신선해 보이던지! 청결하고 완벽하게 정리된 방의 상태, 밝게 타고 있는 불, 에블린에게 저녁을 차려주려고 기다리는 리드의 차분하고 올바른 모습에서 실비아는 깊은 인상을 받았다.

"이렇게 사는 게 좋아."

실비아가 갑자기 말했다.

"이런 삶을 보는 것이 어쩌면 나에겐 좋은 게 아닐지도 모르지만, 이런 삶이 좋아."

"아마도 실비아 아가씨."

매우 정중한 목소리로 리드가 말했다.

"지난번에 여기 오셨을 때 입으셨던 드레스를 오드리 아가씨가 빌려주셔도 괜찮을 거예요. 그 드레스를 멋지게 손봤더니 아주 신선하고 새로워 보인답니다."

리드는 말하면서 에블린의 침대에 펼쳐져있는 사랑스러운 인디언 모슬린 가운을 가리켰다.

"제발, 리드." 에블린이 갑자기 말했다.

"오늘밤에는 실비아가 할 테니, 드레스 입는 것을 도와주지 않아도 돼. 할 말이 많아서 실비아와 이야기하고 싶거든."

"할 수 있다면 당연히 내가 도와야지."

실비아가 대답했다.

"알겠습니다, 아가씨." 리드가 대답했다.

"솔직히 말씀드리면, 오히려 다행입니다. 프랜시스 부인께서 오늘 저녁에 입으려고 했던 드레스에 깃 장식을 새로 넣어달라고 하셨는데, 완전히 끝내지 못했거든요. 그럼 이만 나가보겠습니다. 원하는 것이 있으시면, 벨을 울려주시겠어요?"

다음 순간 리드는 떠났다.

"자, 이제 됐다." 에블린이 말했다.

"아래층에 갈 때까지 거의 한 시간 남았으니, 이제 편하게 있자. 실비아, 내 방 어때?"

"정말 좋아. 작은 침대는 없어졌네."

"오, 맞아. 이젠 혼자서도 잘 수 있고, 혼자 자는 게 더 좋아졌어. 실비아, 너에게 비밀을 털어놓고 싶어!"

"비밀을 털어놓고 싶다고! 어째서? 왜?"

"재스퍼에 대해 물어보려 했어. 오 그래, 내가 보고 싶을 거야. 다음 주 화요일 저녁에 큰 파티가 있어서 아래층에서 식사하진 않을 테니 9시쯤 몰래 빠져나갈 수 있을 거야. 그때 관목 숲 계단 옆에 서 있을 테니 날 만나러 오라고 전해줘."

"하지만 그렇게 늦게까지 밖에 있는 것을 프랜시스 부인께서 좋아하지 않으실 거야!"

"내가 숙모 눈치를 보는 것처럼 얘기하네! 실비아, 설마 착한 척하는 사람이 되고 있는 건 아니겠지."

"아니야, 그렇지 않아." 실비아가 대답했다.

"착한 척 같은 건 내 안에 없으니, 그런 거 아니야. 유감이지만."

"그래야지, 그리고 재스퍼가 그렇게 되도록 내버려두지도 않을 거야. 그래, 재스퍼에게 할 말이 많은데, 내가 학교가 별로라고 했다고 전해도 좋아."

"오, 정말 안타깝다! 학교를 좋아할 거라고 생각했는데 이해가 가질 않아."

"왜인지 그냥 참고 다니고 있는데 사실 '참깨와 백합' 책에 이상한 점이 있었어."

"그 책!"

실비아가 말했다. 하얗게 질렸고, 심장은 뛰기 시작했다.

"아닐 거야, 아니야, 그 책 첫 페이지를 찢은 것과 너는 아무 관련이 없을 거야!"

"비밀로 해줄 거지. 그럴 거라고 약속해?"

에블린이 고개를 끄덕이며 말했고, 눈은 매우 밝았다.

"오! 모르겠어. 정말 끔찍한 일이니, 제발 걱정할 얘기는 하지 말아줘."

"넌 발설하지 않을 거야. 감히 그러진 않겠지!"

에블린이 열정적으로 말했다.

"만약 그런다면 나도 재스퍼에 대해 말해버릴 거야. 네 인생을 비참하게 하려고 온갖 수단을 다 동원하고 싶진 않아. 실비아, 질책하려던 것은 아니었으니 용서해줘. 네가 너무 좋고, 재스퍼와 함께 있는 것도 기쁘고, 나에게도 좋은 일이야. 그런데 그 책 앞 페이지를 찢어버린 건 바로 나야. 그래, 내가 찢었고, 그래서 기분이 좋아. 절대, 절대 말하면 안 돼."

"하지만, 에블린, 오 에블린! 왜 그런 끔찍한 짓을 한 거야?"

"못된 톰슨 선생님을 괴롭히려고 홧김에 그랬어. 그 사람이 너무 싫어! 참을 수 없을 정도로 건방져서는, 첫날 쉬는 시간에 못 놀게 붙잡아둔 데다 내가 거짓말을 했다고 뭐라고 하더라고. 그리고 톰슨 선생님이 방을 나가자 테이블 위에 있던 불쾌한 책이 눈에 띄었지. 그 사람이 읽는 걸 전에 본 적이 있어서, 그게 그 사람 책이라고 생각했어. 그리고 미처 생각을 마치기도 전에, 페이지들이 찢어진 채로 불 속에 있었지 뭐야. 마리아 선생님의 책인 줄 알았으면 당연히 그러지 않았겠지. 하지만 난 몰랐어. 못돼 먹고 늙어빠진 톰슨 선생님을 벌주려고 했는데, 기대했던 것보다 더 크게 성공한 것 같아."

"하지만, 모든 학생이 의심 받고 있잖아. 어쩔 셈이야?"

"어쩌다니! 그냥 가만히 있어야지."

에블린이 말했다.

"하지만 책이 찢어진 것에 대해 아는 것이 있냐는 질문을 받지 않았어?"

"그랬지, 그리고 그냥 작은 거짓말, 꽤 작고 매력적인 거짓말을 했지. 그리고 계속 그럴 생각이야."

"에블린!"

"충격 받은 것 같네. 아니, 네 잘못이 아니니, 기운 좀 내. 누군가에게 털어놓고 싶어서 말한 거고, 원한다면 재스퍼에게 말해도 돼. 우리 재스퍼! 재스퍼는 내 용기에 박수를 보낼 거야. 오 이런! 실비아, 너 좀 성가신 아이구나. 너도 내 용감한 행동에 감탄했을 거라고 생각했는데."

"어떻게 기만과 거짓말에 감탄할 수 있겠니?"

실비아가 낮은 어조로 대답했다.

"감히 그런 말을 하다니!"

"그래, 해야겠어. 오, 불행해졌어! 내 하루를 망쳤어! 오 에블린, 도대체 왜 그런 거야?"

"제발 고자질하지 말아줄래, 실비아? 약속했잖아?"

"오, 내가 왜 말하겠어? 내가 간섭할 일은 아니지. 그런데 어째서 그런 짓을 한 거야?"

"말하지 않으면 문제될 건 없어. 내가 그 책을 찢었고, 네가 상관할 일은 아니야."

"그래, 그렇지. 하지만 이젠 내게 털어놓았잖아. 아, 난 불행해졌어!"

"너 바보구나! 하지만 재스퍼에게는 말해줘도 돼. 그리고 에블린이 화요일 밤 9시에 계단에서 기다릴 것이라고도 전해. 자, 저녁 식사에 늦기 전에 준비해."

제20화
착하지도 떳떳하지도 못한 사람

실비아가 집에 갈 때가 되자 정말 늦은 시간이 되었다. 이 때 실비아가 혼자 수도원으로 돌아가지 않도록 리드와 함께 가야 한다고 프랜시스 부인은 주장했다. 리드와 함께 길을 걸을 때 실비아는 거의 말을 하지 않았다. 재스퍼에게 가능한 한 많은 소식을 전하고 싶어 이것저것 물어보고 싶었지만, 리드의 얼굴을 보니 원치 않는 것이 분명해보였다. 리드가 떠나자마자, 실비아는 재스퍼가 기다리고 있는 뒷문으로 슬그머니 돌아갔다. 재스퍼는 문을 열어 놓았고, 파일럿이 옆에 서 있었다.

"이리오세요, 어서 들어오세요."

재스퍼가 말했다.

"들킬 위험은 없어요, 그리고 오! 해줄 말이 많아요."

몇 년 동안 사용하지 않은 것처럼 보이도록 뒷문을 잠갔고, 잠시 후 재스퍼와 실비아는 따뜻한 부엌에 있었다.

"문이 잠겼으니 리슨 씨는 못 들어오실 거예요."

재스퍼가 말했다.

"건강 상태도 좋으시고, 한 시간 전에 리슨 씨가 침대로 가려고 위층으로 올라가는 소리를 들었어요."

"뭐 좀 드셨나요?"

"오, 안 드셨겠어요? 아, 생각만 해도 웃음이 터져버릴 것 같아요! 닭장에 있는 닭 중 가장 마른 암탉의 4분의 1을 죽였다고 착각 중이세요."

"뭐라고요! 늙은 왈라루 말인가요?"

실비아가 얼굴에 미소를 지으며 대답했다.

"아가씨가 왈라루라는 이상한 이름으로 부르는 닭 얘기 맞아요."

"전부 얘기해주세요."

실비아는 말하면서 의자에 주저앉았다. 재스퍼는 아침의 모험담을 들려주었고, 두 사람은 실컷 웃었다.

"아버지를 기만하는 건 부끄러운 일인 것 같아요."

실비아가 마침내 말했다.

"그리고 왈라루가 정말 사라졌군요! 그리울 거예요. 오랫동안 서서 왈라루의 별난 행동을 지켜봤거든요. 내가 본 닭 중에서 가장 말도 안 되는 바람둥이였고, 늙은 닭 로저가 다른 아내들에게 관심을 기울이지 않아서 너무 화가 났었죠."

"여러 닭에게 집적대던 시절은 갔죠." 재스퍼가 말했다.

"지금은 이 마을에 사는 어린 팀 도노반의 재산이지만, 거기 있으면 더 잘 먹을 겁니다. 아가씨, 닭들을 비밀리에 처분하시고 그 대신 리슨 씨를 위해 날렵하고 뚱뚱한 어린 닭을 들이셔야 해요. 하지만 현재로서는 이제 충분해요. 에블린 아가씨에 대해 모두 말해줘요. 듣고 싶어 죽겠어요."

"에블린이 화요일 저녁 9시에 관목 숲 계단에서 기다릴 거예요,"

실비아가 대답했다.

"그렇군요. 정말 용감하고, 사랑스럽고, 용기 있는 우리 에블린!"

실비아는 말이 없었다.

"실비아 아가씨, 왜 그러세요? 행복한 하루였던 것 아닌가요?"

"행복했죠, 저녁 식사 직전까지는 정말 행복했어요."

"그 때 무슨 일이 있었는데요?"

"아침에 말해줄게요. 오늘 밤은 안 돼요. 무슨 일이 좀 있었어요. 미안하고 애석하지만 아침에 얘기해줄게요. 이제 아버지 몰래 슬그머니 잠자리에 들어야겠어요."

"리슨 씨가 올라가시기 한 시간 전에, 제가 아가씨처럼 걸음 소리를 내며 올라가서는 방으로 들어가 문을 닫았으니 아가씨가 침대에 누워있는 줄 알고 계세요. 그리고 리슨 씨가 올라와서 문을 두드리자, 제가 아가씨 목소리를 흉내 내어 머리가 좀 아파서 잠자리에 들겠다고 대답했지요. 저녁을 먹었는지 물으시기에 아니라고 대답했고, 두통에 가장 좋은 것은 위를 쉬게 하는 것이라고 리슨 씨가 말했어요. 세상에! 다른 어떤 것에는 그렇게 열심이지 않으시면서 안 먹는 것에는 그리 열심이시대요. 아가씨가 편안하게 있다고 생각하면서 침대로 가셨어요. 침대에서 나는 삐걱거리는 소리로 리슨 씨가 잠자리에 잘 드신 것을 확인하고서 나왔어요. 예전에 자물쇠에 기름칠을 해두었었지요. 쥐 한 마리도 깨지 않을 만큼 소리 없이 문을 닫고 살금살금 아래층으로 내려와서 여기에 있는 거랍니다. 오늘 밤은 가지 마세요, 안 그러면 제가 여기 머무르고 있다고 말해버릴 거예요. 그러면 아주 볼 만하겠죠. 오늘 밤은 아늑한 제 방에서 주무세요."

"뭐, 그래도 괜찮겠지요." 실비아가 대답했다.

"정말 똑똑하네요, 재스퍼! 정말 훌륭하게 해내주었는데, 그래도 아버지를 기만하는 건 부끄러운 일인 것 같아요."

"사랑하는 아버지를 위해 죽느냐, 아니면 아버지를 기만하느냐의 문제인 거지요."

재스퍼는 단도직입적으로 대답했다.

"자 그럼, 아가씨가 곯아떨어지지 않으면 제가 그럴 참이니, 침대로 오세요."

다음날 아침 리슨은 상쾌한 기분이었다. 아침 식사 때 실비아를 만났고, 야외에서 긴 하루를 보낸 것을 자랑스러워했다.

"그래서 훨씬 좋아 보이는구나."

리슨은 말했다.

"차 마시는 시간에 너무 바빠서 네 생각을 못 했다. 사실, 차를 한 잔도 못 마셨는데, 1시 전에 아주 근사한 오찬을 먹었단다. 오후 내내 장부 관리하느라 너무 바빠서 우리 딸 생각을 전혀 못했구나. 음, 킬콜만 금광의 주식을 살 준비를 마쳤단다. 큰돈이 될 수도 있고 아닐 수도 있겠지만, 어쨌든 주식을 좀 사기 위해 작은 돈을 마련해보려고 노력했단다. 그래서 앞으로 1년 정도는 더 신중하고 세심해야 한단다. 도와줄 거지, 실비아? 하나뿐인 우리 딸, 무모함에 굴복하지 않겠다고 엄숙히 약속하고, 작은 돈이라도 두세 번 확인하고 써라. 푼돈도 최고의 가치가 될 수 있게 가능하면 모두 저축하면서 정밀하고 정확한 장부를 계속 작성하면 얼마나 세심해지는지 넌 아마 모를 거다. 이승에서 사람들이 얼마나 하찮은 것까지 원하는지를 보면 정말 놀랍기만 하고, 오늘날의 사치품은 역겹고, 사람을 약하게 하는데다, 불필요한 것이란다. 진지하게 얘기하는데, 내 결혼 생활이 불행해진 이유의 흔적들을 너에게서 보았다."

"아버지, 어머니에 대해 나쁘게 말씀하시면 안 돼요."

실비아가 말했다. 얼굴은 창백했고 목소리는 떨렸다.

"어머니 같은 분은 없어요. 그리고 어머니를 위해 저는…"

"그래, 실비아, 어머니를 위해서 뭘 하고 있지?"

"이 죽음 같은 삶을 견디고 있지요. 오 아버지, 아버지, 제가 정말, 정말 이렇게 사는 게 좋을 까요?"

리슨은 경악하며 실비아를 바라보았다. 실비아의 눈에는 눈물이 가득 차 있었다. 두 손을 탁자 위에 올려놓고, 몸을 앞으로 숙인 채, 리슨을 똑바로 건너다보았다.

"어머니를 생각해서 견딜 뿐, 좋아한다고 생각하지는 마세요!"

실비아는 다시 한 번 말했다.

리슨은 처음에는 놀랐다가 이제는 냉담한 불쾌감을 느꼈다.

"이 얘기는 그만하자." 리슨은 말했다.

"할 얘기가 또 있다. 어제 즐거운 발견을 했거든. 네가 없는 동안 이상한 일이 일어났어. 집시 여자 하나가 진입로로 들어와서는 파일럿의 방해도 받지 않고 현관문까지 걸어오더라고. 그 여자가 들어오는 것을 막지 않은 것을 보면, 파일럿에게 이상한 힘을 발휘하고 있는 것 같았어. 뭘 원하는지 알아보러 갔더니, 내게 팔 수 있는 닭이 있을 것 같아서 왔다고 말하는 거야. 닭장의 저 늙은 닭들이 오랫동안 일도 안하고 밥만 축냈으니, 오히려 그것들을 없애버릴 기회를 잡은 셈이지. 날씨가 따뜻해야만 알을 낳고… 그것도 겨우 몇 개만 낳는데다, 겨울 동안에는 그것들을 먹여 살리느라 노력하고 있으니 손해만 보고 있잖니."

"제가 닭을 잘 알아요." 실비아가 그때 말했다.

"추운 날씨에 알을 낳으려면 따뜻한 먹이와 온갖 좋은 것이 필요해요."

"달걀은 없어도 살 수 있지만, 뜨거운 먹이를 닭에게 줄 수는 없다."

리슨이 매우 위엄 있는 어조로 말했다.

"하지만 실비아, 요점은 이거다. 그 여자가 터무니없는 값을 제시했으니, 물론 닭들을 팔지는 않았는데, 그러면서 그 멍청한 여자는 어쩌다보니 속내를 들키고 말았어. 집시 냄비에 닭을 푹 고아내면 된다고 날 설득했지. 최근 들어 책 출판을 위해 조리법을 정리하다 보면, 남들은 버릴 만한 온갖 것들로 만드는 맛있는 집시 스튜가 생각나곤 한다. 그래서 그 집시 여자에게 물었고, 그 여자는 닭 한 마리를 잡아 아주 짧은 시간에 만든 맛있는 스튜를 내게 갖다 주었는데, 먹어본 어떤 것보다 맛있고 육즙이 많았단다. 스튜를 끓여줬으니 돈을 조금 쥐어줬고, 남은 닭 스튜는 지금 거실 찬장에 있다. 우리가 먹을 수 있는 것보다 훨씬 더 많은 양이 있으니 점심 식사로 데워서, 일부를 덜어 적당한 식사를 하고, 나머지는 저녁 식사를 위해 남겨둘 수 있지. 나머지 닭들도 잡아줄 사람을 구해서 한 마리씩 식탁에 올리겠다고 결정했단다. 실비아, 밖을 돌아다닐 때 집시 근처에 간 적 있니? 만약 그렇다면, 1실링씩 주고 조리법을 구매해도 괜찮을 것 같구나."

이 때 실비아는 식탁에서 일어났다. 리슨이 집시의 스튜에 대해 너무 순진하게 이야기하는 동안 평정을 유지하기가 너무 힘들었다.

"알겠어요, 알겠어요, 아버지. 충분히 이해해요."

실비아가 말했다. 그리고 다음 순간 방에서 뛰어나갔다.

"정말이야."

리슨은 실비아가 갔을 때 생각했다.

"실비아는 가끔 이상한 말을 해. 방금 자신의 행복한 집에 대해 어떻게 말했는지 생각하면! 죽음과 같은 삶이라니… 너무나 잘못되고 과장된 용어이며, 과장은 마음의 사치를 초래하고, 마음의 사치는 무모한 지출로 이어지지. 아주 조심하지 않으면, 가엾은 실비아는 곧 파멸의 길로 가게 될 거야. 실비아와 내가 몇 주 동안 버틸 수 있는 닭이 닭장에 충분히 있지."

그러는 동안 실비아는 재스퍼에게로 달려갔다.

"오, 재스퍼!"

실비아가 말했다.

"웃겨서 죽을 뻔했는데, 아버지를 속이는 것은 끔찍한 일이에요. 오! 제발 닭을 더 죽이지 말고 시간을 오래 끌어줘요. 견디기 힘든 일이니까요. 아버지는 매우 기뻐하셨고, 재스퍼의 조리법을 사도록 1실링을 주신댔어요."

"다행이네요!" 재스퍼가 대답했다.

"리슨 씨를 위해 제가 하는 일이 1실링의 가치는 있다고 생각하니, 저에게 그 돈을 주시는 것이 좋겠네요."

"아직 못 받았어요. 믿고 살아야지요, 재스퍼. 하지만, 오, 너무 우스워요!" 실비아가 대답했다.

"자, 이제 거기 앉으세요." 재스퍼가 말했다.

"어젯밤에 무슨 문제가 있었는지 말해보세요."

재스퍼가 말하자 실비아의 표정이 확 달라졌다.

"에블린에 관한 것이에요."

실비아가 말했다.

"아주 나쁜 짓을 했어요. 정말이지 아주 나쁜 짓이에요."

그리고 실비아는 학교에서 일어난 일에 대해 이야기했다.

재스퍼는 서서 손으로 허리를 짚고 귀를 기울였다. 여러 번 이상한 표정을 지었다.

"그래서 우리 에블린 아가씨를 그렇게 비난하는 건가요?"

실비아가 말을 끊자 재스퍼가 말했다.

"어떻게 안 그럴 수가 있죠? 모든 학생이 혐의를 받고 있고, 그걸 위해 거짓말을 하고 있는데요! 오 재스퍼, 내가 어쩌면 좋죠?"

"아가씨는 정말 다르게 자랐군요." 재스퍼가 말했다.

"내가 어릴 때부터 아가씨처럼 컸고, 아가씨 같은 사랑을 받았더라면, 아가씨처럼 생각했을 것이지만, 지금은 에블린 아가씨 얘기에요. 에블린 아가씨에게 자백하라고 할 수 없어요. 그런 일을 했다니, 그 기상에 감탄할 수밖에 없네요."

"재스퍼! 재스퍼!"

실비아가 공포에 질린 어조로 말했다.

"진심은 아니겠죠! 오, 제발 그 끔찍한 말은 하지도 마세요! 재스퍼가 상황을 바로잡아 주길 바라고 있었어요. 어떻게 해야 할까요? 학교에서 큰 소동이 일어날 거예요. 에블린이 솔직히 털어놓으면 문제를 바로잡을 수 있는데, 그러라고 설득해주지 않을 건가요?"

"사랑하는 에블린 아가씨에게 굴복하라고 설득하다니요! 그런 말을 한 번만 더 하시면, 저는 아가씨와 친구가 될 수 없습니다."

"재스퍼! 재스퍼!"

"이 얘기는 그만하죠."

재스퍼가 결연한 마음으로 말했다.

"실비아 아가씨, 아가씨를 사랑하고 존경하지만, 저는 아가씨만큼 고귀하지는 못해요. 그렇게 자라지 않았어요. 에블린 아가씨가 그런 유혹을 느꼈을 때 했던 행동 외에는 나도 딱히 할 수 있는 것이 없었을 거라 생각해요."

"그러면, 재스퍼, 당신은 에블린에게 나쁜 친구예요… 정말 나쁜 친구죠. 게다가, 학교에 큰 문제가 발생한다면, 오드리가 거기에 휘말린다면, 그리고 에블린 자신이 결코 털어놓지 않는다면, 그러면, 저라도 얘기해야겠지요."

"오, 세상에! 가엾은 작고 순진한 에블린 아가씨가 실비아 아가씨께 비밀을 이야기하였는데, 그렇게 못되게 굴면 안 되죠!"

"못되게 굴고 싶지도 않고 한동안은 함구하겠지만, 그것을 바로잡을 수 있는 사람이 저 말고는 없다면, 말할 거예요. 왜냐하면 너무 잔인한 짓이었으니까요."

재스퍼는 실비아를 똑바로 오래 쳐다보았다.

"생각보다 더 많은 것을 의미할지도 모르죠."

재스퍼가 말했다.

"명예는 내던져버린 건가요? 비밀이라고 들은 것을 세상에 공개할 권리가 있나요?" 재스퍼가 물었다.

"어떻게 해야 좋을지 모르겠지만, 이 문제로 저는 정말 불행해졌어요."

그러고 나서 실비아는 허름한 모자를 쓰고 밖으로 나갔다. 닭장을 지나쳐 잠시 서있었고, 얼굴에 슬픈 미소를 띠며, 먹이를 제대로 먹지 못한 닭들을 내려다보았다. 그리고 작은 관목 숲을 따라 정문까지 갔고, 평소처럼 사랑하는 파일럿과 함께 길을 떠났다. 오늘은 가장 허름하고 오래된 드레스를 입고 있었고, 24시간 전에 보였던 기쁨과 밝음은 앳된 얼굴에서 완전히 지워져 있었다. 일요일 아침이었지만 실비아는 교회에 가지 않았다. 방금 종이 울리는 소리를 들었다. 종소리는 다정하게 계곡을 건너 울려 퍼졌고, 언덕 꼭대기에 있는 작은 교회 하나가 낮으면서도 즐거운 종소리를 냈다. 실비아는 교회 종소리를 듣고 싶지 않아서 귀를 막아버리고 싶은 충동을 느꼈다. 교회에 간 사람은 잘못한 것이 아니라 옳은 일을 한 것이고, 하나님의 말씀을 듣고, 종교의 길, 선하고 거룩한 길을 따르는 것이었다.

"낡고 허름한 드레스 때문에 갈 수 없어." 실비아는 생각했다.

"하지만 왜 어제 입었던 아름다운 드레스를 교회에 입고 가면 안 되는 거지?"

그런 생각이 들자마자 돌아서서 뒷문으로 돌진했고, 파일럿에게 그 자리에 그대로 있도록 하고, 위층으로 날듯이 뛰어올라가 어제의 화려한 옷차림으로 급하게 바꿔 입고 교회로 갔다. 언덕 꼭대기에 있는 교회에 가고 싶었지만, 도착하려면 빨리 걸어야 했다. 조금 늦게 도착했고, 교회 관리인은 교회 중간쯤 있는 자리로 안내했다. 한 두 사람이 돌아서서 어여쁜 실비아를 쳐다보았다. 빨리 걸어온 탓에 뺨에서는 찬란한 빛이 났다. 실비아는 무릎을 꿇고 얼굴을 가렸고, 정신은 혼미했다. 아주 가까운 거리에 있는 대지주 석에는 오드리와 에블린이 앉아 있었다. 에블린이 정말 기도할 마음은 있는 걸까? 에블린은 어떤 기질을 가지고 있는 걸까? 실비아는 눈을 마주칠 자신이 없었다.

"착하지 못한 사람, 떳떳하지 못한 사람도 교회에 다니는 구나."

실비아는 혼자 생각했다.

"정말 슬프고 혼란스러워."

제21화
찢어진 책

다음날 아침 오드리와 에블린은 학교로 출발했다. 가는 길에 오드리는 에블린을 돌아보았다.

"찢어진 책에 대해 알아낸 것이 있는지 궁금해."

오드리는 말했다.

"오, 그 바보 같은 소동 얘기는 좀 그만했으면 좋겠어!"

에블린이 매우 성난 목소리로 말했다.

"회피해도 소용없어." 오드리가 대답했다.

"마리아 선생님이 사건의 진상을 규명하지 못할 거라고 단 한순간이라도 생각하는 것은 아니겠지? 난 누군가에게 그렇게 복수심에 불타본 적은 아직 없지만, 한순간 복수심으로 그런 짓을 하는 사람을 이해할 수는 있을 것 같아. 하지만 솔직히 말하지 않아서 학교를 곤경에 처하게 하는 것은 이해하기 어려워."

"너 학교에 다녔던 적 있어, 오드리?"

에블린이 말했다.

"아니, 너는?"

"난 다니고 싶었지… 항상 학교에 가고 싶었어."

"마침내 소원 성취했구나. 기분이 어때?"

"좀 더 높은 반에 들어가고, 이 바보 같은 소동만 끝난다면, 꽤 좋을 것 같아."

"왜 그 얘기를 그렇게 싫어해?"

에블린의 얼굴이 약간 붉어졌다. 오드리는 에블린을 바라보았다. 에블린을 의심하는 눈초리는 아니었고, 그렇게 비열하고 천한 행동과 에블린을 연결 짓는 것은 절대 있을 수 없는 일이었다. 에블린이 아주 많은 불쾌한 버릇을 가지고 있긴 했지만, 오드리 생각에 그 책을 찢은 것은 매우 중대한 죄이고, 그 행동에 대해 거짓말을 할 수 있다는 것은 상상하거나 생각조차 할 수 없는 일이었다.

예쁜 2륜 마차를 타고 제때 두 사람은 학교에 도착했고, 아침의 일상적인 일과가 시작되었다. 그러나 마리아는 기도 직후 모여 있는 학생들에게 책상 앞에서 이야기했다.

"여러분에게 이런 말을 해서 미안합니다."

마리아는 말했다.

"지금까지 책의 앞장이 왜 찢겨나갔는지에 대한 단서를 전혀 잡지 못했어요. 묻긴 했지요, 모든 것에 대해 자세히 물어보았고, 알아낼 수 있었던 것은 그 책이 4단계 반 교실(보통 4단계 반 학생들이 사용하는)에 있었다는 것과, 아침 9시에 책을 거기 두었다가 학교가 끝날 때까지… 그러니까, 저녁 5시에서 6시 사이까지는 톰슨 양이 다시 사용하지 않았다는 것뿐이었습니다. 제가 아는 한, 그 시간에 4단계 반에는 단 한 명만 있었어요. 에블린 윈포드입니다. 에블린 윈포드가 죄를 지었다고 말하는 것은 아니지만, 쉬는 시간 동안 교실에 혼자 있었다는 사실을 언급할 수밖에 없군요. 제가 알기로는, 오후엔 몇 시간 동안 그 교실이 비어있었으니, 물론 그 때 누군가가 들어와서 장난을 쳤을지도 모릅니다. 그러므로 그날 아침에 처음 학교에 온 에블린을 의심하고자 하는 것은 아니지만, 그래도 에블린 윈포드가 교실에 20분 동안 혼자 있었다는 사실을 언급하는 바입니다."

마리아가 말하는 동안 모든 시선은 에블린의 쪽으로 쏠렸고, 하얗고 완고한 얼굴과 번쩍이며 교실을 거칠게 둘러보고는 아래를 내려다보는 두 개의 분노에 찬 갈색 눈동자를 모두가 보았다. 잠시 동안 몇몇 소녀들은 "잘못을 저지른 얼굴이야."라고 혼잣말을 했다. 하지만 다시 생각했다. "어떻게 그럴 수 있지? 왜 그랬겠어? 아니야, 분명 에블린 윈포드일 리 없어."

오드리는 에블린이 너무 안쓰러웠다. 마리아 선생님이 몹시 고통스러운 상황에서 개인적으로 에블린을 지목하여 너무 힘들 것이라 여기고, 가엾은 마음에 에블린 쪽을 한 번도 쳐다보지 않았다.

마리아는 잠시 멈추었다가 말을 이었다.

"잘못을 저지른 사람이 누구든, 철저히 밝혀내기로 결심했습니다. 지금부터 내일 저녁까지 책을 찢은 학생이 내게 고백하지 않는다면 엄벌에 처해질 겁니다. 내일 저녁 학교가 끝나기 전에 고백한다면, 처벌하지 않을 뿐만 아니라 잘못을 용서해주려 합니다. 하지만 나머지 학생들에게는 잘못이 없다는 것을 알릴 다른 방법이 없으니, 저에게도 아픈 일이지만 그 학생은 전교생 앞에서 죄를 고백해야만 합니다. 마음을 정할 수 있도록 내일 저녁까지 시간을 주겠습니다. 이 고통스러운 고백을 할 수 있도록 힘을 달라고 하늘에 간청하기를 바랍니다. 저 또한 그 학생을 바른 길로 인도해달라고 기도할 것입니다. 그때까지 아무도 나서지 않으면 전교생을 다시 소집해 아주 끔찍한 대안을 제시해야 할 것입니다."

이제 마리아는 방을 나갔고, 학생들은 각자 할 일을 하러 떠났다.

학교는 평소와 같았다. 학생들은 수많은 과제에 참여해야 했으므로, 모든 것을 잠식해버리는 그 책에 대한 대화는 잠시 보류되었다. 그러나 쉬는 시간에는 학생들이 무리지어 흥분한 듯 속삭이는 모습을 볼 수 있었다. 찢겨나간 책에 대한 이야기는 모든 사람의 입에 오르내렸다. 에블린은 초콜릿, 설탕에 절인 과실, 다른 맛있는 것들을 옆구리에 차고 다녔고, 곧 작은 추종자 무리가 생겼다. 에블린은 마리아 선생님이 별 것도 아닌 일에 야단일 뿐 아니라, 거칠기 짝이 없는 여자이고, 아마도 하인이 그 책을 찢었거나, 톰슨 선생님이 직접 찢었을 것이라고 말했다.

"아니, 톰슨 선생님이 마리아 선생님을 정말 싫어해서, 그냥 괴롭히려고 책의 앞 페이지를 찢은 건 아닐까?"

그러나 이런 가설을 들은 그 누구도 납득하지 않았다. 톰슨은 학생들이 가장 좋아하는 선생님이었으므로, 아무도 싫어하지 않았을 뿐더러, 지구상에서 그런 부당한 짓을 할 사람이 절대 아니었다.

"글쎄." 에블린은 말했다.

"누가 그랬는지는 모르겠고, 더군다나, 난 신경 안 써. 이리 와서 나랑 걷자, 엘리스."

수업 시간에 옆에 앉았던 예쁜 곱슬머리 소녀에게 말했다.

"이리 와서 언젠가 내 것이 될 모든 웅장한 것들에 대해 말해줄게. 머지 않아 나는 여왕 같은 존재가 될 거야. 찢어진 책 같은 사소한 일로 그런 지위의 사람을 걱정시키다니, 수치스러워… 너무 수치스러운 일이야. 우리가 할 수 있는 최선은 우리끼리 돈을 모아서 그 여자에게 '참깨와 백합' 책을 하나 더 사주는 거야. 난 돈을 내도 괜찮아. 좋은 생각이지?"

"하지만 별 도움이 되진 않을 거야."

엘리스는 말했고, 가까이 서 있던 체리는 엄숙하게 고개를 저었다.

"왜 도움이 안 된다는 거야?" 에블린이 물었다.

"마리아 선생님이 소중히 여겼던 것은 책에 적힌 글이니까. 죽은 오빠의 글이지."

또 다른 독설을 하려는데 어떤 기억이 에블린을 엄습했다. 버릇없고 무정하고 무례한 에블린이었지만, 어딘가에서 감정의 불꽃이 튀었다. 만일 에블린이 사랑했던 어떤 이가 있다면, 그것은 '어머니'라 불렀던 쉽게 흥분하는 독특한 여자였다.

"만약 어머니께서 나에게 무언가를 주시고 거기에 내 이름을 적어주셨다면, 그것을 좋아했겠지."

에블린은 생각했다. 그리고 잠시 동안 작고 굳은 마음에 가책을 느꼈다. 전교생 중 누구도 에블린이 저지른 죄를 고백할 수는 없었고, 그날 저녁은 상당히 우울하고 흥분되었다. 오드리는 집으로 가는 길에 도저히 다른 얘기를 할 수 없었다.

"정말 끔찍해." 오드리가 말했다.

"우리 둘 모두에게 학교에서의 일은 정말 유감이고, 불쾌했어. 그리고 에블린… 오늘 마리아 선생님이 네가 방에 혼자 있었다고 했을 때 정말 안타까웠어. 기분 나쁘지 않았어?"

"아니, 기분 안 나빴어." 에블린이 대답했다.

"적어도, 아마 1분 동안만 기분 나빴을 거야."

"정말 용감했어. 내가 네 입장이었다면 싫었을 거야."

에블린이 말을 돌렸다.

"내일 누군가 고백할지 궁금하네." 오드리는 다시 말했다.

"아마도 하인들 중 하나였을 거야."

에블린이 말했다. 그 때 갑자기 말했다.

"오, 우리 화제를 좀 바꾸자!"

"결국 에블린에게도 장점이 있구나." 오드리는 생각했다.

"그리고 너무 기뻐! 마리아 선생님 말씀을 정말 잘 참았어. 에블린 이름을 그대로 지목하는 건 공정하지 않은 것 같았어. 마리아 선생님이 에블린을 의심해서는 안 되었어!"

저녁 식사 때 오드리는 찢어진 책에 관한 모든 상황을 에드워드와 프랜시스 부인에게 말했다. 오드리와 에블린은 다시 그 두 사람과 함께 식사하고 있었다. 에드워드는 잠시 관심을 가졌지만, 곧 빠른 말투로 독특하게 이야기하는 에블린과 대화를 나누기 시작했고, 에블린은 에드워드의 총애를 받았다. 항상 사교계에서 최고의 모습을 보였고, 지금은 에드워드에게 가까이 다가가서 매력적인 태도로 말했다.

"학교에서 소란 피우는 그 늙은 여자에 대해 말하기 싫어요."

"누구 말하는 거지, 에블린?"

"마리아 선생님이요. 전 그 사람이 싫어요, 삼촌."

"정말 장난이 심하구나, 에블린. 잊지 마라, 네가 마리아 선생님을 좋아했으면 좋겠구나."

"왜요?"

"왜냐하면, 적어도 당분간은, 네 선생님이니까."

"하지만 왜 선생님을 좋아해야 하죠?"

"좋아하지 않으면 너에게 영향을 줄 수 없잖니."

"그럼 난 그 사람을 좋아하지 않을 테니, 절대 나에게 영향을 미치지 못하겠네요." 에블린은 소리쳤다.

"삼촌이 가르쳐 줬으면 좋겠어요. 삼촌을 사랑하니까 삼촌에게 배워야 해요."

"물론 너에게 영향을 주려고 노력하고 있고, 나를 위해 훌륭한 일을 많이 하기를 바란다."

"책을 찢었다고 고백하는 것만 빼고, 삼촌을 위해 뭐든지 할 거야. 하지만, 아무리 삼촌을 위해서라도 고백은 하지 않을 거야."

에블린은 생각했다.

"당연하지, 이렇게까지 소란을 피우게 되어서 유감이지만 다른 방법이 없어. 하지만 나를 의심할 수 없다는 것은 다행이야."

그러나 프랜시스 부인은 오드리의 이야기를 에드워드와는 매우 다르게 받아들였다. 마리아가 특별히 그리고 의심의 여지없이 부당하게 에블린을 지목한 것에 분개했고, 교장 마리아와의 면담을 위해 다음날 학교에 전화하기로 결심했다. 이에 대해 오드리에게 아무 말도 하지 않았고, 오드리와 에블린은 프랜시스 부인이 무엇을 하려는지 전혀 모른 채 학교에 갔다. 마차는 정오가 되기 조금 전에 학교 앞에 도착했다. 프랜시스 부인은 마리아를 찾았고, 즉시 교장실로 들어갔다. 잠시 후 마리아가 들어왔다.

"폐를 끼쳐 죄송합니다." 프랜시스 부인은 즉시 말문을 열었다.

"하지만 마음을 괴롭히는 일이 있어 찾아왔습니다. 찢어진 책에 대한 이야기입니다. 오드리가 다 말해주어서 자세한 건 다 알고 있습니다. 물론 교장선생님께는 정말로 유감이고, 정말 소중하게 여기는 책이 찢겨나간 선생님의 심정을 충분히 이해합니다. 하지만 그러면서도 에블린의 이름을 그런 식으로 언급한 것은 너무 지나쳤다고 생각하는 저를 용서해 주십시오. 오드리에게 듣자하니 에블린을 너무 잘 받아주신 것 같지만, 가엾은 그 아이에게는 불편한 일이었습니다."

"이런 경우엔 정당해야 하고, 어떠한 특혜도 없어야 합니다."

마리아는 조용히 대답했다.

"오, 물론입니다." 프랜시스 부인은 말했다

"오드리와 에블린 모두 맞는 수준의 학급을 찾는 것이 제 소망이었습니다."

"그리고 유감스럽게도 에블린의 수준은 높지 않습니다."

마리아가 대답했다.

"아아! 저도 압니다. 에블린이 온 이후로 무모한데다 말도 안 들어서 몹시 힘들었지만, 이것은 매우 다른 문제이지요. 이 일은 가장 타락한 본성을 보여주는 것이니, 에블린 방에 혼자 있었다고 말씀하셨지만 잠깐이라도 에블린을 의심하셨던 것은 아니겠지요."

"만약 다른 학생이 방에 혼자 있었다면 똑같이 그 학생의 이름을 언급했을 겁니다."

마리아가 말했다.

"그때는 윈포드 양을 의심하지 않았지요."

"'그때는 의심하지 않았다'는 게 무슨 뜻인가요? 생각이 바뀌셨다는 건가요?"

프랜시스 부인의 얼굴은 매우 하얗게 변했다.

"죄송합니다만, 생각이 바뀐 것이 맞습니다."

"무슨 말씀이시죠?"

"잠깐 실례한 후에 설명해드리겠습니다."

마리아는 방을 나갔다.

마리아가 없는 동안 프랜시스 부인은 이마에 차가운 이슬이 맺히는 것을 느꼈다.

"이건 있을 수 없는 일이야." 프랜시스 부인은 생각했다.

"하지만 그럴 리가 없어. 에블린이 그랬을 리가 없어. 무슨 동기로 그랬겠어? 그 정도로 나쁜 아이는 아니기도 하고, 그날은 학교에 간 첫날이었는데."

마리아는 톰슨과 함께 방으로 다시 들어갔다. 톰슨의 손에는 에블린이 보던 영국 역사책이 들려 있었다.

"그 책을 펼쳐보시겠습니까?" 마리아가 말했다.

"프랜시스 부인에게 톰슨 선생님이 그 책에서 발견한 것을 보여주시겠어요?"

톰슨은 그 말에 따랐다. 에드워드 1세 통치 기간의 역사 부분을 펼쳤다. 책장 사이로 찢어진 종이 두 조각이 보였다. 톰슨은 그것들을 조심스럽게 꺼내서 프랜시스 부인의 손에 올려주었다. 프랜시스 부인이 훑어보니, 의심의 여지없이 러스킨의 "참깨와 백합"에서 찢어져 나온 것이었다. 프랜시스 부인은 그 종이들을 다시 돌려주었다.

"저는 누구의 혐의를 제기하는 것도 아닙니다."

마리아가 말했다.

"심지어 지금도 누군가를 비난하는 것이 아닙니다. 하지만 프랜시스 부인, 이 책이 그날 오후 에블린 윈포드의 손에 있었다는 것을 알려드리게 되어 유감입니다. 톰슨 선생님, 모든 상황을 프랜시스 부인께 설명해 주시겠습니까?"

"정말, 정말 송구스럽습니다." 톰슨이 말했다.

"저는 진심으로 에블린을 더 잘 이해하기를 바랐지만, 에블린은 처음 보는 유형의 학생이었습니다. 상황을 설명 드리자면, 학교에 온 첫날에는 정규 수업이 없으므로, 저는 에블린에게 수업 시간동안 에드워드 1세 시대의 역사를 읽어보도록 했습니다. 에블린은 힐끗 보더니, 그 통치 기간에 대한 내용을 안다고 말했고, 남은 시간 동안 주변을 둘러보며 즐거워했습니다. 저는 쉬는 시간에 에블린을 불러서 질문을 하였지요. 에드워드 1세에 대해 어떤 것도 아는 것이 없는 것 같았습니다. 에블린이 잘못된 대답을 한 것을 나무랐고요."

"거짓말을 해서 그랬다는 말씀이시지요."

프랜시스 부인이 쏘아붙였다.

톰슨은 머리를 숙여 사죄인사를 했다.

"에블린을 나무랐고, 그에 대한 벌로 다른 학생들이 놀이터에 있는 동안 에드워드 1세의 통치 기간을 읽으라고 했습니다."

"잘하셨습니다."

프랜시스 부인이 말했다.

"에블린은 매우 분노했지만, 저는 단호했습니다. 책을 에블린에게 주고 나갔지요. 이제 더는 할 말이 없습니다. 그날 저녁 6시, 저는 강의실 안에 있던 '참깨와 백합'을 가져와서 강의 준비를 계속했습니다. 그러고 나서 몇 페이지가 없어진 것을 발견했습니다. 오늘 아침 일찍, 우연히 이 역사책을 가져갔다가 에드워드 1세의 통치 기간을 담고 있는 부분에서 이 종이 조각들을 발견한 것입니다."

"이제는 의문의 여지가 없이 에블린을 의심할 수밖에 없습니다."

마리아는 말했다.

"그리고 프랜시스 부인, 이런 종류의 문제는 전적으로 학교의 문제이고, 교장이 처리해야 할 문제이긴 하지만, 부인께서 방문해주시고 그 일을 받아들여주셔서 책임을 좀 덜게 되었습니다."

"어쩔 수 없이 에블린을 의심할 수밖에 없군요."

프랜시스 부인은 말했다.

"하지만 여전히 믿기 어렵군요. 어찌하실 건가요?"

"내일 아침 모든 학생들 앞에서 방금 제가 말씀드린 것을 얘기할 겁니다."

"에블린을 퇴학시키는 것이 최선이겠군요."

"그건 옳지도 않고 공정한 일도 아니라고 생각합니다. 에블린이 지금 학교를 떠나게 된다면 사실상 평생 상처를 입을 겁니다. 간청 드립니다, 프랜시스 부인, 에블린이 인격을 회복할 기회를 주십시오."

"아, 어쩌면 좋지?" 프랜시스 부인이 말했다.

"내 딸이 그런 아이와 친구로 지내야 하다니! 얼마나 불행한지 모르실 겁니다."

"정말 이해합니다. 진심으로 안타깝습니다."

마리아는 말했다.

"그러면 어쩌면 좋을까요?"

"에블린도 이 학교 학생이니, 저에게 맡겨주셔야 한다고 생각합니다. 학교에 온 첫 날 이런 잘못을 저질렀고, 될 수 있으면 너무 가혹한 처벌은 내리지 않을 겁니다. 에블린은 영국에서 자라지 않았잖습니까."

프랜시스 부인은 마리아와 조금 더 이야기를 나누다가 떠났고, 끔찍할 만큼 비참하고 불행했다.

제22화

"네 입장을 고수해라, 에블린."

에블린은 약속대로 화요일 저녁에 재스퍼를 만났다. 사실 특별히 에블린의 움직임을 지켜볼 수 없을 만큼 프랜시스 부인은 불행에 빠져있었으므로 꽤나 수월하게 몰래 빠져나갈 수 있었다. 오드리와 에블린 단 둘이 식사를 했고, 오드리는 두통이 있어서 일찍 잠자리에 들었다. 에블린은 방으로 달려가 검은 숄을 두르고 밝은 색의 머리칼을 완전히 가렸으며 길고 하얀 옷으로 작은 몸을 덮은 뒤 옆문으로 뛰쳐나갔다. 그러나 자신의 건강에 대해서는 전혀 신경 쓰지 못한 채 얇은 신발을 신고 있었다. 재스퍼가 기다리고 있었다. 한순간에 에블린을 두 팔로 껴안아 땅에서 들어올렸다.

"오, 우리 에블린." 재스퍼가 소리쳤다.

"우리 예쁜 에블린! 안아줄 테니 키스해 주겠니! 우리 강아지! 너를 다시 안아보는 것은 목마른 사람이 시원한 물을 마시는 것과 같단다."

"너무 꽉 안지는 말아요. 맞아요, 물론이죠, 이모를 만나서 너무 기뻐요." 에블린이 말했다.

"그런데 발 좀 만져보자. 오, 실내화를 신고 이렇게 뛰쳐나오다니! 독감에 걸릴 거야! 여기, 계단에 앉아서 좀 안아줄게. 이제, 포근하지? 내 모피 망토가 발까지 모두 감싸주고 있지? 기분 좋지?"

"네, 아주 좋아요." 에블린이 말했다.

"마치 엄마랑 이모와 함께 있던 목장으로 다시 돌아온 것 같아요."

"아아, 행복했던 지난날이여!" 재스퍼가 탄식했다.

"그랬죠, 정말 행복했죠. 다시 돌아갔으면 하는 생각이 들 정도로요. 내가 생각했던 영국 생활이 아니라서 걱정이 많이 되요. 나에게 잘 보이려 호들갑을 떨지도 않고, 학교에서는 날 너무 끔찍하게 대하죠."

"너의 때가 오기를 기다리렴. 에블린의 날을 말이야."

"학교가 싫어요."

"왜 싫어? 배워야 한다는 것을 알잖니. 무지한 아가씨는 이 계몽된 시대에는 전혀 기회가 없어요."

"오! 제발, 재스퍼, 무서운 책처럼 말하지 말고, 원래대로 하세요. 배워봤자 무슨 소용이 있나요?"

"장담컨대, 뭐든 할 수 있지."

"글쎄, 너무 귀찮아서 절대 공부는 못할 것 같아요."

"그런데 학교가 왜 싫어?"

"말할게 있어요. 그럴 생각은 아니었지만, 곤경에 처해버렸어요."

"오, 그 책 얘기구나. 실비아가 말해줬어. 걔한테는 왜 얘기한 거니?"

"누군가에게는 털어놓아야 했고, 실비아는 학교에 다니지 않으니까요."

"실비아는 너와 다르단다."

"다른가? 실비아가 마음에 드는데."

"하지만 실비아는 다른 부류란다. 예를 들어, 네가 한 그런 일은 못해."

"오, 많은 사람들이 그만한 기상을 가지고 있지는 않겠죠."

매우 훌륭한 행동을 한 사람의 목소리로 에블린이 말했다.

"실비아는 못할 거다." 재스퍼는 반복해서 이야기했다.

"실비아는 자신이 옳다고 생각하고, 네가 잘못했다고 생각하는 것 같았어. 너는 다르게 배웠지. 그런데, 요점만 말하자면 난 네가 잘했다고 생각하지만, 실비아 생각은 달라. 아주 조심하지 않으면…"

"않으면 뭐요… 뭐?"

"비밀을 지켜주지 않을 수도 있어."

"실비아가 그런 부류인가? 오, 너무나 끔찍한 일이야!" 에블린이 말했다.

"오, 실비아에게 비밀을 털어놓을 생각을 했다니! 하지만 그럴 리가 없어. 그럴 수가 없다고요!"

"못 하게 할 테니, 너무 불안해하지는 마라. 감히 비밀을 발설한다면, 난 실비아를 떠날 거고, 그러면 굶어죽을 지경이 되겠지."

"정말인가요? 정말 큰일이야. 학교에서는 야단법석을 떨고 있어요. 오늘 저녁까지 자백하라고 했었죠… 잘못한 사람이 아니라, 용기 있는 사람이지만요… 그리고 그 용기 있는 사람이 자백하지 않았으니, 내일 아침 무슨일이 일어날지는 아무도 몰라요. 마리아 선생님이 잔뜩 벼르고 있을 거예요. 아주 흥미진진해요. 날 의심하는 애들은 없고, 워낙 내가 대놓고 이야기를 하니, 때때로 웃기도 하죠. 모두가 벌을 받을 것 같아요. 어떻게 해야 할지 잘 모르겠어."

"입 다물고 그냥 다 흘러가게 둬라. 이게 내가 할 수 있는 조언이란다." 재스퍼는 말했다.

"나라면 그냥 두든지 대담하게 나가든지 둘 중 하나를 택할 거야. 네가 그랬고, 그 일을 한 것이 부끄럽지 않다고 말해."

"못해. 못해요. 어떤 면에서는 용감할지도 모르지만, 그 정도는 아니에요. 게다가, 내가 아니라고 벌써 말해버렸는걸요." 에블린이 말했다.

"오, 그랬지." 재스퍼가 대답했다.

"그걸 잊어버렸네. 그럼 이제 그 입장을 고수하면 돼. 그리고 최악의 경우엔, 나한테 와. 그러면 내가 보호해주마."

"최악의 경우… 그래요, 최악의 상황이면요." 에블린이 말했다.

"잊지 않을게요. 하지만 이모에게 너무 가고 싶으면 어떻게 하죠?"

"매일 밤 9시에 이 계단에 올 테니, 날 보고 싶을 때 찾을 수 있을 거다. 정확히 5분 동안 여기 있으마. 그리고 하고 싶은 말은 무엇이든 이 돌 밑에 넣어두도록 해. '소중한 재스퍼의 귀여운 생각' 이지?"

"맞아요, 맞아. 이제 가야겠네요." 에블린이 말했다.

"조금만 더 있다가 가, 조금만."

"실비아랑은 어때요?"

"오, 정말 재미있게 잘 지내! 꽤 신나게 살고 있지. 노신사 리슨 씨 몰래 숨어 있다가 집시 행세를 했었고, 늙은 닭 요리를 주는 척하면서 가장 부드러운 닭 요리를 주고 있지. 우리 아가, 이 늙은 재스퍼를 도와줄 돈을 좀 가지고 있니?"

"아! 이모는 너무 욕심이 많아서, 항상 뭘 달라고 하네요. 에드워드 삼촌이 용돈을 주긴 하지만, 많이 주진 않으니, 내가 상속녀라고 생각하는 사람이 아무도 없을 정도에요."

"돈은 중요하지 않단다. 내일 밤에 이곳에 다시 오마. 자, 기운 내라, 그러면 모든 것이 잘 풀릴 거야."

에블린이 재스퍼에게 입맞춤을 하고 집으로 뛰어가려던 참에, 재스퍼는 에블린이 신고 나왔던 얇은 신발을 기억했다.

"데려다 줄게." 재스퍼가 말했다.

"그 소중한 작은 발이 서리 내린 땅에 닿지 않도록 말이야."

재스퍼는 강하게 주장했고 에블린도 기꺼이 따랐다. 성 옆문 안쪽 46미터까지 재스퍼의 강한 팔에 안겨서 들어갔고, 달려가 나무 밑 어두운 그림자에 손 키스를 보낸 후, 자기 방으로 돌아갔다. 리드가 그런 에블린을 목격했지만, 에블린은 눈치 채지 못했다. 이미 의심을 품고 있었던지라, 리드는 앞으로도 예의주시하기로 결심했다.

제23화

명예를 회복할 일주일의 시간

마리아는 너무나 괴롭고 혼란스러웠다. 동생 루시와 상의했고, 가장 아끼는 선생님인 톰슨과도 상의했다. 한밤중에 이야기를 나눈 후, 마침내 에블린에게 기회를 한 번 더 주기로 결심했다.

"명예를 모르는 이는 없으니, 명예에 호소해야 해."

마리아가 말했다.

"잘 하는 일이에요, 언니." 루시가 말했다.

"일단 결심을 굳혔다면, 에블린을 위해 그래야 해요. 에블린의 잘못이 무엇이든 간에, 언젠가 높은 지위에 오를 거니까요. 사악하게 자라면 큰일 나요…큰일 이상이지요. 힘을 올바르게 쓰지 않으면 정말 끔찍할 거예요! 어떤 처사를 내리든, 자비를 베풀어주세요."

"나를 옳은 길로 인도해 주십사 신께 기도드려야겠어."

마리아가 대답했다.

"모든 것을 잘 판단해야 해. 가엾은 에블린! 진심으로 안됐지만, 에블린이 어떻게 고백하도록 할지가 문제로군."

마리아는 잠자리에 들어서도 잠을 자지는 못했다. 아침에 일찍 일어나서, 어떻게 할지 마음을 굳혔다.

그러므로, 오드리와 에블린이 예쁜 2륜 마차를 타고 등교했을 때, 마리아는 두 사람을 환영했다. 오드리의 뺨은 밝았고, 영국 소녀답게 상냥하고 상큼하고 착한 모습이었고, 에블린은 하얀 얼굴에 반항적인 표정과 갈색 눈으로 적대적인 눈빛을 보이며 마리아를 계속 쳐다보았다. 마리아는 두 사람 모두에게 인사했다.

"오드리, 오늘 아침은 어떠니?"

마리아는 쾌활하고 친근한 어조로 말했다.

"안녕, 에블린? 아니, 오드리, 늦지 않았단다. 제시간에 왔어. 교실로 갈까? 나도 곧 가서 함께 기도하마. 에블린, 잠깐 얘기 좀 할 수 있을까?"

"왜요?" 에블린이 약간 뒤로 물러서며 물었다.

"할 말이 있단다."

오드리도 가만히 서 있었다. 마리아를 적대적인 눈빛으로 바라보며 혼잣말을 했다.

"결국, 마리아 선생님은 심하게 불공평한 사람이었어. 당연히 에블린을 의심하고 있다고 말씀하시겠지."

오드리는 말했다.

"에블린, 마리아 선생님께서 허락하신다면 내가 화장실에서 기다려줄게."

"하지만 시간이 좀 걸릴 수도 있으니, 안 되겠구나."

마리아는 말했다. "더 지체하게 하지 말고 어서 가라, 오드리."

에블린은 시무룩하게 가만히 복도에 서 있었고, 오드리는 교실 쪽으로 사라졌다. 마리아는 이제 에블린의 손을 잡고 교장실로 안내했다.

"왜 저를 찾으신 거예요?" 에블린이 말했다.

"너한테 하고 싶은 말이 있다, 에블린."

"그럼 얼른 말씀해주세요."

"시퉁하게 굴면 안 돼요."

"'시퉁한' 게 뭔지 몰라요."

"지금 네가 하는 것이다. 하지만, 제발 진정하고 내가 진심으로 안타까워한다는 것을 믿어줘라."

"안타까워하지 않으셔도 되요."

에블린이 고개를 휙 돌리며 말했다.

"누구도 날 안타깝게 여기지 못해요. 나는 세상에서 가장 운이 좋은 사람 중 한 명이니까요. 제가 안타깝다고요! 제발 그러지 마세요. 어머니는 동정 받는 것을 참지 못하셨고, 나도 동정 받지 않을 거예요. 동정 받을 일 없어요."

"동정 같은 것은 무시하라고 말해준 게 누구지?"

마리아가 물었다.

"몰라도 돼요."

"그래도, 그 얘기는 들은 것 같구나. 어머니 얘기 말이다. 프랜시스 부인께서 에블린 어머님이 돌아가셨다고 하셨지. 어머니를 사랑했지?"

에블린은 재빨리 고개를 끄덕였고, "그건 선생님과는 상관없는 일이죠."라고 말하는 것처럼 보였다.

"네가 어머니를 사랑했다는 것도, 어머니가 너를 사랑하셨다는 것도 알겠구나."

에블린은 자신도 모르게 고개를 끄덕였다.

"가엾어라, 어머니 없이 정말 힘들겠구나!"

"그러지 마세요." 에블린이 긴장된 목소리로 말했다.

"어릴 때 태즈메이니아에 있었고, 널 사랑하니까 어머니께서 너를 예뻐해 주셨을 테고, 너도 어머니를 사랑했겠지. 그리고 너도 어머니를 사랑하니 기쁘게 해드리려고 노력했을 거야."

"아, 듣기 싫어!" 에블린이 말했다.

"이리와라, 얘야."

에블린은 꿈쩍도 하지 않았다.

"나한테 오거라." 마리아가 말했다.

마리아는 반항하는 것에 익숙하지 않았다. 목소리가 크진 않았지만, 조용하고 단호했다. 마리아는 에블린을 똑바로 바라보았다. 눈빛은 친절했다. 에블린은 그 눈빛에 매료된 것처럼 느껴졌다. 별로 내키지 않는 듯, 한 걸음씩 마리아 옆으로 다가갔다.

"선생님은 에블린 같은 아이를 사랑한단다."

그 때 마리아가 말했다.

"듣기 싫다고요!" 에블린이 또 한 번 말했다.

"그리고 지금처럼 토라져서 무례하고 버릇없게 굴어도 개의치 않고, 여전히 사랑한다… 안쓰러운 마음에 사랑하는 거지."

"안쓰러워할 필요 없고, 그러도록 두지도 않을 거예요."

에블린이 말했다.

"안쓰러운 마음이 들지 않는다면 난 달라지겠지."

"무슨 얘기예요?"

"화가 날거다."

"왜 화가 나요? 전 화 안 나요! 무슨 얘기하는 거예요?"

"너에게 화가 나겠지, 에블린. 아주 화가 날 거야. 하지만 이제 내 감정에 대해서는 그만 얘기하겠다. 슬픔이나 분노에 대해 아무 말도 하지 않겠어. 너에게 사실을 얘기해야겠구나."

"하세요." 에블린이 말했다.

마리아는 탁자로 다가가, 역사책에서 에드워드 1세 통치 기간에 관한 부분을 펼쳤고, 찢어진 두 장의 작은 종잇조각을 꺼내어 손바닥 위에 놓았다. 다른 한 손에는 훼손된 "참깨와 백합"을 들고 있었다. 찢어진 조각의 글자가 "참깨와 백합"의 글자와 정확히 일치했다. 마리아는 에블린을 보았다가 종잇조각을 힐끗 보았고, 다시 에블린을 보았다가 "참깨와 백합"을 보았다.

"넌 똑똑한 학생이니, 이게 무슨 의미인지 알 것이다."

마리아가 말했다.

그러고 나서 마리아는 조심스럽게 종잇조각을 다시 역사책에 넣어두었고, 옆에 있는 탁자 위에 놓았다.

"네가 학교에 온 첫 날 아침에 읽었던 역사책에서 톰슨 선생님이 이 종잇조각을 발견했다."

마리아가 말했다.

"그 조각들은 분명 '참깨와 백합'에서 찢어진 페이지였다. 이에 대해 할 말이 있니?"

에블린은 머리를 흔들었고, 얼굴은 하얘지고 눈은 빛났다. 그러나 양쪽 뺨은 작은 동전 크기만큼 붉게 물들었다. 붉어진 부분은 더 퍼져나가지는 않았다. 이로 인해 창백한 얼굴이 묘한 분위기로 바뀌었다. 입은 몹시 고집스러워 보였다. 턱의 갈라진 틈으로 에블린의 묘하게 편향된 성격이 엿보였다.

"할 말 없니? 어떤 말이라도?"

에블린은 다시 한 번 고개를 천천히 흔들었다.

"오늘 기도 후에 이 상황을 설명하고 학생들 스스로 결론을 내리도록 하면 안 되는 이유라도 있을까?"

이제 에블린은 눈을 들어 마리아의 얼굴에 시선을 고정했다.

"그러진 않을 거죠?" 에블린이 물었다.

"정황증거 같은 것 들어본 적 있니?"

"몰라요, 그게 뭔데요?"

"정말 무지하구나… 계획적일 뿐만 아니라 무지하기도 하고, 사악할 뿐 아니라 계획적이야."

"아니, 난 사악하지 않으니, 그렇게 말하지 마세요!"

"말해봐, 내가 지금 보여준 것을 학생들에게 보여주지 않고 학교에서 자체적으로 결론을 내려야 할 이유가 있니?"

"애들한테 보여주진 않을 거죠?"

"에블린, 이게 무슨 뜻인지 설명해야겠니?"

"맘대로 얘기하셔도 상관없어요."

"어떤 이유인지는 알 수 없으나 책을 찢은 사람이 바로 너라는 것을 이 종잇조각으로 알 수 있지. 왜 그랬는지는 나나, 톰슨 선생님이나, 루시 선생님은 짐작조차 할 수 없어. 하지만 네가 했다는 것에는 모두 이견이 없다."

"오, 사악해! 감히 어떻게 그런 생각을 할 수 있죠?"

"말해 봐, 에블린. 왜 그랬는지 말해 보거라. 이리 와서 얘기해봐. 가엾은 너에게 가혹하게 굴 생각은 없다. 너무 무지해서 옳고 그름에 대한 개념이 모두 결핍되었다니 안쓰럽구나. 하늘에 계신 신이 그러하시듯 나도 널 용서할 테니 말해 보거라."

"하지 않은 일을 했다고 하진 않을 거예요."

에블린이 말했다.

"지금은 화가 나서, 무슨 말을 하는지도 모르는 것 같구나. 나갔다가 30분 후에 돌아오면, 그땐 얘기하도록 해라."

에블린은 조용히 서 있었다. 마리아는 역사책을 들고 교장실을 나간 후, 열쇠로 자물쇠를 잠갔다. 에블린이 창가로 달려갔다. 빠져나갈 수 있을까? 문으로 달려가 문을 열려고 했지만, 창문으로도 문으로도 빠져나갈 수 없었다. 에블린은 갇혀 있었다. 덫에 걸린 야생 동물 같았다. 소리도 질러봤지만 아무 소용이 없었다. 에블린은 이제껏 이런 처지에 놓인 적이 없었다. 엄청난 고통에 사로잡혔지만, 아직도 잘못을 뉘우치지는 않았다.

어머니가 살아계셨더라면! 목장으로 돌아가기만 한다면! 재스퍼가 옆에 있었더라면!

"오, 어머니, 재스퍼!"

에블린이 외쳤다. 그러자 목구멍까지 흐느낌이 치솟았고, 눈에서 눈물이 터져 나왔다. 긴장이 풀리며 의자에 쪼그려 앉아 가슴이 찢어질 듯 흐느껴 울었다.

30분 후에 마리아가 다시 돌아왔다. 에블린은 여전히 울고 있었다.

"에블린." 마리아가 말했다.

"지금 기도하러 교실에 가는 중이다. 결정했니? 어째서 그랬는지, 어떻게 한 건지, 왜 거짓말했는지 얘기해주겠니? 이 세 가지 질문에 솔직히 답하기만 하면, 고통스럽고 끔찍한 위기를 극복할 수 있을 거다. 용기를 내거라, 에블린, 신에게 도움을 청해라."

"모르는 일을 했다고 말할 순 없어요."

화가 난 에블린은 분노의 말을 내뱉었다.

"맘대로 생각하세요. 하고 싶은 대로 하라고요. 당신 마음대로 하란 말이에요. 당신이 싫고, 난 절대 착해지지 않을 거예요…절대, 절대! 언제나 못되게 굴 거예요… 항상… 당신이 싫어요! 당신이 싫어!"

마리아는 아무 말도 하지 않았다. 분노를 쏟아 부은 대상에게서 어떤 반응도 없다면 격렬한 분노의 열정은 오래가지 못하는 법이다. 에블린의 분노도 다소 누그러들었다. 마리아는 가만히 서 있다가 부드럽게 말했다.

"정말 미안하구나. 네가 이럴 것을 예상했었다. 널 가라앉히려면 이보다 더 강한 것이 필요하겠구나."

"종잇조각들을 교실에 가져가서, 내가 한 짓이라고 말할 건가요?"

에블린이 말했다.

"아니, 그러지 않고 기회를 한 번 더 주겠다. 오늘은 원래 휴일이었지만,

너의 잘못으로 인해 휴일은 없을 거다. 토요일에 치스필드에 있는 박물관에 가기로 했고, 아이들이 모두 고대하고 있으니 너 때문에 가는 것은 아니야. 집에 가기 전에 상품을 주기로 했었는데, 너로 인해 아이들이 상품을 받지 못하게 될 거다. 이 박탈감의 원인이 너라는 것은 모르겠지만, 학교에 잘못을 저지른 사람이 있고, 그 사람이 잘못을 털어놓지 않아서 생긴 박탈감이라는 것은 알게 될 것이다. 에블린, 지금부터 일주일 간 생각할 시간을 주겠다. 명심해라, 네가 그 일을 했다는 것을 나는 알고 있고, 루시 선생님과 톰슨 선생님도 알고 있다는 걸. 하지만 공개적으로 망신을 당하기 전에 기회를 주고 싶다. 박물관에 가기 전 주중에는 학교에 있는 다른 학생들과 똑같이 너를 대할 거야. 이번 주가 끝날 때까지는 결백한 사람으로 대우할 거다. 정말로 친구들을 실망시키고 어두운 의심으로 몰아넣을 것인지 다음 주 내내 잘 생각해 보거라. 다음 주에 학교는 사실상 차단될 것이다. 학부모님은 학생과 거리를 두어야 할 것이다. 모든 학부모님께 학교에 추악한 의심이 드리워져 있다는 통신문을 보낼 것이다. 친구들과 학교 관계자를 이 잔인한 상황에 몰아넣기 전에 잘 생각해 보거라.”

“잔인한 건 선생님이죠.”

에블린이 말했다.

“너의 모진 마음을 녹여달라고 신께 간청 드리겠다.”

“정말 그렇게 할 거라고요?”

“물론이지.”

“이번 주말에요?”

“그 전에 네가 고백하지 않는다면, 너를 대신해서 내가 모든 학생들 앞에서 사실을 밝힐 수밖엔 없겠지. 하지만 에블린, 너는 잘못을 고백하고 반드시 속죄하게 될 거다. 신께서 사람을 그리 모질게 만드셨을 리가 없으니 말이다!”

에블린은 눈물을 훔쳤다. 자신의 감정이 무엇인지, 무슨 일이 일어나게 될지 알 길이 없었다.

“선생님과 함께 교실에 들어가기 전에 눈을 좀 씻어도 될까요?”

에블린이 말했다.

"그래라. 여기서 기다리마."

에블린은 교장실을 나갔다.

"저런 아이는 처음 보는 구나." 마리아가 혼잣말로 말했다.

"신이시여, 이 아이를 어찌 해야 합니까? 일주일 후에도 죄를 고백하지 않으면 프랜시스 부인께 에블린의 자퇴를 부탁할 수밖에 없겠어, 가엾구나, 가엾어!"

에블린은 창백하지만 평온한 모습으로 돌아왔다. 에블린은 마리아에게 손을 내밀었다.

"네 손을 잡고 싶지 않다."

"일주일동안은 결백한 사람으로 대하겠다고 하셨잖아요."

"좋다, 그럼, 손을 잡아줄게."

마리아는 에블린의 손을 잡고 교실로 들어갔다. 에블린은 마치 아무 일도 없었다는 듯이 바라보았고, 눈물은 흔적도 없이 사라져 있었다. 다른 학생들은 호기심에 에블린을 흘깃 쳐다보았다. 평소대로 기도문을 낭독했고, 마리아는 무릎을 꿇고 기도했다. 기도의 운율을 타고 목소리가 높아지며 살짝 떨렸다. 마리아는 모진 마음을 지닌 사람들을 위해 기도하며, 신께서 그 마음을 누그러뜨려달라고 빌었다. 잘못은 바로잡고, 악에서 선을 이끌어내며, 자신이 모든 일에 올바른 판단을 하도록 인도해주시기를 기도했다. 마리아의 기도에는 묵직한 근엄함이 있었고, 큰 교실의 고요함 속에 모두가 그것을 느꼈다. 마리아는 무릎을 펴고 일어나 책상으로 가서 모여 있는 학생들을 마주했다.

"여러분도 알다시피, 불미스러운 일이 있었습니다."

마리아는 말했다.

"저의 책 '참깨와 백합'을 훼손한 사람이 주어진 시간이 지나도록 자백을 하지 않았습니다. 자백을 하지는 않았지만, 사건을 끝까지 추적하여 그 사람이 누구인지 알아냈고, 현재로서는 말하지 않을 생각입니다. 그 사람이 고백할 수 있도록 일주일을 줄 것입니다만, 그 한 주 동안은 유감스럽게도 모든 학생이 그 사람과 그 사람의 잘못된 행동에 대한 벌을 감수해야 합니다. 자유, 휴일, 반휴일, 친구의 방문은 없을 것이며, 삶을 즐겁고 밝고 편안하게 해주는 모든 것이 금지될 것입니다. 학업은 시시각각 순서대로 진행되며, 보상이라는 자극은 없을 것입니다. 유감이지만, 저는 이렇게 처리하기로 결정했습니다. 일주일 후에도 그 사람이 자백하지 않는다면, 저는 다음 조치를 취해야 하겠지요. 잘못을 저지른 그 사람에게 불쾌한 감정이 먹구름처럼 드리울 것이고, 매우 가혹한 처벌을 할 것임을 여러분에게 약속합니다."

마리아가 말을 끊었을 때 길고 의미심장한 침묵이 흘렀다. 마리아가 막 자리에서 내려오려고 할 때, 브렌다 폭스가 말했다.

"이것이 공평한 것인가요?" 브렌다가 말했다.

"무례한 질문이 아니길 바랍니다만, 죄 지은 사람으로 인해 죄 없는 사람들이 고통을 받는 것이 정당한 것일까요?"

"여러분 모두 그렇게 해주셔야 합니다. 지나간 일을 생각해보세요. 이번이 처음이 아니니, 용기를 내세요."

"선생님 말씀이 맞는 것 같아."

같은 날 브렌다 폭스는 오드리에게 말했다.

"난 아닌 것 같아." 오드리가 대답했다.

"물론 브렌다, 난 너만큼 마리아 선생님을 잘 알지 못하고, 학교생활의 일반적인 규칙에 대해서도 무지하지만, 만약 그 사람이 자백하지 않는다면, 그냥 바로 처벌하고 끝내는 게 나은 것 같아."

"우리에겐 그게 더 낫겠지만, 마리아 선생님은 그렇게 생각하지 않으실 거야." 브렌다가 대답했다.

"그게 무슨 말이야?"

"내 얘기는, 마리아 선생님께서는 그 사람을 가혹하게 처벌했을 때 받을 평생 떨칠 수 없는 상처에 비하면 작은 개인적 고통과 불편함은 별로 중요하지 않다고 생각하실 분이라는 거지."

"아직도 이해가 잘 안 된다. 학교에서 그런 수치스러운 짓을 한 학생이 있다면, 즉시 모두 알아야지."

"마리아 선생님은 분명 알고 계시지만, 왠지 그 아이가 잘못을 뉘우치기를 바라시는 것 같아."

"그리고 우리가 벌을 받는다고?"

"그 사람의 인격을 회복할 수 있다면 약간의 불편함을 감수할 가치가 있지 않을까?"

"물론 그렇지. 만약 그렇게 해서 그 사람을 구할 수 있다면 말이야."

"나로서는 그렇기를 바라. 기도할 거야. 난 기도를 믿어."

브렌다는 경건한 어조로 말했다.

"나 역시 그래." 오드리가 대답했다.

"하지만 브렌다, 마리아 선생님께서 이틀 전에 에블린의 이름을 언급했을 땐 영 잘못짚으신 것 같았어."

"왜? 에블린이 그 교실에 혼자 있었긴 했었잖아."

"하지만 그로 인해 말도 안 되는 의심을 하고 계신 것 같았어."

"아, 아니야, 오드리!" 브렌다가 대답했다.

"에블린이 그랬을 거라고 누가 생각하겠니? 게다가, 학교에 처음 온 사람이었는데."

"그럼 누가 그랬는지 조금이라도 짐작 가는 사람은 없어?"

"아무도 없어, 아무도. 아이들 모두 톰슨 선생님을 정말 좋아해. 마리아 선생님도 모두 좋아하고, 유능하고 훌륭한 선생님으로서 마리아 선생님과 루시 선생님을 존경하지. 학교생활도 다 좋아하고. 그렇게 못되게 굴 사람이 누가 있겠어?"

최소한 에블린은 학교생활을 즐기지는 못하고 있었고, 톰슨 선생님을 싫어하는데다, 마리아 선생님을 싫어한다고 공개적으로 말한 것에 대해 오드리는 마음속으로 불편한 감정을 느꼈다. 하지만 에블린이 정말로 그랬을 것이라는 생각은 추호도 하지 않았다.

그러는 동안 에블린은 무모하게 길을 나섰다. 무슨 일이든 간에 그 일이 벌어지기 전까지 아직 일주일의 시간이 있었다. 일주일 동안 자신의 기분대로 즐거울 수도, 무례할 수도, 버릇없이 행동할 수도, 반항적일 수도, 착하게 굴 수도 있었다. 주말이나, 주말이 다가올 때쯤, 달아나버리면 그만이었다. 재스퍼에게 가서 자신을 숨겨달라고 말하면 되었다. 에블린은 이렇게 결심했고, 유아만큼이나 비논리적이었다. 고민과 고통을 덜어내는 것만이 가장 중요했고, 심지어 학교 친구들의 불편과 괴로움에 대해서도 별 걱정을 하지 않았다. 에블린과 오드리는 항상 저녁 시간을 집에서 보냈으므로, 학교가 따분하고, 수업이 늘어나고 놀이 시간이 없어지고, 조용하게 두 사람씩 산책을 해도 거의 우울해 하지 않았다. 그리고 집에서는 웃으며 놀 수 있었고, 에드워드에게 말을 걸어 아버지 이야기를 끌어낼 수도 있었다. 에블린의 성품을 좋아지게 할 수 있는 유일한 길은 에드워드에 대한 사랑뿐이었다. 에블린은 분명히 이 시기에 매우 빠르게 내리막 길을 걷고 있었다. 가엾어라! 누가 에블린을 이해하고, 멈춰 세우고, 옳은 선택을 할 수 있도록 도와주겠는가?

제24화

"E. W. 가 누구란 말인가?"

에블린을 도울 수 있는 한 사람은 그 때 자신의 문제로 너무 바빠 에블린에 대해 많은 생각을 할 수가 없었다. 가엾은 실비아에게 엄청난 공포가 찾아온 것이다. 리슨의 태도가 이상했고, 재스퍼가 집에 있는 것을 의심할까 봐 두려워하기 시작했다. 만약 재스퍼가 떠난다면, 모든 것이 위기에 처할 것만 같았다. 실비아는 재스퍼에게 큰 애착이 있었고, 제멋대로인 에블린을 대하는 최선의 방법에 대해 많은 논쟁을 벌였지만, 실비아의 목숨은 재스퍼의 지갑과 재치에 달려 있었다.

닭이 하나둘씩 사라졌고, 같은 소년이 날마다 재스퍼에게서 울타리 너머로 그 닭을 받았다. 소년은 늙은 암탉을 마리당 6펜스에 팔았고, 상당한 수익을 거두었다. 소년은 기꺼이 재스퍼의 비밀을 지켜주려 했다. 재스퍼는 마을의 이웃으로부터 부드럽고 어린 수탉을 사서 겨드랑이에 끼고 집으로 가져온 뒤, 닭을 잡아서, 리슨의 식사를 위해 다양한 방식으로 조심스럽게 손질했다. 리슨은 실비아를 큰 소리로 칭찬했고, 만약 최악의 상황이 닥치면 여자 요리사로 나가도 되겠다고 말했다.

"그런 끔찍한 일은 일어나지 않을 거다, 얘야." 리슨이 말했다.

"영국에서 가장 자랑스러운 가문인 리슨이 돈을 벌려고 자신의 품위를 그렇게 떨어뜨리는 일 같은 것은 말이다. 하지만 이런 기회와 변화의 시대에는 혹시 모를 최악의 상황에 대비해야 한다. 실비아, 나는 불안할 때가 있어…아주, 아주 불안한 때가 말이다."

"맞아요, 아버지." 실비아가 대답했다.

"아버지는 우편물을 너무 많이 보세요. 정말 아주 적은 돈만 쓰려고 왜 그렇게 안달하며 비참해 하는지 정말 모르겠어요."

"우리는 필요한 것보다 더 많이 소비하고 있어. 하지만, 젊은 여자애라면 미식과 좋은 옷이 필요할 테니, 불평하는 것은 아니다."

"좋은 옷이라고요!"

실비아가 말했다. 자신의 허름한 옷을 내려다보며 고통스럽게 얼굴을 붉혔다.

리슨은 밝고 푹 꺼진 검은 눈으로 실비아를 보았다.

"이리 와라." 리슨이 말했다.

실비아는 떨면서 고개를 숙인 채 다가갔다.

"이틀 전에 너를 보았다. 일요일이었는데, 교회에 가더구나. 난 관목 숲에 서 있었지. 멍해졌어… 그래, 멍해졌지… 고통스러운 생각으로 말이야. 세상에 알리고자 했던 조리법과 다른 것들에 사로잡혀 있었지. 넌 허름한 드레스를 입고 달려가서는, 뒷문을 통해 집 안으로 들어가더구나. 실비아, 문을 잠그는 게 현명하다는 생각을 가끔 한다. 너와 나 둘만 집에 있으니 출입구는 하나만 있는 것이 안전할 것 같다."

"하지만 외출할 땐 항상 문을 잠그는데요. 그리고 뒷문을 이용할 수 있으면 시간도 많이 절약 되요." 실비아가 말했다.

"실비아, 넌 언제나 내가 하는 말에 토를 달지. 하지만, 계속 얘기하겠다. 넌 집으로 들어갔고, 왜 그렇게 급하게 들어간 것인지 난 궁금했다. 15분 만에 완전히 다른 모습으로 나오더구나. 그 드레스는 어디서 난 게냐?"

"무슨 드레스요, 아버지?"

"거짓말 마라. 내 얼굴을 똑바로 보고 말해. 짙은 색조의 갈색 옷이었고 소재가 좋았어. 머리에는 유행하는 모양의 흉측한 모자가 있었는데, 깃털도 달려있었지. 어릿광대 같은 네 모습을 보고는 숨이 턱 막혔다. 모피도 있더구나… 틀림없이 가짜 모피였겠지만… 아무리 보아도 목과 손목에 털이 풍성했지. 실비아, 최근 몇 달, 몇 년간 나 몰래 돈을 모았니?"

"아니요, 아버지."

"'아니요, 아버지'라니 말투가 정말 이상하구나. 그 드레스를 살 돈이 없었다면, 어디서 났다는 게냐?"

"누가 준거에요."

"누가?"

"말 안할래요."

"말해라."

리슨은 앙상한 손으로 실비아의 양쪽 손목을 꽉 잡았다. 리슨은 앉아있었고, 실비아를 자기 쪽으로 끌어내렸다.

"당장 말해라. 꼭 알아야겠다."

"말할 수 없어요! 말 안할래요."

"내 말을 거역하겠다는 거냐?"

"그게 거역하는 거라면, 네, 거역하는 거예요. 그냥 누가 줬어요."

"누가 줬는지는 말 못한다고?"

"네, 아버지."

"그럼 내 앞에서 사라져. 화가 나고, 마음이 아프구나. 실비아, 그 드레스를 돌려줘야 해."

"한 번 더 말하지만, 싫어요."

"실비아, 5계명을 들어보았니?"

"들었지만, 드레스를 돌려주느니 찢어버리겠어요. 착한 딸로 사는 것도 한계가 있어요. 아버지에겐 간섭할 권리가 없어요. 누가 그 드레스를 주었고, 훔친 것은 아니니까요."

"정말 못 들어주겠구나. 참을 만큼 참았으니, 흥분하지 않겠다. 당장 나가라."

실비아는 방을 나갔다. 재스퍼에게 지금 아버지 모습을 보여주고 싶지는 않았으므로 재스퍼에게 가지 않았다. 자신의 침실로 달려가 문을 잠그고 침대에 몸을 던졌다. 최근에는 이런 일이 잘 없었다. 행복했고, 아버지가 독특하긴 했지만, 동시에 정이 많았으며, 밥도 잘 먹고 따뜻하게 지냈다. 오! 그 예쁜 드레스, 그 드레스가 마음에 들었다. 실비아는 그 드레스를 포기하지 않을 것이며, 이런 횡포에 굴복하지 않기로 했다. 조금 울다가 일어나서 눈물을 닦고는, 외투를 걸치고 밖으로 나갔다. 파일럿이 와서 실비아의 얼굴을 바라보며 함께 나가려고 했다. 실비아는 고개를 저었다.

"안 돼, 파일럿. 집에 있어. 아버지를 지켜 줘."

실비아가 속삭였다.

파일럿은 이해하고 돌아섰다. 실비아는 적극적으로 행동했다. 실비아가 현관으로 다가갔을 때, 그리고 파일럿에게 이야기할 때, 리슨은 거실 하단에 둘러진 철조망 너머로 이글이글한 눈빛으로 실비아를 바라보고 있었다.

"이게 다 무슨 일일까?" 리슨은 혼잣말로 말했다.

"실비아에게는 수수께끼 같은 부분이 있어. 가끔 이 집에도 비밀이 있다는 느낌이 들어. 실비아는 놀라울 만큼 요리를 잘해서, 이젠 어떤 요리사가 제 아무리 내 입맛에 맞는 음식을 만들어 준다고 해도 실비아보다 잘 할 수는 없을 거야. 집시가 동네를 떠나버려서 조리법을 구하지 못했다고 했었고, 그래서 내가 준 1실링으로도 못 구한다고 했었지. 아니면, 내가 1실링을 줬던가? 아닌 것 같은데… 아니었으면. 오, 세상에! 만일 줬는데, 잃어버린 건 아니겠지! 주지 않았으니, 여기 있어야하는데."

리슨은 조끼 주머니를 걱정스럽게 더듬었다.

"그래, 그래."

리슨이 안도의 한숨을 쉬며 말했다.

"여기에 두었었지만, 실비아가 필요해하지 않았지. 다행이다, 안심이야!"

리슨은 1실링을 다정하게 바라보다가, 안전한 원래 자리에 되돌려놓고는 생각했다.

"그럼 이제, 그 비싸고 사치스러운 옷을 누가 주었을까? 어머니의 트렁크를 뒤진 걸까? 가엾은 아내의 물건은 모두 팔아버렸다고 생각했지만, 뭔가를 간과했을지도 몰라. 지금 다락방에 가서 보고 와야겠다. 아내의 트렁크를 거기에 두었었지. 보고 와야겠어."

리슨이 탐험길이라고 부르곤 하는 일에 나설 때는 보통 발끝으로 걸었다. 절약의 목적으로 집에서는 펠트 슬리퍼를 신었더니 걷는 소리가 나지 않았다. 재스퍼가 수도원에 왔을 때 상당히 많은 양의 자기 짐뿐 아니라 에블린의 장신구 두세 박스도 가져왔었다. 이 트렁크들로 재스퍼의 침실과 부엌이 가득 차서, 재스퍼와 실비아는 리슨이 못 들을 정도로 먼 곳의 다락방으로 끌고 갔었다. 그러므로 트렁크는 대부분 비어있었고, 안에는 고인이 된 리슨 부인의 옷이 들어있었으며, 에블린의 트렁크는 이제 모두 뒤편 다락방에 있었는데, 그 다락방은 실비아의 방을 사이에 두고 부엌 바로 위에 있었다.

리슨은 예상대로 집안 구석구석을 알고 있었다. 아내의 트렁크가 보관되어 있는 방을 잘 알고 있었고, 자신의 삶을 불안하게 하는 수수께끼를 풀겠다는 결심으로 바로 그 방으로 갔다.

리슨은 문제의 다락방에 도착해서는 주변을 응시했다. 아주 낯익은 트렁크들이 있었다. 외국 호텔의 이름, 먼 지역의 이름 등 많은 여행 흔적이 트렁크 위에 남아있었다. 여기에는 플로렌스에서의 즐거웠던 시간의 흔적, 로마에서의 즐거웠던 2주간의 추억, 카이로에서의 일주일간의 추억, 그리고 잊지 못할 콘스탄티노폴리스 방문의 추억이 있었다. 아내의 트렁크를 바라보며 지난 삶의 흔적들을 응시하자, 잠시의 기억으로 외로운 리슨은 압도되었고, 두 손을 꼭 잡고 다시 돌아오지 않을 나날들을 생각하며 고개를 살짝 숙인 채 서 있었다. 회한에 사로잡힌 것은 아니었다. 리슨은 자기 인생의 악마가 어떻게 야금야금 자신을 지배하게 되었는지 깨닫지 못했고, 트렁크가 너무 낡아 쓸 수 없게 되었지만, 돈에 대한 욕망으로 새 트렁크를 사지 않았다. 라벨은 오래되었고, 리슨과 아내가 갔던 장소는 많이 바뀌었으며, 함께 머물렀던 호텔도 많이 사라지고 없었지만, 짐꾼이 붙인 라벨은 트렁크에 남아 리슨에게 불리한 증언을 하고 있었다. 리슨은 그것을 보고 재빨리 몸을 돌렸다.

"옛 시절이 떠오르는 구나." 리슨이 혼잣말로 말했다.

"그리고 옛 시절은 해묵은 감정을 끄집어내지. 그때는 아내가 사치라는 악마의 저주를 받을지 몰랐고, 아이가… 외동딸이 아내의 결점을 그대로 물려받을 줄도 몰랐어. 음, 싹을 잘라내는 것이 나의 의무로구나. 그렇지 않으면 실비아는 구빈원에서 생을 마무리하게 될 거야. 아내 옷을 대부분 팔았다고 생각했지만, 분명히 그 몹쓸 옷을 만들 만한 재료를 실비아가 찾아낸 거야."

리슨은 트렁크를 앞으로 끌고 갔다. 트렁크는 잠겨 있지 않았고, 가치 없는 물건만 들어있는 듯 했다. 트렁크를 잡아당겨 열고 무릎을 꿇은 채

살펴보았다. 대부분은 비어 있었고, 일부는 오래된 편지 뭉치가 들어있었고, 구석에 있던 트렁크 한 개에 모슬린 드레스 몇 벌과 구식의 검은 레이스 망토가 들어 있었다. 리슨은 그 망토와 그것을 샀던 날, 그리고 그 망토를 쓴 아내가 얼마나 어여뻤는지를 기억했다. 마치 그 망토가 자신을 괴롭히는 듯 리슨은 망토를 던져버렸다.

"아이고!" 리슨이 말했다.

"210실링이나 주고 샀었지. 그런 바보짓을 하다니!"

그 어느 때보다 혼란스러운 상태로 다락방에서 나가려 할 때, 프랜시스 부인이 폐기했던 에블린 옷의 일부가 들어있는 두 개의 트렁크가 갑자기 리슨의 시선을 사로잡았다. 트렁크는 비교적 새것이었다. 등나무 줄기를 쪼개 만든 것이었고, 예쁘고 상태가 좋았다. 아치형 상판에 크고 하얀 글씨로 E. W.라는 이니셜이 있었다.

"아니 도대체 E. W.가 누구지?"

리슨은 생각했고, 이제 심장은 걷잡을 수 없는 흥분으로 뛰고 있었다.

"E. W.! 이 글자들이 뭘 의미하는 거지?"

리슨은 트렁크에 홀린 듯 가까이 다가갔다. 트렁크는 잠겨있지 않았고, 리슨은 트렁크를 잡아당겨 열었다. 곧 실크 드레스, 이브닝 드레스, 모닝 드레스, 모피, 모자, 망토, 의상 등 에블린의 화려하고 쓸모없는 옷들이 다락방에 어지럽게 놓여 있었다. 리슨은 화가 나서 그것들을 발로 찼고, 분노가 극도로 치달았다. 이게 무슨 일이란 말인가?

E. W.라는 이니셜과 옷은 거의 말도 생각도 할 수 없을 정도로 리슨의 머리에 충격을 주었다. 모든 것이 흩어져 있는 다락방을 떠나 아래층으로 비틀거리며 내려갔다. 정신이 돌아올 때쯤 자신이 주로 사용하는 공간에 거의 다다랐다. 돌아가서 다락방 문을 잠그고 열쇠를 주머니에 넣었다. 이어 안도의 한숨을 내쉬고 거실로 돌아갔다. 불은 거의 꺼졌고, 날카로운 북풍이 불고 있어 그 어느 때보다 추웠다. 잘 맞지 않는 창문으로 바람이 들어와 오래된 유리창을 흔들었다. 리슨이 오래 서 있던 다락방도 얼음장 같았다. 리슨은 몸을 떨며 불길의 잔해 가까이 살금살금 다가갔다. 그때 어떤 생각이 떠올랐고, 일부러 부지깽이를 들고 남은 불씨를 꺼

냈다. 불길은 난로에서 힘없이 타오르다가 자취를 감췄다.

"이제 불 피우는 일은 없을 거야."

리슨이 혼잣말로 말했다.

"그럴 여유가 없어. 실비아가 망치고 있어…나를 망치고 있어. E. W.가 누구지? 그 옷들은 다 어디서 났지? 아, 미쳐버릴 것 같아!"

리슨은 몸을 떨며 얼굴을 찌푸린 채 중얼거리며 서 있었다. 그때 생각이 바뀌었다.

"비밀이 있으니, 밝혀내고 말 거야."

리슨은 혼잣말로 말했다.

"알아낼 때까지 아무 말도 하지 않을 거야. E. W.가 누군지, 트렁크가 어디서 왔는지, 실비아가 그 이상하고 우스꽝스럽고 끔찍한 옷을 사려고 어디서 돈을 훔쳤는지 알아낼 거야. 행동을 취하기 전에 먼저 알아내는 거야. 실비아는 이 늙은 아버지를 조롱할 수 있다고 생각하겠지만, 실수라는 걸 알게 되겠지."

집배원의 벨소리가 입구에서 들렸다. 집배원은 진입 도로를 올라오지 못하게 되어 있었다. 리슨은 편지를 넣을 수 있도록 작은 틈이 있는 상자를 대문에 걸어 잠가 두었다. 자신 외에는 아무도 이 상자를 열지 못하게 했다. 리슨은 외투도 입지 않은 채 바로 눈길을 내려가 상자를 열고 편지를 꺼냈다. 편지를 가지고 집으로 돌아왔는데, 런던의 중개인이 보낸 편지였다. 그 편지에는 상당한 충격을 주는 소식이 담겨 있었다. 이용 가능한 자본의 거의 전부를 투자한 금광에 처음에 예상했던 것만큼 광석이 풍부하지 않다는 것이었다. 가격은 꾸준히 하락하고 있었고, 리슨이 사들인 주식은 이제 가치가 절반밖에 되지 않았다.

"다 팔아버리겠어. 지금 당장 다 팔아버리겠어."

비참한 리슨은 생각했다.

"안 그러면 모든 것을 잃게 될 거야."

그러나 추신이 있어 리슨은 잠시 멈추었다.

"지금 파는 것은 미친 짓입니다." 중개인은 말했다.

"분명 지금의 불안감을 지나갈 테니, 주가가 오를 것 같은 순간에 매도 하세요."

리슨은 중개인에게서 온 편지를 집어 던지고는 흰 머리를 쥐어뜯었다. 방을 왔다 갔다 했다.

"산 넘어 산이구나." 리슨이 중얼거렸다.

"되는 일이 하나도 없으니, 마치 욥(성경에 나오는 인물. '미움을 받는 자'라는 뜻 – 역자 주)과 같구나. 하지만 실비아만큼 나에게 상처 준 것은 없지. 쓸모없는 장신구로 가득 찬 트렁크 두 개… 그런 걸 사다니! 아, 그래, 집에 돈이 있지. 모으기만 하고 투자는 절대 하지 않은 돈인데, 안전한지 모르겠구나. 내가 알기론 안전해. 하지만, 아냐, 아냐, 아니라고! 그런 생각하지 않을 거야. 광기는 기만을 하지. 너무 오래 미뤄두었으니, 캔버스 가방은 오늘 밤에 묻어야겠어. 아무도 숨긴 장소를 발견할 수 없을 거야. 무슨 일이 있어도 오늘 밤엔 캔버스 가방을 묻겠어."

리슨은 중개인에게 처음으로 주가가 오르는 순간을 잘 포착해서 금광을 모두 팔아버리라고 편지를 썼고, 그리고 나서 몸이 점점 더 차가워지며 텅 빈 난로 앞에 침울하게 앉아 있었다.

실비아가 곧 들어왔다.

"저녁 준비됐어요, 아버지." 실비아가 말했다.

"먹기 싫다." 리슨이 중얼거렸다.

실비아는 리슨에게 다가가 팔에 손을 얹었다.

"왜 이렇게 얼음장 같은 거예요?" 실비아가 말했다.

리슨은 실비아를 밀어냈다.

"불이 꺼졌어요. 제가 불을 붙일게요."

실비아가 말을 이었다.

"안 돼!" 리슨이 외쳤다.

"불이 없는 게 좋으니, 그냥 놔둬라. 나는 알거지인데다 엉망이니, 불을 피우지 마라!"

"오 아버지, 사랑하는 아버지!" 실비아가 말했다.

"'사랑하는'은 빼라. 가까이 오지 마. 너에게 화가 난다. 나에게 깊은 상처를 주었어. 네게 화가 나. 날 내버려 두어라."

실비아가 대답했다.

"화내실 지도 모르지만, 아버지를 떠나지 않겠어요. 만약 춥고…추워죽겠는데도 불을 피울 돈이 없다면, 저와 함께 몸을 녹이세요. 제가 팔로 안아드리고, 아버지의 뺨에 제 뺨을 댈게요. 제 뺨이 얼마나 빛나는지 느껴보세요. 자, 좀 낫지 않나요?"

리슨은 계속 거절했지만, 실비아는 고집을 부렸다. 실비아는 이제 리슨의 무릎에 앉아서, 입고 있던 얇고 허름한 망토로 리슨의 목을 감싸고 있었다. 망토 안에서 실비아는 두 팔로 리슨을 감싸 안았다. 검고 풍성한 실비아의 머리카락이 리슨의 희고 빈약한 머리에 부딪혔고, 리슨의 얼굴에 자신의 얼굴을 바짝 갖다 댔다.

"저를 싫어하셔도, 전 아버지와 함께 있을 거예요."

실비아가 말했다. "왜 이리 몸이 차요!"

리슨은 몇 분 동안 애정 어린 손길과 정다운 이야기를 받아들였다. 실비아는 매우 상냥했고, 유일한 혈육이자 외동딸이었다. 그랬다. 추운 것보다 따뜻한 게, 미움 받는 것보다는 사랑받는 게 더 좋았다. 하지만 실비아가 자신을 정말 사랑하는 것일까? 위층엔 트렁크가 있었고, 비싸고 쓸모없는 장식품들에, 실비아가 아닌 이름의 이니셜까지!

"오, 말해버리면 좋겠네!" 리슨은 혼잣말로 말했다.

"다 연기야. 이브만큼이나 거짓되지. 신뢰할 수 있는 여자가 있긴 했던가?"

"가버려." 리슨은 격렬하게 대답하며 일어서서 잔인하게 뿌리쳤으므로, 실비아는 넘어져서 상처를 입었다.

실비아는 일어나 머리카락을 이마에서 뒤로 넘기고는 어리둥절해서 리슨을 쳐다보았다. 아버지가 미쳐가고 있는 걸까?

"식기 전에 와서 저녁 드세요." 실비아가 말했다.

"좋은 음식을 낭비하는 것도 사치이니, 와서 드세요."

"늙은 닭으로 만든 거냐?"

리슨이 물었고, 경멸의 미소를 지으며 입술을 오므렸다.

"사실상 한 푼도 들지 않은 셈이니, 와서 드세요." 실비아가 덧붙였다.

"오세요, 이걸 낭비하는 건 사치에요."

리슨은 속으로 곰곰이 생각해보니, 아직 닭이 세 마리 정도 남아 있었다. 손을 잡지는 않았지만 실비아를 따라 식당으로 들어갔다. 풍미 가득한 요리 앞에 앉아 실비아에게 조금 덜어주고 나머지를 먹었다.

"이제 좋아지셨네요." 실비아가 쾌활하게 말했다.

리슨이 거의 독을 품은 듯한 시선으로 실비아를 보았다.

"내 방으로 갈 테니, 오늘도 방해하지 마라." 리슨이 말했다.

"하지만 불은 피우셔야 해요!"

"불은 안 피울 거다."

"얼어 죽을 거예요."

"과한 걱정이다."

"아버지!"

"그래, 실비아, 네 어머니 같이 징징대는 구나. 이제 그만 얘기하겠다."

실비아는 이 말을 듣고 뛰쳐나갔고, 리슨은 실비아가 그럴 것을 알고 있었다. 인간이 가질 수 있는 인내심의 한계를 넘어설 정도로 실비아는 참고 있었지만, 어머니를 욕하는 것은 참을 수 없었다.

리슨은 통로를 따라 내려가서는, 자기 방에 틀어박혔다.

"이제야 생각을 좀 할 수 있겠군." 리슨은 생각했다.

"오늘 밤 실비아가 잠자리에 들면 마지막 캔버스 가방을 묻어야겠어."

실비아가 부엌으로 들어갔을 때 바로 재스퍼는 무슨 일이냐고 물었다. 실비아는 잠시 말없이 서 있다가, 마음이 상한 낮은 목소리로 말했다.

"아버지 기분이 가끔 안 좋을 때가 있지만, 이렇게 상태가 나쁜 적은 없었어요. 거실에 불을 피우지 못하게 하세요. 얼어 죽을 거예요."

"그러라지." 재스퍼가 숨죽여 중얼거렸다. 이제 실비아에 대해 잘 알았으므로, 이 말을 큰 소리로 하지는 않았다.

"무엇 때문에 리슨 씨 마음이 그러실까?"

재스퍼는 실비아와 자신이 먹을 따뜻한 저녁 식사를 차리며 물었다.

"제 드레스가 문제였어요. 그걸 만들어달라고 하는 게 아니었어요. 일요일에 교회에 가려고 그걸 입으려 달려갔었는데, 그걸 보시고는 자신만의 결론을 내렸다고 하시더라고요. 그게 어디서 났냐고 물으셨지만, 대답하지 않았죠."

"자, 내가 아가씨라면 말이죠." 재스퍼가 말했다.

"그냥 바로 다 털어놓을 거예요. 재스퍼가 여기 있고, 여기서 지낼 생각이며, 아버지도 얼마 전부터 재스퍼 덕에 먹고살고 있었다고 말해버릴 거예요. 전부 다 말할 거예요. 화가 나서 씩씩대시겠지만, 그래봤자 거기까지죠. 정말 참기 힘드네요. 아가씨의 예쁘고 젊고 용감한 마음은 무너져버릴 거예요. 그러면 난 견딜 수 없겠죠. 그리고 리슨 씨도 아가씨를 이해하는 법을 배워야 하고, 필요하다면 아가씨를 무서워할 줄도 알아야하니, 리슨 씨에게도 그게 최선이에요. 아무 제재 없이 자신과 다른 사람에게 계속 고통을 줄 순 없어요. 이제 참지 마세요, 아가씨."

"알아요, 재스퍼… 나도 알지만 아버지에게 말할 순 없어요. 정말로 흥분했을 때 아버지가 어떻게 되는지 상상도 못할 거예요. 재스퍼를 쫓아내버릴 거예요."

"그럼, 아가씨와 함께 나가면 되죠. 그러면 왜 안 되죠?"

"우선, 우리 둘이 먹고 살 수 있는 돈이 없잖아요. 아이고, 재스퍼, 나에게 먹을 것을 사줄 그 돈을 이미 다 써버리고 있다고요! 그리고 또 하나는, 설령 그럴 여유가 있다 해도, 절대 아버지를 떠나지 않겠다고 엄마에게 약속했었어요. 어머니와의 약속을 어길 순 없어요. 오! 정말 슬펐지만, 그 고통은 이제 사라졌어요. 아버지가 살아 있는 한 절대 떠나지 않을 거예요."

"이런, 이런!" 재스퍼가 말했다.

"사랑의 힘을 쓸모없는 사람에게 낭비하다니! 이 세상에서 가장 이해하기 힘든 일이네요."

실비아는 반쯤 웃었다. 실비아가 생각하기에 역시 다소 무가치한 사람인 에블린을 떠올리며, 재스퍼가 에블린에게 물질과 마음을 얼마나 낭비하고 있는지도 생각했다.

"음, 다른 걸 할 수만 있다면 저녁을 먹을 수 있겠지만, 아버지가 추위로 돌아가실 거란 생각에 마음이 너무 불안해요."

실비아가 말했다.

실비아는 저녁을 다 먹고 나서 창가에 가서 서있었다.

"리슨 씨가 나를 못 찾았으니 완벽한 기적이네요."

재스퍼가 말했다.

"그리고 저녁 식사를 준비하고 있을 때 다락방에서 발소리를 들었어요. 심장이 오그라들죠. 리슨 씨가 틀림없었고, 다락방 바로 옆에서 연기가 굴뚝 사이로 말려 오르는 걸 볼 것 같았어요. 계단 위에서 뭘 하고 있었던 걸까요?"

"오, 알겠네요… 알겠어!"

실비아는 말하며, 얼굴이 매우 하얗게 변했고, 눈이 튀어나올 것만 같았다.

"내가 그 갈색 드레스를 거기서 가져왔다고 생각해서, 어머니의 트렁크를 보러갔던 거예요."

"운명처럼 에블린의 트렁크를 발견하겠네요."

재스퍼가 말했다.

"그래서 리슨 씨가 저러는 거군요! 이제 말이 되네요. 자, 곧 그 트렁크를 발견하게 될 테니, 나로서는 빨리 끝낼수록 좋아요."

"그걸 찾았을까! 무언가로 인해 격렬히 분노하신 게 틀림없어."

실비아는 부엌에서 나와 살며시 위층으로 올라가 트렁크가 보관되어 있는 다락방으로 갔다. 다락방은 잠겨 있었다. 이제 걱정할 필요 없었다. 실비아는 돌아가서 재스퍼에게 이 사실을 전했다.

제25화
에드워드 삼촌

약속한대로, 재스퍼는 그날 저녁 에블린을 만나러 계단으로 갔다. 거기 에블린이 있었고, 재스퍼에게 편치 않은 소식을 전해주었다.

"참아선 안 돼." 재스퍼가 말했다.

"품위를 떨어뜨리지 마라. 이미 그랬을지도 모르겠지만, 그랬다면, 주장을 고수해야 해."

"알았어요." 에블린이 슬픈 목소리로 말했다.

"나는 도망쳐야 해요. 제대로 결심했어요."

"언제?" 재스퍼가 떨며 말했다.

"주어진 일주일의 마지막 밤이 지나면요. 여기로 이모를 만나러 올 테니, 날 좀 데려가세요."

"물론이지. 나와 함께 수도원으로 가자꾸나. 그곳뿐 아니라 지구상 어느 곳이라도 숨겨주마. 그래, 우리 에블린. 지구상 어디에라도 숨겨줄 수 있지."

"오, 너무 두려울 것 같은데요! 모두와 너무 가깝잖아요!"

"가까울수록 좋지. 인근 마을이나 도시로 간다면야 찾아내겠지만, 수도원에서 찾을 생각은 절대 하지 않을 거다. 얼마 동안… 몇 주 동안이나 거기서 의심받지 않고 살았다. 실비아는 말 안 할 거야. 내 침대에서 자면 내가 지켜줄게. 돈만 가져오면 된단다. 돈이 너무 부족하거든."

"알았어요." 에블린이 말했다.

"에드워드 삼촌은 거절하지 않을 테니, 삼촌에게 부탁할게요. 삼촌은 나에게 매우 친절하고, 나도 삼촌을 이 세상 어느 누구보다 사랑해요. 재스퍼 이모보다 더요. 아버지의 친형이고, 내가 삼촌의 상속녀이니까요. 삼촌은 성에 대해 그리고 내가 성을 소유하게 되면 해야 할 일을 말해주는 것을 좋아해요. 단둘이 있을 때는 화도 안 내시고, 내가 이런 이야기를 하면, 단지 공개적으로만 그런 얘기는 하지 말라고 알려 주세요. 내가 이 문제에 휘말린 것에 미안한 사람이 있다면 삼촌뿐이겠죠. 하지만, 삼촌 생각이 내 머릿속에 주입된 것은 아니니, 삼촌이 잘못이라고 여기는 일을 저도 그대로 잘못이라 생각할 순 없어요. 이모는요?"

"아니지, 그럴 수 없지. 자, 이제 돌아가야 하니, 내일 밤에 다시 만나자 꾸나."

에블린은 집으로 돌아왔다. 방으로 올라가 신발을 갈아 신은 후 머리를 정리하고 응접실로 내려왔다. 프랜시스 부인은 의자에 기대 앉아 새 잡지의 책장을 넘기고 있었다. 부인은 에블린을 자기 쪽으로 불렀다.

"학교생활은 어떠니?"

프랜시스 부인이 말했다. 느닷없는 말투였고, 차가운 눈빛으로 에블린에게 시선을 고정하고 있었다.

프랜시스 부인의 태도로 인해 언제나 에블린은 최악의 기분이 되었다.

"하나도 마음에 안 들어요. 안 가고 싶어요."

"유감스럽게도, 네 의견은 중요치 않다. 그럼에도 불구하고, 학교에 못 가게 될 수도 있다."

"왜요?"

하얗게 질린 에블린이 물었다. 프랜시스 부인이 알고 있는지 궁금했다. 프랜시스 부인의 시선이 송곳처럼 얼굴에 꽂혀있었다.

"앉아라." 프랜시스 부인이 말했다.

"그리고 하루를 어떻게 보내는지 말해봐라. 어느 반이니? 어떤 걸 배우니?"

"정말 제가 수준이 낮은가요?"

에블린이 말했다. "어머니는 항상 내가 똑똑하다고 말씀하셨어요."

"어머니는 모르셨겠지."

"어머니 자신이 그렇게 똑똑하신데, 왜 모르셨겠어요? 어머니는 모든 것을 가르쳐 주었고, 재스퍼도 그랬어요."

"아! 적어도 그 끔찍한 여자를 네 옆에서 떼어놓게 되어 기쁘구나." 프랜시스 부인이 말했다.

에블린은 미소 지으며 눈을 내리깔았다. 에블린의 태도에 프랜시스 부인은 몹시 짜증이 났다.

"그럼 계속 얘기해 보거라. 어떤 인성을 지녀야하는지 대해서는 얘기하지 않으마. 어떤 수업을 받니?"

"오, 역사, 문법이요. 보통 영어 과목인 것 같아요."

"그렇구나. 하지만 역사는… 흥미롭지. 영국 역사니?"

"네, 숙모."

"어떤 부분을 배우고 있니?"

"지금 에드워드 가의 통치 기간을 배우고 있어요."

"에드워드 1세의 치세에 대해 얘기해줄 수 있니?"

에블린은 얼굴을 붉혔다. 프랜시스 부인은 에블린을 지켜보았다.

"분명 알고 있는 거야." 에블린은 생각했다.

"하지만, 오, 끔찍해! 마리아 선생님이 말했나? 어쩌지? 일주일까지 못기다릴 것 같으니, 바로 도망가 버리는 게 좋겠어."

"질문에 대답해라, 에블린." 프랜시스 부인이 말했다.

에블린은 에드워드 1세의 통치 기간에 대해 아주 조금 아는 것을 중얼거렸다.

"가끔 너에게 역사에 대해 물어볼 거다."

프랜시스 부인이 말했다.

"네가 학교에서 어떻게 하는지 늘 신경 쓰고 있다. 계속 다닐 수 있을지는 모르겠지만, 확실한 것 한 가지는, 만약 어떤 이유로든 지금 다니는 학교에 네가 맞지 않는다고 생각되면, 훨씬 더 엄격한 체제를 가진 아주 다른 학교로 가게 될 것이다."

"체제가 뭔데요?" 에블린이 물었다.

"너무 피곤하니 그런 바보 같은 질문에는 대답 못한다. 이제 가서 저 쪽 구석에서 책을 읽어라. 머리 아프니까 시끄럽게 하지 마라."

에블린은 어린 아이처럼 못되고 성질 고약한 모습으로, 구부정하게 걸어갔다.

"우리 딸 오드리."

프랜시스 부인은 전혀 다른 말투로 오드리를 불렀다.

"내가 좋아하는 쇼팽의 아름다운 음악을 연주해주겠니?"

오드리는 피아노에 다가가서 연주하기 시작했다.

에블린은 단어의 뜻도 제대로 알지 못한 채 한동안 책을 읽었다. 그러다 가 신문을 펼친 채 잠들어 있던 에드워드가 일어나 방을 나가는 것을 보았다. 에블린이 찾던 바로 그 기회였다. 단둘이 있을 수만 있다면, 에드워드가 최고의 유머에 취해 있을 때, 자신에게 약간의 돈을 줄지도 몰랐다. 돈이 없으면 도망칠 수 없었다. 재스퍼가 가진 돈이 많지 않다는 것을 알고 있었다. 많은 것을 기억하지 못해도 어렸을 때 돈이 없었던 순간을 기억했다. 어머니는 몇 번이고 자주 자금이 부족했다. 에블린이 아주 어렸을 때, 목장 운영비가 없거나 때로는 심지어 생필품도 없었을 때가 있었다. 에블린은 버터 없는 아침식사와 고기 없는 저녁식사에 대한 고통스러운 기억이 있었고, 신발은 너무 자주 꿰매서 겨울눈을 막아내지 못할 정도였으며, 작은 옷을 계속 입기도 했다. 그리고 돈이 들어오자, 삶은 평탄하고 즐거워졌다. 좋은 음식이 풍족해서 다양한 식사를 할 수 있었고, 마음껏 신발을 신었으며, 어머니가 좋아하셨던 화려한 빛깔의 옷도 입었다. 그랬다. 에블린은 재스퍼가 왜 돈이 필요하다고 말하는지 이해하고 있었고, 충분한 돈 없이는 재스퍼에게 가지 않겠다고 결심했다.

오드리는 예술 거장 쇼팽의 가장 매혹적인 음악을 연주 중이었고, 프랜시스 부인이 눈을 감고 의자에 누워 귀를 기울이고 있을 때, 에블린은 방을 나갔다. 에드워드가 어디에 있는지 알고 있었고, 복도를 따라 가서는 노크도 하지 않고 흡연실 문을 열었다. 에드워드는 불 옆에 앉아 담배를 피우고 있었다. 옆에 신문이 있었고, 저녁까지 온 우편물 더미도 열어보지 않은 채 놓여 있었다. 에블린이 조용히 문을 열었을 때 에드워드는 주위를 둘러보며 말했다.

"아, 너구나, 에블린. 필요한 게 있니?"

"삼촌, 잠깐 얘기 좀 할 수 있을까요?"

"물론이지, 사랑하는 에블린. 들어와라. 무슨 일이니?"

"아, 별건 아니에요."

에블린은 에드워드에게 기대어 섰다. 자신을 전혀 두려워하지 않는다는 것이 에블린을 좋아하는 이유 중 하나였고, 프랜시스 부인이나 오드리보다 에블린이 훨씬 더 참을 만하다고 생각하기까지 했다. 심지어 딸인 오드리마저도 경외심에 사로잡히게 하였지만, 에블린은 지금 편안하게 에드워드의 옆에 기대어 있었고, 에드워드의 팔을 잡아 자신의 허리에 단단히 감았다.

"이제, 좋네요."

에블린이 말했다.

"삼촌에게 기대면, 언제나 삼촌이 우리 아버지 동생이라는 사실을 떠올리게 되요."

"그런 생각을 하다니 기쁘구나."

"전반적으로 제가 마음에 드시죠, 삼촌?"

에블린이 물었다. 말을 하면서 머리를 에드워드의 어깨에 기대고, 크고 호기심 어린 눈으로 에드워드의 얼굴을 바라보았다.

"그렇단다."

"하지만 숙모는 저를 좋아하지 않아요."

"숙모에게 예쁨 받으려고 노력해야 해, 에블린. 때가 되면 그렇게 될 거다."

"나를 좋아하지 않는 사람과 집에 있는 것은 즐겁지 않은 거죠, 삼촌?"

"난 널 이해한단다, 에블린. 즐겁지 않지."

"오드리도 저를 완전히 좋아하는 것은 아니에요."

"에블린."

에드워드는 더 심각한 긴장감을 가지고 이야기하려고 노력하면서 말했다.

"누가 너를 좋아하고 싫어하는지 생각하는 것보다는 옳은 일에 시간을 쏟는 것이 현명하지 않겠니?" 에블린은 얼굴을 찡그렸다.

"옳은 일을 하는 것은 관심 없어요. 안 좋아해요."

에블린이 말했다.

에드워드는 웃었다.

"넌 참 독특해. 하지만 좋아진 것 같긴 하구나."

에드워드는 말했다.

"내가 아주, 아주 못된 짓을 하면 속상하겠죠, 삼촌?"

"물론 그렇겠지."

에블린은 눈을 내리깔았다.

"모르시는 게 분명해. 어떻게든 계속 비밀로 해야 하는데, 어떻게 해야 할까." 에블린은 생각했다.

"그리고 만일 제가 여기 없다면… 만일 버릇없는 에블린이 이제 집에 없다면 속상하시겠죠?" 에블린이 말했다.

"그렇겠지. 네 생각을 자주 한단다. 나는…"

"네?"

"널 사랑한다."

"저를 사랑하신다고요! 정말요?" 에블린이 다정한 어조로 물었다.

"정말이신가요? 다시 한 번 말씀해 주세요."

"사랑한다, 에블린."

"살짝 키스해드려도 될까요?"

"그러려무나."

에블린은 보드라운 얼굴을 들어 에드워드의 뺨에 가볍게 키스했다. 에블린은 잠시 동안 말이 없었는데, 솔직히 말하면, 마음이 넓어지고 활짝 열려서 말랑말랑해졌고, 순수한 사랑의 황홀감으로 마음이 가득 찼다. 그래서 곧, 그 마음이 완전히 녹아서 돌같이 굳어버린 심장마저 녹여버릴지도 몰랐다. 하지만, 아아! 이런 좋은 생각이 떠오르자, 자신이 저지른 죄에 대한 기억도 떠올랐고, 잘못을 숨기려고 필사적으로 했던 행동들도 떠올랐다. 결코 잘못을 고백할 시점도 아니었고, 그렇게 한다고 해서 그 잘못이 사라지는 것도 아니었다.

"에드워드 삼촌." 에블린이 갑자기 말했다.

"돈을 조금만 주세요. 그걸 부탁드리러 왔어요. 저만을 위한 돈이 필요해요. 아무도 알지 못하는 돈이요."

"그럼, 줘야지. 얼마를 주면 될까?"

"글쎄요, 좀 많이요. 재스퍼에게 선물을 주고 싶어요."

"네 예전 하녀 말이지?"

"네, 어머니께서 함께 지내길 원하셨는데 쫓아내다니 숙모가 정말 너무 했어요."

"나도 안다, 에블린, 나 개인적으로는, 미안하게 생각한다. 하지만 네 숙모가 어린 여자애들에 대해서는 나보다 훨씬 잘 알지."

"저에 대해 절반도 모르세요."

"글쎄, 어쨌든, 그게 숙모의 뜻이었고, 너와 나는 따를 수밖엔 없단다."

"하지만 마음이 안 좋으신 거고요?"

"어쩐지 그렇단다."

"그러면 제가 재스퍼를 도와줄까요?"

"물론이지. 지금 어디 있는지 아니, 에블린?"

"알아요."

"어디 있니?"

"말하지 않는 편이 나을 것 같으니, 그냥 돈만 보내도 될까요?"

"그게 그나마 합리적인 것 같군." 에드워드는 생각했다.

"얼마나 줄까?" 에드워드는 물었다.

"20파운드는 너무 많을까요?"

"아니. 많은 돈이기는 하지만, 충실한 하인이었으니까. 지금 20파운드를 주마." 에드워드가 일어나 수표장을 꺼냈다.

"오, 부디 금화로 주세요." 에블린이 말했다.

"그러면 그걸 재스퍼에게 어떻게 보낼 거니?"

"그건 신경 쓰지 않으셔도 되요. 꼭 금화로 주세요."

"가엾어라! 이렇게 진심이라니." 에드워드는 생각했습니다.

"아마 에블린을 만나러 어딘가에서 오는 모양이야. 예전 하녀와 잠깐 만나는 것까지 어째서 금기시해야 하는지 정말 이해할 수 없어. 이 부분에서는 프랜시스와 내가 의견이 달라. 그래, 모든 것을 고려했을 때 에블린은 정말 진심일 테니, 돈을 줘야겠어."

그래서 에드워드는 갈색 종이로 깔끔하게 만들어진 두 개의 작은 두루마리를 에블린의 손에 쥐어주었다.

"어린 소녀에게 맡기기엔 큰돈이지만, 너에게 주마. 하지만 더는 안 된다."

"오, 정말 최고에요! 한 번 더 키스해드릴게요. 사랑이 가득한 키스에요. 이제 저는 갈게요. 그런데, 아니, 정말 웃기게 생긴 소포네요!"

"무슨 소포 말이니, 얘야?"

"저 탁자 위에 있는 기다란 소포요."

"아직 포장을 풀지 않은 총 상자이다. 이제 얼른 가거라."

"그러고 보니 생각나네요. 언젠가 함께 사냥가자고 하셨잖아요."

"앞으로 언젠가 가게 되겠지. 나는 여자애가 총 다루는 것을 별로 좋아하지 않기도 하고, 지금 학교생활로 네가 너무 바쁘잖니."

"제가 총을 쏠 수 없다고 생각하시겠지만, 전 조준도 잘하고 날고 있는 새를 누구보다 깔끔하게 맞출 수 있어요. 오드리에게 말했는데 못 믿겠대요. 제발, 그 총을 보여 주세요."

"아직 나도 보지 못했으니, 지금은 안 된다."

"하지만 제가 쏠 수 있다는 건 믿으시나요?"

"오 그래, 그래, 그런 것 같구나. 어쨌든, 난 여자가 총기를 소지하는 것을 찬성하지 않으니, 믿는다고 해도 마음이 좋진 않구나. 이제 가라, 에블린. 삼촌은 할 일이 많단다."

에블린은 잠자리에 들어 삼촌의 말, 학교에서의 수치, 앞으로 벌어질 끔찍한 상황, 재스퍼에게 유일한 탈출구인 것만 같은, 그리고 재스퍼가 어디로 자신을 데려가든 안위를 보장해줄 수 있는 돈에 대해 생각했다. 그리고 마지막으로, 하지만 다른 것 못지않게 중요한, 삼촌이 가지고 있던 새로운 총에 대해 곰곰이 생각해보았다. 목장에서 에블린은 종종 자신의 총을 가지고 다녔고, 어린 시절부터 여성 가족 구성원이 최고 명사수로 대접받는 것에 익숙해져 있었다. 어머니는 조준하는 법, 발사하는 법, 날아가는 새를 맞추어 용돈 버는 방법을 가르쳤고, 에블린은 어머니의 지시를 여러 번 따랐다. 에블린은 이제 삼촌이 자신을 믿지 않는다고 느꼈고,

그것이 사실일까 봐 말로 표현할 수 없을 정도로 짜증이 났다.

"나는 아는 척은 하지 않아. 그리고 잘난 척도 하진 않지만, 최고로 총을 잘 쏘는 것 하나는 정말 사실이야. 총을 보여주실 지도 모르지. 내가 삼촌만큼 잘 해낼 수 있을 거라고는 상상도 못 할 거야." 에블린은 생각했다.

특별한 일 없이 2, 3일이 지나갔다. 에블린은 학교에서 꽤 잘해내고 있었고, 수업을 회피하는 것이 별 가치가 없다고 생각했다. 자신도 모르게, 그리고 공공연하게 밝히던 성향과는 정반대로, 책이 좋아지기 시작했다. 철저하게 혐오하는 수업은 역사뿐이었다. 톰슨 선생님에게는 예의 바르게 대할 수 없었으나, 다른 선생님에게는 꽤 상냥했고, 어느 정도는 이미 자신의 매력으로 여러 소녀들의 마음을 사로잡았다. 에블린은 밝고 명랑했으며 말을 재미있게 했고, 학교에 초콜릿과 다른 달콤한 음식을 무제한으로 가져왔으므로, 이러한 사실만으로도 어느 정도 인기를 얻을 수 있었다. 집에서 에블린은 프랜시스 부인과 오드리를 피했고, 저녁이면 늘 재스퍼와 이야기를 나누러 계단으로 갔다.

재스퍼는 미리 약속한 장소에서 에블린을 반드시 만났다. 에블린은 자신의 생각대로 아무도 모르게 빠져나갔고, 에블린 윈포드가 러스킨의 귀중한 책을 찢는 중대한 잘못을 했다고 마리아가 학교 전체에 선언할 날이 하루밖에 남지 않았다.

"내일 밤 날 데리러 오면, 이모와 함께 떠날게요. 나를 수도원으로 데려가도 안전한 것이 확실한가요?" 에블린이 말했다.

"내가 수도원에 있다는 것을 아는 사람은 거의 없고, 네가 그곳에 있다는 것을 의심할 사람도 확실히 없을 테니, 정말, 정말 안전할거다. 게다가, 창고로 만들려고 모든 장소에 지하가 있으니, 최악의 경우 집을 수색하는 동안 우리 둘이 거기 숨으면 되지."

"정말 재미있겠네요!" 에블린은 손뼉을 치며 소리쳤다.

"정말이에요, 이모, 옛날이야기 같아요."

"그래, 재밌겠구나."

"그리고 내일 밤에 내가 먹을 수 있도록 아주, 아주 멋진 저녁을 준비해

줄 수 있나요?"

"오, 그럼. 네가 제일 좋아하는 초콜릿과 달콤한 케이크로 저녁을 차려줄게."

"그러면 예전처럼 침대에서 이불도 덮어줄 건가요?"

"작은 하얀 침대를 내 침대 가까이 두었으니, 거기서 자면 된다."

"오 이모와 다시 함께 지낼 수 있어서 좋아요! 실비아가 정말 비밀을 지켜줄까요?"

"마음에 들진 않겠지만 말은 못 할 거다. 내가 다 조치를 취해뒀으니 말이다."

"그 끔찍한 실비아 아버지가 알게 될까요?"

"모를걸. 나에 대해서도 아직 모르니까."

"이제 난 돌아가는 게 좋겠어요. 평소보다 늦었으니까요."

"내일 밤에 올 때 20파운드를 꼭 챙겨 와라. 이것저것 사다보면 내가 가진 돈으로는 부족하니까." 재스퍼가 말했다.

"네, 가져올게요." 에블린이 대답했다.

에블린은 집으로 돌아왔다. 뒷문으로 슬쩍 들어올 때 아무도 에블린을 보지 못했다. 방으로 뛰어 올라가 머리를 매만지고 응접실로 내려갔다. 프랜시스 부인과 오드리가 큰 방에 단둘이 있었다. 함께 대화중이었지만, 에블린이 들어오자 곧 조용해졌다.

"분명 내 흉을 보고 있었던 거야."

에블린은 생각했고, 화가 난 눈초리로 프랜시스 부인과 오드리를 번갈아 쳐다보았다.

"에블린." 프랜시스 부인이 말했다.

"수업 내용은 다 습득했니? 학교 과제 준비를 완벽히 하는 것을 마리아 선생님이 정말 중요하게 여기시잖니."

"다 잘 되어가요, 감사해요."

에블린이 무뚝뚝한 목소리로 대답했다. 의자에 몸을 던지고는 다리를 꼬았다.

"다리 꼬는 것은 숙녀답지 못한 일이다."

에블린은 뭐라고 중얼거렸지만, 프랜시스 부인이 시키는 대로 했다.

"품격 없게 그렇게 상체를 뒤로 젖히지 마라. 턱을 내밀지 말고, 오드리가 어떻게 앉는지 한 번 보거라."

"오드리가 어떻게 앉는지는 관심 없어요." 에블린이 말했다.

프랜시스 부인의 얼굴이 붉어졌다. 막 말을 하려는데 오드리가 눈빛으로 제지했다. 바로 그때 리드가 방으로 들어왔다. 리드와 에블린 사이에는 이미 무언의 불화가 있었다. 리드는 에블린을 힐끗 보고는, 머리를 약간 흔들더니, 프랜시스 부인에게 다가갔다.

"폐를 끼쳐 대단히 죄송합니다, 부인. 하지만 잠시만 따로 뵐 수 있다면 정말 감사하겠습니다." 리드가 말했다.

"물론이지, 리드. 내실로 가있으면 내가 곧 가마."

프랜시스 부인이 말했다.

"중요한 얘기가 아니었다면 날 방해하지 않았겠지."

프랜시스 여사는 친절하게 덧붙였다.

"네, 맞습니다. 정말 죄송합니다."

프랜시스 부인과 리드는 이제 방을 나갔고, 오드리와 에블린 둘 뿐이었다. 오드리는 한숨을 내쉬었다.

"왜 그래, 오드리?" 에블린이 물었다.

"모레 벌어질 일을 생각하고 있어." 오드리가 대답했다.

"그동안 비밀을 지켜왔던 불행한 소녀가 공개적으로 비난받을 거야. 그걸로 애들이 정말 흥분하겠지."

"동정하는 척 하지 마!" 에블린이 경멸하는 목소리로 말했다.

"정말로 그 사람이 너무 불쌍해."

"말도 안 되는 소리 마! 넌 그런 사람이 아니야."

"왜 그런 말을 하는 거야? 난 그런 사람이 맞아. 큰 잘못을 저지른 모든 사람들이 가여워."

"그럼 내가 영국에 온 이후로 날 가엾게 생각한 적이 있어?"

"오, 그럼, 에블린. 당연히 있지!"

"동정은 너나 해. 난 원치 않으니."

오드리는 다시 말이 없었다.

프랜시스 부인이 돌아왔고, 여전히 리드와 함께 있었다.

"하인이 이 방에서 뭘 원하는 거지?"

에블린이 매우 불쾌한 목소리로 말했다.

"에블린, 이리 와 보거라. 할 말이 있다."

프랜시스 부인이 말했다.

에블린은 마지못해 갔다. 리드는 뒤에서 잠시 서 있었다.

"에블린. 프랜시스 부인이 말했다.

"극도로 놀랍고 말로 표현할 수 없을 정도로 고통스러운 이야기를 방금 들었다. 부인해도 소용없는 사실이니 리드가 알게 된 것을 털어놓아야 할 거다."

"리드가요!"

에블린은 분노로 목이 메고 얼굴이 하얗게 질린 채 소리쳤다.

"누가 그런 고자질쟁이 말을 믿겠어요?"

"무례하게 굴지 마라. 리드가 알게 된 것을 말해주겠다. 네 하녀 재스퍼가 이 동네를 떠나지 않았고, 너는 앙큼하고 대담하게도 28,000평 초원으로 통하는 계단 옆에서 매일 밤 그 여자를 만났다더구나. 어느 날 밤 네가 없어진 것을 알았고, 오늘밤 너를 따라가 보고는 모든 것을 알게 되었다."

"내가 재스퍼에게 하는 말을 엿들은 거야?"

이제는 새하얗게 질린 얼굴로 리드를 똑바로 바라보며 에블린이 물었다.

"아니요, 에블린 아가씨. 엿들으면서 제 품위를 떨어뜨리지는 않습니다."

리드가 대답했다.

"따라온 것만으로도 품위를 떨어뜨린 거야."

에블린이 말했다.

"잘못을 고백하고, 리드를 꾸짖지 마라."

프랜시스 부인이 말을 끊었다.

"고백할 게 없어요, 숙모."

"하지만 그랬던 것은 맞니?"

"그랬어요."

"숙모인 내가 집에 오는 것을 금지시킨 여자를 감히 비밀리에 만났다고?"

"어머니가 사랑하시는 여자를 만나러 갔던 거죠."

에블린이 대답했다.

"나는 조금도 부끄럽지 않아요. 기회가 있다면, 또 만날 거니까요."

"넌 정말 구제불능이구나. 너에게 너무 화가 난다. 말로 표현할 수 없을 정도로 고통스러워. 뭐가 되려고 그러는지 모르겠구나. 너같이 못된 아이가 오드리와 같은 집에 있어야한다는 것을 생각하니 견딜 수 없어."

"어머니가 사랑했던 여자를 사랑한다고 해서 못된 아이인 것은 아니죠."

에블린이 대답했다.

"제가 방에 있는 걸 싫어하시니 가볼게요. 떠나버릴게요…위층으로요. 숙모는 정말, 정말 저에게 불친절하신 것 같아요. 처음부터 그랬어요."

"한 마디도 더 하지 말고, 당장 나가라."

에블린은 방을 나갔다. 잠시 멈췄을 때 반 정도 위층에 올라가있었다.

"착한 게 무슨 소용이야?" 에블린은 혼잣말을 했다.

"누구를 기쁘게 하려고 노력한들 무슨 소용이 있어? 처음 왔을 때 못되게 굴려던 건 아니었고, 숙모가 달랐다면 나도 달랐을 거야. 어머니가 재스퍼를 내 곁에 두겠다고 하셨는데, 무슨 권리로 재스퍼를 빼앗아? 내가 지금 이렇게 못되진 건 숙모 잘못이야. 아, 다행이야! 이젠 여기에 있지 않고, 내일 밤 이 시간이면 이곳을 벗어나 있겠지. 떠나서 미안한 사람은 에드워드 삼촌뿐이야. 오드리와 나는 아침 일찍 학교에 갈 거고, 그 다음에 북적북적한 분위기일 때 리드가 보기 전에 도망갈 거야 오, 끔찍한 리드! 어떻게 해야 내일 밤 나를 못 보게 할 수 있을까? 어떤 식으로든 속임수를 써야겠지. 이제 가서 에드워드 삼촌과 작별 인사를 해야겠구나."

에블린은 에드워드의 방으로 향하는 복도를 따라 달려갔다. 문을 두드렸다. 아무도 응답이 없었다. 문을 살며시 열고 안을 들여다보았다. 방은 비어 있었다. 상당히 의기소침하고 실망한 채로, 막 다시 방을 나서려 했다. 그때 에블린의 시선이 총 상자에 머물렀다. 보자마자 눈이 반짝였고, 케이스로 가서 총을 꺼내어 살펴보았다. 최신식이었고, 가볍고 들기 쉬웠다. 약실(총알을 넣는 곳 - 역자 주)은 6개가 있었는데, 모두 간단하고 편리하게 장전할 수 있었다.

에블린은 총을 장전하는 법을 잘 알고 있었고, 적절한 탄약통을 찾은 후, 총을 사용할 수 있도록 만들면서 놀기로 했다. 장전 후, 총을 다시 상자에 넣었다.

"이렇게 할 거야." 에블린은 생각했다.

"에드워드 삼촌은 내가 총을 쏠 수 없다고 생각하고, 잘하는 게 하나도 없다고 생각하지. 하지만 보여줄 거야. 내일 아침 식사 전에 나가서 날아가는 새 두 마리를 명중시킬 거야. 까마귀든 비둘기든 어떤 사냥감이든 상관없이, 그것들을 잡아와서 삼촌 발 앞에 놓고 이렇게 말할 거야."

"야생이 뭔지 아는 조카 에블린이 할 줄 아는 것이 여기 있어요. 그리고 다른 여자애들은 못하는 일을 에블린은 해낸다는 것을 이제는 믿으시겠죠."

그래서 들판에서 총을 쏘기 위한 완벽한 준비를 마친 후, 에블린은 상자를 구석에 다시 가져다놓고는 위층으로 올라가 잠자리에 들었다.

제26화
실타래처럼 엉켜버린 상황

오드리와 프랜시스 부인 둘만 있게 되자, 프랜시스 부인은 바로 오드리를 돌아보았다.

"오드리, 너한테는 얘기해야겠구나."

프랜시스 부인이 말했다.

"무엇을요, 어머니?" 오드리가 물었다.

"에블린에 대한 것이다."

"네?"

오드리의 얼굴은 긴장되고 근심스러워 보였고, 프랜시스 부인도 마찬가지였다.

"에블린은 나를 싫어하지." 프랜시스 부인이 말했다.

"어떻게 해서 그런 감정을 갖게 되었는지는 설명하기 힘들지만, 난 처음부터 에블린에게 친절히 대하려고 최선을 다했다."

"에블린에게 친절히 대한다는 것이 어떤 건지는 알기 힘들지요."

오드리는 사려 깊은 목소리로 말했습니다.

"무슨 뜻이니?"

"제 말은, 어머니, 에블린은 문화의 혜택을 별로 받지 못했어요. 우리와 생각이 일치한 적이 없죠. 존경하고 사랑하는 어머니께 이런 말을 하고 싶지는 않지만, 어머니는 에블린을 이해한다고 생각하시나요?"

"아니, 그런 적 없다." 프랜시스 부인이 말했다.

"처음부터 이해하지 못했어. 네 아버지가 더 잘 다루는 것 같더구나."

"아, 맞아요, 그러면 에블린은 아버지 사람인거네요."

오드리가 말했다.

프랜시스 부인은 짜증나 보였다.

"에블린은 우리 모두의 사람이야." 프랜시스 부인이 말했다.

"네 사촌이고, 물론 내 조카이기도 하지. 에블린 아버님은 좋은 분이셨는데, 어떻게 그런 딸이 나올 수 있었는지 정말 풀리지 않는 수수께끼다. 하지만 이제 이런 일반적인 얘기에서 벗어나 사실에 초점을 맞춰야 한다. 아주 심각하고 끔찍한 일이 일어났어. 에블린이 재스퍼를 몰래 만났다고 리드가 얘기해준 건 잘한 일이야. 처음부터 그 여자를 얼마나 불신하고 싫어했는지 알잖니. 오드리, 에블린의 어머니가 나에게 쓴 편지를 읽고도 그 여자를 떠나보내면서 내가 고통스럽지 않았다고 생각하지 마라. 하지만 때로는 물러서서는 안 되는 일이 있고, 이게 그 경우라고 느꼈다."

"틀림없이 어머니는 좋은 의도셨을 것이란 걸 알고 있어요."

오드리가 말했다.

"그랬지, 그랬어. 음, 에블린은 이 여자를 결국 만났고, 그 여자의 영향력을 벗어나기는커녕 놀랍고 위험한 정도까지 영향을 받고 있어. 그 여자는 물론 자신이 부당한 대우를 받았다고 생각할 것이고, 에블린도 그리 생각하기 때문이지. 자, 사실을 말해주마, 쳅스토 하우스에서 일어났던 몹시 불쾌한 사건에 대해 알게 되었다."

"뭔데요, 어머니, 뭐에요?" 오드리가 소리쳤다.

"뭔가 특별한 비밀을 아는 것처럼 말씀하시네요."

"알고 있어."

"하지만 어머니, 뭔데요?"

오드리의 얼굴은 빨개졌고, 눈은 빛났다. 어머니 곁으로 다가가 무릎을 꿇고 손을 잡았다.

"그 일에 대해 말해준 사람이 누구에요?" 오드리가 물었다.

"마리아 선생님이다."

"오, 어머니! 뭐라고 하시던가요?"

"네가 몹시 슬퍼할까 봐 두렵고, 내가 얼마나 화가 났는지 이루 말할 수 없구나. 오드리, 가장 강력한… 에블린이 범인임을 말해주는 바로 그 강력한 정황 증거가 있어."

"오 어머니! 에블린이라고요! 하지만 왜요? 오, 분명, 분명 가엾은 에블린에게 혐의를 제기하는 사람은 실수하는 걸 거예요."

"나도 그렇게 생각했다, 마리아 선생님이 나에게 그 말을 처음 했을 땐 너처럼 화가 났었지만, 에블린을 보면 볼수록, 이런 짓을 저지를 수 있는 아이라는 것과, 잔인하고 정당하지 못한 잘못을 저지르고 나서 가능하다면 그걸 숨기려들 것이라는 확신이 점점 더 생겼다."

"그런데, 무슨 이유로 그랬을까요?"

"얘기해주마. 마리아 선생님은 모든 상황을 잘 알고 있는 것 같았다. 에블린이 학교에 간 첫날, 수업 시간에 에드워드 1세의 통치 기간에 대한 영국 역사를 읽어야했지. 우리 모두가 잘 알고 있듯이 에블린은 평소와 다름없는 방식으로 자신이 그 내용을 안다고 당당히 이야기했고, 같은 반 다른 아이들은 공부하느라 바빴지만, 에블린은 주변을 둘러보며 즐거워했어. 첫날이었으므로, 톰슨 선생님은 별로 심각하게 생각하지 않았어. 하지만, 아이들이 쉬는 시간에 놀이터로 가자, 톰슨 선생님은 에블린을 불러 역사에 대해 질문했지. 통치 기간에 대해 하나도 알지 못했으니, 에블린의 사악한 거짓말은 금방 들통 났지. 선생님은 당연히 화가 났고, 다른 학생들이 노는 동안 교실에 남아서 에드워드 1세의 통치 기간을 공부하라고 했어. 에블린은 화가 났지만 저항할 수 없었지. 저녁 6시경에 톰슨 선생님은 교실에 와서, 그날 아침에 두고 갔던 러스킨의 '참깨와 백합'을 가지고 갔다. 그 책에 관련되지 않은 강의를 준비하고 있어 즉시 펼쳐보지는 않았다고 한다. 책을 펼쳤을 때는, 놀랍게도 몇 장이 찢어져 있었지. 그 다음은 너도 알겠지. 학교가 지금 얼마나 긴장되고 힘든 상황에 처해 있는지 말이야."

"오, 네, 저도 다 알아요. 제가 지금 처음 들은 것은 에블린이 역사 공부를 하려고 실내에 있었다는 것뿐이에요."

"그래, 그게 동기가 되었던 거란다. 너 같은 사람이 아닌, 비뚤어지고, 불행하고, 무지한 에블린 같은 아이에게는 말이다. 자제력을 배운 적 없고 격정이 늘 치솟는 에블린에게는 말이지."

"오, 가엾은 에블린, 불쌍한 에블린!" 오드리가 말했다.

"그래도, 그래도, 에블린이 그랬을 리가 없어요! 자기가 그런 게 아니라고 했어요. 에블린이 어떤 사람이든 겁쟁이는 아니에요. 홧김에 그랬다면 자백했을 거예요. 어째서 마리아 선생님께 화가 났겠어요? 오, 에블린이 그랬다는 증거는 어디에도 없어요!"

"잠깐, 아직 내 얘기 안 끝났다. 톰슨 선생님은 에블린이 보던 역사책을 이틀 후에 펼쳐보았고, 에드워드 1세의 치세의 시작 부분에 찢어진 종잇조각이 있는 것을 발견했는데 분명 '참깨와 백합'에서 찢어진 것이었지."

"어머니!"

"사실이다, 오드리."

"누가 얘기한 거예요?"

"마리아 선생님."

"선생님은 에블린이 한 짓이라고 생각하시는 거예요?"

"그렇다. 그리고 나도 그렇게 생각한다."

"어머니, 어머니, 어떻게 될까요?"

"글쎄다. 그런데 마리아 선생님은 결심을 굳히셨어. 그래, 나도 선생님 생각이 맞는다고 생각하고… 책을 찢은 것이 에블린이라는 사실을 공개하기로 하셨지만, 잘못을 뉘우치도록 일주일을 주겠다고 하셨단다."

"그리고 모레 그 일주일이 끝나고요." 오드리가 말했다.

"그래, 오드리. 내일 하루 남았구나."

"아 어머니, 제가 어떻게 이겨낼 수 있을까요?"

"가엾은 우리 딸, 너에겐 아주 힘들 거다."

"아, 에블린은 여기 왜 온 걸까요? 미워지려고 해요! 그렇지만, 아니에요, 미워하지 않아요. 아니, 미운 건 아니고 가엾을 뿐이에요."

"천사 같은 우리 딸! 네가 이 일에 연루되어 상처받고 명예가 실추될 수도 생각하니, 무슨 말을 해야 할지 모르겠구나!"

오드리는 잠시 말이 없었다. 고개를 숙이고 아래를 내려다보더니 말했다.

"저에게도 시련인 것은 맞지만, 에블린만큼 동정 받지는 않겠지요. 어머니, 해야 할 일이 하나 있어요."

"무슨 할 일 말이니?"

"에블린이 잘못을 깨닫고 모레 아침까지 고백하도록 설득할 거예요. 오, 어머니! 저에게 맡겨주세요."

"그러마. 넌 용감하고 선하면서 강한 사람이니, 에블린에게 영향을 줄 수 있을 거다."

"아니요, 저는 에블린에게 별로 영향을 주지 못해요."

오드리가 말했다

"잠시만 생각 좀 할게요."

오드리는 의자에 조용히 주저앉아 있었다. 다정하고 순수하며 품위 있는 얼굴로 어머니를 돌아보았다. 프랜시스 부인은 오드리를 살짝 쳐다보고는, 에블린이 자신들의 삶 한복판으로 들어오게 된 상황에 대해 생각했다.

"우리 딸 대신 그 애가 상속녀라니!"

프랜시스 부인은 생각했고, 화가 나서 입을 다물 수가 없었다. 남편과 대화하러 방에서 나가려고 했지만, 문 앞에 도착하기 전에 오드리가 프랜시스 부인을 불렀다.

"어쩌시려고요, 어머니?"

"너에게는 말해야겠구나. 아이디어가 떠올랐어. 에블린이 너희 아버지는 존경하니, 네게 한 얘기를 아버지에게 그대로 얘기하면 에블린이 자백하도록 설득해줄 거다."

"안돼요."

오드리는 갑자기 말했다.

"아버지가 에블린에게 실망하게 해서는 안 돼요. 에블린이 자신의 잘못을 고백하게 할 가장 강력한 동기는 아버지가 모르시는 거예요. 어머니, 제게 생각이 있으니, 아버지께 말씀드리지 마세요."

"무슨 생각?"

"실비아 기억 안 나세요? 예쁜 실비아요."

"물론 기억하지. 사랑스럽고, 밝고, 매력적인 아이잖니!"

"에블린은 실비아를 좋아해요… 저보다 더 좋아하죠. 아마도 실비아가 설득할 수 있을 거예요."

"좋은 생각이구나. 실비아에게 내일 여기로 와서 저녁 식사를 하자고 해야겠다."

"오, 어머니, 그건 너무 늦어요! 실비아에게 아침에 와달라는 전갈을 보내면 안 될까요? 지금 올 수 있다면 좋겠어요!"

"밤이 너무 늦어서 그건 안 된다."

"하지만 학교가기 전에 에블린이 실비아를 만나야 해요."

"너희 둘 다 9시에 학교에 가야 하잖니."

"어쩜담! 난 별로 영향력이 없어도 실비아는 많은 영향을 줄 수 있을 텐데. 이런! 이런!"

"너무 마음을 쓰는 것 같아 네게 말해준 게 미안하구나."

"마음의 준비를 하지 않는다면 충격과 놀라움을 견딜 수 없을 테니, 말씀해주시는 게 맞죠. 아, 모레 아침을 생각해보세요! 모두가 학교에 출석한 가운데 제 사촌 에블린의 잘못이 밝혀진다고 생각해보세요! 그래도, 어머니, 제 자신이 아니라 에블린만을 생각해야 하는데, 제 자신을 생각하지 않을 수 없네요… 그럴 수가 없어요."

"너에게 도움을 좀 줘야겠구나, 오드리. 생각 좀 해보마. 마리아 선생님에게 편지를 써서 오후까지 너희 둘을 붙잡아 두겠다고 얘기하마. 그러면 에블린과는 아침에 얘기하면 되고, 실비아와도 만나고 나면 아마 잘못을 깨닫게 될 거다. 그리고 마리아 선생님과 말해서 오후에는 잘못을 고백하겠지. 그게 최선이다. 그게 마지막 남은 희망이니, 걱정 말고 이제 잠자리에 들어라."

오드리는 방을 나갔다. 하지만 뜬눈으로 밤을 지새웠다. 베개 좌우로 머리를 뒤척이다가 아침 일찍, 평상시보다 한 시간 이상 일찍 일어났다. 재빨리 옷을 입고 에블린 방 쪽으로 갔다. 아침에 이야기해야 용기가 사라지지 않을 것 같았다. 방문을 살며시 열었다. 평소처럼 에블린이 게으르게 침대에서 깊이 잠들어 있을 줄 알았지만, 놀랍게도 방은 텅 비어 있었다. 에블린은 어디 있는 걸까?

"무슨 일이지?"

오드리는 생각했다. 그리고 놀라서 아래층으로 뛰어 내려갔다.

처음으로 눈에 띈 것은 장전된 총을 가지고 밖으로 나가려고 에드워드

방으로 곧장 향하던 에블린이었다. 오드리를 보자 에블린은 얼굴을 찌푸렸고, 분노의 표정이 얼굴에 스쳤다.

"이렇게 일찍 일어나서 뭐해?" 오드리가 물었다.

"너야말로 이렇게 일찍 뭘 하고 있는 건지 물어봐도 될까?"

에블린이 쏘아붙였다.

"너랑 얘기하려고 일부러 일찍 일어났어."

"지금은 얘기하고 싶지 않아."

"같이 가자, 에블린. 부탁이야. 왜 등 돌리고 그렇게 못마땅하게 굴어? 저런! 저런! 정말 미안해! 내가 네 생각에 밤새 못 잔거 알아?"

"그럼 네가 바보지." 에블린이 말했다.

"분명히 얘기하는데 나는 널 생각하느라 못 자지는 않았어. 무슨 말이 하고 싶은 거야?"

새를 명중시키는 일은 이제 물 건너갔다는 것을 에블린은 깨달았다. 어찌나 약이 오르던지! 다음 날 아침이면 윈포드 성에 있지 않고, 사랑하는 재스퍼의 보호 아래 있을 것이었다.

"꽤 화창한 아침이야. 나가서 좀 걷자." 오드리가 말했다.

에블린은 매우 화가 난 것 같았지만, 마침내 그러자고 한 후 함께 나갔다. 오드리는 어떻게 이야기해야 할지 고민했다. 에블린의 생각을 바꾸려면 무슨 얘기를 해야 할까? 사실, 둘은 결코 잘 지낼 수 없는 부류였다. 오드리는 엄격한 교육 속에서 도의를 중시하는 사람으로 자랐다. 에블린은 제멋대로 자랐고, 명예로운 행동에 매력을 느낀 적도 없었다. 의로운 방법이 아닌 속임수, 편법, 재빠른 행동, 잔머리에 익숙했다. 오드리의 눈으로 세상을 보는 것이 에블린에게는 불가능했다.

"하고 싶은 말이 뭔데?" 에블린이 말했다.

"왜 꼭 뭘 숨기는 사람 같은 거야?"

"할 말이 있어. 꼭 해야 할 말이야. 에블린, 질문하지 말고 그냥 듣기만 해. 내일 아침에 학교에서 무슨 일이 일어날지 알아?"

"수업 듣겠지." 에블린이 말했다.

"제발 바보같이 굴지 마. 내 말이 무슨 뜻인지 알잖아."

"오, 그 바보 같은 책으로 인한 소동을 말하는 거구나. 어찌나 야단들인 지! 예전에는 학교를 좋아한다고 생각했는데 지금은 그렇지 않아. 어머니 께서 학교를 좋아한다고 하셨으니, 태즈메이니아 선생님들은 그렇게 바보 같지 않을 것이 분명해. 어머니는 학교에서 정말 즐거우셨대! 다락방에서 파티도 몰래 열었고, 야식도 몰래 가져왔고, 수업도 땡땡이치셨대! 아 진 짜! 신나는 시간을 보냈다고 하셨지. 하지만 이 학교는 모두들 너무 말을 잘 들어! 정말로 너희 영국 아이들은 투지도 기상도 없는 것 같아."

"그렇지만 우리 영국 사람은 이걸 가졌어."

오드리는 말하며 돌아서서 에블린을 마주했다.

"명예와 진실이지. 비뚤어짐 없이 똑바로 일하는 걸 좋아하고, 잘못된 것이 아니라 옳은 것을 좋아해. 그래, 정말이야. 그리고 우리는 더 발전하 고 있지. 그게 우리 영국 사람이야. 영국 사람을 비난하지 말아줘. 네 마 음속 깊은 곳에서… 에블린, 다시 한 번 말할게… 너는 마음속 깊이 우리 사람이 되도록 갈망해야 해."

오드리의 말투에는 에블린을 놀라게 하는 뭔가가 있었다.

"넌 정말 에드워드 삼촌을 닮았어!"

오드리가 말했다. 그리고 에블린에게 이만한 칭찬은 없었을 것이다.

에블린의 기이한 작은 얼굴을 잠시 스친 표정에 오드리는 화가 났다. 애 써 침착함을 유지했지만, 다음 순간 울음을 터뜨렸다.

"오, 세상에! 뭐가 문제야?"

우는 사람을 싫어하는 에블린이 말했다.

"네가 문제야. 오, 왜, 왜 그랬어?"

"내가 뭘 했다는 거야?" 에블린이 약간 놀라서 창백해지며 말했다.

"네가 그랬다는 걸 알잖아, 그리고 저기 잔디밭을 가로질러 실비아 리슨 이 오고 있어. 실비아와 이야기해봐. 오, 너도 알잖아. 네가 그랬다는 거!"

"무슨 일이야?"

실비아가 숨을 헐떡이며 뛰어오면서 말했다.

"여기서 아침을 먹자고 하시던데. 너무 좋아! 아버지 몰래 빠져나왔어. 근데 너희 둘은 학교 안가? 나 왜 온 거야? 오드리, 왜 울어?"

"에블린에 대한 거야. 나 너무 불행해."

"말했어, 에블린?" 실비아가 숨을 죽이고 물었다.

"아니. 만약 네가 말한 거라면, 실비아…"

에블린이 말했다.

"실비아, 이 일에 대해 알고 있는 거야?" 오드리가 소리쳤다.

"무엇에 대해서 말이야?" 실비아가 물었다.

"찢어진 책에 대한 것 말이야."

실비아는 에블린을 힐끗 쳐다보더니 얼굴이 빨개지고 눈이 밝아지며 힘주어 말했다.

"나도 알고 있고, 사랑하는 에블린이 너에게 직접 얘기할 거야. 그렇지, 에블린?"

에블린은 두 사람을 번갈아 바라보았다.

"너희 둘 다 사람 환장하게 하는 구나."

에블린은 말했다.

"단 한순간이라도 내게 불리한 말을 할 것 같아? 널 사랑했던 만큼 이젠 널 증오해, 실비아."

오드리나 실비아가 말리기도 전에, 에블린은 빠져나가 관목 숲 주변을 날듯이 뛰어갔고, 시야에서 사라졌다.

"그럼 에블린이 정말 얘기한 거야?" 오드리가 말했다.

"에블린이 말했어?"

실비아는 입을 다물었다.

"더 얘기하면 안 돼." 실비아가 대답했다.

"하지만 실비아, 이제 다 알아. 정황 증거가 있어서 마리아 선생님이 알고 계셔. 어머니께서 어젯밤에 말씀하셨어. 에블린은 전교생 앞에서 폭로당할 거야."

재스퍼는 나름 재치를 발휘해 에블린이 수도원에 온다는 말을 실비아에게 하지 않았고, 덕분에 에블린이 공개적으로 불명예의 나락으로 떨어질 마음이 없다는 것을 실비아는 알지 못했다.

"에블린은 잘못을 깨달아야 해."

오드리가 덧붙였다.

"그리고 에블린을 찾아서 이야기해야 해. 얼마나 절망적이고도 절망적인 상태인지 알려줘야 해. 솔직히 말하는 것이 그리 끔찍한 불명예는 아니라는 걸 말이야. 오, 부디 에블린이 얘기하도록 도와줘!"

"노력은 해볼게." 실비아가 말했다.

"어쩐지 에블린을 아직 잘 모르겠어."

"하지만 널 좋아하긴 하는 거 같은데?"

"에블린이 뭐라고 하는지 들었잖아. 나에게 비밀을 말한 것이니, 너에게 더는 말할 수 없어. 그리고 자신이 준 신뢰를 존중하지 않았다고 생각해서 에블린은 화가 난 거야. 오, 어쩌지? 그래, 내가 가서 이야기해볼게. 들어가, 오드리, 너 정말 피곤해 보여."

"오! 무슨 문제라도 생긴다면, 그런 치욕은 견딜 수 없으니 차라리 죽는 게 나을 거야."

제27화

뒷방의 낯선 방문객

실비아는 간청하고 설득도 해보았지만 허사였다. 타고난 설득력과 상냥함을 전면에 내세워 할 수 있는 모든 것을 해보았다. 타고나기를 가득한 사랑으로 감싸주려고도 했고, 자신에게 주어진 재치도 활용해 보았고, 경멸과 비아냥거림도 살짝 섞어보았고, 마지막으로 화도 내보았지만, 어떤 말이나 행동도 의미가 없어 침묵을 지키는 편이 더 나을 것 같은 정도였다. 에블린은 갑옷을 입은 듯 자신을 감싸며 고집을 부렸으므로, 어디에서도 고집 세고 제멋대로인 작은 마음을 꿰뚫을 틈새를 찾을 수 없었다. 뭘 하려 했던 걸까? 마침내 실비아는 절망하여 포기했다. 오드리는 에블린의 방 밖에서 실비아를 만났다. 실비아는 고개를 저었다.

"나를 원망하지는 마." 실비아가 말했다.

"난 너무 불행해. 진심으로 네가 안타까워. 말하면 명예를 잃을 것 같으니 말해줄 수는 없어. 불쌍한 에블린은 스스로 벌을 받을 거야."

"만일 네가 실패했다면, 내게는 이제 희망이 없어."

오드리가 말했다.

점심식사 후 에블린과 오드리는 학교로 돌아갔다. 그날 오후에는 몸가짐, 춤, 암송 수업이 꽤 많이 있었다. 에블린은 자신이 선택한 암송을 훌륭히 해냈다. 학교를 위해 영국의 활기찬 발라드를 낭송할 때는 예뻐 보이기까지 했다. 눈은 빛나고, 어두워지고, 깊어졌으며, 창백한 얼굴은 희미한 홍조로 인해 아름답게 변모되었다. 에블린 안 어딘가에 진심이 있었다. 오드리는 에블린을 지켜보며 그 사실을 인정할 수밖에 없었다.

"에블린은 지금 돌아가신 어머니를 생각하고 있는 거야."

오드리는 생각했다.

"오, 그 분이 에블린을 다르게 키웠다면, 우리가 이렇게 끔찍한 상황에 놓이지는 않았을 텐데!"

오후에 암송을 하는 학생들은 대강당에서 자신이 맡은 작품을 암송하는 것이 학교 전통이었다. 보통 마리아, 루시, 몇몇 방문객이 암송을 들으러 왔다. 톰슨이 암송 담당 교사였고, 그 업무를 탁월하게 수행했다. 연기를 잘 하는 학생이나, 이야기의 이면과 시인의 꿈 이면을 보는 재능을 지닌 학생이 있다면, 톰슨은 그 재능을 수면 위로 끌어올려주는 사람이었다. 타고난 극작가였던 에블린은 톰슨의 훈련에 잘 따랐고, 그날 오후 에블린의 암송으로 청중은 경악했다.

"저 놀라운 아이는 누구죠?"

이웃 마을의 한 숙녀가 마리아에게 말했다.

"태즈메이니아 출신이고 에드워드 윈포드 대지주님의 조카입니다."

이렇게 대답은 했지만, 마리아 자신은 분명 이 주제에 관심을 갖지 않을 것이며, 에블린의 놀라운 능력에 대해 인정하는 어떠한 표현도 하지 않을 것이라 다짐했다.

에블린의 암송에 비하면, 오드리의 암송은 길들여졌고 기상이 부족했다. 잘 표현한 것은 사실이지만, 열정이 결여되어있었다.

"정말이에요." 숙녀가 다시 말했다.

"에블린 윈포드 양이 하는 암송이 학교에 좋을지 모르겠군요. 그리고 여자아이들이 그런 것에 지나치게 흥분해서는 안 돼요!"

마리아는 다시 침묵했다.

시간이 흘러 하루가 저물었다. 아이들이 집에 가려고 망토와 모자를 쓰고 있었고, 몇 명이 모여서 에블린이 오후에 했던 놀라운 연기를 칭찬하고 있던 바로 그 때, 마리아가 나타났다. 마리아는 에블린의 팔을 건드렸다.

"잠깐만." 마리아가 말했다.

"왜요?" 에블린이 뒷걸음질 치며 말했다.

"얘기할 게 있다."

오드리는 에블린을 애원하는 눈빛으로 바라보았다. 오드리가 그러지 않았더라면, 아마도 자신의 성취에 흥분했고 친구들의 갈채에 감동받았던 에블린은 할 일을 했을 것이고, 다음에 벌어질 일도 일어나지 않았을 것이다. 하지만 에블린은 오드리를 싫어했고, 에블린의 기분을 상하게 하여 원래 입장을 고수하게 만들 뿐이었다.

마리아는 에블린의 손을 잡고 화장실 옆에 있는 방으로 들어가서는 문을 닫고 말했다.

"한 주가 거의 끝나가는구나. 내일이 무슨 날인지 알지?"

"네." 에블린이 눈을 내리깔며 말했다.

"내일 올 거니?" 에블린은 말이 없었다.

"온다는 거구나. 솔직히 말하지 않으면 얼마나 한심한 사람이 될 것인지, 치욕이 얼마나 깊고 오래갈 것인지를 이젠 깨달아야 해. 성공의 단맛을 이제 막 보았는데, 어째서 영국인이라면 결코 용서하지 못할 일을 내일 겪어야하는 거니? 너로 인해 많은 즐거움이 사라졌고, 포상도 없어지고 자유도 박탈되었고, 놀이는 퇴색되어 며칠 동안 모든 곳에 먹구름이 드리워져 있었다는 것을 학교는 잊지 않을 것이다. 그리고 무엇보다도, 쳅스토 하우스에 있는 모든 학생에게 불명예스러운 낙인이 찍힐 거다. 하지만 지금이라도, 에블린, 시간은 있다. 지금이라도, 모든 것을 솔직히 털어놓으면 훨씬 나을 거다. 증거가 얼마나 너에게 불리한지 알잖니. 내일 아침 톰슨 선생님과 나는 모든 일을 학교에 공개할 거야. 간단히 말해, 너는 재판을 받는 죄수가 되는 거다. 학교 구성원 모두가 판사가 되어, 네가 무죄인지 유죄인지를 판결할 것이다."

"보내 줘요." 에블린이 말했다.

"왜 날 괴롭히는 거예요? 내가 한 짓이 아니라고 말했고, 그 말을 번복하지 않을 거예요. 보내줘요."

"불행한 아이여! 내일 아침 이후로는 널 학교에 들이지 못할 것 같구나. 하지만 지금은 가거라. 가. 신이시여!"

에블린은 복도를 가로질러 걸어갔다. 친구들이 여전히 서 있었고, 많은 학생들은 왜 에블린 얼굴이 그렇게 창백한지 궁금해 하며, 마리아 선생님이 에블린에게 따로 무슨 얘기를 했을지 서로에게 물었다.

"에블린이 그랬을 리가 없어." 소피가 말했다.

"아니, 그럴만한 동기가 없었는데 당연히 아니지."

"그 얘기는 하지 말자." 소피의 친구가 말했다.

"난 뭔가 신기하고 범상치 않은 면이 있는 에블린이 좋아. 가끔 너무 화나 보이지만 않았으면 좋겠어."

"목장의 노래를 얼마나 훌륭하게 암송하던지!" 소피가 말했다.

"완전히 그림이 그려지는 것 같았어. 여기 오기 전에 에블린은 야생에 살던 야만인이었으니, 우리처럼 될 것이라 기대해서는 안 돼."

오드리와 에블린을 데리러 마차가 왔다. 둘은 말없이 집으로 갔다. 오드리는 다음날 아침의 비참함을 생각하고 있었다. 에블린은 탈출을 계획하고 있었다. 저녁 식사 전에 떠날 예정이었고, 재스퍼에게 정확히 7시에 만나자고 부탁해두었다. 모든 것을 고려해보니, 가족들이 각자 다른 방에서 옷을 입는 때가 최적의 시간인 것 같았다. 리드를 다른 곳으로 보낼 핑계를 댈 것이었고, 사실 이제 거의 도움이 필요하지 않아 혼자 옷 입는 것이 더 좋았다. 리드는 프랜시스 부인과 오드리를 돕느라 바쁠 것이므로 의심의 눈초리를 피해 달아날 수 있을 것이었다.

집에 도착했을 때 차가 준비되어 있었다. 둘은 거의 말없이 차를 마셨다. 에블린은 오드리를 되도록 쳐다보지 않았다. 오드리는 이제 에블린에게 말해봤자 희망이 없다고 느꼈다.

"에드워드 삼촌에게 작별 인사를 하고 싶어." 에블린은 생각했다.

"아마 다시는 돌아오지 못할 거야. 다시 성에서 사는 것을 숙모가 허락하지 않을 거야. 삼촌은 내가 이 집에서 사랑하는 유일한 사람이니, 키스하고 싶어."

에블린은 에드워드에게 작별인사를 하고 싶은 마음과 하루빨리 위험에서 벗어나고 싶은 열망 사이에서 머뭇거렸지만, 결국 평소와는 다른 무언가를 에드워드가 눈치 채지 않을까 하는 생각에 두려웠다. 에블린은 자기 방으로 올라갔다.

"아직 옷 입을 시간 아니야."

교실을 향해 천천히 가던 오드리가 말했다.

"옷 입을 시간은 아니지만, 머리가 좀 아파." 에블린이 말했다.

"저녁 먹기 전에 몇 분 동안 누워 있을 거야. 그리고 오드리, 리드한테 오늘 저녁엔 옷 입혀주러 오지 말라고 전해줘. 흰 드레스를 입을 건데, 혼자 입을 수 있다고 말이야."

"좋아. 리드에게 전할게." 오드리가 대답했다.

오드리는 이제 말없이 가던 길을 갔다. 에블린은 방으로 들어갔다. 거기서 가방에 몇 가지 물건을 챙겼는데, 많이는 가져가지 않을 생각이었다. 금화 두 줄은 안전을 위해 가방 바닥에 넣었다. 튼튼한 갈색 종이로 덮은 후, 그 위에 자신이 가장 소중하게 여기는 보물들을 놓았다. 프랜시스 숙모가 사준 옷은 하나도 가져가지 않을 생각이었다.

"그 옷들은 필요 없어." 에블린은 혼자 말했다.

"소중한 내 예전 옷을 다시 입을 거야. 재스퍼가 내 트렁크를 가져갔고, 수도원에서 날 기다리고 있어. 조금만 있으면 얼마나 편할까! 윈포드 성에서의 끔찍한 고통의 나날은 지웠어. 내일 아침의 그 끔찍한 장면도 지웠어. 다시 예전 에블린으로 돌아가는 거야. 실비아가 얼마나 놀랄까! 어쨌든 실비아는 재스퍼에게 진실하니, 나에게도 진실할 것이고 배신하지 않을 거야."

시간은 빠르게 흘러갔고, 곧 6시 45분이 되었다. 에블린은 벽난로 위 예쁜 시계의 분침과 시침을 볼 수 있었다. 시간이 날아가는 것만 같았다. 옷 입는 시간을 알리는 벨소리가 난 후 몇 분이 지나서야 움직이기 시작했고, 그 때 에블린은 안전한 도주로를 찾아야 한다는 것을 알았다. 마침내 작은 시계에서 은빛 차임벨이 일곱 번 울렸고, 1분 후 중앙 홀의 큰 종이 울렸다. 그날 방문객 몇 명이 성에 왔으므로, 옷을 입으러 방으로 갈 때, 숙녀들의 실크 드레스에서 부드럽게 바스락거리는 소리가 났다. 에블린은 이것을 알고 있었고, 그에 따라 계획을 세웠다. 가족들은 생각할 것이 많을 것이고, 리드는 특히 바쁠 것이다. 테이블로 가서 작은 가방을 들고 팔에는 두꺼운 숄을 걸치고는 아래층으로 달려갈 준비를 했다. 방문을 열고 밖을 엿보았다. 복도는 고요했고, 아래 홀도 조용했다. 옆문으로 가서 아무도 모르게 관목 숲으로 도망칠 수 있기를 바랐다. 조심스럽고 빠르게 계단을 내려갔다. 계단은 하얀 대리석으로 만들어졌으므로 당연히 소리가 나지 않았다. 큰 홀을 건너 옆 복도를 따라 내려갔다. 한 번은 누군가 자신을 지켜보고 있다는 끔찍한 의심이 들며 뒤를 돌아봤다. 아무도 보이지 않았다. 옆문을 열었고, 다음 순간 등 뒤로 문을 닫았다. 에블린은 기뻐서 숨을 헐떡거렸다. 자유였다. 그리고 이 끔찍한 집은 이제 에블린의 행방을 알지 못하게 될 것이었다.

"돈을 모두 상속받기 전까지는 절대 안 올 거야."

화가 난 에블린은 생각했다.

"여기 주인이 될 때까지 다시는 윈포드 성에서 살지 않을 거야."

그러고 나서 에블린은 날듯이 달리기 시작했다. 하지만, 놀라운 일이 벌어졌다! 잘 세운 계획은 때때로 뒤집히기도 하고, 가장 안전할 때 갑자기 무너지기도 한다. 11미터도 가지 않아 누군가 에블린의 어깨에 손을 얹었고, 돌아서서 벗어나려 애쓰다가 프랜시스 부인을 보았다. 방에 있을 것이라 생각했던 프랜시스 부인이 에블린 옆에 서 있었다.

"에블린, 뭐하는 거니?" 프랜시스 부인이 말했다.

"아무것도 안 해요." 에블린이 숙모의 손아귀에서 꿈틀거리며 말했다.

"그럼 집으로 돌아가자." 프랜시스 부인은 에블린의 손을 잡았고, 나란히 집으로 다시 들어갔다.

"도망치는 건 허락할 수 없다." 프랜시스 부인이 말했다.

"그 얘기는 더 하지 않으마. 위층으로 올라가거라."

프랜시스 부인은 에블린을 방으로 데려갔다. 거기서 문을 열고 에블린을 안으로 밀어 넣었다.

"도망치려 했으니 저녁 식사는 없다."

프랜시스 부인이 말했다.

"얘기는 나중에 하고, 잠시 방에 있어라."

부인은 문을 잠그고 열쇠를 주머니에 넣었다.

분노한 에블린은 갇혀 있었다. 열망, 절망, 분노에 휩싸였다는 표현으로는 충분치 않았다. 한동안 거의 말을 잇지 못하고 감옥을 둘러보았다. 탈출할 방법은 없는 것인가? 오! 견디지 못하고, 문을 쾅 열었다. 아아, 아아! 문은 단단한 떡갈나무로 되어 있었고, 단단히 고정된 채 굳게 잠겨 있어, 에블린 체구와 나이의 20명이 민다고 해도 열리지 않을 듯했다. 창문… 창문으로 도망치면 되었다! 달려가 창문을 열고 밖을 내다보았다. 에블린 방은, 사실, 1층이었지만, 바닥으로 떨어지면 안 될 것 같았다. 에블린은 아래를 바라보며 벌벌 떨었다.

"내가 목장에 있다면, 숙모 스무 명도 나를 잡아두지 못할 거야."

에블린은 생각했다. 그리고 거실로 달려갔다.

최근에 에블린은 거실을 거의 사용하지 않았는데, 지금은 기억했다. 거실 창문은 프랑스풍이었고, 꽃밭을 향해있었다. 이곳에 떨어지는 것은 아마도 그렇게 어렵지 않을 것이고, 적어도 땅은 부드러울 것이었다. 에블린은 자신이 모험을 할 수 있을지 궁금했지만, 오래 전에 태즈메이니아에서 흑인 여성이 탈출을 시도하는 것을 본 적이 있다. 그 여자의 몸이 땅에 떨어질 때 쿵 하는 소리와 뒤이어 들려오는 비명소리를 들었다. 이 여성은 발견되어 집으로 돌아왔고, 몇 주 동안 심하게 부러진 다리로 고통 받았다. 에블린은 쿵 하는 소리와 부러진 다리, 그 여자의 비명을 기억했다. 그건 자해하는 것보다 더 어리석은 짓이었다. 하지만, 오, 미칠 것 같았다. 재스퍼가 기다리고 있을 터였다. 너그러운 마음과 크고 검은 눈동자를 가진, 애틋한 재스퍼가 기다리고 있었고, 작은 하얀 침대와 맛있는 초콜릿을 준비해줄 것이었다. 그리고 즐겁고 유쾌한 탈출과 대담한 모험은 모두 끝이 났을 것이다. 하지만 그럴 수 없다니… 안 돼, 안 돼, 말도 안 돼!

"난 정말 바보야!" 에블린은 생각했다.

"밧줄을 만들어 내려갈 생각을 왜 못했지? 숙모는 날 가뒀지만 이 에블린 윈포드가 얼마나 대담한지는 모르지. 패배를 용납지 않는 본성을 사랑하는 어머니가 물려주셨지."

밧줄을 생각하자 용기와 기세가 되살아났다. 그러나 적어도 7시 30분까지는 기다려야 했다. 큰 징소리가 다시 한 번 울렸다. 에블린이 문으로 달려가자, 숙녀들이 내려오면서 실크 드레스가 바스락거렸다. 열쇠 구멍을 통해 보았을 때, 루비벨벳 가운을 입은 프랜시스 부인의 혐오스러운 모습을 본 것만 같았다. 하얀 옷을 입은 젊고 늘씬한 몸매도 부드럽게 내려왔다.

"오드리네." 에블린은 생각했다.

"세상에! 말도 안 돼! 날 덫에 걸린 쥐처럼 여기 가둔 채 가고 있어. 여기 두고 가버리면 내겐 아무것도 남지 않아. 아, 도저히 못 참아!"

에블린은 침대로 달려가 시트를 찢어 가위를 가져다가 조각내었다. 에블린에게는 야생에서 온 소녀가 지닐 법한 모든 생존 방법과 임기응변이 있었다. 지탱할 매듭을 만드는 법도 알고 있었다. 곧 밧줄이 준비되었다. 밧줄은 에블린의 가벼운 몸무게를 견딜 수 있을 만큼 강했다. 거실의 프랑스식 창문 바로 안쪽에 있는 무거운 가구 물품에 밧줄을 고정시킨 후, 작은 가방을 밖으로 던지고는 재빠르게 아래로 내려갔다.

"자유다! 자유야!" 에블린이 중얼거렸다.

"숙모가 날 가뒀지만 이젠 자유야! 내가 어떻게 나갔는지 알게 되겠지. 오, 숙모가 화를 내겠지? 너무 재밌어! 이 탈출로 30분간의 참혹함마저 가치 있게 여겨질 정도야."

에블린이 잔디를 가로질러 달아나는 동안 지켜볼 사람은 이제 아무도 없었다. 계단으로 달려갔고, 재스퍼가 아직 기다리고 있었다.

"왜 이렇게 늦었어!" 재스퍼가 말했다.

"포기하고 그냥 돌아가려던 참이었다."

"키스해줘요, 이모." 에블린이 말했다.

"포옹해주고, 예뻐해 주고, 강한 팔로 날 안고 가줘요. 그리고, 오! 서둘러요… 서둘러서… 빨리 숨어야 해요. 아무도 우리를 찾을 수 없는 곳으로 숨어야 해요. 오, 이모, 그럴 일이 있었거든요!"

위급할 때 재스퍼는 많은 말을 하지 않았다. 에블린의 몸에 따뜻한 털망토를 두르고는 가능한 한 빨리 수도원으로 향했다. 에블린은 재스퍼의 어깨에 머리를 얹었고, 한줄기의 따뜻함과 위로가 비참한 작은 영혼에 찾아왔다.

"이모가 없었으면 가망이 없었어요!" 에블린은 한두 번 중얼거렸다.

"영국이 정말 싫어! 숙모도 싫어! 끔찍하고도 끔찍한 학교도 싫고, 심지어 오드리도 싫어요! 하지만 이모는 사랑해요, 그리고 이젠 행복해요."

"가망이 없는 게 아니란다." 재스퍼가 말했다.

"나와 함께 있으면 안전해. 그리고 당연한 것을 말해주자면, 너와 나는 이제 떨어지지 않을 거다."

"절대, 절대 떨어지지 않을 거예요."

에블린이 열정에 차서 말했다. 그리고 재스퍼의 목을 더 꽉 안았다.

그러나 재스퍼의 모든 사랑과 호의에도 불구하고, 에블린이 무겁게 느껴지기 시작했고, 길은 평소보다 두 배나 더 길어 보였다. 그리고 에블린이 재스퍼에게 서둘러 달라고 몇 번이나 애원하고 간청하자, 재스퍼의 가엾은 심장은 세차게 뛰기 시작했고, 마침내 멈추어 숨을 헐떡이며 말했다.

"내려놓아야겠다. 그리고 내 옆에서 달려야 해. 숨이 너무 차서 더는 안고 가지 못하겠구나."

"오, 제가 너무 이기적이었군요!" 에블린이 즉각적으로 말했다.

"그래요, 뛸게요. 이제 잘 걸을 수 있어요. 아까의 공포를 극복했거든요. 가장 중요한 것은 서두르는 것이고요. 그 사람들이 수도원에 나를 찾으러 오지 않을 것이 확실하나요?"

"어떻게 그러겠니? 실비아 말고는 아무도 내가 수도원에 있다는 걸 모르는데, 왜 네가 수도원으로 갔다고 생각하겠어? 그럴 리가 없지. 그 사람들은 경찰에 의뢰할 것이고, 마을이나 기찻길로 가보겠지. 하지만 그렇게 아무 소득 없이 추격전을 벌일 것을 생각하니, 재밌기만 한걸."

에블린은 웃었고, 두 사람은 손을 맞잡고 가던 길을 계속 갔다. 곧 수도원 후문에 다다랐다. 재스퍼는 후문을 조금 열어두었다. 파일럿이 다가와 에블린을 향해 으르렁거리기 시작했지만, 재스퍼가 파일럿의 이마에 손을 얹었다.

"내 친구 파일럿, 착하지!"

그러자 파일럿은 꼬리를 흔들며, 무제한의 닭 뼈로 상당한 애착을 갖게 된 친구 재스퍼의 길을 터주었다. 2,3분 후 에블린은 재스퍼의 작고 안락한 방에 자리를 잡았다. 불길이 타오르고 있었고, 저녁 식사는 준비 중이었다. 에블린은 의자에 털썩 주저앉아 숨을 약간 헐떡거렸다.

"여기서 사는 거군요?" 에블린이 말했다.

"맞아, 여기가 내가 사는 곳이란다."

"실비아는 어디 있죠?" 에블린이 물었다.

"지금 아버지와 저녁을 먹고 있어."

"아! 실비아가 보고 싶어요. 얼마나 좋아하고 놀랄까! 실비아가 말하지 않을 것이 확실하죠, 이모?"

"말한다고! 실비아가!" 재스퍼가 말했다. "그럴 리가 없지."

"그런가요, 실비아가 보고 싶네요."

"곧 여기로 올 거야."

"내가 온다고 말 안했어요?"

"안했어. 말 안하는 게 좋을 것 같았어."

"잘 했어요, 이모. 그리고 알겠지만, 배가 너무 고프니 얼른 먹을 것을 주세요."

"혹시 돈을 잊은 건 아니겠지?"

재스퍼는 걱정스러운 듯 에블린을 바라보며 말했다.

"그럴 리가 없죠. 작고 검은 가방 안에 있으니, 생각났을 때 가져가는 게 좋을 거 같네요. 에드워드 삼촌이 내게 두 줄을 주셨어요. 전부 1파운드짜리 금화이고, 스무 개예요."

"우리 에블린이 정말 사랑스러워서 말도 안 나오네! 돈 때문에 걱정할 일은 없겠다." 재스퍼가 이 소식에 크게 안도하며 말했다. 그리고 에블린이 좋아하는 음료를 만들려고 우유를 끓였다.

"하지만 내 자금 사정은 심각했지. 여기 사는 동안 그런 상태인 건 전혀 몰랐을 거야. 하지만 재밌네. 그리고 네가 왔으니 더욱 더 즐거울 거야."

에블린은 아무 대답 없이 의자에 기대앉았다. 그날 고생을 많이 해서 피곤했고, 쉴 수 있어서 기뻤다. 안전하게 느껴졌다. 배가 고프기도 했고, 재스퍼가 쓰다듬어줘서 좋았다. 초콜릿을 준비하는 것을 지켜보다가, 완성되자 초콜릿을 열심히 홀짝이며 스펀지케이크도 먹으면서, 자신이 세상에서 가장 행복한 소녀라고 생각하려 노력했다. 하지만, 오! 무엇이 자신을 괴롭히는 걸까? 성에서의 끔찍한 날들, 학교에서의 무시무시한 날들, 오드리의 얼굴, 프랜시스 부인의 태도, 그리고 마지막으로, 친절하고 사랑스러운 에드워드 삼촌을 어찌 잊을 수 있을까?

"내가 새의 날개도 명중시킬 수 있다는 것을 삼촌에게 보여주지 못했어." 에블린은 생각했다.

"정말 안타까워! 삼촌이 장전된 총을 발견하면 얼마나 놀랄까! 그리고 내가 그 총을 장전하고 준비했다는 것을 절대, 절대 모르시겠지. 아이고! 삼촌을 오랫동안 못 볼 것 같아 아쉬워. 삼촌이 화나실까 봐 마음이 안좋아. 다른 사람은 신경 쓰지 않지만, 삼촌에게는 미안해."

바로 그때 바깥 부엌에서 고음의 감미로운 목소리가 들려왔다.

"실비아 왔네. 지금 얘기하고 데려올게." 재스퍼가 말했다.

재스퍼는 바깥 부엌으로 들어갔다. 초라한 드레스를 입은 실비아는 초췌하고 차가운 표정으로 불 옆에 서 있었다.

"오, 재스퍼." 실비아가 간절하게 말했다.

"오늘 밤은 아버지를 어떻게 대해야 할지 모르겠네요. 오늘 우편으로 나쁜 소식을 들은 게 분명해요. 마지막 투자 건에 대해 말이에요. 그렇게 기분이 안 좋고 신경질적이신 건 처음 보았고, 저녁으로 만든 맛있는 해시(고기와 감자를 잘게 다져 섞어 요리하여 따뜻하게 차려 낸 것 - 역자 주)로 화를 많이 냈어요. 연료 공급을 줄이겠다며, 요리할 때 큰 불을 피우지 말라고 말씀하신데다, 최악인 것은 제가 요리하는 것을 직접 보러 부엌으로 오겠다고 으름장까지 놓았어요. 오늘 밤은 정말 겁나더라고요. 태도가 너무 이상하고 의심스러운데다 정말 차가워 보여요. 거실에 불도 못 붙이게 할 거예요. 점점 더 나빠지고 있어요."

"하지만, 다 지나간 얘기잖아요? 어쨌든 해시를 드셨고요."

재스퍼는 가능한 유쾌하게 말했다.

"그래요. 하지만 태도가 별로였어요. 그리고 다락방에서 가방도 발견했고요."

"그것 또한 끝난 일이에요." 재스퍼가 말했다.

"수수께끼와 의아함만 있을 뿐 진실을 알아내는 데 오랜 시간이 걸릴 테니, 리슨 씨는 그 일에 대해 말할 거리가 별로 없을 거예요."

"아버지 방식이 맘에 안 들어요." 실비아가 반복해서 말했다.

"내 방식도 좋아하지 않을 거야."

낯선 목소리가 말했고, 실비아는 비명을 질렀다. 에블린이 앞에 서 있었기 때문이었다.

"에블린!" 실비아가 소리쳤다.

"너 어디서 온 거야? 아, 뭐가 문제야? 머리가 정말 빙빙 도는구나!"

실비아는 당황해서 두 손을 이마에 갖다 댔다. 재스퍼는 부엌문을 잠갔다.

"이제 우리는 안전해요. 그리고 아가씨들은 침실로 들어가세요."

재스퍼가 말했다.

"네, 리슨 씨가 왔을 때 부엌은 잠겨 있고 불이 꺼져있어야 하니, 얼른 들어가세요. 내 침실에 대해 절대 알지 못하실 거예요. 커튼을 치고 덧문을 닫으면, 바깥에서는 빛을 조금도 볼 수 없어요."

"실비아, 이리 와."

에블린이 말했다. 실비아의 손을 잡고 침실로 끌고 갔다.

"그런데 왜 왔어, 에블린? 왜 온 거야?"

가엾은 실비아는 매우 고통스럽고 불안해하며 말했다.

"좋든 싫든 나를 환영해줘." 에블린은 말했다.

"그리고 나에게 진실해야 해. 난 도망쳐서 여기 왔어. 학교에서 도망쳤고, 소란과 내일의 치욕에서 도망쳤지. 끔찍한 프랜시스 숙모와 무시무시한 성에서 도망쳐서, 여기 재스퍼에게 온 거야. 그리고 돈은 가져왔으니 너는 어떤 비용도 지불할 필요 없어. 그리고 네가 말한다면… 하지만 실비아, 말 안 할 거지?"

"근데 이건 안 되는 일이야! 이해가 안 돼. 난 이해할 수 없어."

실비아가 말했다.

"실비아 아가씨, 앉으시면 제가 설명해 볼게요." 재스퍼가 말했다.

실비아는 작고 하얀 침대 옆에 주저앉았다.

"이제 이걸 왜 준비했는지 알겠네요. 설명하지 않기에 아마도 나를 위한 것이라고 생각했죠. 그런데 세상에!"

"말하고 싶었지만, 감히 하지 못했어요." 재스퍼가 말했다.

"우리 에블린 아가씨가 죽거나 망신을 당하도록 제가 내버려둘 것 같아요?

그건 용납할 수 없는 일이죠. 나와 잠시 여기에 숨어 있다 보면, 시간이 지나 상황이 괜찮아질 거예요. 아가씨들! 저는 두 분 모두 사랑해요. 그리고 제 계획을 들어보세요. 나는 오늘밤 위층에 올라가서 실비아 아가씨 방에서 자고, 실비아 아가씨와 에블린 아가씨는 여기서 함께 주무시는 거예요. 저녁은 준비해 놓았고, 저는 먹을 만큼 먹었어요. 빨리 가야 해요. 그리고 리슨 씨가 부엌문을 달그락거리려도 답이 없을 거고, 열쇠 구멍으로 들여다봐도 밤처럼 깜깜할 거예요. 그리고도 리슨 씨는 의심으로 가득 차서 계단을 터벅터벅 올라가서는 실비아 아가씨 방문을 덮치겠지만, 문이 잠겨있을 거예요. 잠시 후, 제가 큰 침대 한가운데에서 실비아 아가씨 목소리로 대답하면, 해가 비쳐 눈이 녹듯 리슨 씨의 걱정도 사라지겠죠. 그게 제 계획이고, 즉시 그리 할 생각이에요. 전에 조심하고 떨고 불안했다면, 이제는 에블린 아가씨를 돌보게 되었으니, 두 배로 조심하고 걱정해야 해요."

재스퍼의 계획은 철저히 실행되었다. 실비아는 그 계획이 마음에 들지 않았지만, 반대할 방도를 몰랐고, 에블린이 자신의 목에 팔을 둘렀을 때 부드럽고 온화한 느낌이었다. 큰 갈색 눈에 눈물을 머금고, 하얀 얼굴에 애처로운 표정을 지으며 간청했을 때, 실비아는 일단 그렇게 해주기로 했다. 무슨 일이 있어도 배신하지 않을 것이었다.

제28화
불빛이 깜빡거리는 방

에블린 자신만 제외하면 어린 두 공모자들에게 상황은 그럭저럭 잘 흘러 갔다. 이야기와 모험 정신에 지쳐, 실비아는 재스퍼 침대에, 에블린은 자신을 위해 사랑스럽게 준비된 작은 하얀 소파에 누워 있다가, 실비아는 지쳐서 곧 잠이 들었지만, 에블린은 쉴 수 없었다. 기쁘고, 설레고, 안도 했지만, 동시에 묘한 실망감을 느꼈다. 에블린의 심장은 빠르게 뛰었고, 무슨 일이 일어나고 있는지 궁금했다. 부엌 뒤에 있는 이 작은 방에서 에블린은 감옥에 있는 것처럼 느껴졌다. 자유로운 시골에서 자랐고 교육받지 못한 어머니 손에서 자란 에블린은 감옥에 있다는 느낌이 결코 즐겁지 않았다. 살며시 침대에서 나와 창문으로 가서 무거운 덧문 빗장을 풀고 밖을 내다보았다.

하늘에는 달이 떠 있었고, 정원은 밝은 빛을 받고 있었으며, 두꺼운 주목나무 울타리가 달의 차가운 빛을 막아주는 짙은 그림자 속에 있기도 했다. 에블린은 하얗고 작은 얼굴을 창문에 붙이고 있었다. 파일럿은 밖에서 이리저리 다니다가 달을 바라보기도 했고, 가끔 의심하며 짖기도 했지만, 결코 에블린이 내다보고 있는 창문 쪽을 보지는 않았다. 창문 오른쪽에는 이미 언급했던 암탉의 울음소리가 들렸고 닭장이 있었다. 그러나 에블린은 이런 것들에 대해 아무것도 몰랐고, 그 경치가 추하고 재미없다고 생각했다. 두꺼운 주목나무 울타리와 울퉁불퉁하고 오래된 주목나무가 싫어 숨죽여 불평하며, 덧문 닫는 것을 완전히 잊어버리고는 창문에서 돌아섰다. 에블린은 자신이 무슨 짓을 한지도 모른 채, 이제 침대에 누워 잠이 들었다.

바로 그날 밤에 리슨은 금화 가방을 파내기로 결심했다. 리슨은 허약하고 떨리는 상태였고, 가장 끔찍한 불행이라고 생각하는 일에 완전히 사로잡혀 있었는데, 최근 킬콜만 금광에 투자한 많은 액수가 돌이킬 수 없을 정도로 손실되었기 때문이었다. 금광은 거대한 사기극이었을 뿐이었고, 모든 투자자가 돈을 잃었다. 일간지에는 사기극이 가득했고, 회사 발기인을 향한 분노가 팽배했다. 하지만 리슨은 그런 것 따위는 신경 쓰지 않고, 단 한 가지 사실만 걱정했다. 외동딸에게 따뜻함과 안락함을 주려고 한 푼도 아까워하던 자신이 한 방에 수천 파운드를 날려버렸다는 사실이었다. 리슨은 거의 정신을 잃은 사람처럼 보였다. 그날 저녁 실비아가 떠나자 리슨은 춥고 황량한 응접실에 잠시 서 있다가, 앉아서 생각하기 시작했다. 리슨이 돈을 투자한 것은 킬콜만 금광뿐이 아니었다. 그 돈을 모두 회수하여 모은 뒤, 영국을 떠날 작정이었다. 리슨은 영국 어떤 은행에 있는 어떤 돈도 신뢰하지 않을 작정이었고, 돈을, 무엇보다도 자신이 모은 소중한 돈을 지킬 생각이었다. 수도원에 머무는 동안 리슨은 1200파운드가 넘는 돈을 모았다. 이 돈은 자산이 아닌 소득이었고, 생활필수품에 써야 하는 돈에서 나온 것이었다. 리슨은 점점 더 많은 돈을 저축했고, 한 푼이라도 아끼는 것이 태양 아래 어떤 미덕보다 가치 있을 정도였다. 그리고 한 푼 한 푼 아끼고 모으면서, 캔버스 가방에 담긴 돈을 정원에 묻었다. 하지만 이제 금화를 파내어 떠날 때가 왔다. 작은 방에 트렁크가 세 개 있었고, 돈을 그 세 개에 나눠 담으려 했다. 트렁크는 소가죽으로 덮여있고, 옛날식이었으며, 금화 무게를 견딜 수 있을 만큼 튼튼했다. 리슨은 모든 계획을 세워두었다. 실비아를 데리고 수도원을 떠나 사라지려는 것이었다. 낯선 외국에서 얼마나 더 저축할 수 있을지는 모르지만, 단지 일어나서 일하고 싶었다. 달이 저물 무렵이던 이날 밤이 바로 딱 맞는 시간일 것 같았다. 리슨은 다락방에 있던 처음 보는 트렁크들에 매우 불안했고, 실비아의 모든 것이 의심을 불러일으켰다. 리슨은 실비아가 이전처럼 그렇게 자신에게 솔직하지 않다고 확신했다. 최근 먹은 저녁 식사는 의심 없이 먹기에는 너무 훌륭했고, 섬세하고, 맛있었다. 적어도 연료를 너무 많이 태우고 있는 것은 확실했다. 바로 이날 밤 부엌으로 가서 불이 꺼진 것을 직접 확인하기도 했다. 어째서 실비아가 황량한 방에서 불도 없고 촛불도 없이 떨면서 부엌 불로 몸을 녹여야 하는 건지 궁금했다. 그래서 10시가 지나자마자 리슨은 집을 돌아보기 시작했다.

방을 하나하나 뒤지며 모두 들여다보았는데, 이렇게 안절부절못한 적이 없었다. 크고 끔찍한 일이 눈앞에 펼쳐져 정신이 혼미해지고 불안해졌으므로, 어리석은 투자로 잃은 수천 파운드보다 절약한 1,200파운드를 더 많이 생각했다. 낡은 수도원의 황량한 방은 모두 원래 모습 그대로였고, 가구가 있는 방도 있었고 전혀 없는 방도 있었다. 부엌으로 가자, 문은 잠겨 있었다. 부엌문을 흔들며 큰 소리로 불렀지만, 대답은 없었다.

"실비아는 자러 갔나보군. 잘 했네." 리슨은 혼자 말했다.

허리를 굽혀 열쇠구멍으로 들여다보려 했지만 보이는 것은 어둠뿐이었다. 리슨은 몸을 돌려 비틀거리며 위층으로 올라갔다. 실비아 방 문고리를 돌렸다. 리슨이 그렇게 할 것이라 짐작했던 재스퍼가 얼마나 현명했는가!

"실비아!" 리슨이 큰 소리로 외쳤다. "실비아!"

"네, 아버지." 실비아 같은 목소리가 말했다.

"침대에 있니?"

"네, 제가 필요하신가요?"

"아니다, 그냥 누워있어라. 잘 자거라."

"안녕히 주무세요." 실비아로 가장한 재스퍼가 대답했다.

그러나 아래층으로 내려갈 때 리슨은 베개로 누르는 숨 막히는 웃음소리를 듣지 못했다. 리슨은 달이 저물 때까지 기다렸다가 필요한 기구로 무장하고 정원으로 들어갔다. 그날 밤에 가방의 절반은 확실히 꺼낼 작정이었고, 나머지는 내일 아침까지 기다릴 생각이었다.

리슨은 정원에 도착해서 보물을 묻어두었던 곳으로 갔고, 잠시 동안 가만히 서서 주변을 둘러보았다. 다 괜찮아 보였고, 무덤과 죽음처럼 고요했다. 바람이 없는 밤이었고, 곧 달이 지고 어둠이 찾아올 것이었다. 리슨은 하려던 일을 위해 어두워지기를 기다렸다. 파일럿이 허우적거리며 왔다.

"착하지! 파일럿! 착해!" 리슨이 말했다.

파일럿은 이 말이 무슨 뜻인지 알도록 훈련받았고, 즉시 가서 중앙 출입구에서 30~70센티미터 이내에 서 있었다. 리슨은 자신의 생각만큼 뒷문이 단단히 고정되고 사슬로 묶여 있지 않다는 것을 알지 못했다. 자신이 안전하다고 생각한 채 일을 시작했다.

리슨은 6개의 가방을 파냈고, 아직 땅 속에 있는 6개가 더 있었는데, 갑자기 고개를 들자 1층 창문에 불빛이 보였다. 매우 희미한 빛이었고, 있다 없다 하는 것 같았다.

리슨은 매우 어리둥절했다. 이상하게 심장이 뛰고, 의심이 들었다. 누가 자신을 본 건가? 만약 그렇다면 큰일이었다. 더 기다릴 엄두가 나지 않았고, 금화 가방 두 개를 집 안으로 최대한 끌고 갔다. 다른 두 개를 가져왔고, 나머지 두 개도 가져왔다. 여섯 개의 캔버스 가방을 텅 빈 홀에 두고, 정원으로 돌아와 땅을 누르고 자갈을 덮어 아무도 거기에 없었고 누가 건드리지 않은 것처럼 꾸미려고 했다. 하지만 리슨은 온몸을 떨고 있었고, 그러면서도 흐릿하고 불확실한 어떤 것처럼 방 안에서부터 희미하게 나오는 깜박거리는 불안정한 빛을 다시 바라보았다.

리슨은 살금살금 창문으로 가서 들여다보았다. 보이는 것은 별로 없었고, 사실 한 가지 외에는 아무것도 볼 수 없었다. 방에 불이 피워져있다는 것이었다. 그걸로 충분했다.

격렬한 분노가 리슨을 뿌리 채 흔들었다. 리슨은 서둘러 집으로 들어갔다.

 분노로 인해 리슨에게 이상한 힘이 생겼다. 금화가 든 캔버스 가방을 거실의 큰 찬장에 넣고 문을 잠근 후 열쇠를 주머니에 넣었다. 그러고 나서 조심스럽게 다른 찬장으로 살금살금 가서는 더러운 빈 병들 사이에서 브랜디가 아주 조금 들어있는 병을 꺼냈다. 리슨은 아무도 브랜디의 존재를 모르도록 여기에 보관했다. 그 강력한 술을 극소량 따라 마셨다. 그리고 병을 제자리에 되돌려 놓고, 아래 선반을 더듬으며, 도구들을 꺼냈다. 이 도구들을 가지고 리슨은 밖으로 나갔다.

 리슨은 이제 불빛이 새어나오는 창문으로 다가갔고, 그 희미하고 어렴풋한 불빛은 앞이 보이지 않던 리슨을 향해 깜박이며 거의 꺼질 것 같다가 다시 한 번 빛났다. 천천히 그리고 능수능란하게 다이아몬드로 아래쪽 창에서 네모난 유리 조각을 잘라냈다. 유리를 땅에 놓고, 손에서 미끄러지듯 볼트를 뒤로 밀었다. 리슨의 모든 움직임은 조용했다. 숨죽여 한두 번 "아!"라고 외쳤다. 부드러우면서도 아주 매끄럽게 창을 들어 올리고는, 주머니에서 손수건을 꺼내 이마에서 땀방울을 닦아냈다. 그러고 나서 그는 다시 한 번 "아!" 소리를 내고는 부드럽고 능숙하게, 그리고 조용히 방으로 미끄러지듯 들어갔다. 아무 소리도 내지 않았다. 자고 있던 두 소녀는 미동도 없었다. 리슨은 불 켜진 곳에 서 있었는데, 리슨의 시선에서 보자면 이곳은 호화로운 가구가 갖춰진 방이었다. 작고 하얀 침대에 누워있는 사람이 있었고, 더 큰 침대에도 사람이 있었다. 리슨은 두 개의 침대를 향해 살금살금 걸어갔다. 작은 침대에 있던 사람 위로 몸을 숙였다.

 처음 보는 소녀였다! 밝은 색깔의 긴 머리에 창백한 볼 위로 속눈썹이 몇 가닥 있었다. 기묘하게 생긴 소녀였다! 소녀는 자면서 한두 번 신음소리를 냈다. 리슨은 소녀를 깨우고 싶지 않았다.

리슨이 다른 침대를 바라보니, 그 침대에는 행복하고 따뜻한 잠에 빠져 장밋빛을 띄고 있는, 예쁘고 상냥한 실비아가 누워있었다. 한쪽 팔은 침대보 밖으로 나와 있었다. 실비아는 입을 벌리고 말했다.

"사랑하는 아버지! 가엾고 불쌍한 아버지!"

귀를 기울이던 리슨은 뭔가 자신을 때린 듯 뒤로 물러섰다.

침대에 있던 그 실비아. 2시간 전 위층에서 자신과 대화한 사람은 그럼 누구였을까? 이게 지금 무슨 상황일까? 무엇을 의미하는 걸까? 이 낯선 사람은 누구지? 불은 뭐고, 가구들은 다 뭐지? 바닥엔 카펫까지! 내 집 바닥에 카펫이라니… 내 집에! 그리고 절대 허락하지 않았던 난로불과 내 방에는 주문한 적 없는 침대까지! 오! 분노가 치솟아 마땅한 상황이 아닌가? 그리고 또! 이건 뭐지? 식탁에 먹다 남은 저녁 식사! 불도 없이 추위에 떨며 거지처럼 살면서도, 이걸 사랑이라 어리석게 믿었던 남자의 집에서 좋은 삶, 따뜻함, 사치를 누리고 있었구나!

리슨은 말문이 막힌 채 서 있었다. 자는 사람들을 깨우려 하지도 않았다. 이상한 느낌이 들었다. 리슨은 타오르는 감정을 유지하면서도, 실비아와 이야기하기 전에는 자제력을 되찾기로 결심했다.

"실비아 엄마에게 못할 말을 한 적이 있으니, 그런 실수는 다신 하지 않겠다." 리슨은 혼잣말을 했다.

"그리고 실비아는 자면서 날 '아버지'와 '가엾은 아버지'라고 불렀지. 그렇지만 난 실비아를 버릴 거야. 이제 이 아이는 나의 실비아가 아니야. 부녀지간의 연을 끊고 상속권도 박탈하는 거야. 차가운 바깥으로 내쫓을 거야. 지 아버지를 망치고 있어. 날 속였으니, 다시는 나에게 어떤 것도 될 수 없는 거야. 아휴! 정말 원망스럽구나!"

리슨은 창문으로 가서, 들어왔던 그대로 나가 창문을 내리고, 어두운 잔디밭을 부드럽게 가로질러 걸어갔다.

지금 너무 춥고, 정신이 몽롱했는데, 아주 조금 마셨던 브랜디의 효과도 약해졌다. 리슨은 황량한 거실로 들어갔다. 너무나 추웠다! 떠나온 침실에서 활활 타던 불을 생각했다. 빈곤하고 황량한 이 방과는 얼마나 대조적인가! 이불도 절대적으로 부족한 상태로 밤에 너무나 비참하게 침대에 누위있었지만, 실비아는 너무 따뜻하고 포근하게 둥지에 있는 새처럼 누워 있었다! 오! 정말 못됐구나!

"애 엄마는 그 정도로 나쁘진 않았는데." 리슨은 혼잣말로 중얼거렸다.

"사치스러웠지만 실비아와는 달랐어. 나를 속이려 든 적은 결코 없었어. 이상하고 낯선 여자를 집에 들이다니! 모든 의심이 사실로 드러났어. 내 의심이 틀리지 않았다니, 세상에! 비참하구나."

리슨이 몸을 움츠리자 방의 얼음장 같은 추위가 뼛속까지 파고들었다. 불이 피워져있었던 난로를 바라보았다.

"실비아가 그랬지." 리슨은 혼잣말을 했다.

"그 앙큼한 어린 것이 자신은 따뜻하게 지내면서 나는 춥게 지내는 것이 마음에 걸려 불을 피우려 했던 거고, 나도 따뜻함을 맘껏 누리고 있다고 생각했겠지. 하지만 실비아로 인해 난 괴롭지 않은가? 실비아가 호화로움을 누리는 동안 나는 춥고 배고파서 죽어가고 있었고, 그 모든 고생은 실비아를 위해서였지. 하지만 이젠 그러지 않을 거야. 불을 붙이고, 잔치를 벌이며, 먹고 마시고, 즐거워하며, 내게 딸이 있었다는 것을 잊을 거야."

황당함과 상실의 슬픔으로 반쯤 정신이 나갔던 불행한 리슨은 불을 활활 타오르게 지폈고, 찬장으로 가서 브랜디를 꺼내 병 안에 남은 것을 마셨다. 이제 따뜻해졌고, 맥박은 더 빨리 뛰었다. 6개의 금화 가방과 정원에 있던 나머지 6개의 가방을 떠올렸고, 필요하다면 실비아는 두고 떠나기로 결심했다. 실비아는 남아도 괜찮았다. 자신의 도움 없이 그런 사치품을 가질 수 있다면, 실비아는 계속 그것을 가질 수 있을 것이다. 실비아에게는 조금만, 아주 눈곱만큼만 주고, 나머지는 자신이 취하여 가치 없고 기만적인 딸에게 더는 고문당하지 않을 작정이었다. 그러나 이런 생각을 하면서 점점 더 어리둥절해졌다. 침대에 누워있던 실비아도 분명 자신의 딸이었는데, 그날 밤 실비아가 방에 있을만한 10시에서 11시 사이에 그 실비아가 방 안에서 자신과 대화를 했던 것이다. 어떻게 실비아가 두 명인 걸까?

"의혹이 증폭되는군." 리슨은 혼잣말로 중얼거렸다

"못 견디겠어. 하나도 남김없이 파헤쳐 봐야겠군. 다락방에 있는 저 트렁크들! 저 못생긴 아이의 물건인 것 같군. 실비아 방에서 나던 그 목소리는! 음, 분명 실비아 목소리가 맞았는데, 아래층에 있던 또 한 명의 실비아는 뭐지? 지체 없이 조사해봐야겠어."

리슨은 위층으로 올라가 실비아의 문 밖에 서 있었다. 문고리를 돌렸지만, 잠겨 있었다. 분명 방에는 불빛이 보였는데, 의심의 여지없이 여기도 불을 피웠기 때문인 것 같았다. 리슨은 열쇠구멍으로 들여다보았고, 열쇠가 자물쇠에 꽂혀있었으므로 문은 안에서 잠겨 있었다.

점점 더 놀라워졌다! 실비아가 방에 없다면 어떻게 안에서 문을 잠글 수 있었을까? 어떤 사람이라도 멍해질 일이었다. 갑자기 리슨은 결심했다. 지금은 새벽 5시였고, 곧 날이 밝을 것이었다. 실비아는 보통 일찍 일어났다. 실비아나 다른 누군가가 방에 있다면 그 사람과 대면하려 문턱에서 기다릴 작정이었다. 오, 물론 실비아일 것이고, 다시 돌아와 침대에 누워 리슨이 자신을 절대 발견하지 못할 것이라고 생각할 것이었다. 리슨이 문 밖에 앉아 있는 것을 보면 실비아가 얼마나 놀랄까!

그래서 리슨은 자신의 침실에서 망가진 의자를 가져와 재스퍼가 누워있는 방 문 바로 바깥에 살짝 놓고 지켜볼 준비를 했다. 너무 흥분해서 잠도 오지 않았고, 시간은 천천히 흘렀다. 복도에는 8일에 한 번 태엽을 감는 낡은 시계가 있었고, 매시간 엄숙히 울렸다. 여섯 시… 일곱 시. 일곱 시가 넘었으니 곧 실비아가 일어날 시간이었다. 리슨은 이제 초조하게 기다렸다. 낮이 길어지고 있었고, 대낮만큼은 아니었지만 거의 밝아졌다. 리슨은 방 안에서 누가 움직이는 소리를 들었다.

"하하, 실비아!" 리슨은 혼잣말을 했다.

"너를 잡아서 손으로 직접 거실로 끌고 가, 내 생각을 그대로 말하겠다. 아니! 목소리가 정말 크구나. 힘이 정말 넘쳐! 어떻게 침대에서 나왔을까!"

리슨은 초조하게 듣고 있었다. 앞에 놓인 일로 마음이 따뜻해졌다. 실비아의 죄악이 얼마나 추악하다고 생각하는지 알려줄 생각에 즐거웠다.

"이제 내게 자식은 없어!" 혼잣말로 말했다.

"'가엾은 아버지' 정말! '정말로 사랑하는 아버지!' 아니, 아니지, 실비아. 행동은 말보다 중요한 것이고, 넌 네 입으로 죄를 지은 것이다."

재스퍼는 신속하게 옷을 입었다. 씻고 화장실을 정리했다. 그리고는 문으로 와서 문을 열었다. 리슨이 올려다보았다.

재스퍼는 뒷걸음질 쳤다.

그러자 리슨은 재스퍼의 손을 잡고 방에서 끌어냈다.

"당신 누구요?" 리슨은 말했다.

"어떻게 감히 내 집에 들어올 수 있었지? 내 딸 방에서 뭐 하는 거야?"

"리슨 씨, 마침내 알게 되셨군요. 그래도 미안하지는 않네요."

"당신 누구냐고? 뭐하는 사람이요? 내 딸 방에서 뭐 하는 거냐고?"

"리슨 씨, 저와 함께 거실로 내려오시겠어요, 아니면 여기서 설명해 드릴까요?"

"말하기 전엔 여기서 한 발짝도 움직이지 마시오."

"그럼 그럴게요, 그래요. 저는 지난 6주간 이 집에서 살았어요. 그 동안 저는 실비아 아가씨에게 돈을 지불했고, 아가씨는 삶의 숨통을 틔울 정도의 돈을 가지게 되셨죠. 리슨 씨, 제가 온 것에 감사하셔야 합니다. 제게 많은 빚을 지셨지만, 저는 리슨 씨께 빚진 게 없으니까요. 아! 이제 나를 알아보겠어요? 그 집시요, 정말! 늙은 암탉을 부드럽게 만드는 법을 알려줬던 집시요! 그날을 떠올리면 다시는 웃지 말아야겠다고 생각하면서도 웃게 되네요."

몸이 차가워지며 하얗게 질린 채로 리슨은 재스퍼를 똑바로 바라보았다. 갑자기 심한 현기증이 나서 손을 휘둘렀다.

"뭔가 잘못됐어. 어딘가 안 좋은 것 같아." 리슨이 말했다.

"가엾은 어르신! 당연한 일이죠!" 재스퍼는 말하면서 목소리가 부드러워졌다.

"이 모든 일이 충격과 혼란이겠죠! 이것 보세요! 당신을 그 차가운 침실로 데려가지 않을 거예요. 저에게 기대세요. 이제 됐어요. 나에게 한 푼도 잃은 것이 없어요. 오히려 돈을 아꼈고, 실비아를 구원해주었으며, 리슨 씨에게는 가장 좋은 음식을 주었어요. 내 돈을 써가면서 최고로 부드러운 닭으로 최고의 음식을 만들어드리며 보호해드렸어요. 아래층으로 내려오세요. 오시면 아침을 좀 가져다 드릴게요."

"앞이 안보여…" 리슨이 다시 중얼거렸다.

"그래도 느낄 수는 있으실 거예요. 어쨌든, 여기 제 오른팔은 튼튼하고 믿을만합니다. 기대세요. 원한다면 몸무게를 실으세요. 자, 이제 아래층으로 내려가겠습니다."

리슨은 저항할 수가 없었다. 재스퍼는 떨고 있는 늙은 손을 자신의 팔로 끌어당겨, 반은 안고 반은 끌어서 거실로 내려왔다. 그곳에서 리슨을 난로 근처의 큰 안락의자에 앉혔고 리슨이 재스퍼를 다시 불렀을 때는 아침을 가지러 바쁘게 방을 나가고 있었다.

"그래서 당신이 정말 늙은 암탉을 부드럽게 만드는 방법을 아는 여자라는 건가?"

"리슨 씨, 축복이 있기를! 네, 제가 바로 그 여자입니다."

"그걸 나에게 팔 텐가?"

"그럼요, 물론이죠."

재스퍼는 웃어야 할지 울어야 할지 모르는 상태로 말했다.

"하지만 지금은 아침 식사를 준비해드리지요."

"그리고 그 여자애는 누구요?"

"에블린이 있는 걸 안다는 거야?" 재스퍼는 생각했다.

"밤에 무슨 일이 있었던 걸까?"

"사랑하는 에블린 아가씨를 말씀하시는 거라면, 여기에 머무를 만한 충분한 권리가 있으신 분입니다. 아가씨는 제 사람이니, 그 분에게 들어가는 모든 비용은 제가 싹 다 지불하고 있습니다. 그리고 한 말씀 더 드리자면, 에블린 아가씨는 겨우 어제 이 집에 오셨습니다. 하지만 다 지나간 일이니 자신을 괴롭히지 마십시오. 제가 도와드릴게요. 일단 배부르게 드세요."

재스퍼는 서둘러 떠났고, 리슨은 의자에 다시 누웠다. 천지개벽이라도 있었던 걸까? 무슨 일이 있었던 걸까? 오, 기분이 좋을 수만 있다면! 어지러움만 사라져도 참 좋을 텐데! 뭐가 문제지? 몇 시간 전까지만 해도 너무 잘해내고 있었고, 열정적이었고, 강인했는데, 지금은 분노마저 사라져가고 있었다. 재스퍼의 강한 팔에 기댔을 때 꽤 위안을 느꼈고, 팔걸이 의자에 밀어 앉힌 후 오래된 담요로 자신을 감쌌을 때는 기분이 좋기까지 했다. 오, 분노로 화가 치밀었어야 했는데, 어찌된 셈인지 그렇지 않았다.

제30화

장전된 총

에드워드를 제외한 모든 윈포드 성 사람들은 에블린이 사라진 것에 대해 혼란스러워하며 야단법석을 떨었지만, 에드워드는 일 때문에 하루 종일 부재했다. 이웃 마을에서 매우 중요한 회의에 참석 중이었고, 늘 그렇듯 새벽에나 돌아올 것이라고 프랜시스 부인에게 말해두었다. 이런 경우 에드워드의 개인 공간으로 통하는 문은 빗장으로 잠가두었다. 열쇠로 직접 문을 열고 들어와, 나머지 가족을 방해하지 않도록 준비된 작은 방 침대로 갈 수 있었다. 프랜시스 부인은 전날 저녁 남편이 없다는 것에 한탄했고, 12시가 되어 경찰이 수색해보았지만 어디에서도 에블린을 찾을 수 없었다, 그리고 하인들이 집을 수색해보았으나 역시 허사였을 때, 프랜시스 부인이 할 수 있는 일은 이제 없었다. 프랜시스 부인은 마음이 불편했지만, 에블린과 재스퍼가 어딘가에서 꽤 안전하고 편안하게 자고 있을 거라고 마음속으로 확신했다.

"그렇게 울어봐야 소용없다." 프랜시스 부인은 오드리에게 말했다.

"이제 가서 자라. 제멋대로인 에블린은 우리가 아파할 가치가 없는 아이다."

"하지만, 오, 어머니! 무슨 일이 있었던 걸까요?"

"분명 재스퍼와 있을 거다."

"하지만 그게 아니라면요?"

"나는 그렇게 생각하지 않는다, 오드리. 분명 에블린은 그 질 나쁜 여자와 함께 있을 테니, 난 이제 손을 떼려고 한다."

"그럼 내일의 불명예는요?" 가엾은 오드리가 말했다.

"적어도 네가 그 불명예의 대상이 되지는 않을 거다. 에블린을 찾을 수 있다면, 직접 학교에 데려가서, 학생들 앞에서 자신이 한 모든 짓을 말하게 할 테지만, 거절하면 내가 대신 말할 거야. 하지만 에블린은 여기 없으니 네가 망신당할 일도 없겠지, 우리 딸. 에블린이 달아났고, 학교에 갈 수 없을 만큼 네가 너무 괴로워하고 있다고 마리아 선생님에게 편지를 쓰마. 그리고 선생님이 최선이라고 생각하는 조치를 취해달라고 부탁할 거야. 정말로 그리고 진실로 에블린이 이곳을 너무 뜨겁게 달궈놓았구나. 아버지에게 겨울 동안 해외로 우릴 데려가 달라고 부탁해야겠어."

"하지만 가엾은 어린 에블린이 완전히 길을 잃도록 방치하지는 않으시겠지요, 찾으려고 노력하실 거지요?"

"오, 우리 딸! 내가 노력하는 걸 봤잖니? 오늘 밤 에블린 얘기는 그만하자. 정말 너무 짜증이 나서 나중에 후회할 말을 할지도 모르겠구나."

그래서 오드리는 잠자리에 들었고, 곧 잠이 들었다. 프랜시스 부인도 너무나 피곤한 채로 잠이 들었고, 이 모든 난리와 골칫거리에 대해 아무것도 모르는 에드워드는 이른 아침에 집에 들어왔다.

자려고 누웠고, 잠시 잠들었다가 잠에서 깼다. 그리고 나서 일어나 옷을 입고 정원으로 갔다.

프랜시스 부인과 오드리가 아침식사를 하고 있었는데, 프랜시스 부인의 얼굴은 창백했고, 오드리의 얼굴에는 전날 밤 심하게 울었던 흔적이 아직도 남아 있었다. 그때 하인이 엄청나게 놀라고 흥분해서는 방으로 뛰어들었다.

"오, 프랜시스 부인, 대지주님이 자신의 총에 맞아 나무 사이에 쓰러져 계십니다!" 하인이 소리쳤다,

"마부 중 한 명이 대지주님과 함께 있고, 존스는 의사를 찾으러 간 사이, 부인께 얼른 말씀드리러 왔습니다."

가엾은 프랜시스 부인은 괴로워하며 자신이 무엇을 하고 있는지도 알지 못할 지경이었다. 오드리는 미친 듯이 질문을 했고, 곧 두 사람은 에드워드 위로 몸을 구부렸다. 옆구리에 심한 총상이 있었다. 1,2미터 떨어진 곳에는 사냥용 엽총이 놓여있었다.

"어떻게 이런 일이 일어난 거지? 어떻게 된 거지?"

프랜시스 부인이 말했다.

오드리는 아버지 곁에 무릎을 꿇고 얼음처럼 차가운 손을 잡고는 자신의 입술에 갖다 댔다. 돌아가신 걸까?

에드워드가 그곳에 누워있을 때, 생애 처음으로 오드리는 자신이 얼마나 열렬히 아버지를 사랑하는지 알게 되었다. 아버지가 없으면 인생이 어떻게 될까? 어떤 면에서는 어머니와 더 가까웠지만, 아버지가 죽음처럼 누워있는 지금, 아버지가 오드리에게 모든 것이었다.

"오, 의사는 언제 올까요?"

프랜시스 여사는 초췌한 얼굴을 들어 올리며 말했다.

"오, 피 흘리며 죽어가요. 피 흘리며 죽어간다고!"

자신이 자랑스러워하는 그 모든 상식과 상당한 수준의 지식에도 불구하고, 프랜시스 부인은 병에 대해서는 거의 아는 바가 없었고 상처에 대해서도 알지 못했다. 출혈을 멈추는 방법도 몰랐는데, 다행히 이웃 마을에서 밝은 얼굴의 젊은 남자 의사가 곧 도착했다. 상처를 들여다보고, 총도 살펴보았고, 즉각적인 출혈을 멈추기 위해 할 수 있는 일을 한 후, 곧 에드워드는 급하게 임시방편으로 만든 들것에 실려 집으로 돌아왔다.

한 시간 전에는 생명과 힘이 느껴졌지만, 이젠 겁에 질린 프랜시스 부인과 오드리가 알 수 있을 정도로 이미 에드워드에게 죽음의 그림자가 드리우고 있었다.

"아버지가 돌아가실까요, 의사 선생님?" 오드리가 물었다.

젊은 의사는 안쓰러운 눈으로 오드리를 바라보았다.

"총알이 얼마나 깊이 관통했는가에 달려 있으니, 단정 지을 순 없다. 불행하게도 아주 위험한 부위에 총을 맞았구나. 어떻게 된 건가?"

한 마부가 다가와 급하게 이야기 했다.

"대지주님께서 오늘 아침 저를 불러 며칠 전에 런던에서 보내온 새 엽총을 서재에서 가지고 오라고 하셨습니다. 저는 그 총을 가져다 드렸지요. 대지주님은 별로 주의를 기울이지 않고 그 총을 받으셨습니다. 저는 돌아서며 '혹시 모르실까봐 말씀드리는데, 장전되어 있습니다.'라고 말하려 했지만, 당연히 대지주님께서 직접 장전하여 준비하셨을 것이라 생각했지요. 그리고 다음 순간 대지주님은 울타리를 오르고 있었습니다. 보고를 받고 가보니, 선생님이 보신 바로 그 곳에 누워 계셨지요."

이 장황한 설명 직후의 질문은 "과연 누가 총을 장전했는가?"였다.

한 명의 의사가 더 소환되었고, 다른 의사 한 명이 런던에서 전보를 쳤으며, 커다란 동요와 고통이 휩쓸었다. 얼마 지나지 않아 오드리는 혼자 있게 되었다. 자신의 기분이 어떤 것인지 이해하기 힘들었다. 애당초, 자신은 완전히 쓸모없는 존재였다. 어머니는 병실에서 떠나지 않았고, 하인들도 모두 바빴으며, 심지어 리드는 전문 간호사가 도착할 때까지 임시 간호사로 일하고 있었다. 가엾은 오드리는 모자를 쓰고 밖으로 나갔다.

"싱클레어가 여기 있으면 좋을텐데!" 오드리는 생각했다.

"에블린도 없는 것보다는 있는 게 나았을 거야. 오, 지금처럼 고통스러운 시기에는 에블린을 까맣게 잊는 게 당연하겠지!"

그때 무서운 생각이 가슴을 찔렀다.

"만약 무슨 일이 생기면…"

오드리는 정말로 떠올랐던 단어를 입에 담지 못했다. 다시 한 번 상투적인 문구를 사용했다.

"무슨 일이 일다면, 에블린이 이 성의 주인이 되겠구나."

오드리는 주위를 정신없이 둘러보았다.

"오! 누구라도 찾아야 해. 누구와라도 얘기해야겠어."

오드리는 생각했다.

"수도원은 멀지 않으니 실비아에게 갈 거야. 거기로 지금 당장 가야겠어."

오드리는 잰걸음으로 걸었다. 어떤 핑계로라도 계속 움직여야 했으니, 운동한다는 것이 반가웠다. 곧 수도원에 도착했고, 문을 열려고 자물쇠에 손을 막 얹으려 했을 때 반대편에서 한 소녀가 나타났다. 하얀 얼굴, 다소 시무룩한 표정, 큰 갈색 눈, 어깨 위로 숱 많은 금발을 가진 바로 그 소녀였다. 오드리는 흥분한 가운데서도 숨을 헐떡였다.

"에블린!" 오드리가 말했다.

"난 너랑 안 가." 에블린이 말했다. 뒤로 물러서며 얼굴에 불안한 표정이 스쳤다.

"여기 왜 온 거야? 넌 절대 수도원에 오지 않잖아. 여기는 어쩐 일이야? 가버려! 앞으로 나와 무슨 관계가 있을 거라고 생각할 필요 없어. 모든 것이 다 끝났다는 걸 나도 알아. 날 괴롭히려고 학교에서 온 거 같은데!"

"에블린, 그러지 마." 오드리가 말했다.

"어젯밤 넌 우리를 불행하게 했지! 하지만 지금 일어난 일에 비하면 그건 아무 것도 아니야. 잠시만이라도 네 일은 잊고 좀 들어봐."

가엾은 오드리는 비틀거리며 앞으로 나아갔다. 침착함이 무너졌다. 다음 순간 오드리의 머리는 에블린의 어깨에 있었고, 심장이 부서질 것처럼 흐느꼈다.

"아니, 너 왜 이렇게 이상하게 굴어!"

에블린은 괴로워하면서도 약간 부드러워졌지만, 오드리의 신념으로 자신의 모든 계획이 좌절될 수 있다는 생각에 짜증이 났다. 일이 잘 풀리고 있는 지금 말이다! 수도원에 사는 그 불쌍하고 바보 같은 노인은 너무 아파서 신경을 쓰지 못하고 있었다. 에블린과 실비아는 원하는 대로 할 수 있었다. 재스퍼가 리슨을 간호하는 중이었고, 리슨은 정신이 혼미하여 엉뚱한 헛소리를 하고 있었다. 에블린은 아낌과 존중을 받으면서, 기쁨의 시간을 맞이하는 중이었다. 그런데 어째서 오드리가 나타나 자신이 도망쳤던 세상을 상기시키게 만드는 것일까?

"오늘 아침 학교에서 힘들었나보다." 에블린이 말했다.

"그 아무것도 아닌 일에 얼마나 호들갑을 떨었을지 안 봐도 뻔해. 하지만 이제! 내가 그 책을 찢었다고 거리낌 없이 말할 수 있어. 모두가 그렇게 끔찍이 비참해질 것을 알았더라면 그렇게 하지 않았을 테니, 그 후에는 미안한 감정이 있기는 했어. 하지만 넌… 오드리 너는 언젠가 윈포드 성의 주인이 될 내가…"

이 말에 오드리는 날카로운 비명을 질렀다.

"언젠가라고! 오, 에블린, 그게 오늘 일지도 몰라!"

"무슨 말이야, 그게?" 하얗게 질린 얼굴로 에블린이 말했다. 자신보다 키가 꽤 큰 오드리를 밀어내며 올려다보았다. 오드리는 이제 울음을 그치고, 뺨의 눈물을 닦았다.

"너에게 꼭 할 말이 있어." 오드리는 말했다.

"아버지 얘기야. 오늘 아침에 아버지가 자신의 총에 맞는 사고가 있었어. 런던에서 가져온 새 엽총이 장전되어 있었거든. 아버지는 그걸 모르셨던 것 같은데, 어쨌든, 무엇인가에 부딪혀 총이 발사되었고, 지금 아버지는 죽음의 문턱에 계셔."

"뭐…라고…하는 거야?" 에블린이 말했다.

에블린의 표정이 완전히 바뀌었다. 눈은 흐리멍덩하면서도 거칠어 보였다. 에블린은 오드리의 팔을 잡고 흔들었다.

"런던에서 온 총이 장전되어 있었고, 발사되었다고? 삼촌 많이 다치셨어? 말해, 오드리, 말해!"

에블린은 오드리를 미친 듯이 흔들었다.

"말하라고! 미쳐버리겠네!" 에블린이 말했다.

"왜 그러는데, 에블린?"

"말해! 많이 다치셨어?"

"많이 다치셨어!" 오드리가 말했다.

"의사 선생님도 아버지가 회복하실지 모르시겠대. 너 왜 그래?"

"아무것도 아니야." 에블린이 말했다. "내 앞에서 비켜!"

에블린은 오드리로부터 멀어지며 마치 야생 동물처럼 최대한 빠르고 날렵하게 다시 윈포드 성으로 돌진했다.

에블린 같은 사람의 마음속으로 침투하는 것은 힘든 일이지만, 마침내 마음을 건드리게 되었고, 이를 넘어서서 너무 깊고, 갑작스럽고, 끔찍한 타격으로 상처받은 마음으로 경황없는 에블린은 뛰면서 비틀거리기까지 했다. 눈은 격한 감정으로 어두워졌다. 눈물을 흘릴 수도 없었다. 거의 말을 할 수도 없는 지경이었다. 숨에 차서, 겁에 질리고, 당황하여, 완전히 제정신이 아닌 상태로 성으로 들어갔다. 주위에 아무도 없었지만, 의사의 사륜마차가 대문 앞에 서 있었다. 에블린은 주위를 마구 둘러보았다. 에블린은 에드워드의 방을 알고 있었고, 위층으로 뛰어 올라갔다. 누구의 대답도 기다리지 않고 문을 벌컥 열었다. 방은 비어 있었다.

"매우 심하게 다치신 거야." 에블린은 혼잣말로 속삭였다.

"1층에 있는 작은 방에 계실 거야."

에블린은 다시 아래층으로 내려갔다. 가장 좋은 순간이면 삼촌에게 이야기하고, 쓰다듬고, 사랑을 전하러 걸어가던 그 복도로 달려갔다. 총이 있던 거실로 들어갔다. 빈 상자를 보자 커다란 전율이 몸을 스쳐 지나갔다. 곧장 거실로 가서, 예고 없이, 자신을 원하지 않는, 들어가고 싶지 않은, 침실로 들어갔다.

침대 옆에 의사가 있었고, 프랜시스 부인이 머리 옆에 서 있었으며, 한 남자가 매우 고요하고 조용히 눈을 감고 평화로운 미소를 띠며 누워 있었다.

"죽은 거야!" 에블린은 숨을 헐떡였고, 다음 순간 의식을 잃은 채 바닥에 누워 있었다.

에블린이 깨어났을 때 거실 소파에 누워 있었다. 의사가 에블린 위로 허리를 굽히고 있었다.

"이제 괜찮아졌군요." 의사는 말했다.

"침실로 들어와선 안 됐어요. 가만히 누워있어야 하니, 소란 피우지 마세요."

"난 다 기억해요." 에블린이 말했다.

"내가 그랬어요. 내가 삼촌을 죽였어. 날 붙잡지 마세요. 일어나 앉아야 해요. 얘기해야만 해요. 삼촌이 돌아가실까요? 그렇다면 제가 죽인 거예요. 제가 그런 거예요!"

의사는 심란하고 괴로워 보였다. 이 불쌍한 어린 소녀가 미친 건가? 얘는 누굴까? 호주에서 온 상속인에 대해 들은 적이 있는데, 이 아이가 그 아이일까? 하지만 분명한 건 이 여자애의 뇌가 극심한 압박과 충격으로 무너져 내렸다는 것이다!

"가만히 누워 있으세요, 아가씨."

의사는 부드럽게 말했다, 그리고 흥분한 에블린의 이마에 손을 얹었다.

"도와주시면 저는 좋아질 거예요." 에블린이 말했다. 그리고 그의 두 손을 자신의 손으로 잡고 불타는 눈으로 쳐다보았다.

"제가 할 수 있는 일이라면 뭐든지 해드리지요."

"그게 무슨 말인지 모르겠나요? 저는 삼촌과 함께 있어야 해요. 돌아가셨나요?"

"아니에요, 아닙니다."

"위험한 상황인가요?"

"괜찮으시다면, 그건 런던에서 의사가 온 후 말해드리지요."

"제가 그런 거예요."

"실례합니다만, 아가씨. 저는 아가씨 성함도 모릅니다. 말도 안 되는 소리를 하시는군요."

"제가 설명해 드릴게요. 오! 그토록 사악한 소녀는 없으니, 거리낌 없이 말할 거예요. 삼촌에게 내가 새 날개를 명중시킬 수 있다는 것을 보여주려고 총을 장전했어요. 그리고 그걸 까맣게 잊어버렸죠. 총을 장전된 채로 둔 것을 잊었어요. 오, 내가 어떻게 자신을 용서할 수 있을까요?"

의사는 몇 가지 질문을 더 했고, 에블린을 달래주려 했다. 그리고 여기 가만히 있으면 런던 의사가 오는 대로 가장 먼저 소식을 전달해주겠다고 했다. 희망이 없는 것은 아니라고 에블린을 달래주었지만, 심각하게 위험한 상황이었고 충격으로 인해 일어난 출혈은 치명적일 수 있었다.

에블린은 의사의 말을 듣는 동안 새롭고 놀라운 힘이 생겨났다. 그 순간 에블린 윈포드는 어린애가 아니었다. 이제는 아니었다. 너무 큰 고통과 충격으로 잠들어있던 에블린의 영혼이 깨어났는데, 이것은 다른 어떤 것도 해낼 수 없었던 일이었다.

에블린은 그날 남은 시간을 어떻게 보냈는지 아무에게도 말할 수 없었다. 아무도 에드워드의 거실에서 에블린을 보지 못했다. 아무도 그 방에 있기를 원하지 않았고, 가까이 가지도 않았다. 오드리는 다시 성으로 돌아와 어머니를 위로하고 도우려 했다. 에블린 이야기를 하자, 프랜시스 부인은 몸서리를 쳤다.

"그 아이 얘기는 꺼내지도 마라." 프랜시스 부인이 말했다.

"무례하게도 방에 뛰어들었을 뿐 아니라, 서슴지 않고…"

"네?"

"내가 항상 말했던 대로, 에블린은 삼촌을 정말 좋아했지. 아버지 상태를 보고는 가엾게도 바로 기절해버렸다."

그러나 프랜시스 부인은 에블린이 젊은 의사 왓슨에게 자신이 한 짓을 털어놓은 것을 알지 못했고, 왓슨은 함구하고 있었다.

밤이 깊어지자 왓슨이 들어와 에블린 곁에 앉았다.

"예수께서 가라사대 네가 선하고 약속을 지키며 네 자신을 말살하였느니라." 왓슨이 말했다.

비록 그 말을 이해하지 못했지만, 의미를 묻지는 않았다. 에블린은 왓슨이 본 중 가장 애처로운 얼굴로 바라보았다.

"얘기해주세요." 에블린이 말했다. "살 수 있나요?"

"세계 최고의 권위자인 할랜드 선생님은 그렇게 생각하십니다. 출혈을 유발한 총알을 하루 이틀 만에 제거할 수 있기를 바라고 계시지요. 이미 말씀드렸듯이, 출혈이 다시 유발되면 위험하긴 합니다만, 우리가 막고자 합니다. 이제, 아가씨는 아주 착한 사람이 될 건가요?"

"제가 할 수 있는 일이 뭐가 있을까요?" 에블린이 물었다.

"삼촌에게 가서 함께 있어도 될까요?"

"잘은 모르겠지만, 별로 추천하고 싶지는 않네요. 거기에 간호사도 있고, 프랜시스 부인도 녹초가 됐지요. 제가 한 번 알아볼게요."

"그럴 수만 있다면 정말 살 수 있을 것 같아요." 에블린이 말했다.

"그렇게 못된 여자애는 정말 없었을 거예요. 내가 그랬어요. 오! 삼촌을 다치게 할 생각은 아니었지만, 내가 그런 거예요. 오! 삼촌 옆에 앉아있을 수 있다면 저에게 구원일 거예요."

"한 번 볼게요." 왓슨이 말했다.

왓슨은 독특하고, 변덕스럽고, 길을 잃은 듯한 이 아이에게 이상한 흥미를 느꼈다. 다시 병실로 돌아갔더니 에드워드의 의식이 돌아와 있었다. 에드워드는 침대에 비교적 편안하게 누워 있었는데, 전문 간호사가 가까이 있었다.

"간호 선생님." 왓슨이 말했다.

간호사는 방을 가로질러 왓슨과 함께 걸어갔다.

"내가 오늘 밤 여기 있을게요."

"네, 선생님, 감사합니다."

"프랜시스 부인께 하룻밤 쉬시라고 설득했나요?"

"부인께서는 녹초가 되셨습니다. 방으로 가셨어요. 새벽 두 시까지 휴식을 취하시다가 아래층으로 내려와서 대지주님을 지켜보도록 도와주실 것입니다."

"그럼 내가 두 시까지 여기 있겠소." 왓슨이 말했다.

"두 시에 대지주님 거실, 호출가능한 자리에 누워있을 겁니다. 청이 하나 있소."

"네, 선생님."

"심각한 문제는 있지만 자제력을 배운 어린 소녀가 대지주님 옆 안락의자에 앉아있도록 하려고 하는데 마음이 불안합니다. 말없이 앉아 있을 건데. 혹시 반대하나요?"

"오늘 방에 들어와서 기절했던 그 아이인가요?"

"그렇소, 그 가엾은 작은 영혼은 거의 제정신이 아니었지만, 지금은 괜찮아졌고 이젠 교훈을 좀 얻은 것 같소. 반대하지 않겠소?"

"선생님 뜻대로 되어야만 합니다."

"그렇다면 위험을 감수해보겠소." 왓슨이 말했다.

왓슨은 에블린에게 돌아가서 몇 마디 했다.

"세수하고 매무새도 깔끔히 하시고 밥도 든든히 드세요."

왓슨이 말했다.

에블린은 고개를 저었다.

"제가 시키는 대로 따르지 않으시면 도와드릴 수 없습니다."

"알았어요. 그만 먹으라고 하실 때까지 먹고 또 먹을 게요."

에블린이 대답했다.

"밤을 보내려면 준비할 것이 많으니 얼른 가세요." 왓슨이 말했다.

에블린은 갔다가 몇 분 후에 돌아왔다. 그리고 왓슨이 에블린의 손을 잡고 병실로 데려 갔고, 에블린은 에드워드 옆에 앉았다.

방은 아주 조용했다. 소리도, 움직임도 없었다. 에드워드는 자고 있었고, 에블린은 눈을 크게 뜨고 앉아서, 감히 손가락 하나 움직일 수 없었다.

그 시간 동안 지난 삶에 대해 에블린이 무슨 생각을 했는지 아무도 모르지만, 숨어있던 영혼이 점점 더 표면으로 떠오르고 있었다. 비록 오랫동안 잠들어 있었지만 강한 영혼이었고, 새롭고, 사심 없고, 아름다운 욕망이 이미 깨어나고 있었다. 그날 밤 12시에서 1시 사이에 에드워드는 눈을 뜨고 하얀 얼굴과 크고 어두운 눈을 가진 작은 소녀 에블린을 보았다.

에드워드는 어떤 말로도 대답하지 않았지만, 눈은 에블린을 향해 미소 짓고 있었고 다음 순간 에블린은 안심하고 다시 의자에 주저앉았다. 에블린은 눈은 감고 잠이 들었다.

제31화
에드워드 삼촌을 위하여

다음 날 아침 에드워드의 상태는 더 좋아졌지만, 성에서 3.5킬로미터도 채 떨어져있지 않은 곳에 있던 리슨은 죽음의 문턱에 놓여있었다. 심한 열에 사로잡혀 정신없이 헛소리를 계속했고, 자신의 행동을 전혀 알지 못했다. 따라서 서로를 알지는 못했지만, 이 글 속 세 명의 소녀들에게 폭넓은 영향을 준 두 남자가 깊은 어둠 속에 놓여있었다.

에블린은 자신의 얼굴을 계속 씻었다. 살면서 그렇게 열심히 씻은 적은 처음이었고, 프랜시스 부인이 정해진 시간에 나타나 에드워드 옆에 앉아 있을 때마다, 에블린은 조용히 사라졌다.

다음날 이른 아침, 프랜시스 부인이 거실에서 잠시 황망히 서서 손으로 이마를 짚으며 풍경을 건너다보고 있다가 눈가에 눈물이 반짝였던 그 때, 에블린이 달려 들어왔다.

"가라, 에블린, 너랑 얘기할 기분 아니다."

"하나만 얘기해주세요. 삼촌이 좀 나아지셨나요?" 에블린이 말했다.

"좋아지셨단다."

"위험한 고비는 넘기신 거죠?"

"의사선생님들 말씀으로는 그렇다."

"그러면, 숙모, 저는 신에게 감사드리고, 끔찍하게 제멋대로였던 저조차 신을 사랑할 수 있겠어요."

"난 위선 떠는 것은 좋아하지 않는다."

프랜시스 부인은 말하면서 경멸하듯 입술을 움직이며 돌아섰다.

에블린은 달려들어 프랜시스의 두 손을 잡고 흥분하여 말했다.

"들으셔야 해요. 저 할 말 있어요. 제가 한 짓이에요!"

"너, 에블린, 너!"

프랜시스 부인은 에블린을 밀어내고, 한 걸음 물러섰다. 얼굴에 공포의 표정이 어려 있어 다른 때 같았으면 도망쳤겠지만, 지금은 그 무엇도 이 강렬한 회개의 순간에 에블린을 방해할 수는 없었다.

"제가 그랬어요." 에블린은 반복해서 말했다.

"아, 그럴 의도는 아니었어요! 말씀드릴 테니 꼭 들어주세요. 아, 제 너무… 너무 사악하고… 버릇없고, 고집스럽고, 이기적이었어요! 마침내 제 자신을 들여다보니, 이렇게 끔찍한 여자애는 처음 봐요. 숙모, 제가 총을 장전했어요. 새 날개를 명중시키려고 했었거든요. 삼촌이 제가 그걸 해낼 수 있는지 의심하시기에, 증명하고 싶었어요. 하지만 총을 쏘러 나가지 못했고, 총에 대해 잊어버렸어요. 그리고 그저께 밤 도망쳤죠. 재스퍼에게 달려갔어요. 숙모가 저를 방에 가뒀을 때 거실 창문으로 나왔어요."

"나도 그건 다 안다." 프랜시스 부인이 말했다.

"재스퍼에게 갔고, 재스퍼는 저를 실비아 집으로 데려갔어요. 재스퍼는 실비아 집에서 오랫동안 머물렀고, 저는 실비아와 재스퍼에게 가서 숨었어요. 오드리가 어제 아침에 와서 무슨 일이 있었는지 말해주었고, 오! 마음이 찢어지는 것 같았어요. 하지만 삼촌은 저를 용서하셨죠."

"뭐라고! 삼촌을 감히 만났다는 거니?"

"왓슨 선생님이 저를 삼촌 옆에 있게 해주셨어요. 어젯밤 두 시에 숙모가 오실 때까지 삼촌이랑 있었고, 제가 그랬다고 얘기했는데 삼촌이 미소 지으셨어요. 절 용서해주셨어요. 오! 이 세상 누구보다 삼촌을 사랑해요. 삼촌을 위해서라면 죽을 수도 있어요. 그리고 그 책도 제가 찢었고, 학교에서도 황당하게 행동했어요. 그리고 마리아 선생님께 바로 가서 얘기할 거고, 삼촌과 같은 집에서 살 수 있게만 해주신다면 원하시는 건 뭐든 다 할게요. 어떻게든… 어떻게든지요."

에블린은 속삭이듯 말했고, 쉰 듯한 목소리마저 거의 사그라졌다.

"삼촌 덕분에 종교와 신을 믿게 된 것 같아요."

마지막 말을 하면서 에블린은 몹시 창백한 모습으로, 탁자에 비틀거리며 기대어 섰다. 자신을 안정시키려고 의자에 한 손을 얹고, 프랜시스 부인을 애처로운 눈으로 올려다보았다.

두렵고, 황망하지만, 결의에 찬, 처음으로 본 그 에블린의 얼굴에서 무엇이 프랜시스 부인의 마음을 울렸을까?

"에블린." 프랜시스 부인이 말했다.

"나에게 용서해 달라고 했지. 너의 말은 나를 매우 놀라게 했지만, 네 말투는 내 눈을 뜨게 해주었구나. 만일 네가 잘못한 게 있다면, 나 역시 비난을 면할 수 없겠지. 내가 너에게 보여주지 못한…"

"동정도 이해도 해주지 않으셨지요." 에블린이 말했다.

"숙모가 달랐더라면 저도 달랐을지도 몰라요. 하지만 부디… 부디 이젠 어떻게 하시든 상관없으니 삼촌을 위해서 성에 살 수 있게만 해주세요."

프랜시스 부인은 자리에 앉았다.

"나는 엄마란다." 프랜시스 부인이 말했다.

"감정이 없는 것도 아니고, 동정심이나 이해심이 없는 사람도 아니다."

그리고 나서 프랜시스 부인은 두 팔을 벌렸다. 에블린은 어리둥절해 하여 소리쳤고, 다음 순간 프랜시스 부인의 팔에 안겼다.

"아, 믿을 수 없어." 에블린은 흐느꼈다.

그리하여 에블린은 더 나은 자신의 모습 발견했고, 비록 투쟁과 어려움과 시련을 겪었지만 그 순간부터 새로운 사람으로 다시 태어났다. 사랑이 에블린을 이끌어내어 자신을 극복하고 이기적인 마음도 버리고, 진실과 명예의 정점으로 도달하도록 해주었다.

리슨은 심각한 병과의 힘겨운 투쟁 후, 다시 천천히, 슬프게 삶의 기슭으로 돌아왔고, 실비아는 리슨을 간호했고 사랑해주었다. 끔찍한 병중에 자신을 간호해주었던 재스퍼가 곁에 없으면 안 된다고 리슨은 강하게 이야기했다. 구두쇠의 본능은 병중에 거의 사라졌고, 실비아에게 좋은 음식을 먹이고 편안한 삶을 줄 수 있을 만큼 돈을 쓰기로 하였다.

에드워드는 천천히 좋아졌고, 지금은 건강해졌다. 그리고 새해가 밝았을 때, 다시 한 번 윈포드 성을 개방하자 실비아와 리슨이 함께 왔으며, 이 이야기 속 모든 사람들이 한 지붕 아래에서 만났다. 에블린은 삼촌의 손을 꼭 잡았다. 오드리는 에블린을 힐끗 쳐다보고 나서 실비아를 바라보며 낮은 목소리로 말했다.

"이토록 많은 변화를 보여준 사람은 없었어. 그리고 너도 알다시피 에블린은 자신이 상속녀라는 말을 한 번도 하지 않았어. 아버지에게 무슨 일이라도 생기면 에블린도 견딜 수 없을 거야."

• 작가 소개 •

미드(L.T.MEADE)(1844-1914)는 필명으로, 본명은 엘리자베스 토마시나 미드 스미스(Elizabeth Thomasina Meade Smith)이다.

아일랜드 카운티 코크 출신으로 소녀들의 삶에 대한 소설을 다작했고, 나중에 영국으로 이주하였다. 17세에 집필을 시작하여 300권 이상의 책을 썼다.

미드는 당대의 J.K.롤링 같은 존재였다. 대표작인 1886년 "소녀들의 세상(A World of Girls)"은 37,000부나 판매되었으며 에니드 블라이튼(Enid Blyton)같은 20세기 동화작가들에게 지대한 영향을 미쳤다. 작가 줄리아 도널드슨(Julia Donaldson)은 미드의 1893년 소설 "Beyond the Blue Mountains"를 숨어있는 보석으로 손꼽기도 하였다. 클리퍼드 핼리팩스, 로버트 유스터스 등 여러 명의 남성 작가들과 함께 종교, 역사, 모험, 로맨스 등 감성적이면서도 파격적인 다양한 분야의 소설들을 집필하기도 하였다.

"불량소녀"는 묘하게 빠져드는 내용 전개, 생생하게 묘사된 캐릭터, 스토리 안에 은근히 녹아들어있는 메시지가 특징이며, 소녀의 삶을 근간으로 한 성장 소설로 시대를 초월한 공감을 이끌어낸다. 우리나라에는 미드의 소설을 번역한 책이 거의 전무하다시피하다. 미드와 미드의 소설이 우리나라에도 널리 알려지기를 바라며, "불량소녀"를 우리나라 독자에게 가장 먼저 소개하게 된 것에 기쁨을 느낀다.